Il suffirait d'un signe

Tiffany Schmidt vit en Pennsylvanie avec son mari et ses jumeaux. *Il suffirait d'un signe* est son premier roman.

Illustration de couverture : Marie Bretin

Ouvrage publié originellement par Walker Publishing Company, Inc.,
un département de Bloomsbury Publishing, Inc.,
sous le titre : *Send me a sign*

18, rue Barbès, 92128 Montrouge Cedex
ISBN : 978-2-7470-5040-1
Dépôt légal : mars 2016

Tiffany Schmidt

Il suffirait d'un signe

Traduit de l'anglais (États-Unis)
par Agnès Jaubert

bayard

1

Hillary leva la tête de son écran de téléphone. Éblouie par le soleil de l'après-midi, elle plissa les yeux pour me regarder et baissa ses lunettes de soleil juchées sur son crâne.

– Il ne se passe rien ce soir. Rien !

Ally roula sur le ventre.

– Il va y avoir une fête dans une grange, nous rappela-t-elle en buvant une gorgée de Coca light.

Se penchant vers elle pour essuyer la traînée d'écran solaire sur son épaule, Hil précisa :

– C'est dans trois jours seulement. Il n'y a vraiment rien de prévu d'ici là ? Mia ?

– Je n'ai entendu parler de rien. Mais je n'ai pas demandé. Tu veux que je le fasse ?

Sans grand enthousiasme, je fouillai sous ma chaise longue pour trouver mon téléphone portable.

– Ne te fatigue pas, répondit-elle avec un soupir. Mais si le reste de l'été est aussi nul que le mois de juin, vivement septembre !

Derrière ses lunettes de soleil, je devinai la contrariété dans son regard. Elle avait eu une semaine difficile.

– Mais tu ne nous mets pas dans le même sac, nous ? On n'est pas nulles, j'espère ? s'inquiéta Lauren.

Je levai les yeux au ciel. Hil me donna un gentil coup de son pied aux ongles vernis de mauve.

– Vous, les filles, vous savez que je vous aime ! affirma-t-elle. C'est le reste de cet été pourri que je déteste.

J'ignorai les bips persistants de mon téléphone. Je me fichais bien de savoir si c'était un texto ou un message. Par un temps aussi idéal, rien ne valait la peine d'être pris au sérieux. Savourant ma paresse, j'étirai les bras au-dessus de ma tête, absorbant autant de soleil que possible. Je voulais profiter pleinement de mon farniente au bord de la piscine. L'été ne faisait que commencer. Nous avions le temps de nous amuser. De faire la fête et de découvrir si nos amourettes de l'année scolaire dureraient encore à la rentrée. Le temps de vivre des tas d'autres après-midis comme celui-ci.

Lauren était bien rouge soudain. D'une petite tape affectueuse sur le bras, je la mis en garde :

– Laur, tu es en train de prendre des coups de soleil.

– Ce n'est pas juste. Tu es blonde ; pourquoi tu ne brûles pas, toi ? répliqua-t-elle d'un ton accusateur.

Quittant son transat, elle alla se réfugier à l'ombre du parasol de la table du patio. Je lui lançai la bouteille d'écran solaire et ratai ma cible.

– Ce sont les rousses qui brûlent. Mais tu seras la seule sans rides quand nous aurons vingt ans. Il y a donc une justice.

– Qui veut venir s'asseoir avec moi ?

C'était l'une des questions typiques de Lauren. Hier, j'avais passé une partie de la journée à l'ombre avec elle. Mais aujourd'hui, trop bien pour bouger, je restai les yeux levés vers le bleu du ciel à l'infini.

– Tu es à genre trois mètres. Tu ne devrais pas te sentir trop seule, fit remarquer Hil.

Je me redressai et, encore une fois, rajustai mon haut de bikini d'un air emprunté. Au centre commercial, Ally m'avait affirmé qu'acheter une taille plus petite ferait paraître mes seins plus gros. Et je l'avais écoutée.

Hil, qui m'avait soutenu que cet achat était une erreur, surprit mon geste et secoua la tête d'un air entendu. Elle ne s'était pas trompée.

– Le vert t'allait mieux. Nous retournerons l'acheter ce week-end.

– Ça marche ! acquiesçai-je.

Ce maillot pouvait faire l'affaire pour bronzer, mais, à la simple idée de le porter pour faire des longueurs avec Gyver, je me sentis rougir. Je regardai la barrière qui séparait nos jardins. Le plus souvent, nous finissions par boire la tasse en nous attrapant mutuellement par les chevilles : tout était bon pour gagner nos courses. Le vainqueur était celui qui ne s'étranglait pas : nager en riant n'était pas l'idéal. Après, nous nous laissions flotter côte à côte en discutant, tous nos membres se frôlant. Jamais le mouchoir de poche à paillettes qu'était ce bikini ne résisterait.

La voix d'Hil vint interrompre le fil de mes pensées :

– Qu'est-ce que tu as à la jambe ?

Je secouai la tête pour sortir de ma rêverie. Ces derniers temps, j'observais un peu trop souvent la maison de mon voisin.

– Ce n'est rien. Je me suis cognée en jouant avec Ryan l'autre soir.

Je déplaçai ma jambe pour dissimuler le bleu qui s'étalait sur la moitié de mon mollet. C'était la dernière en date d'une série de taches mauves sur mon corps.

– Ryan est tellement lourd, fit-elle remarquer d'un air réprobateur. Il aurait pu faire attention.

– Ryan ? Attention ? répétai-je en riant. Tu es sûre qu'on parle du même, là ?

– Ryan ne fait jamais attention, renchérit Ally.

Elle aimait énoncer l'évidence pour s'assurer que nous étions bien toutes sur la même longueur d'onde.

– À propos de Ryan, reprit Lauren, où sont les garçons ? Appelons-le, et Chris, et Kei...

Une main plaquée sur sa bouche, elle s'interrompit.

J'échangeai un regard consterné avec Ally.

– Et personne, s'empressa d'enchaîner cette dernière en une piètre tentative pour rattraper la gaffe de Lauren.

Même si cela ne servait pas à grand-chose, c'était gentil à elle d'essayer. Keith était l'ex d'Hillary. Leur rupture était un sujet sensible.

Hil était d'une immobilité de statue. *Un elfe en bikini rouge.* Me laissant tomber dans la chaise longue à côté de la sienne, je l'entourai de mes bras. Comme nous avions l'habitude d'inclure l'ex d'Hil dans la liste des garçons à inviter, il était difficile d'en vouloir à Lauren. Mais elle avait une fâcheuse tendance à cumuler les gaffes. De son air un peu trop innocent, elle murmura :

– Désolée, Hil.

– Tout va bien ! lâcha cette dernière.

Elle avait son ton le plus cassant – le ton qui faisait frémir les petites élèves de troisième, qui me poussait à acheter de la pâte à cookies et à programmer une soirée de filles –, l'inflexion dans sa voix qui trahissait qu'elle souffrait. Une souffrance le plus souvent due à ses parents qui, régulièrement, étaient en procès, non pour obtenir sa garde, mais parce que ni son père ni sa mère ne voulaient d'elle.

– Mia, il fait chaud, arrête de me coller, tout va bien, répéta-t-elle, sa voix toujours aussi tranchante.

Mais, sentant qu'elle s'abandonnait à mon étreinte, je l'ignorai et répliquai :

– Keith est un abruti. Tu n'as pas besoin de lui.

Elle se redressa et se dégagea. D'un mouvement fluide, elle se leva de son transat pour plonger dans la piscine. Après avoir nagé une longueur, elle émergea et secoua son visage ruisselant.

– Laur, Mia, Ally ! Bougez-vous, venez me rejoindre !

Oubliant le risque de coups de soleil, Lauren se précipita. Elle aurait fait n'importe quoi pour se sentir incluse, quitte à mettre en péril sa santé.

Au moment où je me redressai, mon portable bipa de nouveau. Tout en relevant d'une main mes cheveux en un vague chignon que je nouai de l'autre avec un élastique, je posai le téléphone sur ma chaise longue pour lire le texto que venait de m'envoyer ma mère :

Le Dr a téléphoné. Ai avancé ton RV aujourd'hui 16 h. Je pars maintenant. Sois prête qd je rentre.

– Tu ne viens pas ? demanda Ally, qui flottait déjà, enroulant une frite de ses bras musclés. Elle est super bonne.

Je montrai mon téléphone d'un doigt.

– Peux pas. Ma mère. Nous allons quelque part à 16 heures. Si je ne suis pas habillée et prête à partir quand elle arrive...

Je n'avais pas besoin de terminer ma phrase. Après tant d'années d'amitié, nous étions toutes habituées au penchant théâtral de ma mère pour l'exagération.

– Restez nager, poursuivis-je. Si vous n'êtes plus là quand je rentre, je vous appelle.

Pour faire un tel plat des quelques bleus qui couvraient mon corps, ma mère avait dû avoir une semaine particulièrement calme à l'agence de publicité. Je souffrais sans doute d'une carence en fer ou ce genre de truc. Lauren affirmait qu'à chaque fois qu'elle faisait un régime, elle faisait de l'anémie. J'avais sans doute besoin d'une cure de vitamines, tout simplement.

Je m'arrêtai un instant sur le seuil de la cuisine avant de refermer la porte. Le rire aigu d'Ally se mêlait à celui, plus grave, d'Hil. Lauren cria :

– Arrêtez, les filles !

Me penchant, je cueillis une clématite rose vif à la treille et commençai à l'effeuiller.

Un pour le chagrin
Deux pour la joie
Trois pour une fille
Quatre pour un garçon
Cinq pour l'argent
Six pour l'or
Sept pour un secret à ne jamais révéler.

Sept pétales. J'écrasai la fleur entre mes doigts.

2

Je balayai la fête du regard. Je n'aurais jamais dû venir ce soir : Hil préparait des cocktails sur un bar de fortune fait de bottes de paille ; Ally et Lauren dansaient ; Ryan s'essayait à lancer une balle de ping-pong dans un gobelet de bière. Voyant que tout le monde était occupé, je renonçai à me forcer à sourire et, mon verre à la main, allai m'adosser au mur, dans la pénombre sous le grenier à foin.

La voix de Gyver me fit sursauter.

– Pose ton verre, Mia. Nous partons.

Il n'avait rien à faire ici. Nous non plus, du reste. Mais la grange du vieux Nathanson abritait nos soirées plus souvent que les spectacles d'époque de la Société historique d'East Lake. Nous nous sentions donc un peu chez nous.

– Qu'est-ce que tu fais ici ? demandai-je.

Il me prit mon gobelet en plastique rouge et le jeta dans la paille.

– Sérieux, ça m'est égal si je dois te porter. Il faut filer. Tout de suite.

Son geste et ses paroles firent tilt : Gyver étant le fils du commissaire local, il devait être au courant d'une descente imminente de la police.

– Je ne suis pas ivre. Je peux marcher.

– Alors viens. Vite ! lança-t-il en m'attrapant par le poignet.

Il m'entraîna le long des stalles, dans lesquelles des couples se pelotaient. Après avoir dépassé l'échelle du fenil, où étaient posées des enceintes d'iPod qui hurlaient, nous atteignîmes la table improvisée – une porte de grange juchée sur des bottes de foin –, où une partie de *beer-pong* se terminait. Les garçons se disputaient pour prendre le tour suivant.

– Mais, et...

En me retournant vers le groupe le plus bruyant de la foule dans l'espoir d'apercevoir Ryan et les filles, je chancelai. J'avais glissé dans le liquide d'un verre renversé. Mes tongs n'avaient pas de prise sur le sol en terre battue.

Sans répondre, Gyver m'aida à reprendre l'équilibre, puis me tira vers la porte. Je le suivis à travers la prairie en pente, jusqu'à sa Jeep noire, au moteur ronronnant, garée en bordure du parking presque désert. La plupart des habitués de la grange laissaient leurs voitures de l'autre côté de la forêt. Ainsi, en cas d'alerte, ils pouvaient s'enfuir en courant par la porte du fond du bâtiment. J'avais à peine refermé ma portière que Gyver démarra en trombe. J'attendais ses explications. Mais il semblait d'humeur taciturne.

Nous roulions sans un bruit. Après avoir fait le tour du lac, nous avions pris la direction de la ville, laissant derrière nous les lumières et les clameurs de la fête. À l'intérieur de la voiture, il faisait trop sombre pour que je puisse voir les titres des CD rangés sur le pare-soleil de mon côté. Le silence me mettait mal à l'aise. Je ne le supportais pas. J'étais allée à la soirée pour fuir la réalité, pour oublier ce que j'avais appris aujourd'hui et ce qui m'attendait demain. Non que je comprenne le programme de demain. J'avais encore du mal à assimiler ce que m'avait dit le médecin. Séparément, chacun de ses mots était clair. Mais, reliés les uns aux autres en une phrase, ils ne signifiaient plus rien.

De toute façon, je n'étais pas sûre d'être prête à vouloir comprendre. Je voulais attendre aussi longtemps que possible avant de devoir affronter la réalité. Alors, pendant que le médecin parlait des traitements à mon père et que ma mère sanglotait sur l'épaule d'une infirmière compatissante, j'avais déconnecté et m'étais mentalement concentrée sur le choix de ma tenue pour la soirée dans la grange.

J'aimais autant faire la fête que Gyver aimait sa musique. Au hasard, j'attrapai l'un de ses CD, sachant y trouver l'une de ses playlists sur mesure. *Ballades pour bosser, Psaumes pour la pluie, Un album pour l'algèbre.*

Il aimait les titres allitératifs. Les noms aussi : Walt Whitman. Galileo Galilei. Harry Houdini. Arthur Ashe. Sans oublier mon propre nom, Mia Moore. Était-ce la raison pour laquelle nous étions si proches ? Si j'avais porté le prénom de ma grand-mère paternelle plutôt que celui de ma grand-mère maternelle, serais-je assise dans cette voiture à cet instant précis ? Peut-être voyait-il mon nom comme le signe qui nous liait.

Pourtant, contrairement à moi, Gyver n'était pas à l'affût de signes. Si j'avais émis cette suggestion, il m'aurait ri au nez.

Mais, là, il ne riait pas. Sourcils froncés, il regardait la route. Les yeux fixés sur le CD, je le fis tourner autour de mon index, regrettant encore une fois l'absence d'une prise d'iPod dans l'habitacle pour lire les titres de ses playlists.

Tant pis ! La première chanson serait un signe. Et j'en avais besoin pour me montrer la voie : devais-je lui parler ? Pouvais-je le lui dire ? Je n'avais pas encore prononcé les mots à voix haute.

J'insérai le CD dans le lecteur et pressai le bouton *Shuffle* pour donner un coup de pouce au hasard : piste 6.

Quelques notes s'échappèrent du haut-parleur et je me penchai pour écouter. La chanson démarrait très doucement par un thème au piano qui se répétait, étoffé par des coups de cymbale très discrets et par des notes de guitare électrique en fond sonore.

Mais, alors que je retenais mon souffle dans l'attente des premières paroles, Gyver éteignit soudain la stéréo.

– Parlons, dit-il.

Mes doigts se crispèrent sur le pendentif en forme de trèfle de mon collier.

Avec un soupir, il me jeta un coup d'œil.

– C'est juste une chanson, Mi. Ça ne veut rien dire. Je ne veux pas que tu y voies un message caché et autres idioties.

Il me connaissait trop bien. Assez sans doute pour savoir que je devais en avoir le cœur net.

– Mais c'est quoi ? insistai-je.

– Une mauvaise sélection sur CD.

Il éjecta le CD, alluma le plafonnier, et me lut le titre pendant que j'essayais de déchiffrer ses pâtés de gaucher.

– « Cantiques à la colère ». Déjà, tu ne dis rien, ce qui est bizarre, et maintenant, en plus, tu vas me faire ta crise de superstition. Que se passe-t-il ? Raconte-moi.

– Il faut que je l'écoute.

Je sentais la carapace sous laquelle je me protégeais depuis ce matin prête à craquer. À la moindre contrariété, la panique pouvait me submerger, et je serais fichue.

– Je l'ai choisi au hasard. J'ai besoin de l'écouter, précisai-je.

– Mia, c'est juste une chanson débile, grommela-t-il.

Sa voix trahissait sa frustration. De son coude, il pressa le bouton pour baisser la vitre et fit mine de jeter le CD.

– Non !

J'agrippai son bras. La voiture fit une embardée et heurta le bas-côté. Elle s'arrêta en un soubresaut, et mon coude cogna ma portière. À quelques mètres devant nous, une masse confuse de sapins nous séparait du lac. Les bulldozers des promoteurs n'avaient pas encore frappé de ce côté d'East Lake, mais, à moins d'une chute soudaine du nombre de couples arrivant de New York et de Philadelphie pour élever leur progéniture dans nos paisibles villes de cartes postales, ces arbres avaient une espérance de vie limitée.

Une espérance de vie...

– Bordel ! Mia ! Tu veux nous tuer ? Qu'est-ce qui te prend, ce soir ?

Je me félicitai de la pénombre dans la voiture. L'obscurité me cachait la contrariété qui, je le savais, plissait son front, faisant flamboyer ses yeux sombres. En matière de regards intimidants, Gyver était le maître incontesté. D'un simple froncement de sourcils, il pouvait me faire craquer, et je lui raconterais tout. Sentant mes doigts trembler, je relâchai mon collier, glissai les mains sous mes cuisses et attendis qu'il se calme. Agrippant le volant de toutes ses forces, il jurait sous cape.

– D'accord. Tu ne vas rien vouloir entendre jusqu'à ce que tu l'aies écoutée, c'est ça ? C'est *Break Myself* par Something Corporate.

– Je ne la connais pas. J'aurais peut-être besoin de l'écouter plus d'une fois.

Je me frottai le coude. Un bleu s'y formait déjà, comme pour me rappeler ce que je ne disais pas à Gyver.

– Ne te gêne pas pour moi.

D'un geste brusque, il renfonça le CD, chercha la piste 6 et monta le volume trop fort.

Une voix masculine s'éleva doucement. Le premier couplet à peine terminé, comprenant que le signe était limpide, je reniflai. La réalité commençait à me rattraper.

I am willing to bleed for days... my reds and greys so you don't hurt so much.

(« Je suis prêt à saigner pendant des jours...

À me vider de mon sang pour que tu ne souffres pas autant. »)

Et, quand arriva le refrain, j'étais en larmes.

I am willing to break myself. I am not afraid.

(« Je suis prêt à me briser. Je n'ai pas peur. »)

Si, j'avais peur. J'étais terrifiée.

– Tu as besoin de l'écouter encore une fois ? bougonna Gyver alors que les dernières notes résonnaient dans l'habitacle.

Je fis non de la tête, et il éteignit la stéréo. Le silence n'était plus troublé que par ma respiration saccadée.

– C'est juste une chanson. Ce n'est même plus un groupe. Qu'est-ce qui t'arrive ?

– La journée a été longue, me contentai-je de chuchoter.

Sans lui laisser le temps de me demander pourquoi, j'enchaînai :

– Est-ce qu'il va y avoir une descente de police à la soirée ?

– Oui. J'ai pensé que tu préférerais ne pas voir tes excellentes appréciations gâchées par « a consommé de l'alcool en tant que mineure ». Ça ne ferait pas bon effet dans tes dossiers de candidature pour l'université. Tu as de la chance d'être d'une beauté si envoûtante que je n'ai pas pu résister : j'ai volé à ta rescousse.

Avec un sourire narquois, il me donna une petite tape sur le genou.

– Je ne buvais pas, répondis-je en levant les yeux au ciel. J'avais juste besoin de sortir ce soir.

Un dernier soir.

– Tu avais un gobelet à la main.

– D'eau.

– Et je suis sûr que M. Muscles joue ses *quarters* pour du jus de pomme, railla-t-il en faisant référence au *beer-pong*.

– Ryan ! Les filles ! Ils vont s'inquiéter pour moi. Tu penses qu'ils se sont fait prendre ? Il faut que je les appelle.

Avec toutes les pensées qui se bousculaient dans ma tête, je les avais oubliés.

– Pourquoi ? persifla Gyver.

– Parce qu'il est...

– Il est quoi ? Ton copain quand ça lui convient ? Ton pote avec qui tu couches ? Comment le définirais-tu, exactement ?

Je répondis en marmonnant :

– Ce n'est pas sérieux entre nous. Je ne couche pas avec lui.

– C'est un abruti. Tu peux trouver mieux.

– Ce n'est pas grave. Et puis, tu peux parler ! Soit tu as des critères impossibles, qu'aucune fille d'East Lake ne peut satisfaire, soit tu t'éclates à repousser celles qui te demandent de sortir avec toi.

Il se mit à rire et haussa les épaules.

Nous étions amis. Juste amis. Nous avions été amis toute notre vie. Il m'avait vue en pyjama et entendu nos mères discuter de mon premier soutien-gorge de sport et du sujet beaucoup plus embarrassant de « l'évènement majeur de la féminité ». Sa mère m'avait fait un gâteau quand j'avais eu mes premières règles. Il ne risquait pas de me considérer un jour comme une petite amie potentielle. De plus, j'étais plus ou moins avec Ryan. Et puis, pour le moment, ma vie amoureuse n'était pas ma priorité. Aurais-je déjà oublié ce qui m'arrivait ? Je refoulai un sanglot.

– Calme-toi. Je suis sûr que M. Muscles va bien. Il court vite. Tes copines pom-pom girls aussi.

– D'accord, mais tu aurais dû prévenir tout le monde.

Je n'étais pas trop inquiète. Nous ne nous étions jamais fait prendre.

– Tu as déjà de la chance que mes parents m'aient autorisé à venir te chercher. J'ai dû les supplier pour obtenir dix minutes d'avance par rapport aux flics. Il a fallu que je leur montre la vieille photo d'Halloween où nous sommes déguisés en Sonny et Cher sur le frigo et que je leur rappelle la fois où tu avais coursé le sixième qui m'avait piqué mon bonbon.

– Gyver, j'avais juste besoin...

Ma voix tremblait. *Je n'ai pas peur.*

– Quoi ? De quoi as-tu besoin, Mi ? J'ai été patient. Tu pleures pour une chanson ? Même pour toi, c'est exagéré. Même si tu avais bu...

– C'était de l'eau, répétai-je.

Je n'étais pas encore sûre de pouvoir me confier. Je n'étais pas prête à en parler à tout le monde. Mais Gyver n'était pas tout le monde. J'avais besoin d'un signe. Ou de faire diversion.

– Pourquoi est-ce que ce groupe s'est dissous ?

– Something Corporate ? Le chanteur leader voulait se lancer dans un projet solo. Puis il a eu une leucémie. Tu connais un peu de la musique de son nouveau groupe ? Jack's Mannequin ? Non ? demanda-t-il en me scrutant pour voir si je me souvenais. Je te l'ai fait écouter. Ça te plaît.

J'agrippai mon siège de mes deux mains.

– Qu'est-ce que tu as dit ?

– Que Jack's Mannequin te plaît ?

Il tendit la main vers ses CD, mais je secouai la tête.

– Avant ça, chuchotai-je malgré moi.

– Il a formé un nouveau groupe ? Il a eu une leucémie ? Son premier groupe s'appelait Something Corporate ? Quelle partie ?

Un signe pouvait difficilement être plus clair.

– J'ai quelque chose à te dire.

3

– On peut s'arrêter quelque part ? Je déteste parler en voiture. Je ne sais jamais où regarder. Je sais que tu dois fixer la route, mais j'ai l'impression de discuter avec le côté de ton visage pendant que tu parles au pare-brise.

Gyver ralentit pour bifurquer dans le parking de la « plage » d'East Lake. Il fermait au coucher du soleil et, exception faite des détritus qui jonchaient la chaussée – flacons d'écran solaire, bouées dégonflées, emballages vides de chips et d'autres trucs à grignoter –, il était vide.

L'air interrogateur, il attendit. Je bus une gorgée de la bouteille d'eau posée dans le porte-boisson. Je n'avais pas vraiment soif, juste besoin de m'occuper. J'avalai de travers et, gênée, me mis à tousser.

– Ça va ? me demanda-t-il d'un ton bourru.

Je ne voulais pas lui avouer pourquoi je m'étranglais : une fois que je lui aurais annoncé la nouvelle, il ne serait plus question de fuir la réalité. Je repliai les jambes contre moi.

Les lumières du parking allumaient des reflets bleutés dans les cheveux bruns de Gyver. Malgré son beau visage, je le voyais toujours comme le petit garçon qui se faisait chahuter à l'école primaire parce qu'il s'appelait MacGyver : prénom qu'il devait au héros du feuilleton ringard des années quatre-vingt, un type qui avait une prédilection pour le chatterton. Je l'avais défendu à l'époque et il était resté mon meilleur allié depuis. Et maintenant j'avais besoin de lui.

– Tu te rappelles, il y a une semaine environ, quand tu m'as demandé si Hil et moi nous étions battues ? Parce que j'avais des bleus ?

Devant l'irritation qui se peignit sur son visage, je regrettai immédiatement mon entrée en matière.

– Je blaguais. Que vient faire Hillary dans tout ça ?

– Rien. Mais ta question m'a fait m'apercevoir que j'avais très facilement des bleus.

Je levai mon coude pour lui montrer la tache mauve qui s'étalait là où je venais de me cogner à la portière.

Il l'effleura de deux doigts, me procurant une sensation de fraîcheur.

– Tu vas bien, Mi ?

– Non, répondis-je d'une voix étranglée, une boule d'angoisse me nouant le ventre. En plus, j'ai été vraiment très fatiguée et j'ai eu de la fièvre. Maman m'a emmenée chez le médecin, qui m'a fait une prise de sang. Il m'a fait revenir le lendemain pour me prendre plus de sang. Nous sommes allés à l'hôpital de Lakeside hier pour faire des tests. On m'a prélevé un échantillon de moelle osseuse sur la hanche. Aujourd'hui, nous avons eu un entretien avec le chef du service d'oncologie.

Je me sentais détachée, comme si j'étais en train de parler de la vie de quelqu'un d'autre.

– Qu'est-ce que c'est ? Dis-moi, je t'en prie.

Sa main s'enroula autour de mon bras, heurta mon bleu, ce qui m'arracha une grimace.

– Une leucémie, chuchotai-je, le mot redouté me laissant un arrière-goût âcre dans la bouche.

– Une leucémie ? répéta-t-il d'une voix pressante.

Sous ses cheveux en bataille, ses sourcils haussés trahissaient sa stupéfaction, l'expression de son visage, sa consternation.

Je me forçai à continuer :

– Ça s'appelle leucémie aiguë lymphoblastique. LAL, en court. C'est un cancer du sang. Mon corps produit un excès de mauvais globules blancs. On les appelle des blastes. Et ils entraînent la diminution de mes bons globules.

D'une voix machinale, dénuée de toute émotion, je répétais les mots utilisés par le médecin cet après-midi. Mais mes bras tremblaient. Les resserrant autour de mes genoux, j'appuyai la tête contre la vitre fraîche dans un ultime effort pour refouler mes larmes. Je n'avais pleuré ni dans le cabinet de l'oncologue, ni dans la voiture en rentrant de l'hôpital, ni en me préparant pour sortir ce soir. Mais, avec Gyver, j'avais l'impression que c'était la seule chose qu'il me restait à faire.

– Que disent les médecins ? Mi ?

Il avait parlé avec son intonation de petit garçon perdu, comme quand nous avions regardé *Bambi* pour la première fois.

Les yeux rivés au plafond de l'habitacle, je répondis d'une voix saccadée, le souffle court :

– C'est agressif. C'est le mot qu'ils préfèrent. « Une forme de cancer agressive. » « Sa propagation est agressive. » « Nous devons commencer un traitement agressif immédiatement. »

Je fermai les yeux et sentis sur mes lèvres le goût salé des larmes qui roulaient sur mes joues.

– Voilà pourquoi je suis allée à la fête, ce soir. J'avais juste besoin de me sentir normale pour quelques heures encore. Avant que ma vie ne soit plus qu'un chaos de chimio, de médecins, de médicaments.

L'accablante réalité des paroles du médecin me frappa soudain de plein fouet. Perdant soudain ma placidité, je gémis :

– Mon Dieu ! j'ai un cancer.

Quand Gyver me prit par le coude pour m'attirer contre lui, je commençai par résister. Sa compassion allait faire redoubler mes pleurs. Sentant son autre main sur mon épaule, je m'abandonnai et le laissai poser ma tête contre son torse et m'enlacer.

Je sentais sa respiration rapide. Les battements de son cœur qui cognait à travers son tee-shirt se mêlèrent aux convulsions de mes sanglots.

À l'intérieur de la voiture, il faisait de plus en plus chaud – cette chaleur moite typique de la fin juin en Pennsylvanie. Je ne pouvais plus distinguer mes larmes de mes gouttes de transpiration. Il fallait que j'arrête de pleurer. Que je me calme. Je ne pouvais pas rentrer à la maison le visage marbré, l'air terrifié. Je relâchai le tee-shirt de Gyver que j'avais agrippé, repris ma place et fis un effort de concentration pour sécher mes larmes et retrouver une respiration normale. Après avoir bu une autre gorgée d'eau, je demandai :

– À quoi penses-tu ?

– Je suis en train de hurler mentalement toutes les injures que je connais.

De ses deux mains, il se frotta le front, s'adossa à son siège et ferma les yeux.

– Ça va ? m'inquiétai-je.

– Ça va ? Ça va ? Bien sûr que non, ça ne va pas ! Mais on s'en fout de moi. Comme vas-tu, toi ? Ça veut dire quoi, tout ça ?

– Je ne sais pas trop... Je n'ai pas eu beaucoup de temps pour comprendre ce qui m'arrivait. Nous avons des piles de brochures à la maison et papa a déjà commandé tous les livres qu'il a pu trouver.

Mes doigts jouaient fébrilement avec la chaîne à mon cou.

– Alors, on fait quoi maintenant ?

Mes yeux se remplirent de nouveau de larmes. Il avait dit « on ». L'émotion me rendait muette.

– Mi ? Quelle est la prochaine étape ? insista-t-il.

– Je dois entrer à l'hôpital demain pour de nouveaux examens. Je vais y rester un moment, sans doute un bon mois.

Ils ne me laisseront probablement pas sortir avant août. Le Dr Kevin – c'est mon médecin, mon oncologue – a dit qu'ils devaient me garder pour éviter que j'attrape une infection.

– Un mois ! Et le lycée ? Tu y retournes en septembre ?

L'allusion au lycée me fit soudain retomber sur terre. Me rasseyant normalement, je me redressai bien droite.

– Je ne le sais que depuis aujourd'hui. Je ne peux pas dire. Je n'ai pas encore réfléchi aux détails.

J'avais répondu d'un ton courroucé, comme si j'étais en colère. Mais c'était ça ou fondre de nouveau en larmes. Et je ne pouvais pas, je ne voulais pas perdre de nouveau le contrôle.

Il poussa un soupir et, d'un geste affectueux, pressa mon épaule.

– Mi, je n'y crois pas.

– Attends, mon horoscope d'aujourd'hui disait : « Détendez-vous et savourez votre bien-être. C'est une journée idéale pour apprécier votre vie telle qu'elle est et pour cesser de vouloir plus. »

Je regardai le parking jonché de déchets : une tong de bébé abandonnée ; un seau de plage fendu.

– Je ne sais pas où tu lis ça. Ce sont des conneries.

– Peut-être. Ou peut-être que ça veut dire qu'il faut que je commence à apprécier ma vie parce que je ne peux plus en attendre davantage.

L'amertume de mes paroles se teinta d'une pointe de regret.

– Arrête ça ! m'intima Gyver.

– Arrête quoi ?

Je détournai le regard des débris de la plage.

– Ne commence pas à chercher des signes pessimistes. Tu vas guérir.

La buée qui couvrait les vitres me cachait le lac.

– J'ai besoin... j'ai besoin d'air.

J'ouvris la portière et descendis de voiture. L'air était moite. Je m'essuyai les yeux et, en titubant, allai m'asseoir sur le banc d'une table de pique-nique qui faisait face au lac.

– Tiens, bois.

Gyver m'avait suivie. Il me tendit la bouteille d'eau et s'installa sur la table.

Nos regards plongés l'un dans l'autre, je vis ma terreur se refléter dans le sien. Je parlai la première :

– Je ne veux pas rentrer tout de suite.

– Je comprends. Comment vont tes parents ? Je n'arrive pas à croire qu'ils t'aient laissée sortir ce soir. En fait, si, je comprends.

Détournant la tête de la surface mouvante du lac, je levai les yeux vers lui. Son visage exprimait la désapprobation.

– Mon père s'est transformé en M. Incollable-sur-le-Cancer. Diagrammes et feuilles de calcul à fond. Et ma mère ? Elle est sous Prozac et alterne les crises d'hystérie et les phases où elle affirme que je vais guérir. Quand je suis partie, elle prenait un bain moussant pour « se calmer ». Mon père, lui, préparait le dîner, une cuillère en bois dans une main et un prospectus dans l'autre. Personne n'était à l'écoute de ma propre réaction. Il fallait que je sorte.

Tout en faisant rouler la bouteille d'eau entre mes mains, je jouais avec le sable à mes pieds.

– Oh Mi ! Tu aurais dû m'appeler, ou venir à la maison, tout simplement.

Avec des parents aussi parfaits que les siens, il était étrange que Gyver puisse comprendre les miens. Mais il avait été assez souvent confronté au goût du mélodrame de ma mère et à l'esprit analytique de mon père, pour pouvoir hocher la tête avec compassion.

– C'est vrai, acquiesçai-je. Est-ce que ta mère va nous faire une scène pour ce soir ? Je ne pense pas pouvoir supporter de l'entendre crier à cet instant précis.

Si mes parents acceptaient que les fêtes fassent partie de la vie d'un lycéen, la mère de Gyver, qui était le commissaire de la police locale, ne voulait pas en entendre parler. Être voisins du commissaire Russo était synonyme de leçons sur la prévention de la violence et de la drogue aux barbecues du quartier.

– Ne t'inquiète pas pour elle. Ce n'est pas très grave, me rassura-t-il.

– Je suppose que non. Tout est relatif.

D'un coup de pied, je détruisis le tas que j'avais formé sous le banc et regardai le sable couler dans l'obscurité.

– Je suis là, dit Gyver, une main sur mon épaule.

– Merci.

Avec un profond soupir, je posai ma joue au creux de sa paume, gagnée par un infime soulagement, comme une première lueur de réconfort.

– Tu as ta guitare avec toi ?

– J'ai ma guitare sèche dans la voiture.

– Tu peux me jouer cette chanson ? Tu la connais ?

Elle m'avait paru sinistrement appropriée : « sang », « peur » étaient des mots dont le sens avait changé en une nuit. Sachant que le chanteur avait lui aussi affronté cela, j'avais besoin de chercher d'autres signes dans les paroles.

Gyver avait déjà sorti un médiator de sa poche et le faisait tournoyer entre ses doigts comme s'il s'était agi d'un soir ordinaire et que je lui demandais une chanson au hasard. S'arrêtant soudain, il me demanda :

– Tu veux vraiment l'entendre encore ?

– S'il te plaît.

D'un geste, il me pressa de nouveau l'épaule et regagna la voiture. Je vidai la bouteille et la posai sur la table pour la faire tourner. Si elle s'arrêtait avec le bouchon me faisant face, mes amis prendraient très bien la nouvelle. Si elle s'arrêtait le bouchon face au lac, ce serait le contraire. Je retins mon souffle et la regardai dessiner un cercle irrégulier sur les planches en bois pâli par le soleil.

Gyver qui revenait l'attrapa sans lui laisser le temps de s'immobiliser et la jeta dans une poubelle de recyclage.

– Tu veux jouer à faire tourner la bouteille ? plaisanta-t-il.

Devant l'expression accablée de mon visage, il fit un geste en direction de la guitare.

– Tu es sûre, Mi ?

Je hochai la tête.

Qu'importait le chanteur qui l'interprétait, je préférais toujours la version de Gyver à l'originale. Une fille pouvait tomber amoureuse d'une voix comme la sienne, tout oublier en l'entendant chanter. Mais, là, la magie n'opéra pas. Sa voix rauque tremblait. Elle se fêla sur le premier vers, se brisa sur les mots « sans espoir ». Et ce soir, au lieu du regard électrisant auquel il m'avait habituée quand il chantait pour moi, il me fuyait des yeux.

Quand il arriva au refrain, il l'entonna avec une intensité sinistre. Jusqu'au moment où sa voix s'étrangla et qu'il s'arrêta de jouer. Je n'étais pas étonnée par les larmes qui brouillaient ma vue du lac. Mais, quand Gyver releva la tête, le voir pleurer aussi fut un choc.

Je voulais le serrer contre moi. Lui retirer sa guitare et mettre mes bras autour de ses épaules pour remplacer la bandoulière. Mais j'étais comme pétrifiée. J'avais fait pleurer Gyver. Une douleur fulgurante me transperça, comme si mon cœur était sur le point d'exploser.

Gyver posa son instrument sur la table et vint s'asseoir sur le banc, à côté de moi. Je nichai ma tête au creux de son cou. D'un bras, il m'enlaça les épaules et posa son menton sur mes cheveux. Nous restâmes ainsi, le regard perdu sur le lac, liés par notre peur. Le silence n'était perturbé que par le chant des grillons et le clapotis des poissons qui faisaient surface pour happer des moustiques.

– Je pense que tu te trompes, chuchotai-je enfin.

Il me dévisagea et esquissa un sourire, sans parvenir à faire disparaître la douleur dans son regard.

– Venant de toi, le contraire m'aurait surpris. Je me suis trompé sur quoi, cette fois ?

– Ce n'est pas une chanson de colère. C'est une chanson triste, la chanson de quelqu'un qui a peur. Tu ne l'as pas mise dans la bonne playlist.

4

Le lendemain matin, j'effaçai les messages et les textos avinés, aux contenus influencés par l'abus de bière, de Ryan, d'Hillary, de Lauren et d'Ally.

Hil semblait irritée.

Comme ça, tu disparais pendant trois jours, tu viens à la fête, où tu boudes toute la soirée pour disparaître de nouveau ? Que se passe-t-il, Mia ? Tout va bien ? Si tu as fini de bouder, viens nous rejoindre chez Matherson.

J'avais un autre message daté d'aujourd'hui : un projet de « déjeuner gueule de bois ».

Je gagnai la cuisine, où je trouvai mes parents assis devant leur café, plongés dans des livres sur la chimiothérapie. Cela les changeait de leurs journaux habituels.

– Bonjour, ma puce. Comment te sens-tu ? me demanda mon père en refermant son livre.

Il utilisa une serviette en guise de marque-page. Mon père partait du principe que toute information valable ne pouvait sortir que d'un livre, d'un diagramme, d'un graphique ou d'un schéma. Il ne comprenait le monde qu'ainsi. Aussi préférait-il la gymnastique aux numéros de pom-pom girls. En gymnastique, il comprenait le système de calcul des points : les points en plus en fonction de la difficulté, les points retirés pour une réception ratée. Les concours de pom-pom girls et leurs critères impossibles à quantifier, comme « l'impact sur une foule », le laissaient perplexe. Assis dans les gradins, son bloc à la main, il essayait de faire le travail de tous les juges à la fois et demandait à ma mère : « Est-ce que cette fille a rebondi ? » ; « Tu dirais que leurs voix sont fortes ou qu'elles aboient ? » ; « Quelle note donnerais-tu à leur rythme ? » À bout de patience, elle finissait par lâcher : « Range ce bloc et regarde ta fille ! »

Depuis la nouvelle d'hier, il canalisait son hyperactivité sur la recherche de toutes les données existantes sur la leucémie. Je remarquai ses doigts tremblants d'impatience sur les coins du livre. Être obligé d'attendre la fin de cette conversation pour pouvoir reprendre sa lecture semblait le mettre au supplice.

– Je vais bien, affirmai-je.

Ma mère m'examina de la tête aux pieds.

– Qu'est-ce que tu t'es fait au coude ? Je vais te cacher ce bleu avec du fond de teint.

– Ce n'est pas grave. Je me suis cognée.

Mon père hocha la tête. Avait-il remarqué qu'il ouvrait et refermait machinalement la couverture de son livre ?

– Nous avons parlé à Nancy Russo ce matin. Apparemment, c'était une soirée bien arrosée. Tu as de la chance qu'elle ait permis à Gyver de venir te chercher.

– Je n'ai pas bu.

Pensant avoir clos le sujet, je pris le jus d'orange dans le réfrigérateur.

Ma mère n'était pas une adepte de la discipline et mon père ne contrariait jamais sa femme. Fille unique adorée, elle voulait aujourd'hui être adorée de sa fille unique. Aussi ne m'imposait-elle aucune règle, n'avait-elle jamais recours aux punitions. Elle passait son temps à se vanter de mes succès et à émettre de vagues commentaires sur le fait que les adolescents étaient « tellement difficiles ».

D'où ma surprise en l'entendant renchérir :

– Je sais bien. Mais tu dois quand même faire attention. Enfin, tu le sais. Je suis sûre que tu as été prudente.

Sans relever, je remplis un verre de jus d'orange.

– J'ai rendez-vous avec les autres chez Iggy, annonçai-je.

– Iggy ? Ryan sera là ? Oh ! je parie qu'il t'enverra des fleurs à l'hôpital. C'est adorable, ajouta-t-elle, les mains jointes, comme s'il l'avait déjà fait.

Se voiler joyeusement la face plutôt que d'affronter la réalité était typique de ma mère. Me composant un visage impassible, je rétorquai :

– Peut-être. Je ne pense pas que Ryan soit spécialement fan des hôpitaux. Ce ne sera pas vraiment drôle.

– Je sais bien, mon chaton, mais je suis sûre que toi et les filles réussirez à mettre une super ambiance.

Je m'exhortai à refouler mon irritation. Ma mère était présente quand le Dr Kevin avait expliqué le traitement : une chimiothérapie d'induction. Autrement dit, un mois d'hôpital afin qu'ils puissent m'administrer le traitement et me faire d'autres choses, tout aussi atroces et douloureuses.

– L'hôpital n'est pas une colonie de vacances. Je ne sais pas si je serai en forme pour des soirées de filles.

– Mais si, voyons !

Cependant, son sourire démentait son ton plein de conviction. Elle se leva et repoussa les mèches qui me tombaient sur le visage. Son geste en apparence affectueux ne me trompait pas. Elle voulait voir si mon front était chaud, si j'avais de la fièvre. Peut-être comprenait-elle un peu, après tout.

– Je ne le leur ai même pas dit.

Ma mère effleura de nouveau mes cheveux et ses yeux se posèrent sur les bleus de mon bras. Elle fronça les sourcils. D'une voix lente, pensive, elle reprit :

– Et si tu attendais de voir comment ça se passe pour leur parler ? Une fois à l'hôpital, si tu as envie d'avoir des visites, tu pourras les appeler.

– Ne pas le leur dire ? Papa, qu'en penses-tu ?

J'étais envahie par une honte soudaine, comme si le cancer était de ma faute, que je devais le cacher.

– C'est ta maladie, Mia. C'est à toi de décider à qui tu veux en parler.

Jamais je ne l'avais entendu émettre une opinion aussi lointaine de celle de sa femme.

– Je l'ai déjà dit à Gyver.

– Gyver, ce n'est pas pareil, fit remarquer ma mère avec un geste de dédain. Nous avons mis ses parents au courant ce matin. Mais attends peut-être pour tes amis ; tu ne sais pas comment tu vas te sentir avec le traitement. Tu auras peut-être envie d'être seule. Tranquille.

– Mais vous en avez parlé aux Russo ?

De ma main, je cachai le dernier de mes bleus en date. Je comprenais que, pour ma mère, ils étaient comme une imperfection, un signe de la période sombre qui m'attendait.

– Je ne pouvais pas faire autrement. J'ai décidé de prendre un congé jusqu'à la fin de ta chimiothérapie, poursuivit-elle avec un haussement d'épaules affecté. Si j'avais soudain arrêté le covoiturage avec Vinny Russo et qu'il ne m'avait pas vue au bureau, il aurait deviné qu'il se passait quelque chose.

– Peut-être ne vais-je pas le dire aux filles tout de suite, murmurai-je, songeuse.

Hil voudrait tout savoir. *Tout.* Et je n'avais pas encore toutes les réponses. Ni l'énergie pour être criblée de questions.

Ma mère adressa un hochement de tête approbateur à mon père.

– Si tu ne te sens pas prête à en parler, il n'y a pas de problème, enchaîna ce dernier en ramassant un prospectus sur la table. Il y a un article ici qui compare un diagnostic à un deuil parce qu'il y a des sta...

– Nous allons le vaincre, l'interrompit ma mère. Parce que, chaton, tu es capable de tout. Tu es intelligente, courageuse, belle, et tu as des amis et une famille qui t'aiment tous de tout leur cœur.

Malgré sa voix plus enjouée que jamais – la voix de ses propres années de pom-pom girl –, ses yeux brillaient de larmes.

Je fis ce qu'elle attendait de moi quand elle me gratifiait de l'un de ses discours motivants « ma-fille-est-une-super-héroïne » : je souris et acquiesçai d'un hochement de tête. Même si je dus me mordre la langue pour ne pas lui faire remarquer qu'aucun des traits de caractère qu'elle avait évoqués n'était doté de propriétés magiques anticancer. Je ne pouvais pas m'autoguérir par la pensée et, ma mère avait beau tout ramener aux pom-pom girls et à la beauté, l'enjeu ici était de vaincre une leucémie, pas de gagner un concours de popularité.

– Je dois aller prendre ma douche. J'ai rendez-vous avec les filles à midi.

– Ne rentre pas trop tard. Nous partons à l'hôpital à 15 heures, me rappela mon père.

– Et n'oublie pas notre petite conversation, chaton, renchérit ma mère.

L'air entendu, elle posa un doigt sur ses lèvres.

Garder mon cancer secret était-il même possible ? J'avais besoin d'un signe.

5

Mes amies et moi nous retrouvions toujours chez Iggy. La carte n'y était pas meilleure que dans les autres cafés, le décor de pochettes de disques des années cinquante et le sol dallé de noir et blanc, pas particulièrement originaux. Mais manger ici était un rituel, comme cela l'avait été pour des générations de pom-pom girls avant nous. Nous avions un box réservé, ce qui nous évitait d'attendre, et n'étions jamais chassées pour avoir passé des heures à papoter en n'ayant consommé qu'une simple assiette de frites et des Coca light.

Nous étions toujours toutes les quatre. Nous nous étions surnommées les Filles du Calendrier. Quand nous étions au collège, nous avions décidé que fêter nos anniversaires ne suffisait pas. Nous avions donc chacune choisi une saison à célébrer. Les cheveux bruns et la réserve glaciale d'Hillary Wagner la prédestinaient à symboliser l'hiver. La gaieté solaire et les fréquentes crises de larmes d'Ally Wells évoquaient le printemps et ses giboulées. Les cheveux roux et la peau d'une blancheur spectrale de Lauren Connor rappelaient l'automne.

J'étais décontractée, insouciante. J'étais l'été. En théorie, c'était ma saison. Si je voulais que les filles passent le mois de juillet dans ma chambre d'hôpital, elles le feraient. Tout comme nous avions fait campagne pour nous assurer que Lauren soit la reine du bal d'automne, Hil, couronnée au bal de la neige et qu'Ally porte le diadème royal au bal de fin d'année du lycée. Jusqu'au premier jour de la rentrée de septembre, mes désirs étaient des ordres. Si seulement j'avais su quoi souhaiter !

– J'ai une idée, annonça Hil. Mais, si nous voulons qu'elle marche, nous devons toutes être d'accord.

Lauren, qui était allée saluer une bande de garçons installés dans un box voisin, venait de nous rejoindre.

– Faut-il nous inquiéter ? questionna Ally.

– Non, la rassura Hil. Sauf Lauren, peut-être.

– Attends un peu, pourquoi moi ? glapit cette dernière.

– Je blague, répondit Hil en riant.

Nous avions chacune notre rôle dans le groupe : Ally, qui aimait se sentir indispensable, comblait le besoin constant de Lauren d'être rassurée. Et mon pragmatisme canalisait la fantaisie d'Hil, qui aimait échafauder les plans les plus extravagants.

– De quoi s'agit-il ? demandai-je, un peu alarmée.

Pourvu qu'elle ne nous fasse pas un remake de sa lubie du mois dernier : « Faisons-nous toutes tatouer. » J'avais eu toutes les peines du monde à l'en dissuader. Mais peut-être, dans sa nouvelle idée, allais-je déceler un signe qui m'aiderait à leur faire part de ma nouvelle.

– C'est l'été avant notre terminale. Notre dernière année ensemble. Et je veux que ce soit notre meilleur été depuis toujours.

– Je suis déjà d'accord, l'interrompit Lauren.

– L'année dernière, j'étais trop accaparée par Keith et tout son cinéma sur ses études. Nous avons perdu tellement de temps à réfléchir à quelles universités il devait envoyer ses candidatures pour ne pas nuire à notre relation longue distance. Maintenant que nous avons rompu – heureusement ! –, je me rends compte de tout ce que j'ai raté et à quel point vous m'avez manqué, les filles !

Ally serra Hil dans ses bras.

– On est contentes de t'avoir retrouvée. Mais tu te remets bien de ta rupture ?

Hil hocha la tête.

– J'avais oublié à quel point c'était cool d'être en soirée sans avoir à se soucier de son copain. Alors, voilà mon idée : nous restons célibataires en terminale. Ça ne nous empêche pas d'avoir des histoires d'un soir. Et Mia peut continuer à attendre que Ryan lui brise le cœur, mais rien de concret ni de sérieux. Vous en dites quoi ?

– Je suis partante, déclara Ally. De toute façon, je ne trouve pas les garçons d'East Lake fun.

Son front plissé trahissant son effroi, Lauren répéta :

– Pas de petit ami ? Genre, pas du tout ?

– Oh ! tu peux y arriver. Tu en as déjà eu tellement, rétorqua Hil. Mia ? Quel est ton verdict ?

– D'abord, mon cœur n'est pas en danger. Ensuite, je suis partante, moi aussi.

Il ne me serait pas difficile de renoncer aux garçons pour un an. Ryan ne s'engagerait jamais. C'était de renoncer au reste de ma vie qui m'inquiétait.

– Si vous êtes toutes d'accord, je suppose que moi aussi, dit Lauren, songeuse, en enroulant une mèche de cheveux autour de son doigt.

– Super !

Hil leva son Coca et nous l'imitâmes.

– À nous ! À la terminale des Filles du Calendrier célibataires. Ça va être fabuleux, vous allez voir. Cul sec, les filles !

Nous trinquâmes. Nos verres à peine vidés, Lauren commença à protester :

– Pourquoi Mia aurait le droit de garder Ryan ? Ce n'est pas très juste.

– *Garder* Ryan ? se moqua Hil. Ne répète jamais ça devant lui.

– Chut ! fit Lauren. Les voilà. Soyez naturelles.

J'étouffai un petit rire amer. Rien dans ma vie ne me semblait naturel en ce moment. Ma mère avait-elle raison ? Devais-je garder le secret sur ma maladie ? J'essayai de nous projeter dans une chambre d'hôpital, nous vernissant les ongles des pieds ou regardant des films d'horreur, avec des machines bipant autour de nous. Je ne pouvais pas m'imaginer écouter Ally lire des tests dans *Cosmo* en pyjama plutôt qu'en bikini. Hillary ne pourrait pas faire du monokini et nous n'aurions sûrement pas l'espace nécessaire pour une chorégraphie improvisée de ses comédies musicales préférées. Des scènes que nous regardions en boucle, jusqu'à ce que nous en ayons maîtrisé tous les pas, ou que nous partions en fous rires. Lauren serait la moins embêtée. Elle n'aurait pas à se préoccuper de prendre des coups de soleil. Si ce n'était qu'elle ne tenait pas en place : d'être enfermée dans une chambre la rendrait folle. Et nous aussi, par ricochet.

– Naturelles, refit Lauren dans un chuchotement.

Elle afficha son sourire le plus éclatant. Hil leva les yeux au ciel.

– Mia, on va toujours au centre commercial, plus tard ? me demanda-t-elle.

Devant mon coup d'œil perplexe, elle ajouta :

– Tu te rappelles ? Pour t'acheter un bikini à ta taille.

– Je ne peux pas, répondis-je en jouant distraitement avec ma salade dans mon assiette.

Je grignotais, je n'avais pas faim.

– Je peux venir, proposa Lauren.

À ce moment précis, Ryan Winters, Chris Matherson et Bill Samuels arrivèrent à notre hauteur.

– Salut !

Chris et Bill s'assirent à côté d'Hil et réquisitionnèrent les frites de Lauren. Ryan attendit, debout à côté de moi, son air amusé creusant des fossettes dans ses joues.

– Tu me fais une petite place ? finit-il par suggérer, voyant que je ne comprenais pas l'allusion.

Me sentant rougir, je me poussai.

– Oh là là, Mia ! Je croyais que j'avais la gueule de bois, mais tu es complètement à l'ouest aujourd'hui, se moqua Hil. Combien de verres as-tu bus hier soir ?

– Un peu trop, sans doute, mentis-je avec un sourire forcé.

Complice, Ryan pressa mon genou sous la table. Il avait passé la soirée à me proposer d'échanger mon eau contre « quelque chose de plus intéressant » et, à chaque fois, j'avais décliné. Son regard bleu, appuyé, semblait me transpercer jusqu'au fond de l'âme. Il m'adressa un sourire en coin, une fossette se creusant dans sa joue gauche. Ce sourire qui me donnait envie d'aller me cacher dans quelque endroit reculé, seule avec lui.

– Et puis, tu es passée où hier soir ? demanda Chris.

– Oui, et toute la semaine ? renchérit Lauren. Depuis l'après-midi à ta piscine, on dirait que tu as été déclarée disparue au combat. Mia ?

Tous marmonnèrent leur approbation en hochant la tête. Seule Ally laissa échapper un petit rire. Qu'importait à quel point la blague était bidon, pour moi, la diversion tombait à pic. Personne ne semblait avoir remarqué que je n'avais répondu à aucune des deux questions. La première était tout à fait innocente, mais Gyver et mes amis n'évoluaient pas dans les mêmes cercles. Quand j'essayais de les mélanger, ce n'était jamais une réussite.

– J'ai cru entendre quelqu'un parler d'aller acheter un bikini. Je peux venir ? plaisanta Ryan.

Il me regardait et son sourire me fit l'effet un peu grisant d'une gorgée de whisky, et m'inonda de chaleur.

– Je ne peux pas venir. Ma mère m'attend pour faire un truc.

– Et alors ? Annule, suggéra Chris.

– Même pas en rêve. Vous ne connaissez pas ses réactions quand elle se sent ignorée.

Les filles hochèrent la tête, compatissantes, et Ally renchérit :

– Je comprends parfaitement. T'inquiète.

– À quelle heure tu nous attends, demain, la Fille de l'Été ? reprit Hil. C'est le temps idéal pour une journée piscine.

Les yeux plongés dans ma salade, je cherchai des réponses dans la laitue et les carottes, mais les légumes ne me donnèrent aucun signe.

– Désolée, je suis occupée.

– C'est l'été ! Occupée à quoi ? Et pourquoi ne sommes-nous pas invitées ? s'exclama Lauren.

Incapable de la regarder, je fixai le couple âgé dans le box, derrière elle.

– Je vais dans le Connecticut avec ma mère voir mes grands-parents.

– Nul ! dit Bill.

– Oui. Désolée, je ne vais pas pouvoir faire la princesse à la piscine.

– Tu rentres quand ? demanda Ally.

– Je ne sais pas.

– Mais je pars sur la côte demain, protesta Ryan.

– Et qu'est-ce qui te fait croire que tu serais la priorité de Mia… ? railla Hil.

Elle était sortie avec Ryan avant moi, en troisième. Elle détestait nous voir ensemble. Même si nous n'étions pas vraiment ensemble, mais bon : elle détestait l'idée que nous puissions former un couple. Je ne savais pas si sa réaction était due au fait qu'elle veuille me protéger ou à un sentiment de possessivité à son égard. Sans doute voulait-elle me protéger ; Hil était la parfaite mère-tigresse. Même quand elle se montrait la pire des garces, elle était d'une loyauté sans faille.

– Rentre tes griffes, Hillary, dit Chris en souriant à Ryan, assis en face de lui. Cet été va être génial ! Des plages pleines de bikinis ? Je vais passer mes journées et mes nuits à pratiquer mon bouche-à-bouche.

J'essayai de ne pas imaginer les cheveux dorés de Ryan blondis par le soleil, ses abdominaux et ses épaules bronzés, ses yeux bleus observant les filles en bikini, ses lèvres si tentantes pressées sur celles d'une autre.

– Tu es ignoble ! lança Hil en se tournant vivement vers Chris. Je n'en reviens pas que vous ayez été recrutés comme maîtres-nageurs. J'aurais du mal à me sentir en sécurité si je nageais sur vos plages.

Ryan vida la moitié de mon Coca light et rétorqua :

– Dans ce cas, tu n'es pas obligée de venir nous voir.

– Mais le cabanon Matherson est ouvert à toutes les jolies filles qui sont prêtes à faire la fête et qui veulent s'amuser, renchérit Chris.

Avec des hochements de tête satisfaits, Bill et lui cognèrent leurs poings l'un contre l'autre.

– Soyez justes. Vous savez qu'Hil devient grincheuse quand elle a la gueule de bois, les rabroua Lauren. Et nous viendrons, tu peux compter sur nous. On pourrait peut-être venir en voiture vendredi. Tu seras rentrée, Mia ?

– Probablement pas. Désolée.

Hil posa sa fourchette et commença à se frotter le front. Elle me donnait l'impression de vouloir oublier à la fois ma réponse et son mal de tête.

– Combien de temps vas-tu être partie ? Dis-moi que tu seras de retour quand l'équipe partira en camp.

J'étudiai les étoiles roses en relief sur la table. Jamais je ne serais sortie de l'hôpital à temps pour le départ de l'équipe pour le camp des pom-pom girls à Penn State.

– Peut-être.

– Mais..., commença Ally en m'enlaçant avec sa spontanéité coutumière.

– Détends-toi, Ally. Mia ne va pas rater le camp, c'est dans deux semaines. Je ne peux jamais passer trop de temps avec mes grands-parents. Les vieux me font flipper.

– Hil a des grands-parents ? Pas possible ! Je croyais que tu avais été pondue en enfer, la taquina Chris.

Hil tapota le dos de Bill qui s'étranglait de rire sur une frite.

– Mort de rire ! s'exclama-t-elle en décochant une bourrade à Chris.

– Entre ta visite aux vieux et le camp des filles qui font la roue, tu viendras me voir... nous voir, hein ? me demanda Ryan.

Leurs blagues habituelles, leurs taquineries un peu dragueuses, fusaient trop vite pour que je suive aujourd'hui.

Ils pouvaient plaisanter, planifier des virées à la plage. Pas moi : je n'étais plus dans le coup.

– Hein ? répéta Ryan.

Le silence s'était fait autour de la table. Tous m'observaient, attentifs. Le poids de mes secrets, de mes mensonges m'oppressait. Je me sentais prise au piège dans ce box, prise au piège de leurs questions.

– J'essaierai. Mes grands-parents ne vont pas bien.

Je prononçai ces mots en murmurant une petite prière silencieuse. Mon grand-père était si actif, débordant de santé. Pourvu que je ne lui porte pas la poisse.

– Vieux et malade ? Dégueu ! L'un ou l'autre, c'est assez grave comme ça, alors les deux à la fois ? Berk ! Allez, avouez que vous êtes d'accord avec moi. Que je ne suis pas une garce. Pas toi, Chris. Je me passerai de ton opinion.

Hil fronça le nez en une mimique qu'elle savait adorable et regarda l'assemblée en quête d'approbation.

Bien entendu, Lauren acquiesça :

– Oui, berk ! J'ai dû aller voir ma grand-mère à l'hôpital. Ça sentait bizarre et les gens répétaient tout le temps : « Chut. »

– Les hôpitaux sont trop flippants. C'est tout. Des bâtiments pleins de gens malades, pouah !

– Ouais, sans déc', c'est là que les gens vont mourir et tout ça, ajouta Chris.

Alors que mes amis hochaient la tête, je posai une main sur le bleu de mon coude. Le commentaire d'Hil était un signe très clair. Mon cancer devait rester secret. Le dégoût qu'exprimaient ces visages me serait destiné. Au lieu de caresser ma jambe sous la table, Ryan aurait un geste de recul.

Trop énervée pour ressentir la moindre attirance, je repoussai ses doigts de ma cuisse.

– Je dois aller faire ma valise, lâchai-je d'une voix sèche.

Être privée de leur soutien me semblait trop injuste. Ils auraient dû être capables d'encaisser le choc. Je l'aurais fait pour eux. Même si, bien sûr, je ne le leur souhaitais pas. À dix-sept ans, on ne devrait pas avoir un cancer.

– Laisse-moi passer.

– Déjà ? s'étonna Ryan. Je pensais que nous allions traîner un peu.

Il ne bougea pas, à l'exception de sa main, qui revint sur ma cuisse.

Il fallait que je parte. Sinon j'allais me mettre à hurler, à pleurer, j'allais tout avouer.

– Je ne peux pas. Nous partons dès que ma mère rentre du bureau.

J'enjambai Ryan, puis, une fois debout dans l'allée, j'hésitai. Que pouvais-je ajouter ?

– Je vous téléphone.

– Attends ! m'intima Ally.

Poussant Ryan, elle se leva à son tour pour me serrer dans ses bras. Lauren et Hil l'imitèrent.

– Tu es trop gentille quelquefois, la Fille de l'Été. J'aurais dit à mes parents : « Pas question ! » Ne les laisse pas te gâcher toutes tes grandes vacances. Reviens-nous très vite et nous rattraperons toute l'éclate que tu auras ratée.

– Jeu de palets alcoolisé ? suggérai-je.

Je sortis du restaurant poursuivie par leurs rires alors qu'ils inventaient les règles de ce nouveau jeu.

Ma mère m'accueillit à la porte d'entrée.

– Alors ? Comment ça s'est passé ?

Elle m'attira contre elle en une violente étreinte, comme si j'avais été partie des semaines au lieu d'une heure.

Je m'affalai sur la dernière marche, les bras noués autour de mes genoux repliés.

– Je ne le leur ai pas dit. Je ne me sentais pas capable... d'affronter leurs questions.

Se penchant sur moi, elle me caressa les cheveux et me tapota l'épaule en un geste réconfortant.

– Je comprends, chaton. Peut-être dans quelques jours. Nous sommes tous encore en train de nous habituer à l'idée.

– Non. Je ne veux pas le leur dire.

J'y avais réfléchi tout le trajet du retour. J'avais demandé un signe et je l'avais eu. Je garderais le secret.

Avec un froncement de sourcils, elle approuva :

– Je pense que c'est le mieux. Nous allons surmonter cette épreuve, et tu redeviendras la fille que tu étais.

La fille que *j'étais* ? Le diagnostic m'avait-il déjà tant changée ? Accablée, je posai le menton sur mes genoux. Elle caressa de nouveau mes cheveux, et je refoulai le besoin de me dégager brusquement, de lui demander d'arrêter de me toucher.

Mon père sortit de la cuisine, un livre dans une main, une liasse de feuilles imprimées et un marqueur dans l'autre.

– Bon, ma puce. J'ai descendu ta valise. Il est temps de partir.

6

Une fois les formalités d'admission remplies, je patientai en salle d'attente avec mes parents. Enfin, on nous conduisit dans une chambre aux murs blancs, avec vue sur le parking, où flottait une odeur d'antiseptique. Je fus installée dans un lit étroit, mon père et ma mère, perchés sur des fauteuils rembourrés en vinyle bleu, usés, brillants d'avoir été nettoyés trop souvent. Après cela, tout se brouilla et je fus prise dans un tourbillon de prises de sang, de présentations, d'explications, et d'interminables étreintes maternelles larmoyantes. Mes parents décidèrent de se relayer pour rester à mon chevet la nuit. Ma mère, qui avait insisté pour se porter volontaire le premier soir, me borda comme si j'avais cinq ans, avant de se coucher dans le lit de camp. Je feignis de dormir. Je ne voulais pas qu'elle se doute que je l'entendais se tourner en tous sens et pleurer dans son oreiller. J'aurais dû me lever pour aller la rassurer. Mais, toute la journée, j'avais fait semblant de sourire, affichant une sérénité que j'étais loin de ressentir. Je n'avais plus assez d'énergie pour simuler le courage. J'avais peur : ses larmes ne pouvaient pas être bon signe.

Le lendemain matin, je fus emmenée sur un chariot pour ma première opération : la pose d'un cathéter dans la partie gauche de ma poitrine, à quelques centimètres au-dessus de mon cœur. Je refusai de le regarder, mais je ne le sentais pas trop : c'était une petite bosse sous un bandage offrant un accès constant à mes veines pour les perfusions sanguines et l'administration de la chimio.

J'étais désormais la Fille de l'Été qui ne pouvait pas porter un haut de bikini.

Je passai des heures à écouter l'oncologue m'expliquer mon traitement, le pronostic et ce qui m'attendait. Je pensais n'avoir rien compris. Pourtant, quand Gyver passa me voir, je pus lui fournir des réponses pour la plupart cohérentes.

– Ils vont m'administrer un cocktail de chimio, un mélange de cinq produits différents. Tous les jours, pendant une semaine. L'objectif est d'éliminer *tous* les globules blancs. Les mauvais et les bons. Puis de faire réapparaître les bons globules blancs, pas contaminés par le cancer.

– Ils commencent quand ? me demanda-t-il.

Ses parents, qui l'avaient accompagné, étaient occupés à consoler les miens dans le couloir. Je leur en étais reconnaissante, car j'avais besoin d'une pause. Je n'en pouvais plus de lire sur leurs visages leurs deux réactions contradictoires : « Quelle tragédie ! » – ma mère – et « Nous allons nous en sortir ! » – mon père.

– Après-demain. Bienvenue dans ce qui va être mon nouveau « chez moi » pendant un mois au moins. Mon docteur va te plaire. Tout le monde l'appelle Dr Kevin. Probablement parce que ses patients sont plus jeunes, en général. Je suis la doyenne du service. Il s'appelle Kevin Kiplinger. Une allitération, c'est un bon signe.

D'un geste, je montrai la porte qui ouvrait sur le reste du service d'oncologie pédiatrique. Mon père y avait accroché mon fer à cheval porte-bonheur.

– On s'en fout des allitérations ! Des signes ! Est-ce que c'est un bon docteur ? Je ne doute pas de la capacité de tes parents à choisir un bon médecin. Mais ne me dis pas qu'ils l'ont choisi parce que son nom est une allitération.

– Je croyais que tu aimais les allitérations ?

– J'ai dit ça comme ça... Nous avions dix ans, Mia Moore.

D'une main hésitante, il frôla le pansement au-dessus de mon cœur.

– Ça t'a fait mal ?

– Pas trop. Ils ont anesthésié la zone. Je suppose que c'est pour faciliter les choses : toutes mes perfusions vont passer par là.

J'effleurai le pansement, puis mes doigts remontèrent vers la chaîne à mon cou et se mirent à jouer avec le pendentif en or en forme de trèfle à quatre feuilles.

– Le pire, ça a été quand ils me l'ont fait retirer. Je me sens nue, sans.

– Qui aurait pu deviner que tu t'attacherais autant à ce collier ? fit remarquer Gyver avec un sourire.

Je levai les yeux au ciel.

– Tu as toujours choisi les meilleurs cadeaux d'anniversaire.

Je relâchai le porte-bonheur et posai ma main sur le pansement.

– Qu'est-ce qui va le plus te manquer de chez toi ? demanda-t-il.

– La Poisse. J'ai apporté mon portable et mon iPod. Je peux avoir toutes les photos que je veux, mais je n'ai pas le droit d'amener un chat. Tu iras lui dire bonjour ?

– Bien sûr. Est-ce que je peux venir te voir quand la chimio aura commencé ?

– T'as intérêt !

– Où sont tous les autres ? Tes amies pom-pom girls ? M. Muscles ? Ta mère a dit à la mienne que tu comptais garder le secret. C'est encore un de ses délires, non ?

– Non. Tout le monde croit que je suis dans le Connecticut chez mes grands-parents. C'est ce que je veux pour le moment.

Le dédain avec lequel Hil avait évoqué les gens malades m'avait piquée au vif. Le souvenir persistait, douloureux.

– Mi.

Ces deux lettres suffisaient à Gyver pour me signifier sa désapprobation.

– C'est ce que je veux, insistai-je. Et puis, j'ai pensé que tu serais ravi. Tu les détestes.

– Je ne les déteste pas. Et, s'ils arrivent au moins à te faire rire, je ne les traiterai plus de nuls.

– Je ne suis pas prête à leur parler. Je t'ai toi, ça me suffit.

Je pressai sa main et l'observai : sa coupe, qui rendait sa mère dingue parce que, même s'ils n'étaient pas vraiment assez longs pour qu'il ait l'air négligé, ses cheveux donnaient l'impression que le coiffeur ne les touchait jamais ; ses tee-shirts, doux et élimés sans être miteux.

Dans une ville où les garçons comme Ryan ou Chris portaient des pantalons beiges ou des jeans délavés de marque, avec des polos, Gyver détonnait. Au lieu de baskets comme les autres garçons, il était chaussé de chaussures noires à bouts carrés. Son jean noir, ni trop large ni moulant, lui allait comme un gant. Dans ma chambre d'hôpital, ces détails qui le différenciaient du *East Laker* typique me semblaient étrangement réconfortants. Familiers.

En outre, pourquoi aurais-je eu besoin de visites ? N'avais-je pas un flot continu de personnel hospitalier qui défilait dans ma chambre ? Les infirmières étaient trop nombreuses, je m'y perdais. J'avais donc commencé à leur donner des noms de code. Il y avait Infirmière Mary Poppins, à l'accent britannique chantant. Infirmière Femme d'Affaires, qui entrait toujours d'un pas décidé et repartait dès son travail terminé. Infirmière Hollywood, qui m'apportait le magazine *US Weekly* et m'inondait de potins sur les célébrités. Enfin, ma préférée, Infirmière Snoopy, qui portait des blouses avec des personnages de dessins animés et restait bavarder avec moi quand elle avait le temps.

Le Dr Kevin avait mis des gants pour attacher la poche à la potence et la brancher sur mon cathéter. Je la regardais, imaginant qu'elle était pleine de petits soldats, chacun d'entre eux paré pour attaquer et éliminer mes globules blancs.

– Eh bien, Mia, nous commençons maintenant le protocole du traitement pour te guérir. Tu es prête ?

La bonne humeur du Dr Kevin était inébranlable. S'il avait été une fille, qu'il avait eu quinze kilos et trente ans de moins, il aurait été une excellente recrue pour l'équipe des pom-pom girls.

Non, je n'étais pas prête à être bourrée de produits toxiques. Terrifiée, je me demandais comment mon corps allait réagir. Enroulant distraitement une de mes mèches blondes autour de mon index, je murmurai une prière intérieure : « Je vous en supplie, faites que je ne perde pas mes cheveux. » Quand je détournai les yeux du médicament orangé, plein de poison, le visage optimiste du docteur fut remplacé par l'expression de gaieté forcée de mes parents.

Je leur décochai mon plus beau sourire de pom-pom girl et donnai la réponse attendue :

– Allons-y !

Gyver était plus doué que mon père et ma mère pour dissimuler ses émotions. Néanmoins, je devinais sa tension à sa posture rigide, à son regard vigilant.

– Je peux t'apporter quelque chose ? Comment tu te sens ?

– Je n'ai toujours besoin de rien et je ne me sens pas différente d'il y a cinq minutes. Si je pense à quelque chose, je te promets de te le dire. Ce n'est pas souvent que tu acceptes d'être mon esclave. J'ai l'intention de te presser comme un citron.

Je ponctuai ma blague d'une bourrade affectueuse dans son genou.

Infirmière Femme d'Affaires entra, faisant sursauter mon visiteur. Il recula sa chaise de quelques centimètres. Je m'habituais au manque d'intimité de l'hôpital. Même si cela ne me plaisait pas spécialement, j'avais compris désormais qu'à tout moment, ma routine pouvait être interrompue par un test sanguin, une prise de médicaments ou des questions sur mon état. Cette fois, c'était le changement de la perfusion. La nouvelle poche était jaune-orangé et plus petite que celles de mes fluides habituels. Pour le moment, je n'avais plus de chimio programmée. La première dose avait été supportable. Néanmoins, j'avais été prévenue que les effets ne se faisaient pas sentir immédiatement.

– Qu'est-ce que c'est ? lui demandai-je.

Elle aspergeait mon cathéter, le nettoyait et le désinfectait afin de pouvoir y planter une nouvelle aiguille.

– Du plasma. Votre taux de plasma était bas.

– Du sang ?

Elle hocha la tête, indifférente au fait que, le souffle soudain court, je m'étais raidie. Gyver avait remarqué. Il se pencha vers moi et posa une main rassurante sur mon bras.

– Mais c'est le sang de quelqu'un d'autre. Je n'en veux pas dans mon corps. Ce n'est pas le mien.

Mes doigts se refermèrent sur le trèfle porte-bonheur de mon collier.

– Le Dr Kevin en a donné l'ordre. S'il vous plaît, retirez votre main afin que je puisse avoir accès à votre cathéter.

Au timbre de sa voix, je compris qu'elle commençait à perdre patience.

– Je ne veux pas.

Je regardai Gyver, la vue brouillée par mes larmes. Il était seul avec moi. Ma mère était partie prendre une « vraie » douche et j'avais demandé à mon père d'aller me chercher un milkshake chez Scoops, mon glacier préféré.

– Tu en as besoin, Mi. Tourne la tête de l'autre côté et tiens ma main.

La placidité de son expression calma mon anxiété. Je pris une profonde inspiration et lui obéis.

Quand l'aiguille s'enfonça en moi, je serrai ses doigts. Il pressa les miens.

Je n'étais pas la seule malade soignée pour un cancer dans le service pédiatrique. Mais je faisais mon possible pour ne pas rencontrer mes compagnons d'infortune, pour ne pas les regarder, connaître leurs noms. Je refusais de participer aux groupes ou aux réunions de soutien psychologique. Je n'avais pas besoin de m'épancher sur l'horreur de la maladie. J'avais besoin de l'endurer et de passer à autre chose. En outre, je n'étais pas à ma place ici.

Il y avait les chauves. Pas comme moi. Il y avait ceux avec des cicatrices de greffes. Pas comme moi. Ceux avec des traitements de radiothérapie. Pas comme moi. Ceux qui avaient grandi à cet étage, diagnostiqués à quatre ans, et qui fêtaient leurs anniversaires et leurs Noëls dans la salle commune si déprimante. Pas comme moi. Ceux sans visites, ceux dont les chambres débordaient de visiteurs, ceux qui accueillaient les bénévoles habillés en clowns et en personnages de dessins animés. Pas comme moi. Ceux qui jouaient à des jeux vidéo, ou regardaient des films dans la salle commune et riaient comme s'ils avaient oublié les batailles qui se livraient dans leurs cellules. Pas comme moi. Ceux qui mouraient. Pas comme moi.

– Où tu étais ? Je croyais que tu venais du travail. Tu ne devais pas finir il y a une heure ?

J'avais peur que son retard soit un signe. Et s'il en avait assez de venir me voir à l'hôpital ?

– C'est plutôt intense comme bonjour ! s'exclama Gyver en riant.

– On s'ennuie un peu aujourd'hui, indiqua Infirmière Snoopy en examinant ma feuille de température avec un sourire.

– Je m'ennuie à mourir. Je me sentais super mal ce matin. Mais ça va mieux. Je t'attendais avec impatience.

Quand il se pencha pour me serrer dans ses bras, je le repoussai.

– Qu'est-ce que tu t'es fait, là ? m'étonnai-je.

L'intérieur de son coude était couvert de teinture d'iode orange et bandé.

– Rien ne lui échappe, à cette petite puce, hein ? plaisanta l'infirmière.

Elle tapota mon genou et sortit.

– Je suis allé donner mon sang. Alors, aujourd'hui, tu dois être sympa avec moi. Tu vois ?

Il montrait un sticker sur sa chemise.

– Tu as fait ça ? Pourquoi ?

– Eh bien, je suis donneur universel. O négatif. Et toi ? A positif, ajouta-t-il en regardant mon bracelet d'hôpital. Pourquoi faut-il toujours que tu fasses tout parfaitement ?

– J'ai environ un milliard de globules blancs mutants.

– Oui, c'est ta toute première imperfection. Et nous allons les détruire. J'ai pensé que, si tu devais recevoir du sang, autant qu'un peu soit le mien.

– La chanson, marmonnai-je en pensant tout haut.

– Quelle chanson ? Tu as besoin d'une nouvelle playlist ? Je travaille sur des *Ballades pour batailler les mauvais globules.* Ce ne sont que des groupes des années quatre-vingt comme Aerosmith, Danger*Us, Whitesnake, et Foreigner. J'apporterai mon ordi demain pour que tu puisses les mettre sur ton iPod.

– Non. La chanson de Something Corporate, l'autre soir : « Je suis prêt à saigner pendant des jours... pour que tu souffres moins. » C'était vraiment un signe.

– Mi ! me rabroua Gyver en prenant ma main. Assez de ces superstitions à la con ! Je ne plaisante pas.

Le quatrième jour de chimio fut le pire. J'avais mal. Une douleur qui me faisait l'effet de morsures glaciales dans les veines. Rien ne semblait pouvoir l'atténuer : me tortiller ; rester immobile ; tenir la main de Gyver. Je priai pour m'endormir. En vain. Je demandai des somnifères. Ils se révélèrent efficaces.

J'avais la tête lourde. J'étais éblouie par la clarté dans ma chambre.

– Maman ? appelai-je sans ouvrir les yeux.

– Je suis là, chaton.

– Gyver ?

– Je suis là, Mi.

– D'accord.

Dormir.

Se réveiller. Fatiguée. Fatiguée pour manger. Trop fatiguée. Dormir.

– Où est ton petit copain, le beau gosse ? demanda Infirmière Hollywood en changeant ma poche de chimio.

Je tressaillis. Pourtant, elle ne me faisait pas mal.

– Pardon ?

Sa question m'avait prise au dépourvu. Un instant, j'avais cru qu'elle parlait de Ryan. Heureusement qu'il ne pouvait pas voir la loque que j'étais devenue.

Ma vie se résumait à vomir, à tremper de transpiration les innombrables pyjamas en tissu bio achetés par ma mère, et à me sentir trop faible pour me lever ou me concentrer sur une conversation. Et je n'étais même pas encore dans la « mauvaise » phase.

– Gyver ? Où est-il aujourd'hui ?

Il me fallut un moment avant que mon cerveau puisse transmettre ma réponse à mes lèvres.

– Il va venir... après le travail.

– Où est-ce qu'il travaille ?

Elle me faisait une conversation polie. Elle avait bien essayé de me raconter quelques potins sur les *people* de ses revues, mais je ne les connaissais pas et ne savais rien de leurs vies.

– Moi ? Je suis agent immobilier, plaisanta mon père, qui se tenait sur le seuil de la chambre.

Assise à mon chevet, ma mère leva les yeux de son magazine. Ces derniers temps, soit elle était incapable de me regarder, soit elle gardait les yeux rivés sur moi. Elle avait toujours aimé le shopping, mais sa frénésie d'achats sur Internet avait empiré. Déterminée à m'aider, elle commandait tout et n'importe quoi, et presque tous les jours mon père arrivait chargé de paquets : des pyjamas en coton bio, des savons, shampoings et lotions pour le corps sans parabène, un appareil à bruit blanc pour favoriser le sommeil et la relaxation, un purificateur d'air. Et, chaque fois qu'elle déballait un nouveau gadget de son papier à bulles et le brandissait pour me le faire admirer, je faisais mon possible pour prendre l'air enthousiaste.

Après avoir embrassé ma mère sur la joue et lui avoir remis les cadeaux du jour, il rejoignit Gyver, arrivé en même temps que lui, pour le rituel du lavage des mains.

Puis il s'installa sur une chaise, à ma gauche, et me demanda :

– Comment ça va aujourd'hui, ma puce ?

Sans soulever ma main du drap, je levai faiblement un pouce.

Fidèle à son habitude, Gyver se percha au bout de mon lit, sortit son éternel médiator de guitare et le tripota distraitement.

– La Poisse va bien, mais tu lui manques.

– La journée a été rude, les informa Infirmière Hollywood en me regardant. Qui est la Poisse ?

– Ma chatte.

Prononcer ces deux mots me demanda un effort herculéen.

– Gyver l'a offerte à Mia il y a dix ans, précisa mon père avec un petit rire. C'est aussi lui qui l'a baptisée.

Avec un haussement d'épaules détaché, ce dernier expliqua :

– J'ai pensé que la meilleure façon de la guérir de sa superstition était de lui offrir un chat noir qui s'appellerait la Poisse, un vendredi 13.

Infirmière Hollywood lui sourit.

– J'étais justement en train de demander à Mia quand son petit ami allait arriver. Elle a de la chance d'avoir quelqu'un d'aussi dévoué.

Gyver laissa tomber le médiator et me regarda, ses sourcils arqués trahissant sa surprise. Mon père, qui s'était mis à tousser, s'excusa et sortit chercher de l'eau.

– Mia et Gyver sont quasiment comme frère et sœur, expliqua ma mère en s'arrêtant sur une page à moitié tournée. Mia sort avec Ryan, le capitaine des équipes de foot et de basket.

– Ryan n'est pas...

Me coupant la parole, Gyver déclara d'une voix tranchante :

– Nous ne sortons pas ensemble. Nous sommes amis. Juste amis.

– Je suis désolée, je pensais que...

– Ça ne fait rien, l'interrompit-il.

Je fermai les yeux avec l'intention de faire semblant de dormir et sombrai dans le sommeil.

La fièvre.

Les suées nocturnes.

L'alimentation par perfusion quand je vomissais trop.

Le traitement continuait. Et c'était toujours aussi horrible.

Ne pouvant plus me questionner sur les pom-pom girls, sur mes projets du soir, sur mes amis, sur Ryan, sur le lycée, mes parents se trouvaient à court de sujets de conversation.

Il leur était désormais impossible de me demander : « Comment s'est passée ta journée ? » Ne les passions-nous pas ensemble, dans l'exiguïté de cette chambre d'hôpital qui nous rendait tous claustrophobes ?

Mon père abordait son troisième ou quatrième sudoku. Ma mère somnolait dans un fauteuil. J'étais en train de feuilleter un magazine tout en envoyant des textos mensongers à Ally, quand deux fillettes entrèrent dans ma chambre en titubant et en poussant des cris perçants.

Ma mère sursauta et les foudroya du regard.

– Quoi ? Qu'est-ce qu'il y a ? s'exclama-t-elle.

Les deux enfants chauves étouffaient leurs rires derrière leurs mains couvertes des bleus des perfusions. Elle les foudroya du regard.

– Chut ! chuchota la plus grande. Nous jouons à cache-cache, Suzie nous cherche. Ne nous dénoncez pas.

Avec un sourire indulgent, mon père revint à son jeu, mais ma mère rouvrit la porte et, leur montrant le couloir du doigt, leur lança :

– Dehors ! C'est un hôpital, pas une cour de récréation. Vous ne voyez pas qu'elle se repose ? Dehors !

Après avoir échangé un coup d'œil, les fillettes nous regardèrent tour à tour, ma mère et moi, puis sortirent. À ma grande satisfaction, la plus petite nous tira la langue. Naturellement, ma mère s'empressa d'appeler Infirmière Snoopy pour se plaindre.

– Les enfants ne devraient pas être libres de courir dans tout le service. Cela contrarie Mia. Elle n'a déjà pas beaucoup d'intimité. Elle devrait pouvoir se reposer sans cris ni intrusions. C'est inacceptable.

– Allons, chérie, sois juste. Mia ne dormait pas, intervint mon père.

– Ne te mêle pas de ça ! Tu n'aurais pas pu leur dire de partir, toi ? Tu me fais toujours endosser le rôle de la méchante.

Au lieu de protester, mon père s'excusa. Il allait « chercher quelque chose pour le dîner ». Il se dirigea vers le bureau des infirmières pour étudier le classeur des menus de plats à emporter. Même si, depuis le temps, il les avait sans doute mémorisés.

J'avais entendu l'histoire de la rencontre de mes parents des centaines de fois. Il l'avait eue comme étudiante quand il était professeur de statistiques à la fac. « Quarante-neuf pour cent de moi l'adoraient, les autres cinquante et un pour cent étaient terrifiés », aimait-il à plaisanter. Vingt ans plus tard, rien ne semblait avoir changé.

– Je suis désolée si elles t'ont dérangée, s'excusa l'infirmière en me regardant.

– Ça va. Elles étaient gentilles.

– Non, ça ne va pas ! protesta ma mère. Si nous payons pour une chambre particulière, c'est pour une bonne raison.

Infirmière Snoopy hocha la tête d'un air plein de compassion.

– Tu sors un peu plus de ta chambre ? Tu as déjà rencontré les autres malades ? Tu gagnerais à te faire des amis et à t'impliquer.

– Pourquoi ? demanda ma mère. Ces gamines avaient sept ans. Que pourraient-elles avoir en commun ? Mia n'est pas ici pour faire du baby-sitting. Elle est ici pour guérir.

L'infirmière me pressa affectueusement le bras.

– Penses-y, c'est tout.

J'y pensais. Je pensais à ma mère qui se comportait comme si l'hôpital était un centre de thalassothérapie et que mon séjour ici était censé me revigorer. Au fait qu'elle ne semblait pas prendre conscience de l'ampleur de mon traitement : ce n'était pas l'affaire d'un simple mois, et puis terminé ! Et, surtout, à quel point elle passait à côté de la gravité de que ces fillettes de sept ans et moi avions en commun : un cancer.

Cela ne voulait pas dire pour autant que je souhaitais faire de ma chambre une étape pour leurs chasses au trésor.

C'était temporaire. Je savais que c'était plus long qu'un mauvais moment à passer, mais ce n'était pas permanent. J'allais guérir et récupérer ma vie. Il n'était pas nécessaire de s'enraciner, de créer de liens, ces gens n'auraient rien à faire dans mon monde post-leucémie.

Hil me téléphona un mauvais jour. Si je n'avais pas eu l'esprit si embrumé, je n'aurais pas répondu. Sa voix aiguë, pincée, qui trahissait son irritation, me faisait mal à la tête, m'empêchant de me concentrer sur ses paroles.

– Alors, c'est arrivé. Mais je vais bien. Vraiment. Ce n'était pas aussi terrible que je pensais que ce serait.

– Quoi ? demandai-je, n'ayant rien enregistré de ce qu'elle m'avait dit après son salut initial.

– J'ai vu Keith. Au supermarché, figure-toi. Au moins, je n'étais pas en train d'acheter quelque chose de gênant, genre des tampons. Il était avec sa mère et elle voulait bavarder.

– Bavarder ?

– Oui, comme si je pouvais rester là à papoter avec le mec qui m'avait larguée le soir de ses résultats du bac.

– Oh.

– J'ai dit que je devais y aller et je suis sortie sans la pâte à cookies que j'étais censée apporter chez Lauren. C'était tellement bizarre de le revoir, Mia. Il était beau, comme s'il était toujours mon Keith. J'ai dû me retenir pour ne pas le serrer dans mes bras.

Elle hoqueta et prit une profonde inspiration, qui se termina en un chuchotement :

– C'était trop dur ! Mais ça va, vraiment !

– Vraiment ? répétai-je.

Alors que j'essayais d'assimiler son récit débité d'une voix fébrile, mon cerveau n'avait retenu que ce dernier mot.

– Je pense que oui. S'il te plaît, rentre. Tu nous manques. J'ai besoin de toi.

– D'accord, acquiesçai-je. Je t'aime, Hil.

Je raccrochai avec la vague impression de l'avoir déçue. Mais cela ne m'importait pas vraiment. Tout ce qui comptait, c'était d'obéir à mon corps engourdi qui réclamait de dormir.

– Dernier jour de chimio. Tu es contente ? demanda Infirmière Hollywood avec un sourire encourageant.

– Oui.

Mes lèvres étaient si sèches que parler les fit se fendre et saigner.

– Et ensuite ?

Reconnaissant la voix de Gyver, je me tournai et le vis assis sur une chaise à ma gauche, son éternel médiator entre les doigts. Il semblait aussi fatigué que moi.

– Après, nous attendons que ses bons globules blancs réapparaissent, sans cancer.

– Et elle commencera à se sentir mieux ?

L'infirmière regarda les gobelets sur ma table de nuit. Emportant les deux vides, elle répondit en quittant ma chambre :

– Pas tout de suite, mais, à long terme, oui.

Après l'avoir suivie des yeux, Gyver se tourna vers moi.

– Je t'ai préparé une nouvelle playlist, m'annonça-t-il.

– Elle s'appelle comment ?

– *Notes contre la nausée.* Elle est très bonne.

Je jouai avec mon pendentif, apathique.

– Je n'ai pas écouté les trois dernières de l'autre playlist. J'ai essayé, mais je me suis endormie.

– C'est plus ou moins le but, répondit-il en riant. Je l'ai appelée *Stances de sommeil.* Comme dans toutes les bonnes playlists, c'est l'air du milieu qui compte. Si tu ne t'étais pas endormie avant la fin, ça voudrait dire que j'ai manqué mon but.

– Donc je ne dois pas les écouter en mode *shuffle*? lui répondis-je, taquine. Qu'est-ce qu'il y a dessus ? Iron and Wine ? Coldplay ?

– Un peu d'Iron and Wine. Stars. The National. Pas Coldplay.

– J'adore Coldplay. C'est ringard maintenant ?

Gyver eut l'air vexé.

– Depuis quand j'arrête d'écouter un groupe parce qu'il est passé de mode ? La seule chose qui m'intéresse, c'est de trouver la chanson parfaitement adaptée à la situation.

– Alors c'est quoi, le problème avec Coldplay ?

– Ce n'est pas vraiment un problème, répondit-il d'un ton détaché. C'est juste qu'un garçon ne devrait jamais mettre une chanson de Coldplay sur une playlist destinée à une fille. C'est le meilleur groupe pour une déclaration.

– Le meilleur groupe pour une déclaration ?

– Comme dans : faire une déclaration genre « Je suis raide dingue amoureux ». Ce n'est pas un groupe pour quand on est juste amis.

Il débrancha mon iPod de son ordinateur en rougissant.

– C'est une règle pour tout le monde ou c'est ta règle à toi ?

– Probablement ma règle à moi, répondit-il en me passant l'iPod. Que dirais-tu de quelques pages des Frères Karamazov ?

Il sortit un livre de son sac et retourna à son ordinateur. Ma nausée m'empêchant de me concentrer, il commença à lire à voix haute l'un des livres de notre liste de lectures obligatoires pour les grandes vacances. Pas un livre audio ne pouvait égaler sa voix grave et apaisante. Et aucun n'aurait pu me résumer ce que je ratais quand je m'endormais.

Je me poussai et, d'un signe de tête, l'invitai à venir s'allonger à côté de moi. Bercée par sa voix, je le laissai nous transporter loin de l'hôpital, dans la Russie du XIXe siècle.

– Tes amies ne sont même pas inquiètes ? me demanda Gyver en faisant défiler les mails sur mon ordinateur.

Il cliqua sur une photo des filles assises sur la plage. Elles avaient posé une tiare en plastique sur la quatrième chaise longue, entre Ally et Hil. Toutes les trois la regardaient en faisant la moue.

– Elles ne savent pas qu'elles ont des raisons de l'être.

Je repoussai le plateau de mon dîner. Je n'avais aucun appétit. La simple vue de la nourriture me donnait la nausée.

– Comment peuvent-elles ne se douter de rien ? Tu n'as pas répondu à la moitié de leurs mails et tu n'allumes jamais ton téléphone.

– Probablement parce qu'elles sont trop occupées à vivre leurs vies pour se poser des questions. Je leur ai dit que le réseau était très mauvais et je leur réponds quand j'en ai envie.

Quand je me laissais aller à y penser, le besoin de sortir de cette chambre d'hôpital, de retrouver ma vie d'avant, les quatre transats, les soirées, les après-midis oisifs passés à rire et à papoter, me prenait avec une telle violence que j'en suffoquais. Mais, malade, brisée comme je l'étais, je n'étais plus en état de suivre ma petite bande. Et, si je m'étais imposée, j'aurais gâché tout leur plaisir.

Gyver s'assit sur le bord de mon lit et s'empara de ma main. Quand on me faisait des piqûres, quand on me prenait du sang, quand je souffrais, j'avais désormais l'habitude de sentir sa paume contre la mienne. Déjà, petits, nous nous tenions toujours par la main. Depuis quand était-ce devenu tabou ? Pourquoi, depuis que nous en avions perdu l'habitude, cela ne m'avait-il pas manqué ?

– Souviens-toi bien que tu n'es pas seule. Tu comptes pour tellement de gens. Des gens qui t'aiment, même. Je suis ici, ajouta-t-il avec une pression de ses doigts. Nos mères sont en bas, à la cafétéria. Tes amis viendraient si tu le leur permettais ; tu n'es pas obligée d'affronter tout ça dans ton coin.

Pourtant, c'était ce que j'avais choisi de faire. Quand on lutte avec un adversaire qui habite son propre corps, on joue solo. Pas question de : « Je passe ce tour » ni de : « Je fais une pause ». J'étais en guerre avec moi-même et c'était un combat solitaire.

– Cette femme ! s'exclama maman d'un air offusqué en entrant en trombe dans ma chambre.

– Qui ? Que s'est-il passé ?

Je posai mon ordinateur sur ma table de nuit et me tournai vers elle.

– Nancy Russo est allée trop loin, cette fois. Elle m'a demandé qui était ton conseiller.

– La même que Gyver. Mme Piper est la seule conseillère d'orientation à East Lake, répondis-je.

– Non, pas ton conseiller, ton psychothérapeute. Comme si tu avais besoin d'un psychothérapeute. Tu es populaire, parfaitement intégrée. Tu es une pom-pom girl ! Si Nancy passait un peu plus de temps à se soucier de son fils, Gyver aurait peut-être tourné autrement.

Me félicitant qu'il ne soit pas là pour entendre ces paroles, je demandai :

– C'est-à-dire ?

– Il serait moins *introverti* ! lâcha-t-elle, comme si c'était la pire des injures.

Mais peut-être était-ce le cas pour elle.

– En plus, elle a eu le culot de suggérer une thérapie familiale. Comme si j'étais l'une de ces mères fêlées qu'elle fait arrêter parce qu'elle est incapable de s'occuper de sa propre fille. Une thérapie familiale !

– Je suis sûre qu'elle n'a pas voulu dire ça.

Elle me jeta un regard offusqué. Je l'avais encore vexée. En dépit de leur amitié, ma mère s'imaginait en compétition avec Mme Russo, et je savais d'expérience que je ne ferais qu'accroître son sentiment d'insécurité si je prenais la défense de la commissaire.

Je repris mon ordinateur et continuai la rédaction de mon mail aux filles. J'avais décidé qu'il était plus simple de leur poser des questions sur leurs occupations plutôt que d'inventer des mensonges sur les trucs de vieux que j'étais censée endurer.

Les Filles du Calendrier ne doutèrent pas une seule fois de ma bonne foi. Ce qui renforça mon sentiment de culpabilité.

Parfois, j'envisageais de tout leur raconter. Quand j'ouvrais un mail particulièrement gentil d'Ally ou que j'écoutais un message d'Hil disant : « Si tu ne t'enfuis pas de chez les vieux bientôt, je lance une opération sauvetage », ou encore quand Lauren m'écrivait les règles qu'elle avait inventées pour le jeu de palets alcoolisé, ou que Chris et Ryan m'envoyaient des photos de la mer par MMS.

Ma mère me rassurait en me disant que j'« avais la bonne attitude ». Mais je commençais à chercher des signes, à conclure des marchés avec moi-même. « Si je n'ai pas besoin d'une transfusion aujourd'hui, je le leur dis ». « Si je vomis moins de trois fois aujourd'hui, je le leur dis ». « Si je reste éveillée jusqu'à midi... » « Si Infirmière Snoopy porte sa blouse avec les coccinelles... » « Si mes résultats sont... » « Si le prochain qui entre est... » « S'il y a des Jell-O verts au déjeuner. » Mes « si » ne marchaient jamais.

Un éclat de rire me réveilla. Ce bruit était si incongru dans ma chambre d'hôpital, qu'un instant, je crus que je rêvais. Mais non. Sourires aux lèvres, Gyver et mon père étaient en grande conversation.

– De quoi parlez-vous ?

– De musique, répondit Gyver.

– De chiffres, fit mon père simultanément.

– Tu savais que ton père jouait du saxophone ?

Surprise, je me tournai vers lui. Il avait l'air penaud.

– Vraiment ? Genre, dans la fanfare ?

– Oui, acquiesça-t-il, mais aussi dans un vrai groupe. Rien de sérieux, juste deux types qui aimaient jouer et qui se prenaient pour les nouveaux Clapton et Kenny G.

– Je vois tout à fait, approuva Gyver.

J'étais bien contente pour lui. Pour ma part, je ne voyais rien du tout. Mon père dans une fanfare, certes. Mais dans un groupe ? Je ne pouvais l'imaginer dans la peau d'un Gyver, sur une scène, devant un public hurlant son nom. Ma mère aimait se rappeler comment elle avait métamorphosé le professeur de statistiques, obsédé par les mathématiques, qu'elle avait connu, en un homme sociable et élégant.

– Vous devriez jouer quelquefois, suggéra Gyver.

– Rien ne pourrait me faire plus plaisir... dès que j'aurai découvert où la mère de Mia a caché mon saxo.

Sous mon regard ébahi, il allongea un bras et émit un bruit sourd. Je ne savais plus trop si je devais rire ou dissimuler mon visage embarrassé dans mon oreiller.

– Alors, ma puce, maintenant que tu es réveillée, qu'est-ce que je peux aller te chercher ? Un milkshake ? Un jus de fruit ? Que dirais-tu d'une soupe ?

Je n'avais pas faim. Mais Gyver se chargerait de la manger. Fixant toujours du regard cet inconnu qui ressemblait à mon père en beaucoup plus enjoué, je hochai la tête en signe d'assentiment.

– Je reviens dans une minute.

Il sortit en sifflotant. Ça aussi, c'était nouveau !

– Qu'est-ce qui se passe ? Qu'est-ce que tu as fait à mon père ? demandai-je à Gyver.

– Quoi ? répondit-il en se levant de sa chaise pour s'avancer à mon chevet. Ton père est cool.

– Depuis quand vous êtes devenus meilleurs amis ? Et comment tu as su qu'il jouait du saxophone alors qu'à moi, il n'en a jamais parlé.

Je faisais de mon mieux pour masquer ma jalousie.

– Mi, nous faisons du covoiturage presque tous les jours, répondit-il en jouant machinalement avec le bracelet d'hôpital à mon poignet. Ça crée des liens de passer autant de temps en voiture avec quelqu'un.

– Qu'est-ce que tu sais d'autre ? Comment s'appelait son groupe ?

Gyver se mit à rire.

– Tu peux le lui demander, tu sais. Il te le dira.

– C'est vrai.

Pourtant, je n'en étais pas convaincue. Les occasions de m'en parler n'avaient pas manqué au cours de ces dix-sept ans. Peut-être croyait-il que je m'en fichais. À cette pensée, je sentis mon cœur se serrer. Ce qui était encore plus triste, c'était que cela m'aurait sans doute intéressée. Notre relation était fondée sur l'action, pas sur la discussion. Nous pouvions faire des puzzles, jouer à des jeux de société, regarder des étoiles filantes dans son télescope. Mais n'importe quelle question plus profonde que : « Comment s'est passée ta journée ? » se soldait par un silence embarrassé.

Mon père revint chargé d'un plateau sur lequel se trouvaient une soupe, des milkshakes, trois bouteilles de jus de fruit différents et des frites.

– Je sais que ta mère veut que je fasse un régime, mais les frites sentaient trop bon, déclara-t-il avec un sourire penaud.

Leur odeur me donnait la nausée. Respirant par la bouche, je répliquai :

– Je ne dirai rien, à condition que tu me parles de ton groupe.

J'étouffai un bâillement. Pourvu que je ne m'endorme pas avant la fin de son histoire.

Posé sur la table de nuit, mon téléphone se mit à biper. Gyver le prit, l'ouvrit et, l'air soudain renfrogné, déclara :

– Je crois que tu devrais répondre.

– Les pom-pom girls parlent une langue trop compliquée pour toi ?

J'étais ici depuis deux semaines et les filles étaient parties trois jours auparavant pour Penn State. Leurs comptes rendus étaient prolifiques, idiots, un peu acerbes. Quand j'avais annoncé que je ne serais pas de retour pour le camp, Ally m'avait passé un savon. Hil avait appelé ma mère pour se plaindre. Lauren m'avait promis de tout me décrire et me bombardait de photos et de vidéos.

Gyver me passa le téléphone, se leva et se mit à faire les cent pas.

Je regardai l'écran. Ryan. Et alors ? Il m'avait déjà envoyé des tas de textos auxquels Gyver avait répondu de mauvaise grâce quand j'étais trop fatiguée ou que j'avais la nausée. Où était le problème ?

J'ouvris le message :

Tu me manques. Je px venir demain ?

Quoi ? Soudain fébrile, je tapai ma réponse :

Nn. Dsl. Pas une bnne idée. Tu me manques aussi.

Je reposai mon portable, songeuse : me sentais-je triste de lui avoir dit non, déçue de ne pas le voir, ou heureuse de savoir que je lui manquais ? Je n'avais ni décidé ni eu le temps de lancer une riposte à Gyver quand la sonnerie de mon téléphone retentit.

– Allô ?

– Salut, Mia ! Dis donc, ça fait du bien de t'entendre.

Je devinai le sourire de Ryan à sa voix et sentis mes joues me brûler.

– À moi aussi.

– Que dirais-tu si je racontais que j'étais malade, que j'empruntais la voiture de Chris et que je venais demain ? Je n'ai pas l'adresse, mais c'est bien à Bridgeport, c'est ça ? C'est à environ quatre heures d'ici.

– Ryan.

– En partant à la première heure, je pourrai arriver vers l'heure du déjeuner et rester jusqu'à minuit. Tes grands-parents se couchent tôt, non ? Et je serai rentré à temps pour aller travailler le lendemain. Je serai fatigué, mais tu le vaux bien.

– Ryan.

– Tu me manques. Et moi, je ne te manque pas ?

– Si, mais le moment est mal choisi.

– Allez ! Tes parents ne peuvent pas t'exiler dans le Connecticut. Ils ne se fâcheront pas si je viens te voir. Ta mère m'adore. Ou alors ils n'ont même pas besoin de savoir que je suis venu. Nous pouvons rester discrets.

Les yeux rivés sur Gyver qui me tournait le dos, je rougis. J'étais en train d'écouter mon copain me faire des avances très directes. L'effet que cela me faisait était secondaire. Il m'était impossible de lui dire oui. Quant à la douceur de ses baisers, inutile d'y penser. Je ne savais même pas si j'avais encore envie qu'il m'embrasse.

La porte de ma chambre s'ouvrit. De jour comme de nuit, on entrait ici comme dans un moulin. Je ne pris même pas la peine de regarder qui arrivait.

– J'aurais aimé que tu viennes. Mais ce n'est pas le moment.

– Qu'est-ce que ça veut dire ? s'étonna Ryan.

– Comment va ma malade préférée aujourd'hui ? Tu n'en as pas encore assez de l'hôpital ? claironna la voix du Dr Kevin.

Je me tournai vers lui. Il examinait ma feuille de température.

D'un doigt levé, je lui intimai le silence et poursuivis :

– Je dois y aller.

– L'hôpital ? Il est arrivé quelque chose à ton grand-père ? s'inquiéta Ryan.

– Oui.

Je peinais à masquer mon soulagement. Il avait invoqué le parfait alibi. En outre, hélas, ce n'était pas un mensonge. Mon grand-père avait une mauvaise grippe et ma grand-mère et lui n'avaient pas pu venir me voir. Je fis une nouvelle prière pour ne pas lui porter malheur et l'empêcher de guérir.

– Je dois vraiment y aller, là. Salut, Ryan !

– Gyver est là ? demandai-je à Infirmière Snoopy en me réveillant.

Elle était affairée à fixer une poche de liquide à ma potence.

La voix familière m'arriva de l'autre côté du lit.

– Ici. Ta mère est partie chercher le déjeuner, expliqua-t-il avec un sourire empreint de lassitude.

– Comment te sens-tu ? questionna Infirmière Snoopy. Je sais que tu n'étais pas bien ce matin, mais cette piqûre pour calmer la douleur devrait avoir fait de l'effet, maintenant.

– Ça va.

– C'est un vrai ami, lui. Je pense qu'il passe plus de temps ici que moi.

– C'est possible, concéda Gyver.

– Gyver est le meilleur, approuvai-je avec ferveur.

Infirmière Snoopy sourit.

– Je voulais te demander, d'où vient le nom Gyver ?

Je partis d'un éclat de rire, ce qui ne m'était pas arrivé depuis longtemps. Surprise, je recommençai et, hilare, suggérai :

– Demandez-lui de quoi c'est le diminutif.

– Qu'est-ce que vous lui avez donné ? grommela Gyver. On dirait qu'elle a bu.

– De la morphine. De quoi Gyver est-il le diminutif ?

– MacGyver ! lançai-je.

– Comme le héros du feuilleton ? Toi aussi, tu peux fabriquer n'importe quoi ?

Je m'empressai de la mettre en garde :

– Attention ! Gyver n'aime pas ce genre de blagues !

– J'adorais cette série. Et Richard Dean Anderson. Il était canon ! s'exclama Infirmière Snoopy en s'éventant le visage.

– Mon MacGyver aussi est canon, protestai-je.

– Oui, il est très beau, acquiesça l'infirmière. Pourquoi on ne t'appelle pas Mac ?

– C'était un surnom au collège, siffla-t-il entre ses dents serrées.

– Big Mac, ajoutai-je. Gyver détestait.

– Et Hillary adorait, rétorqua-t-il.

– Je préfère Gyver, de toute façon. Hil peut penser ce qu'elle veut, elle se trompe. Tu es cool.

Gyver secoua la tête et se mit à rire.

– Je suis cool, c'est déjà ça.

– Très, le rassurai-je. Tu l'as toujours été. Ensuite, tu es devenu sexy.

– Petite, pourquoi tu n'attends pas que l'effet de la morphine se soit dissipé pour lui faire tes aveux ? m'interrompit Infirmière Snoopy. Vous n'avez pas envie de regarder la télévision, tous les deux ?

– D'accord, acquiesçai-je.

Elle me passa la télécommande, que je tendis à Gyver. Le visage fendu d'un large sourire, il la prit.

– Et je vais signaler sur ta feuille de température que tu es particulièrement réactive aux traitements antidouleur.

Le jour où elle rentra du camp, Ally m'appela en sanglotant.

– J'ai appris.

Mon cœur se mit à battre la chamade. Si fort que je me demandai si je n'allais pas déclencher le monitoring.

– Qu'est-ce que tu as appris ?

– Je n'en reviens pas que tu ne nous en aies pas parlé.

Elle marqua une pause pour se moucher. J'agrippai la couverture, transpirant, me sentant soudain claustrophobe.

– Je n'aurais pas dû l'apprendre par Ryan.

– Ryan ?

Ainsi, il savait lui aussi ? Ma gorge se noua.

– Je suis tellement désolée pour ton grand-père. Comment te sens-tu ? Quand est l'enterrement ?

– Mon grand-père ? répétai-je, à la fois perplexe et profondément soulagée. Il n'a pas... il n'est pas mort.

– Mais Ryan a dit...

– Ryan s'est trompé. Grand-père va bien. Très bien, insistai-je pour me rassurer.

– Alors tu vas pouvoir rentrer bientôt ?

– J'espère.

– C'est quoi, ton adresse là-bas ? Nous voulons t'envoyer un colis en témoignage de notre amitié.

– Ally, je dois y aller.

Ma panique s'était dissipée, me laissant épuisée.

– Déjà ? Tu m'envoies l'adresse par texto ? Ma mère a même fait des brownies.

Les brownies de la mère d'Ally étaient légendaires. Mais ils partirent dans le Connecticut. Quand, finalement, ils arrivèrent chez moi, ils étaient rassis. Ce qui n'empêcha pas Gyver et les infirmières de les apprécier et d'insister pour que je coiffe la tiare en plastique incluse dans le colis.

– Vous pouvez aller les manger dans le couloir ? L'odeur me donne la nausée.

C'était un mensonge. Restée seule dans ma chambre, je regardai les cartes et les photos des filles, me couvris le visage de mes mains et fondis en larmes.

– Maman ?

La perspective de la réveiller m'était insupportable. La leucémie l'avait autant changée que moi. Elle ne portait plus ni tailleurs de femme d'affaires ni talons, ne se maquillait plus. Ses sourcils froncés avaient creusé son front de rides. Vêtue d'un pantalon et d'un haut décontractés, elle semblait inquiète, désespérée, fragile. Elle ne mettait généralement ces vêtements que pour le yoga ou le jardinage, jamais en dehors de la maison.

– Maman ?

– Mia ? Que se passe-t-il ?

Elle me tendit la main avant même d'ouvrir les yeux.

– Je n'arrive pas à dormir.

– Qu'est-ce que je peux faire ? Tu veux un somnifère ?

Elle vint s'asseoir à côté de moi et me caressa les cheveux.

– Oui, je crois.

Après avoir pressé le bouton d'appel, elle prit ma main dans la sienne, qui me parut glaciale.

– Le Dr Kevin dit qu'il est normal d'avoir des insomnies.

Je hochai la tête.

– Puis-je faire autre chose pour toi, chaton ?

– Non, merci.

– Tu es sûre ?

Je levai les yeux, alarmée. Elle paraissait au bord des larmes.

– Je suis tellement désolée, hoqueta-t-elle.

– Désolée ? Pourquoi ?

– Tout est de ma faute ! Ce cancer doit bien venir de quelque part. C'est sûrement un mauvais gène que ton père ou moi t'avons passé.

Abasourdie par ses excuses, je répliquai :

– Personne n'est responsable. C'est juste la malchance.

– Mais que deviendrions-nous sans toi ? Tu es tout ce que nous avons et je ne peux rien faire pour toi. Je me sens si démunie !

– Tout va bien se passer.

– Tu as raison, tout va bien se passer. Bien sûr, tout va bien se passer.

Elle renifla et essaya de se ressaisir.

Infirmière Vieux Sud entra. Elle n'était de service que la nuit. Moins je la voyais, mieux c'était. Non qu'elle soit méchante. Bien au contraire, elle avait la douceur d'une tarte aux noix de pécan. Mais, si je ne la voyais pas, cela signifiait que je dormais. Elle écouta la requête de ma mère et revint avec du jus d'orange et un somnifère.

– Maman ? chuchotai-je d'une voix ensommeillée.

Le cachet avait commencé à faire son effet et j'avais besoin d'en parler.

– Tu penses que j'ai été bête de ne pas le leur dire ? Mes amis me manquent.

– Je sais bien. Mais, s'ils étaient ici, ils se sentiraient inutiles, mal à l'aise. Tu veux qu'ils te voient comme ça ?

Ses paroles planèrent un instant entre nous. La douceur dans sa voix, le cocon d'affection maternelle qui m'enveloppait, eurent raison de mon sentiment de culpabilité. Je savais qu'elle ne faisait qu'exprimer ce qu'elle ressentait, mais cela n'en était pas moins vrai pour autant. Elle m'embrassa sur la joue et ajouta :

– Bien sûr, c'est à toi de décider, mais bientôt tout redeviendra normal.

Les somnifères provoquèrent des rêves bizarres. Dans un subconscient flou, embrumé par les médicaments, je voyais Gyver, sur scène avec son groupe, Empty Orchestra. Exactement comme dans la réalité, si je ne trouvais rien d'exceptionnel à son physique quand je le croisais dans les couloirs du lycée, je m'étonnais de le voir si beau sur scène.

Le genre de beauté qui faisait se pâmer les filles du public. J'essayais de convaincre le videur – Infirmière Femme d'Affaires – de ne laisser entrer aucune des filles d'East Lake. Non parce que j'avais honte de mon pyjama d'hôpital mais parce que je ne voulais pas qu'elles le voient sur scène, qu'elles l'entendent chanter.

Le Dr Kevin avait remplacé le batteur de Gyver et Infirmière Femme d'Affaires refusait d'être soudoyée, même quand je lui promis de laisser les bénévoles me fabriquer des animaux avec des ballons sans latex. Même le clown de la salle commune faisait une brève apparition dans mon rêve.

Quand je me réveillai, je trouvai un médiator sur mon oreiller. Infirmière Snoopy se tenait sur le seuil de ma chambre.

– Gyver a passé toute la matinée ici. Tu l'as manqué de peu.

– Je sais, chuchotai-je.

Ma main gauche était encore chaude d'avoir tenu la sienne. Je l'avais manqué et il me manquait. Plus que de raison. Plus qu'il ne l'aurait dû.

– J'attends mes parents à l'aéroport. Ils sont allés voir Louisa et son bébé. J'ai quelques minutes et je me suis dit que j'allais t'appeler.

Lauren était un « accident ». Elle avait onze ans de moins que sa sœur.

– Tu n'y es pas allée ? m'étonnai-je.

– Non. Ils allaient tous s'extasier devant le bébé et j'avais peur de le faire tomber. Je le verrai quand il sera plus grand. Et puis, sans parents, on peut faire la fête. Je regrette que tu aies raté ça, dans le New Jersey. C'était dingue. Alors, comment c'est, le Connecticut ?

– Ça va. Je m'embête.

– Ouais, c'est ça. Je suis absolument sûre que, si tu es restée si longtemps, c'est que tu as trouvé un BCBG super canon, propriétaire d'un voilier, et que tu te la joues héroïne d'un roman d'été de Nicholas Sparks.

– Pardon ?

Je me mis à rire. Il n'y avait que Lauren pour avoir des idées aussi farfelues. Tant que je fermais les yeux, je pouvais faire comme si je n'étais pas dans une chambre d'hôpital, avec M. Russo et mon père qui discutaient football à côté de moi. Faire comme s'il s'agissait d'une conversation normale.

– Ce serait parfaitement OK si tu rencontrais quelqu'un. Ryan et toi n'êtes pas mariés.

– Je sais.

C'était un sujet sensible et elle le savait. Pourquoi l'amenait-elle sur le tapis ? À moins que...

– Attends, il a... ?

– Pas devant moi. Il aurait été fou de faire quoi que ce soit chez Chris. Hil l'aurait castré pour te venger. Mais je pense que toutes les filles de la plage connaissaient son nom. Enfin, ça t'étonne ? Tu disparais pendant des siècles et tu sais que c'est un tombeur.

– Merci, Lauren, dis-je.

De frustration, je frappai le lit du poing. Je n'en pouvais plus d'être coincée ici, oubliée.

– Quoi ? Tu aurais préféré ne pas savoir ? Oh là là, je ne fais que passer le message. La prochaine fois, je tiendrai ma langue. Il m'a parlé de toi et je suis sûre que, si tu avais été là, Mia et Ryan auraient été les stars de la plage.

J'hésitai : allais-je raccrocher ou continuer cette conversation qui me faisait l'effet d'un fragment de normalité ? J'étais en colère. En colère contre le fait d'être coincée ici, contre Lauren qui bavassait à tort et à travers, contre ce stupide pacte « célibataires en terminale », contre Ryan qui était Ryan, contre ma vie qui me faisait faux bond et qui, au lieu de récompenser mes efforts acharnés de réussite, m'infligeait cette maladie.

– Tout va mal, chuchotai-je.

C'était une confession. Si Lauren m'avait pressée, j'aurais tout avoué.

– Bon, arrête de dramatiser ! Si tu en as marre des petits jeux de Ryan, passe à autre chose. De toute façon...

Je devinai à sa voix qu'elle levait les yeux au ciel. Mais au lieu de couper la communication, m'armant de patience, je l'écoutai me raconter que le serveur de Scoops était tellement beau qu'il aurait pu provoquer une émeute. Elle s'extasia sur la perfection de ses cafés frappés, maudissant les kilos qu'ils lui avaient fait prendre. J'essayais de me sentir en phase, de m'intéresser, mais tout cela me semblait si loin. Mes réponses étaient laconiques et maladroites.

– Oh, voilà mes parents ! s'exclama-t-elle enfin. Je dois y aller. Reviens vite !

Je lui dis au revoir et rouvris les yeux. Pas de fêtes. Pas de mignon vendeur de glace. Juste des murs blancs, aseptisés, et une foule d'images de mes amis s'amusant sans moi, qui défilaient devant mes yeux.

La douleur devint tolérable. La nausée, supportable. Mais l'ennui était toujours là. Gyver était venu à bout de toutes nos lectures d'été. Jamais je ne me serais doutée qu'un mois pouvait être aussi long. Voilà des semaines que je n'avais plus rien à dire à mes parents. Ma mère répétait en boucle : « Je pense que tu as meilleure mine. Tu te sens mieux ? » Mon père : « Je peux aller te chercher quelque chose ? Tu veux jouer à la crapette ? » Les visites de Gyver étaient toujours trop courtes, les contacts avec le monde extérieur, toujours trop limités. Les Filles du Calendrier me manquaient. La Poisse me manquait. Ryan, mon *cheerleading*, ma vie, me manquaient. Je pouvais supporter les piqûres, les ponctions de moelle osseuse. Le pire, c'était l'attente.

Cela m'avait paru une éternité. Une éternité sans structures, pendant laquelle les jours et les nuits se confondaient dans la douleur, le désœuvrement, la routine. Où mon corps appartenait plus aux médecins qu'à moi-même. Où la vie en dehors de l'hôpital m'apparaissait comme un autre monde, un monde dont je ne faisais plus partie.

Puis, au bout de cinq semaines, ce fut fini.

– Tes chiffres sont bons, et stables. Le moment est venu de te renvoyer chez toi. Même si nous n'en avons pas encore fini avec toi. Nous te verrons fin septembre pour la première phase de ton traitement de consolidation. Et, bien sûr, si tu te sens un peu...

Le Dr Kevin continua sa conférence sur les handicaps, les statistiques. Mon père prenait des notes.

Mon esprit, soudain hermétique à tout le reste, se bloqua sur le mot « chez toi ».

7

Mon retour à la maison rendait mes parents nerveux. Ils essayaient de le cacher, mais l'angoisse que je lus dans les regards qu'ils échangèrent en sortant mes bagages du coffre ne m'échappa pas. La Poisse était au septième ciel des chats. Elle me suivait comme un chiot, se faufilait entre mes jambes. Je finis par la prendre dans mes bras, de peur de tomber.

– Je pense que Gyver l'a trop nourrie. J'ai l'impression qu'elle est plus lourde.

Ou alors je m'étais affaiblie. Mes bras se mirent à trembler de manière pathétique.

Ma mère leva les yeux de la liste de courses qu'elle était en train de rédiger pour mon père.

– Tu as peut-être envie de prendre une douche et de te changer ? demanda-t-elle.

Je regardai son bloc : *Quinoa, baie d'açaï, fruits rouges, saumon, chou frisé.*

– Qu'est-ce que c'est que ce truc ? Depuis quand on mange du chou frisé ? C'est quoi, du chou frisé ?

– C'est un super légume. Ton père l'a lu quelque part, me précisa-t-elle, sur la défensive. Tu aimeras. Tu te nourris sainement, mais éliminer quelques cochonneries ne pourra pas te faire de mal.

Je me nourrissais sainement ? N'avaient-ils pas vu les menus chez Iggy ? Mais devant son air anxieux, son crayon tremblant dans sa main, je répondis :

– Je suis sûre que c'est délicieux.

– Tu vas adorer. C'est si bon de t'avoir à la maison. Tu m'as tant manqué.

J'étais sur le point de demander comment j'avais pu lui manquer alors qu'elle avait passé presque tout le temps de mon hospitalisation à mon chevet, mais elle s'était déjà détournée pour ouvrir le réfrigérateur.

– J'espère que personne ne s'attend à un dîner gastronomique, lança-t-elle d'un ton faussement enjoué en inspectant son contenu. Je n'ai rien ici pour cuisiner un bon plat.

– Tu veux que je prenne quelque chose pour ce soir ? proposa mon père.

Il suggéra plusieurs options, mais aucune ne sembla trouver grâce aux yeux de sa femme.

Je grattai la Poisse sous le menton. Elle ronronna et frotta son nez contre moi. Ma mère se plaignait maintenant de son jardin négligé. Sans lui prêter attention, mon père étudiait la liste des courses. Je montai l'escalier d'un pas lent et, après avoir déposé la chatte sur mon lit, gagnai la salle de bains.

La douche me fit un bien merveilleux. C'était tellement agréable de retrouver un jet d'eau avec de la pression. J'y passai un long moment, prenant tout mon temps, avant de m'envelopper dans des serviettes moelleuses. Après m'être reposée quelques instants, je m'enduisis le corps de lotion à la lavande pour me débarrasser du moindre résidu d'odeur d'hôpital. Je me fis deux tresses lâches, feignant de ne pas remarquer les poignées de cheveux restant sur mes doigts. Tout comme j'avais ignoré tous ceux qui s'étaient amassés dans la grille de la douche après mon shampoing. Je sortis mon fer à cheval de ma valise et le raccrochai au-dessus de la porte de ma chambre. Puis je pris de nouveau la Poisse dans mes bras et redescendis.

Ma mère était dans la cuisine, affairée à vider des sacs en papier brun de produits étranges. Nouveau régime, nouveau supermarché bio. J'étais peut-être rentrée chez moi, mais les choses avaient changé.

Elle me regarda d'un air déçu.

– Tu es en pyjama ? Je pensais que tu allais peut-être t'habiller, pour changer.

– Je ne vais nulle part aujourd'hui.

– Mais tu es à la maison maintenant. Et tu vas mieux. Tu ne dois pas retourner à l'hôpital avant sept semaines.

Tu n'as plus besoin de porter de pyjama. À moins d'être malade, on ne reste pas en pyjama toute la journée.

Elle écrasait une boîte de crackers bio au blé complet entre ses doigts.

Mon père posa une main apaisante sur son épaule.

– Détends-toi. Mia peut rester en pyjama si ça lui fait plaisir. Ça ne veut pas dire qu'elle est malade.

Ma mère poussa un soupir tremblotant. Je remarquai qu'elle avait quitté ses vêtements de jardinage froissés. Aujourd'hui, elle portait un corsaire beige et un chemisier. Ses cheveux étaient remontés en chignon et elle était maquillée. Elle ressemblait de nouveau à ma mère. Elle avait besoin que je ressemble à Mia.

Elle finit par ranger la boîte de crackers abîmée dans le buffet.

– Bon. Si c'est ce que tu veux...

Après tant de nuits passées sur le matelas mince et entre les draps rêches de l'hôpital, mon lit me semblait trop grand, trop mou. Le silence m'oppressait, me faisant l'effet d'être seule au monde. Je m'étais habituée aux pas feutrés des infirmières, au grincement des roues du chariot à médicaments, aux rires et aux cris des enfants dans la salle commune, au bavardage faussement optimiste des visiteurs qui sortaient dans le couloir pour « prendre un peu l'air », aux bips des machines, aux cris des alarmes, au bourdonnement des chariots de réanimation. Le bruit me manquait. Je m'étais même habituée au cliquetis lancinant du climatiseur de ma chambre. Cette liberté et cette intimité soudaines m'angoissaient.

C'était la première fois depuis cinq semaines que je me retrouvais seule. Je pouvais respirer sans surveillance. Je pouvais éternuer sans déclencher une alarme.

Je pouvais... pleurer.

J'avais laissé couler une ou deux larmes pendant ces moments insoutenables à l'hôpital. Mais, ce soir, dans ma chambre, je pleurai de vraies larmes. De vrais sanglots pitoyables, terrifiés, qui secouèrent mon lit. À tel point que la Poisse finit par s'éloigner avec un miaulement de contrariété. Jusqu'à ce que la nausée me gagne, accompagnée par un sentiment de néant total. Ces larmes qui m'avaient été interdites à l'hôpital, où j'étais surveillée jour et nuit, et que je pouvais enfin laisser couler pour exprimer mon anxiété face au futur. Ces larmes qui briseraient ma mère, car elles témoignaient de tous mes doutes sur ma capacité à surmonter la maladie. Des larmes pour ce sentiment de solitude infini que me causait la pensée des Filles du Calendrier et de tous les mensonges que je leur avais racontés. Mon nez coulait, je sentais mon visage crispé, douloureux.

– Reprends-toi !

Dans la pénombre, je serrai mon trèfle porte-bonheur jusqu'à sentir sa marque dans ma paume.

Une main agrippée à ma chaîne, l'autre posée sur la Poisse, je sombrai dans un sommeil sans rêves.

8

Trois jours après avoir quitté l'hôpital, ma première sortie fut un rendez-vous chez le coiffeur. J'avais passé les premières quarante-huit heures à ne faire quasiment que dormir, heureuse de me réveiller dans ma propre chambre. Heureuse de voir mes parents reprendre des activités autres que celle de me regarder. Ma mère dans son jardin négligé et mon père dans l'abri de piscine, le refuge où il s'échappait chaque soir après le dîner pour travailler à son astronomie.

Les reflets du soleil d'août jouaient sur la vitrine du salon de coiffure. Ma tête me semblait plus légère. Une bonne trentaine de centimètres de mes cheveux blonds jonchaient le sol. Ma mère les ramassa et les mit dans un sac.

– J'ai entendu dans une émission que l'on pouvait fabriquer une perruque à partir de ses propres cheveux. Au cas où.

Infirmière Snoopy avait raison : avec une coupe plus courte, mes cheveux clairsemés se remarquaient moins. Pendant que ma mère payait, mon téléphone sonna. Je sortis en douce dans la rue et, repoussant une mèche de mon nouveau carré derrière une oreille, je répondis :

– Salut, Ryan !

– Il paraît que tu es rentrée.

– Oui, ce matin, mentis-je.

– Je l'ai su par Chris, qui l'a su par Hil. Pourquoi ne m'as-tu pas prévenu ?

J'étais très flattée par la pointe d'irritation dans sa voix.

– Parce que je viens tout juste d'arriver. Tu es à East Lake ?

– Non, sur la côte. Viens me rejoindre, nous fêterons ta libération des grands-parents. J'ai ma journée demain et la mère de Chris est super cool. Elle est toujours d'accord pour héberger quelqu'un.

Ma mère, qui m'avait rejointe, s'éloigna d'un pas. Entendait-elle ?

Je me forçai à rire et demandai d'un ton faussement narquois :

– Tu me proposes de venir jusqu'au New Jersey pour fêter mon retour en Pennsylvanie ?

Ma mère me fit un signe négatif.

– Je sais, lui dis-je muettement en me renfrognant.

– Disons, ton retour dans les États du Mid-Atlantic. Allez ! On va organiser une méga fête et inviter tout le monde. Personne ne mérite une fête autant que toi, sainte Mia.

– Je viens de passer trois heures en voiture. Je ne veux pas finir ma journée dans les bouchons de la plage.

Je mentais avec réticence. Je n'aurais pas demandé mieux que de rester coincée dans les bouchons si le but était de flirter, me prélasser au soleil et me sentir de nouveau normale.

– Allez ! répéta-t-il. Tu as une fête de retard.

– Je viens tout juste de rentrer. La Poisse ne me pardonnera jamais si je repars.

– Ton chat passe avant moi ? Dur ! plaisanta Ryan. Très bien, si tu ne viens pas me voir, c'est moi qui viendrai. Tu fais quoi demain ?

– Je dois retrouver les filles chez Iggy.

– J'y serai. Mais je veux te voir après. Seule ! m'ordonna-t-il.

Le timbre rauque de sa voix me fit rougir.

– D'accord, parvins-je à répondre.

– Quelle heure ?

– Treize heures trente.

– J'ai hâte.

– Salut.

J'ouvris ma portière.

– Ryan vient déjeuner demain ? demanda ma mère en s'installant au volant.

– Il vient de la côte.

– C'est gentil. C'est un si beau garçon. Comment te sens-tu ?

Elle posa une main sur mon front puis fouilla dans son sac et en tira un thermomètre.

– Ce n'est pas vrai ! Tu as ça dans ton sac ? Tu as quoi d'autre ?

– Le Dr Kevin a dit que tu devais faire attention. Et que je devais te surveiller de près pour guetter le moindre signe de maladie ou d'infection.

– Je vais bien.

– Fais-moi plaisir, plaida-t-elle en le pressant dans ma paume.

Docile, je cédai. Je plaçai le thermomètre sous ma langue et attendit le bip.

– Parfaitement normal, tu vois ? déclarai-je en le lui rendant.

– Merci.

Après l'avoir rangé, elle me tendit l'une des bouteilles de gel antibactérien qui poussaient comme des champignons partout dans la maison, dans nos voitures et dans tous mes sacs.

– Tu crois qu'ils vont deviner ? J'ai quelle tête ?

À l'hôpital, comme tout le monde était malade, je me fondais dans la masse. Dans le monde réel, ma pâleur, ma maigreur, me donnaient l'impression d'être une bête curieuse.

Elle se pencha vers moi et, prenant mon menton au creux de sa main, me força à la regarder.

– Tu es belle. Toujours.

Elle avait parlé avec trop d'intensité pour que je lève les yeux au ciel d'un air exaspéré.

– Merci.

– C'est la vérité. De toute façon, ta nouvelle coupe est adorable et, avec un peu de maquillage et un choix de vêtements stratégique, tout le monde n'y verra que du feu.

Je fis un vœu en tirant sur mon pendentif porte-bonheur : pourvu que tout le monde accepte mon nouveau look.

– Je vais peut-être le leur dire. Maintenant que je suis rentrée. Qu'en penses-tu ?

Ma mère garda le silence un long moment, les yeux fixés sur le parcmètre devant elle.

– Je ne voudrais pas que tu aies le moindre regret, chaton. Une fois que tu le leur auras dit, tu ne pourras pas revenir en arrière. Ils ne le prendront peut-être pas bien. Tu as besoin de te préparer à leurs réactions.

– Comment tu les envisages ?

– Nous savons comment réagira Ally. Les autres... je ne sais pas. J'aime beaucoup Lauren, mais elle n'est ni très tolérante ni très patiente. Quant à Hillary ? Je ne peux pas la cerner, cette fille est totalement imprévisible.

J'essayai de m'imaginer l'apprendre à Ryan et vit son regard de charmeur devenir glacial.

– La phase la plus pénible du traitement est terminée. Ce sera donc de plus en plus facile à cacher, non ? avançai-je.

– Je ne peux pas te conseiller, répliqua ma mère en me serrant dans ses bras. C'est à toi de décider. Quel que soit ton choix, ce sera le bon. Fais ce que tu penses être le mieux.

– Je voudrais juste que tout redevienne normal.

Je voulais surtout un signe clair pour me montrer la voie.

– Ça viendra. Bientôt, tout ça ne sera plus qu'un mauvais souvenir.

D'un geste empreint de tendresse, elle repoussa une mèche de mon front. Puis elle démarra.

9

Après avoir essayé une bonne douzaine de tenues, je me décidai pour un short blanc et une chemise à manches longues à rayures blanches et marine. Ma mère m'aida à me maquiller. Elle s'avançait pour me barbouiller le visage de couleurs, puis reculait pour examiner le résultat : j'étais certes plus maquillée que d'habitude, mais j'avais l'air moins pâle et moins malade. Une fois prête, j'appelai Gyver, inquiète.

– Tu veux bien venir avec moi ?

– Ton objectif est de feindre que tout est normal, non ?

– Oui.

– Dans ce cas, ma présence n'aidera pas. Je ne traîne généralement pas avec tes copines et M. Muscles.

– Je sais.

Je me regardai dans la glace, sourcils froncés.

– Tout ira bien. Ce sont tes amis. Ils t'ont manqué. Tu te souviens ?

– Oui, acquiesçai-je sans grand enthousiasme.

– Je te propose un truc. Je vais appeler un copain. Avant d'aller répéter avec le groupe, nous irons déjeuner chez Iggy. Il sera un peu tard, mais ça n'aura pas l'air suspect. Comme ça, si tu as besoin de moi, je serai là.

– Vraiment ?

– Vraiment. Mais tu n'auras pas besoin de moi. Tout ira bien, Mi.

J'arrivai avec un quart d'heure de retard. J'étais restée dans ma voiture à chercher à la radio une chanson qui me donnerait un signe. Après ce mois interminable passé loin de mes amis, je n'étais plus séparée d'eux que par ce parking. J'aurais dû me précipiter pour franchir la porte du restaurant, mais la radio n'était pas coopérative. Rivée à mon siège, une main pressée sur le bouton *scan,* j'agrippais mon pendentif de l'autre. Du rap inintelligible, une publicité pour une opération des yeux au laser, une dédicace mièvre. Et puis mon signe : *Don't Speak* de No Doubt.

Les paroles semblaient me narguer. Peinant à respirer, je coupai la musique d'une main tremblante. La climatisation était trop forte, l'habitacle de la voiture, oppressant. La mâchoire crispée, j'ouvris ma portière.

Ils m'attendaient tous dans le box du coin. C'était comme un remake de notre dernier rendez-vous. À cela près que j'avais changé, mais pas eux.

Voir mes amis confirma le signe que m'avait donné la chanson. Ils avaient l'air... en bonne santé. Après un mois passé entourée de malades, à l'hôpital, le bronzage amande grillée d'Hillary, le coup de soleil sur le nez d'Ally et ses nouvelles mèches encore plus blondes, me faisaient mal. Même Lauren, malgré son teint pâle, avait les joues roses et le visage couvert de taches de rousseur.

Puis Ryan se leva et sa vue me coupa le souffle. Décolorés par la mer, ses cheveux avaient pris la couleur du sable au soleil. Ses yeux bleus brillaient à l'intérieur de la marque plus pâle laissée par ses Oakley sur son visage bronzé. Quand sa main serra la mienne, je sentis une décharge électrique me traverser. Mais Hillary nous sépara pour me plaquer contre elle en une violente étreinte.

– Je t'ai manqué ?

La force de son emprise révélait ses sentiments.

Sans me laisser le temps de répondre, Ally intervint :

– Mia. Tu n'auras plus jamais le droit de partir si longtemps.

Les parfums de la lotion au pamplemousse d'Ally, puis du lait pour le corps à la vanille de Lauren, se substituèrent au parfum musqué d'Hillary alors que, tour à tour, elles me serraient contre elles. Mais, quand Ryan m'enlaça, tout s'évanouit. Il sentait la plage, le soleil... Je retrouvais l'odeur de sa peau. Il me souleva dans ses bras, me fit tourner une fois sur place, puis me reposa sur le sol. Avec la plus grande décontraction, comme s'il faisait cela tous les jours, il pressa ses lèvres sur ma joue et me chuchota :

– J'avais oublié à quel point tu sentais bon.

Je pensais exactement la même chose de lui.

Lauren enjamba les genoux de Chris pour aller chercher son Coca light. Assis sur une banquette du box, ce dernier m'adressa un petit salut. Chris était mignon. Juste mignon. Ryan, lui, était sexy. L'étalage d'effusions de Ryan et mon air stupéfait lui tirèrent un sourire narquois.

– Salut, Mia ! Soit il est vraiment chaud bouillant, soit tu lui as manqué.

Je crus voir Hil lui donner une tape, mais, comme hébétée, je me sentis de nouveau arrachée à Ryan par Ally, qui m'attira une nouvelle fois sur son cœur, avant de m'entraîner dans le box, à côté d'elle.

– Qu'est-ce que tu as fait à tes cheveux ? s'étonna Lauren.

– J'ai essayé de les couper et de me faire faire des mèches quand j'étais dans le Connecticut. Raté ! plaisantai-je d'un air dégagé.

– Pourquoi ? s'étonna Hil. Ils étaient si longs, si beaux. Tu as oublié que tu es censée me téléphoner à chaque fois que tu veux prendre une décision liée à ta beauté ? Nous nous l'étions promis-juré quand j'ai teint mes cheveux avec de la gelée en CM1.

Je partis d'un éclat de rire.

– J'avais complètement oublié cette histoire. Tes cheveux ont senti le citron vert pendant une semaine.

Elle me sourit à son tour.

– Ça n'a pas été la plus brillante de mes initiatives. Surtout que j'ai utilisé les belles serviettes de ma mère. Oh, avant que j'oublie, salade Cobb avec une vinaigrette italienne light à part, c'est bien ça ? C'est ce que j'ai commandé pour toi. Si tu veux autre chose, il faut que tu chopes la serveuse.

– En fait, j'ai envie d'un cheesesteak. Ils ne savent pas les faire dans le Connecticut.

Après tous ces repas d'hôpital, je mourais d'envie de vraie nourriture.

– Vraiment ? dit Lauren. Mais c'est tellement trop gras.

– Et d'un milkshake à la vanille.

Je me fichais bien des calories. Après tout, je venais de vomir pendant un mois.

– Je vais aller passer la commande à la serveuse, proposa Ryan en quittant le box.

Hil continuait à m'observer.

– Où sont tes mèches ?

– Je ne les vois pas non plus, acquiesça Lauren.

Agenouillée sur la banquette, elle m'examina comme si j'étais un cobaye de laboratoire.

– Elles n'ont pas pris. Mes cheveux ont fait une réaction bizarre et ils ont brûlé. Un vrai désastre.

– Oh là là ! s'exclama Ally en pressant mon bras avec compassion. Je ne me ferai jamais couper les cheveux dans le Connecticut. Ma pauvre !

– Ça va repousser. Ce sont juste des cheveux, ajoutai-je en me tournant vers Lauren et Hillary.

Cette dernière fit filer une de mes mèches entre ses doigts et, tout en soufflant sur la frange brune impeccable qui lui tombait dans les yeux, enchaîna :

– Je donnerais tout pour avoir ta blondeur.

Je reculai et me heurtai à Ryan qui reprenait sa place.

– Si tu veux t'asseoir sur mes genoux, il suffit de le demander, plaisanta-t-il.

Il sourit, mais j'étais trop bouleversée pour réagir ou pour blaguer.

– Comment va ton grand-père ? demanda alors Ally. Et toi, ça va ? Ça n'a pas dû être facile.

– Il va bien. Vraiment, vraiment bien. Merci.

Hil reprit sa critique.

– Tu ne ressembles pas à notre Fille de l'Été. Tes grands-parents t'ont interdit de sortir au soleil ? Et moi qui trouvais Lauren pâle.

La gorge nouée, je pris l'air aussi dégagé que possible. Mais Hil tournait autour du pot. Elle savait que quelque chose clochait. Nous étions trop proches, depuis trop longtemps, pour qu'elle ne perçoive pas les ondes que je dégageais. La connaissant, je savais qu'elle ne renoncerait pas jusqu'à ce qu'elle ait découvert la vérité.

– Je suis rousse. Tu sais que je ne bronze pas. Je brûle et j'ai des taches de rousseur, maugréa Lauren.

Ryan prit mon bras et le compara au sien.

– Il faut vraiment que tu te rattrapes.

Il fit glisser nos deux mains sous la table sans lâcher la mienne.

Je me forçai à me joindre aux rires. Je souris aux blagues sur Casper et sur les albinos. Mais je devais rester sur le qui-vive : me rappeler tant de mensonges, éviter tant de sujets, éluder tant de questions. Ryan et moi ne nous tenions pas la main, d'habitude. Du moins, nous ne l'avions jamais fait auparavant. Ma paume était moite, et j'étais sûre qu'il sentait les battements de mon pouls.

– Hé, voisine ! Je ne savais pas que tu étais rentrée. Salut, tout le monde !

La voix grave de Gyver interrompit les critiques débonnaires. Quand je le vis approcher, je sentis le rythme affolé de mon cœur s'apaiser.

Gyver resta indifférent aux battements de cils d'Hillary et au sourire supersonique de Lauren.

– Salut ! m'exclamai-je, soudain apaisée.

Je donnai un petit coup à Ryan, qui se leva pour me laisser sortir du box en saluant Gyver d'un signe de tête.

– Comment ça va ? C'est tellement bon de te voir.

Je me jetai à son cou. Après quelques secondes, sentant que notre étreinte durait un peu trop longtemps, je le relâchai à contrecœur, sans pour autant aller me rasseoir. J'avais besoin de sa proximité, de son odeur familière si réconfortante.

– Comment ça s'est passé dans le Connecticut ? me demanda-t-il alors. Tu t'es fait couper les cheveux. C'est joli.

– Tu es miro ? Ils ont saccagé ses cheveux, grommela Hillary, oubliant son air aguicheur.

Sans relever, il me dit en souriant :

– J'aime bien.

Lauren s'était penchée en avant, offrant une vue plongeante sur son soutien-gorge en dentelle et la naissance de ses seins.

– Merci.

L'intonation de ma voix que je voulais désinvolte trahissait mon désespoir et ma reconnaissance. Je m'apprêtais à entrelacer machinalement mes doigts aux siens pour me rassurer, mais retirai ma main avec une brusquerie excessive.

– Moi aussi, ça me plaît, renchérit Ryan en m'enlaçant par la taille. Maintenant que j'y suis habitué, ça me plaît beaucoup.

Il m'attira dans le box et me jucha sur ses genoux.

Gyver haussa les sourcils d'un air étonné. Je me dégageai des bras de Ryan pour m'asseoir sur la banquette, à côté de lui. Hil avait l'air perplexe, contrariée. Elle avait fait preuve d'une perspicacité dangereuse. Et de ténacité.

Après avoir creusé l'espace entre Ryan et moi, je repris :

– J'ai été contente de te voir, Gyver. Nous allons sûrement nous croiser.

Indifférent aux saluts peu enthousiastes de mes compagnons de table, il garda les yeux rivés sur moi.

– Content de te revoir.

À peine s'était-il éloigné qu'Hillary déclara :

– Je sais que vous étiez copains de bac à sable, mais je ne comprends pas pourquoi tu le vois toujours.

Son regard éloquent alla de Gyver à Ryan.

– Et pourquoi pas ? Suis-je censée le repousser parce que tu t'es pris un râteau avec lui ? répondis-je sur un ton de défi.

La bouche parfaitement maquillée d'Ally forma un O et les sourcils de Lauren se rejoignirent au milieu de son front. Je m'empressai de me rattraper.

– Je veux dire : il est clair qu'il n'a pas bon goût, mais c'est toujours mon ami.

Hil esquissa un sourire glacial.

– Je lui ai juste demandé de sortir un soir parce que tu me parlais tout le temps de lui, mais il est tellement solitaire.

– Il n'est pas solitaire, il est ici avec...

Je levai les yeux pour voir avec qui il était venu et le reste de ma phrase s'étrangla dans ma gorge.

La fille portait une robe bain de soleil vert pâle. C'était le genre de fringue que j'avais dû remiser dans le fond de ma penderie. Les bretelles auraient dévoilé mon cathéter et mes épaules décharnées, et la couleur aurait donné une teinte grisâtre à ma peau pâle. Elle, bien entendu, était ravissante. Elle souriait et racontait quelque chose qui le faisait rire. Elle se penchait vers lui. Elle lui frôlait le bras.

– Qui est-ce ? demanda Lauren.

– Meagan quelque chose, répondis-je.

J'avais une vague idée de qui elle était. Mais j'ignorais que Gyver et elle se connaissaient. Assez pour déjeuner en tête à tête. D'un autre côté, je ne savais pas ce qu'il faisait de ses nuits. Nous n'avions parlé que de ses concerts et de son job chez le disquaire. Je n'avais donc pas la moindre idée de la façon dont il avait employé son temps cet été, quand il n'était pas à l'hôpital. Ni d'avec qui il l'avait passé.

– C'est personne, intervint Hil en me regardant d'un air inquiet. Personne, Mia.

Je passai en mode de protection. Je défendais toujours Gyver.

– Elle est dans notre cours de prépa aux examens d'entrée à l'université, précisai-je. Et il a son groupe de musique et plein d'autres amis. Tous ceux qui le connaissent vous diront que Gyver est un type super.

Hil sourit et agita la main d'un air dédaigneux.

– Mais ces cours sont pleins d'intellos. Leur avis ne compte pas.

– Des intellos ? Merci, Hil.

J'étais sans doute trop sur la défensive, trop agressive, mais, après tout ce que Gyver avait supporté pendant l'été, je n'avais pas l'intention d'ignorer la remarque d'Hil. Ni de la laisser se servir de lui pour provoquer un drame avec Ryan. Et puis, pourquoi cette Meagan se permettait-elle de piquer des frites dans l'assiette de mon ami ? Si elle voulait des frites, elle n'avait qu'à en commander.

– Mia ? Franchement, je blague.

Assise en face de moi, Hil me donna une légère bourrade dans le bras. Je me détournai à contrecœur de Gyver et de Meagan pour la regarder. Elle avait l'air perplexe.

– Eh bien ! Un mois d'absence et tu perds ton sens de l'humour. Tant que *Mac'n'Cheese* me fiche la paix, je ne l'embêterai pas.

Avec un coup d'œil vers leur table, Lauren gémit :

– Quel gâchis ! Il est super canon, vous ne trouvez pas ?

Ryan eut un petit rire moqueur.

– Il a des lutins sur sa chemise. Ce n'est pas un peu efféminé ?

Il fit glisser son bras sur le dossier de la banquette et posa une main sur mon épaule.

– Nous sommes amis. Je ne le vois pas comme ça.

Je parlais trop fort. J'étais trop susceptible. Je me forçai à hausser les épaules et ajoutai :

– À propos, « lutin », ça se dit *pixie* en anglais et Les Pixies, c'est un groupe.

Avec un froncement de sourcils, Ryan demanda :

– Quel genre de groupe voudrait s'appeler « lutins » ?

– Cette conversation est fascinante, mais notre commande arrive, annonça Chris.

Hil me donna une nouvelle petite bourrade affectueuse.

– Tu veux mon concombre ?

Elle savait que le concombre était mon légume préféré. C'était sa version d'un gage de paix. À mon signe d'assentiment, elle fit glisser ses tranches dans mon assiette, me piquant une frite au passage. Je me mis à rire et elle m'imita.

Quand Ryan passa le ketchup à Chris, en face de lui, je regardai Gyver par-dessus leurs bras. Il me faisait face et surprit mon coup d'œil. Les sourcils arqués, l'air à la fois interrogateur et malicieux, il guetta ma réaction. Avec un imperceptible signe de tête, je lui souris. Il me rendit mon sourire et attendit que je détourne les yeux.

Je me retrouvai nez à nez avec Hillary qui me dévisageait. Elle semblait perplexe, intriguée.

10

Je mordis à belles dents dans mon sandwich. Je n'avais qu'une hâte, que ce déjeuner finisse.

– Ils ne t'ont pas nourrie dans le Connecticut, plaisanta Lauren.

– Je n'ai mangé que des trucs fades tout le mois, répondis-je en buvant une gorgée de milkshake.

– La nourriture de vieux. Berk !

Lauren poussa son assiette vers moi.

– La dernière chose dont mes fesses ont besoin, c'est d'une excuse pour grossir.

– Ton été craint vraiment, déclara Chris en levant les yeux de son cheeseburger. Tu as été obligée de vivre avec des vieux, tes cheveux ont été cramés, tu es presque albinos et ils ne t'ont pas nourrie. C'est nul d'être toi, non ?

– Et tu as manqué le camp des pom-pom girls, renchérit Ally.

J'entortillai ma chaîne autour d'un doigt et fis un effort pour sourire.

– Mais maintenant je suis revenue.

– Nous ne te lâcherons plus d'un pas jusqu'à la fin de l'été, promit Hil.

– Demain, journée piscine. Magazines, sodas et potins à foison, annonça Ally.

– Excellent programme ! approuvai-je.

Elle avait décrit une journée typique de n'importe quel autre été.

– Nous t'apprendrons la choré que tu as ratée au camp, pour que tu ne sois pas trop nulle pendant les épreuves de sélection.

– Vous pouvez l'avoir demain, mais, ce soir, elle est à moi. Tu es prête, Mia ?

Ryan se leva et me tendit la main.

Ally laissa échapper un petit cri aigu et échangea un sourire entendu avec Lauren. Avec un grognement, Chris leva les yeux au ciel.

– Attends ! s'exclama Hillary en se levant à son tour. Pardon ? Je pensais que nous dormions chez moi ce soir.

– Désolée, j'ai des projets avec Ryan.

L'air furieux, elle regarda nos deux mains jointes.

– Mais tu ne nous as pas vues depuis un mois. Donne-moi une *seule* raison qui te pousse à le choisir lui, plutôt que nous.

Je savais qu'elle n'avait rien perdu de la manière dont Ryan me regardait pendant le déjeuner. Son allusion et son intonation emphatique étaient limpides.

Implorante, je promis :

– Je te rejoins demain matin à la première heure, juré !

Je voulais la voir céder. Ce qu'elle fit en disant d'un air réticent :

– Si nous n'étions pas au mois d'août et si tu n'étais pas la Fille de l'Été...

– Relax, Hil. Je retourne sur la côte demain. Ce n'est qu'une nuit, affirma Ryan.

Chris sourit de toutes ses dents.

– Je viens dormir chez toi, suggéra-t-il en se penchant vers Hil.

– Dans tes rêves ! ricana-t-elle.

Elle cacha son propre sourire en buvant une gorgée de Coca.

Je les embrassai tour à tour.

– Je suis tellement contente de vous retrouver, les filles. Vivement demain !

Puis je traversai le restaurant sur les talons de Ryan, croisant le regard de Gyver au passage. Il hocha la tête, et je lui rendis son salut, luttant contre mon besoin d'interrompre son déjeuner pour le serrer aussi dans mes bras. J'avais pris l'habitude de ses visites quotidiennes. Recommencer à se voir rarement, comme dans notre vie normale, ne serait pas facile pour moi. Il fallait que je me rappelle qu'en général je n'étais pas le centre de sa vie et qu'il ne devrait pas être le mien.

Ryan me tenait la porte.

– Tu en veux un ? me demanda-t-il en prenant un bonbon menthe-chocolat dans le bol à côté de la caisse.

– Oui.

Lauren en avait toujours une poignée dans son sac. Elle les appelait « menthes pour s'embrasser ».

Embrasser un garçon était exactement ce dont j'avais besoin en ce moment. Embrasser Ryan, sentir ses doigts chauds et vigoureux autour des miens quand il me passa la friandise, et voir son sourire enjôleur.

Je lui souris à mon tour.

Ryan me conduisit directement à la porte de sa chambre. Hésitante, je demandai :

– Je peux, tu es sûr ?

– Ma mère n'est pas là, répondit-il en entrant.

Jusqu'ici, j'avais toujours évité ce genre de situation, ne le laissant m'embrasser que sur le parking, ou lors de fêtes. Cette fois, il semblait un peu tard pour faire machine arrière. Alors, je le suivis.

La pièce était un temple dédié au sport : l'étagère à côté de son lit croulait sous une collection de trophées, des coupures de journaux tapissaient le mur au-dessus de son bureau, et son maillot de football était posé sur une chaise.

Je trébuchai sur un sac en toile. Il me rattrapa et le repoussa d'un coup de pied.

– Mon linge sale. Ma mère m'a proposé de s'en occuper avant mon départ.

En silence, je hochai la tête et commençai à examiner les photos sur la commode. Quelques-unes de son équipe de foot, d'autres, plus nombreuses, du club de basket et plusieurs de nous deux au bal de fin d'année du lycée et à des fêtes. D'un geste brusque, je reposai les cadres à l'envers. Le contraste entre la mine radieuse que j'affichais au printemps dernier et le visage pâle que me renvoyait aujourd'hui le miroir faisait trop mal.

Derrière moi, Ryan m'embrassa dans le cou et, sentant ma tension de l'après-midi se relâcher, ma détermination fondre, je murmurai :

– Quand reviens-tu de la côte pour de bon ?

– Juste avant la rentrée, indiqua-t-il entre deux baisers.

Je n'avais jamais eu les cheveux si courts, et il en profitait. Le contact de ses lèvres sur ma nuque me persuada presque de garder un carré court.

– C'est vrai ? Pas avant ?

Ma voix un peu haletante me surprit.

– Je serai payé plus si je continue à travailler après la reprise des cours. Et double le week-end férié. J'ai besoin d'argent. Là, j'ai économisé assez pour ma voiture, mais il y a l'assurance et tout le reste. Tu verras, elle vaut le coup !

Incapable de lui répondre, je marmonnai :

– Mumm...

– Tu vas venir sur la côte, hein ? Je ne veux pas passer encore un mois sans te voir.

Il leva mon visage vers le sien, inclina la tête de côté et s'empara de mes lèvres. Étourdie, je savourai son baiser.

Mais, quand sa main se glissa dans le col de ma chemise, je me raidis. Elle s'aventurait trop près de la cicatrice de mon cathéter pas complètement refermée, qui n'était pas là la dernière fois.

– Arrête !

Je reculai d'un pas.

– Quoi ? Allez ! On ne s'est pas vus depuis plus d'un mois. Je ne t'ai pas manqué ?

– Bien sûr que si.

J'étais fatiguée, me sentais un peu nauséeuse. Toute cette nourriture trop grasse n'était pas bien passée.

– Vraiment ? demanda-t-il en s'asseyant au bout du lit.

– Ryan, c'est toi qui as peur de t'engager. Quant à ça, ajoutai-je en montrant ma chemise, je viens de passer un mois chez des personnes âgées. Laisse-moi un peu de temps pour récupérer.

Il se mit à rire.

– Tu mets ma patience à rude épreuve, Mia. J'espère que tu t'en rends compte.

Je m'allongeai sur le lit, à côté de lui.

– Ne va pas trop vite, c'est tout ce que je te demande. Raconte-moi ton été.

Il posa une main sur mon ventre et se lança. C'était la première fois que nous avions une discussion un peu sérieuse. Il me confia qu'il n'aimait pas le nouveau copain de sa mère, qu'il n'approuvait pas la décision de son frère aîné de rester sur le campus pendant les vacances. Même s'il ne m'avait pas amenée dans sa chambre pour parler, nous étions bien.

– C'était vraiment dur chez tes grands-parents ?

– Disons que je suis contente d'être rentrée.

– En tout cas, tant mieux si ton grand-père va mieux.

Il embrassa le creux de ma paume, et je caressai sa joue, frôlant les fossettes creusées par son sourire.

– Merci. Et ton job, c'est comment ? *Alerte à Malibu* le retour ?

– Pas vraiment. Pour une bombe, tu as trois vieux et cinq mères de famille avec des gamins odieux. Tu viens quand, pour que mes rêves d'*Alerte à Malibu* se matérialisent ?

Chaque fois qu'il me posait une question sur moi, je changeais de sujet. L'écouter m'apaisait. Ses doigts qui dessinaient des cercles lents sous mon nombril, de plus en plus bas, me procuraient une douce chaleur.

Au bout d'un moment, ayant épuisé nos sujets de conversation, il se remit à m'embrasser et roula contre moi. Sa main, toujours sous la ceinture de mon short, effleurait à présent l'élastique de ma culotte.

– Ça va ? chuchota-t-il en abandonnant mes lèvres un instant.

– Oui, jusqu'ici.

Tant qu'il ne touchait ni ma cicatrice ni mes cheveux abîmés, je pouvais faire illusion : un peu plus pâle, quelques kilos en moins, mais je restais la fille qu'il avait connue en juin. Sauf que ses mots avaient donné une saveur nouvelle à ses baisers. Je n'avais pas simplement séduit un beau gosse, copain de lycée. Mes lèvres étaient contre celles de Ryan, le garçon à qui son grand frère manquait et qui rêvait, à son tour, de s'échapper à l'université.

Ses mains qui voguaient sur le haut de mon short se posèrent sur le bouton et, en une fraction de seconde, le défirent. Il marqua une pause, son petit doigt sur la fermeture Éclair, et me regarda droit dans les yeux en quête d'un encouragement. Il dut y lire mon doute, car je sentis sa paume remonter sur mon ventre.

Partageait-il ma frustration ? J'étais incapable d'analyser ce que je ressentais : du désir ? Le besoin de savoir que son attirance pour moi était intacte ? Est-ce que j'hésitais parce que je n'étais pas prête ? Ou parce que je ne voulais pas lui avouer ma maladie ? J'avais besoin d'un signe.

Mon portable se mit à sonner. Je vis qu'il était posé sur la table de nuit de Ryan, à côté de son réveil. Il était 17h13, mon nombre porte-bonheur combiné avec le pire des chiffres. Qu'est-ce que cela voulait dire ?

– C'est ma mère, grommelai-je en prenant le téléphone.

– Elle va laisser un message. Tu peux la rappeler.

– Je ne peux pas.

Pour celle que j'étais avant, il n'y aurait pas eu de problème. Mais maintenant ? Si je ne décrochais pas, elle allait envoyer la police, une ambulance. La pensée de la mère de Gyver nous surprenant me poussa à me tortiller pour me dégager de ses bras et à répondre.

– Bonjour, maman.

– Tout va bien ? Tu as l'air essoufflée.

– Tout va bien.

– Je veux que tu rentres. Ton père a lu un article, et il m'a terrifiée avec les germes qui prolifèrent dans les lieux publics. Tu as vu tes amis. Tu pourras les revoir demain, mais rentre maintenant pour que j'arrête de m'inquiéter.

– Comme tu veux.

Si je n'avais pas été aussi épuisée, se requête m'aurait contrariée. Je refermai le téléphone, le glissai dans ma poche et reboutonnai mon short.

– Je dois y aller.

Les paupières mi-closes, Ryan m'enveloppait d'un regard plein d'admiration. Soudain attentif, il rouvrit les yeux.

– Quoi ?

– Désolée.

– Mais tu reviens tout à l'heure ? Après le dîner ?

Le décevoir me faisait de la peine. Il avait l'air si désorienté.

– Je ne peux pas. Je ne peux vraiment pas.

– Depuis quand tes parents sont-ils si stricts ?

– C'est une longue histoire.

– Je préférais quand tu n'avais pas de couvre-feu.

Il se rassit et, me prenant la main, m'attira debout devant lui.

– Moi aussi, dis-je en lui déposant un baiser rapide sur les lèvres. Je vais essayer de venir te voir à la plage. Si tu reviens, appelle-moi.

– Ne te mets pas en colère, mais je peux te poser une question ?

– D'accord.

Je tirai sur ma main, sans vraiment vouloir qu'il la lâche.

– Si tu ne veux pas coucher avec moi, qu'est-ce qu'on fait ensemble ? demanda-t-il en baissant les yeux.

– Pardon ?

Prise au dépourvu, j'étais troublée. Je me sentis rougir.

– Tu crois que c'est la seule raison pour laquelle je suis ici avec toi ? enchaînai-je. C'est la seule raison pour laquelle tu voulais que je vienne ?

– Non, répondit-il en serrant ma main, sans lever la tête. J'aime te parler. Tu m'écoutes. Et tu es intelligente, et sympa, et sexy. Mais j'ai vraiment envie de coucher avec toi.

Je fis mon possible pour dissimuler ma gêne. Pourquoi, dans ce genre de circonstance, ne pouvais-je faire preuve de l'assurance d'Hil ou bien du manque de tact de Lauren ?

– Ryan, tu me plais vraiment. C'est juste que je ne suis pas prête pour ça.

– Mais tu finiras par l'être, non ?

Ses yeux bleus plongés dans les miens, je me sentais à la fois mortifiée et sous le charme.

– Je dois y aller. On se parle vite.

Haussant les sourcils, il prit l'air inquisiteur. Se doutait-il d'à quel point il était craquant comme ça ?

– On se parle ou bien... ?

J'avais la réponse à ma question : il était parfaitement conscient de son pouvoir de séduction.

– On se parle, répétai-je.

Je me penchai et l'embrassai pour lui dire au revoir. Le genre de baiser dont il se souviendrait quand il serait dans son fauteuil de maître-nageur et qu'une fille en bikini déambulerait devant lui. Puis, libérant ma main, je partis en courant vers ma voiture.

11

Le lendemain matin, Lauren arriva la première. Ses boucles rousses s'échappant d'un bandeau vert, elle avait les bras chargés des indispensables de la journée piscine : un paquet de Twizzlers, l'écran solaire et une pile de magazines.

– Tu as bien du Coca light ? vérifia-t-elle.

– Oui.

Même si je n'étais plus autorisée à en boire. L'une des nouvelles obsessions de ma mère était de s'assurer que je n'avale que des produits naturels et bio.

– Quand j'ai téléphoné aux filles, Hil sortait de la douche et Ally partait la chercher.

Elle traversa la cuisine d'un air désinvolte et salua mon père au passage. Aujourd'hui, il « travaillait à la maison », traduction : il « baby-sittait Mia ». Ma mère était partie avec le père de Gyver. C'était le premier jour de son retour au bureau. Elle avait déjà téléphoné quatre fois.

Je remplis trois verres de Coca, un quatrième avec de l'eau et rejoignis Lauren dans le jardin. Elle avait tourné les chaises longues face au soleil et s'était mise en maillot deux-pièces.

– Tu ne te changes pas ? me demanda-t-elle. Tu dois me dire quel régime tu fais. J'ai l'impression d'être un éléphant à côté de toi.

– Mais non, tu es très bien ! la rassurai-je. Je me changerai plus tard.

D'ici vingt minutes, elle commencerait à cuire. J'avais bien l'intention de le lui faire remarquer pour que nous nous mettions toutes les deux à l'ombre. Elle serait ravie d'avoir de la compagnie. Cela m'éviterait le bikini dévoilant la cicatrice du cathéter et ma perte de poids. Après avoir choisi un magazine, elle me passa la pile. Je les avais déjà tous parcourus à l'hôpital. Merci, Infirmière Hollywood.

De toute façon, Lauren ne semblait pas avoir spécialement envie de lire. À peine son journal ouvert, elle le referma, se tourna vers moi et, sur un ton confidentiel, me déclara :

– J'ai vraiment détesté le camp sans toi. Ne le dis pas à Hil et Ally. Elles ont fait de leur mieux pour me donner le sentiment que j'étais impliquée, mais elles avaient toutes ces réunions de capitaines auxquelles je ne pouvais pas assister.

Je me sentais carrément en trop, comme la cinquième roue du carrosse.

– C'est nul !

– Elles méritaient absolument d'être capitaines, je n'ai pas de problème avec ça. Et tu m'as manqué tout le temps où tu as été partie. Mais surtout pendant le camp.

– Je suis désolée.

– Ce n'était pas de ta faute. Je suis sûre que toi aussi, tu aurais préféré être avec nous, ajouta-t-elle en rouvrant son magazine.

– C'est clair.

Pensive, j'allongeai les jambes sur mon transat. De toutes les Filles du Calendrier, Lauren était celle qui écoutait le mieux. Ally était trop facilement distraite, et Hil, trop entêtée. Certes, Lauren n'était pas Gyver. On pouvait se confier à elle, mais il ne fallait pas espérer des conseils. Néanmoins, elle était la confidente idéale qui savait écouter avec compréhension.

– Pourquoi me regardes-tu comme ça ? s'étonna-t-elle, un peu anxieuse.

– Je suis dans la lune. Pardon.

Je détournai les yeux, cherchant un signe. Ne trouvant rien de flagrant, je cueillis une fleur dans l'un des pots du patio de ma mère et, distraitement, en arrachai les pétales. « Je le lui dis, je ne le lui dis pas, je le lui dis, je ne le lui dis... pas. »

Je finis par jeter le pistil nu sur la page ouverte de Lauren.

– Alors, raconte-moi le camp !

Elle se lança dans un compte rendu détaillé et parlait encore quand Ally et Hillary s'affalèrent dans les deux transats libres et rajoutèrent leurs commentaires.

– Je déteste savoir que tu as tout raté, déclara Ally : le camp, les fêtes, nos virées sur la côte. Si tu voyais la maison de plage des Matherson. Et Ryan a beaucoup parlé de toi.

Je me redressai.

– Vraiment ?

– Vraiment. Et il s'est montré très affectueux chez Iggy, ajouta Ally.

Je hochai la tête. Hil posa son magazine.

– Et il voulait te voir seule, hier soir, ajouta-t-elle.

– Et alors ? Vous avez enfin couché ensemble ? demanda Lauren, voyant qu'Ally ne poserait pas la question.

Se relevant sur sa chaise longue, Hillary me dévisagea. Ally vint s'installer sur la mienne, à côté de moi.

– Non. Nous n'avons pas couché. Nous avons juste parlé. Et nous nous sommes embrassés.

– Ryan ? Parler ? railla Hil. Pas quand nous sortions ensemble.

– Avoue, me taquina Lauren. Nous ne te jugerons pas.

Ally posa la tête sur mon épaule et murmura :

– Je l'imagine très bien parler, avec Mia.

– Merci, Ally. Désolée de vous décevoir, mais c'est tout ce que nous avons fait. Je ne sais pas, les filles, vous ne l'avez jamais regardé en pensant... « Il a tellement à offrir » ?

– Je le regarde et je pense : « Oh là là, qu'est-ce qu'il est sexy ! », répliqua Lauren en riant.

Ally esquissa un sourire perplexe.

– Que veux-tu dire ? s'étonna Hil. Qu'il pourrait faire un amoureux sérieux ? Parce que tu étais d'accord pour dire que non.

Je cherchais mes mots. J'aurais voulu leur expliquer ce qui m'attirait tant chez Ryan, au-delà de son physique de tombeur.

– Ce n'est pas ce que je voulais dire. C'est plutôt qu'il pourrait être beaucoup plus que juste un beau gosse... s'il était d'accord. Vous comprenez ?

– Hum ! fit Ally. Pas vraiment. Désolée.

– De quoi avez-vous parlé ensemble ? demanda Hil.

Elle m'étudiait de nouveau. Manifestement, elle mûrissait une question plus importante. Une question que je ne voulais sans doute pas entendre et à laquelle je ne pouvais pas répondre.

– D'un tas de trucs. De son travail, d'avoir Chris pour coloc.

Frustrée de ne pas réussir à exprimer mes sentiments et de voir qu'elles ne pouvaient pas comprendre, je haussai les épaules. Mes yeux se posèrent sur la maison de Gyver, de l'autre côté de la barrière qui séparait nos jardins. Il comprendrait, lui. Mais il ne me laisserait pas aborder le sujet.

– Hil a couché avec Chris, s'exclama Ally. Nous te l'avons dit ? Ça s'est fait quand nous sommes allées les voir à la mer.

Je me tournai vers elle, stupéfaite.

– Sérieux ? Alors ? C'était comment ?

Hil sortit une gourde en strass de son sac et entreprit d'en verser le contenu dans son Coca light.

– J'ai besoin d'alcool avant de pouvoir revivre ça.

Elle distribua les gobelets et porta un toast.

– Cul sec, les filles !

– Cul sec !

Je me joignis au chœur mais me contentai de feindre de boire une gorgée. Puis, après avoir vidé mon gobelet dans l'herbe, je tambourinai le plastique vide de mes doigts pendant qu'elles évoquaient les amours d'Hil et de Chris, une fête quelconque, une journée à la plage, et autres histoires de leur été, ponctuées de : « On s'est pris une telle cuite ! », « Si tu savais comme on s'est marrées ! », et « Tu aurais dû voir ça ! ».

– Je vais chercher des trucs à grignoter, marmonnai-je en me levant.

Et je gagnai la cuisine.

Prenant tout mon temps pour remplir un saladier de popcorn, je regardais par la fenêtre. Ally, qui faisait une démonstration de chorégraphie de pom-pom girl, manqua de tomber dans la piscine.

Elles riaient. J'agrippai le plan de travail avec une telle force que mes ongles en blanchirent.

C'était une journée d'été comme toutes celles que nous partagions depuis des années. Pourtant, j'avais une impression d'ennui. De futilité.

J'étais prise d'une envie de partir aussi intense que celle qui m'avait poussée à les voir. J'aurais tout donné pour échapper à ce sentiment de vide qui m'habitait, comme si, parce que je n'étais pas sur la même longueur d'onde, je trahissais notre amitié. Ou comme si elles me trahissaient en restant les mêmes alors que j'avais changé.

– Mia ! Où es-tu ? Tu as besoin d'aide ?

Debout sur sa chaise longue, Hil criait en direction de la maison.

– J'arrive.

Je pris les popcorns et, utilisant le grille-pain en guise de miroir, m'entraînai à prendre un air désinvolte. Quand j'eus l'impression que mon sourire ne ressemblait plus trop à une grimace, je poussai la porte-moustiquaire et appelai :

– Hé, Lauren ! Tu commences à cramer. Je le vois d'ici.

12

Gyver était ma passerelle entre l'hôpital et la vraie vie. Avec lui, il m'était impossible de les dissocier, de douter de l'existence de l'un ou l'autre. Il jouait de la guitare, assis dans son entresol. Je l'avais rejoint en sortant de mon entraînement de pom-pom girls. Je n'avais pris part qu'à quelques figures, pourtant j'étais épuisée. Installée dans le canapé, je commençais à m'assoupir quand une pensée me traversa l'esprit.

D'un ton accusateur, je lançai :

– Tu étais plus bavard à l'hôpital.

– Il fallait bien qu'un de nous le soit.

Il se débarrassa de son instrument et vint s'asseoir à côté de moi. Je posai la tête sur son épaule en somnolant.

– Heureusement, tu dormais tout le temps, comme ça je n'étais jamais à court de sujets.

– De quoi parlions-nous ?

– Tu ne te rappelles pas ? s'étonna-t-il.

– Un peu. Mais pas trop.

Mes souvenirs de l'hôpital étaient un peu embrumés. Même mes émotions étaient moins vives, comme si tout cela était arrivé à quelqu'un d'autre. Un personnage dans un roman que j'avais lu ou dans un film que j'avais vu.

– C'est très flou, expliquai-je. Comme si j'essayais de passer un examen après une nuit blanche. Si tu me faisais passer un oral sur ma propre vie, j'échouerais.

– Tu n'as jamais raté un seul examen de ta vie !

– J'ai eu un C à un contrôle surprise en biologie en troisième, lui rappelai-je.

– Et tu as pleuré pendant des heures. Tu es dingue.

D'un geste nonchalant, il fit glisser sa main le long de mon bras. Je le corrigeai :

– Je suis motivée. Et puis, tu peux parler ! N'as-tu pas trois cents points de plus que moi dans tes résultats ?

– Je ne sais pas. Ça intéresse qui, ce genre de truc ?

Il posa sa tête sur la mienne. Après un silence, je repris :

– Nous avons discuté de cinéma, n'est-ce pas ? Tu m'as fait une liste de films que je devais voir. Et de musique. Tu m'as parlé de groupes que je ne connaissais pas.

– C'est peut-être pour ça que tu passais ton temps à t'endormir, plaisanta-t-il en m'attirant plus près. J'ai fait beaucoup de listes. De groupes, de films, de trucs à faire quand tu sortirais de l'hôpital.

Je me pelotonnai contre son torse et, d'une voix ensommeillée, demandai :

– Qu'est-ce qu'on va faire, alors ?

Je voulais rester éveillée et continuer cette conversation. Elle me semblait importante. Mais j'avais tellement sommeil, j'étais si bien.

– Tout ce que tu voudras, chuchota-t-il. Tout. Je veux tout faire avec toi, Mi.

– Est-ce que je peux voir ces listes ?

Un bâillement interrompit mon dernier mot. J'étais prête pour la fuite dans le sommeil.

– Pas ce soir. Nous avons le temps.

– Tu es sûre d'être d'attaque pour ça ? s'inquiéta Mme Russo.

Elle me montra où empiler le courrier, les plantes rassemblées sur la table de la cuisine. Les Russo partaient passer une semaine à Martha's Vineyard. La routine n'avait pas changé depuis que j'avais commencé à arroser leurs plantes quand j'étais en CE1.

– Tout ira bien.

– Si tu te sens trop fatiguée, ne t'inquiète pas. Le courrier peut attendre et les plantes se passeront d'eau une journée.

C'était une preuve que je ne pouvais pas parler de ma leucémie. Même Mme Russo doutait de ma capacité à vider une boîte aux lettres et à remplir un arrosoir.

– J'ai réussi à rester vivante jusqu'ici. Je ne pense pas qu'une dizaine de plantes soit un problème, plaisantai-je.

Contrairement à moi, elle ne souriait pas.

– Assieds-toi, mon cœur. Tu as une minute ?

Elle s'affaira dans le réfrigérateur et posa une grosse part de tiramisu devant moi.

– Tu peux en manger ?

Je sortis une fourchette du tiroir central du meuble de cuisine.

– Oui, si vous ne le dites pas à ma mère.

En souriant, elle me servit un verre de lait et s'assit en face de moi.

– Je voulais te parler depuis le début, mais je n'ai pas trouvé un moment où tu n'étais pas sous la surveillance de mon fils ou de ta mère.

– Parler de quoi ? demandai-je, concentrée sur mon gâteau.

Avec ma fourchette, je mélangeai le chocolat en poudre et la couche crémeuse du dessert.

Elle posa une main sur mon épaule. Ses yeux pleins de compassion étaient dénués de toute trace de leur sévérité de commissaire de police.

– Ce n'est pas bon de te cacher comme ça. Tu es malade. Tu as une leucémie. Le cacher, mentir à ce sujet, c'est une forme de déni.

– Je sais que je suis malade, me défendis-je.

Le tiramisu avait pris un goût aigre dans ma bouche.

– Et je connais tes parents, et je te connais, toi.

Elle marqua une pause, puis reprit :

– C'est le moment de taper du pied et de piquer une crise. Pleure, crie, fais quelque chose. Tu as le droit. Ce sera sain.

L'ironie du mot « sain » me fit soudain passer toute envie de m'apitoyer sur mon propre sort.

– Merci, mais tout va bien.

– Tout ne peut pas aller bien avec une leucémie. Tout ne peut pas aller bien si tu n'acceptes pas ta maladie. Ton stoïcisme, les mensonges... Mia, tu dois en parler autour de toi.

– Je n'ai aucune obligation, répliquai-je en croisant les bras avec détermination. Vous croyez que je ne sais pas que je suis malade ? Même si je le voulais, je ne pourrais pas l'oublier. Que les gens le sachent ou pas, c'est mon choix. Je n'ai pas besoin, je ne veux pas que les gens me jugent.

– Je ne te juge pas. Mais tu dois te concentrer sur ta guérison. Ne pas dilapider ton énergie à prétendre que tout va bien pour tes parents et pour tes amis.

Elle m'attira dans ses bras. Soudain radoucie, j'agrippai le tissu de sa robe bain de soleil pour qu'elle ne me lâche pas. Le réconfort qu'elle me procurait me donnait un peu l'impression de trahir ma mère. Elle aurait détesté cette conversation. Elle aurait dit que Mme Russo se mêlait de ce qui ne la regardait pas. Qu'elle ne faisait pas preuve de compassion, mais de pitié.

Je m'autorisai quelques secondes de plus avant de me dégager de son étreinte en ravalant un sanglot. Je ne pouvais pas opter pour ce sentimentalisme lamentable, m'attendrir sur moi-même. Cela ne me mènerait à rien. J'avais juste besoin de faire un effort pour mieux jouer la comédie jusqu'à ce que les morceaux de ma vie éclatée se recollent.

– Tout va bien, m'entêtai-je.

– Et je suis là. Chaque fois que tu auras besoin de moi. Je crois que tu peux guérir. Je vais prier et j'y crois.

Elle déposa un baiser sur mon front et enchaîna :

– Et maintenant, mange. Tu es bien trop maigre.

13

Je tirai sur mon tee-shirt et sur mon pantalon de yoga trop grands. J'avais l'impression que ce n'étaient plus les miens.

– Hil, je ne peux pas faire la pirouette.

Le Dr Kevin me l'avait interdit. Mes tentatives secrètes dans la cour s'étaient soldées par un bleu noirci sur mes fesses et ma cuisse gauche.

L'air étonné, elle croisa les bras.

– Pardon ? demanda-t-elle.

Je serrai les dents et m'obligeai à la regarder dans les yeux. La Mia d'avant ne cédait pas devant Hil. Bien sûr, la

Mia d'avant n'avait pas eu à mentir aussi souvent non plus. Mais, cette fois, je m'étais préparée.

– Je me suis fait mal au genou en courant dans le Connecticut. Je peux toujours participer aux spectacles, mais le docteur m'a interdit les pirouettes jusqu'à ce que je sois guérie.

Hil pinça les lèvres en une fine ligne brillante. Stoïque, je me préparais à subir ses foudres quand une voix railla :

– Et Ally qui nous rabâchait que Mia faisait les plus belles pirouettes du monde. Et elle ne peut même pas en faire ?

Hil se retourna brusquement vers la nouvelle recrue, lui coupant toute envie de plaisanter.

– Et tu es si douée, Sarah ? Si tu avais passé tout l'été à t'entraîner au lieu de dire des vacheries, tu serais presque aussi forte que Mia. Non, en fait, même pas. Et, même si elle ne fait pas la pirouette, Mia comptera toujours beaucoup plus que toi au sein de cette équipe.

Sarah battit des paupières et recula. Je frôlai le bras d'Hil, qui me regarda à nouveau.

– Va chercher un certificat médical pour Coach Lindsey et ne cours pas si ça doit aggraver l'état de ton genou. Je veux que tu puisses refaire une pirouette dès que possible.

– Merci.

Du coin de l'œil, je vis Sarah pleurnicher sur l'épaule d'une autre troisième. Ally fut déléguée pour aller la réconforter.

Hil laissa échapper un long soupir de résignation.

– Je suis sérieuse. Nous avons besoin de toi. Tu es l'âme de cette équipe et, sans toi, le camp n'était pas comme d'habitude.

Je la serrai dans mes bras, mais elle me repoussa.

– Tu ferais mieux de rentrer chez toi. Le reste de l'entraînement, c'est la pirouette. Tu perds ton temps en restant ici.

À peine m'avait-elle congédiée qu'elle s'avança d'un pas décidé pour sermonner une seconde aux épaules voûtées.

Je rentrai à la maison en faisant un grand détour, puis, assise à la table de la cuisine, j'attendis la camionnette de la poste. Il s'agissait juste de ramasser le courrier. Pourtant j'étais contente d'avoir autre chose dans mon emploi du temps qu'un rendez-vous chez le médecin et les interminables prises de sang pour vérifier l'état de mon foie, de mes reins, et les éternelles formules sanguines pour évaluer mes globules blancs.

Les seules activités notées sur le calendrier de la cuisine étaient : *Rentrée* et *Entraînement pom-pom girls.* Plus un simple cercle rouge autour de la date du 21 septembre. Ma mère, mon père et moi savions tous ce qu'il signifiait. Nous n'avions pas besoin d'avoir les mots « chimio » ou « hôpital » sous les yeux pendant que nous prenions notre petit-déjeuner.

Au moins, le retour au lycée allait me distraire. Si, pour le moment, les pom-pom girls occupaient toutes mes matinées, mes après-midis étaient synonymes d'oisiveté. Mes amies passaient de temps en temps, mais elles étaient préoccupées par leur shopping de rentrée. Je n'avais pas le droit d'aller au centre commercial. Il arrivait en numéro 8 dans la liste des endroits envahis de germes, établie par mon père. Devoir l'éviter impliquait des tas d'excuses et de mensonges compliqués. Heureusement, la frénésie d'achats en ligne de ma mère me facilitait un peu les choses. Je pouvais dire en toute honnêteté que je n'avais pas besoin de vêtements neufs, que j'en avais bien assez.

Alors, je ramassais le courrier et arrosais les plantes, essayant d'ignorer à quel point il était bizarre d'être chez Gyver, sans lui. Bizarre d'être sans lui, tout simplement. Le premier jour, j'étais repartie avec l'un de ses médiators dans ma poche pour le serrer dans mes doigts quand j'étais stressée et que je me sentais seule.

Aujourd'hui, la boîte aux lettres était presque vide, à l'exception d'un catalogue, d'une facture du fournisseur de télévision par câble, et d'une coccinelle qui rampait sur une brochure d'université. Toutes les coccinelles portaient-elles chance ou devaient-elles avoir un certain nombre de points noirs ? J'essayai de m'en souvenir tout en la faisant délicatement passer de l'enveloppe au pied de la boîte.

Je jetai le courrier et le journal sur le plan de travail de la cuisine des Russo. Les plantes étaient encore humides de la veille. Une pensée me traversa alors l'esprit. Si Gyver était venu dans ma chambre récemment, je n'avais pas été dans la sienne depuis l'école primaire. Ressemblerait-elle à celle de Ryan ? Sentirait-elle la transpiration ? Posséderait-elle un temple dédié au sport ? Sans doute pas. Sans prendre le temps de me raisonner, je retirai mes tongs, passai sous l'arche de la cuisine ouvrant dans la salle à manger et m'avançai vers l'escalier.

Les pièces étaient disposées comme chez nous. Sur le palier du premier étage, je connaissais l'emplacement de la salle de bains et de la chambre des parents. Je restai plantée devant la porte qui correspondait à la mienne. Ici, c'était celle de Gyver.

Sa chambre lui ressemblait. Le léger désordre qui y régnait ajoutait à son charme. Les murs peints en vert étaient couverts de posters liés à la musique. J'effleurai le coin de l'affiche du concert de Radiohead auquel nous avions assisté l'année précédente. Il avait amassé des talons de billets. Il y avait des bobines de CD vierges sur son bureau et des CD enregistrés éparpillés un peu partout. Une grande étagère occupait l'espace sous les deux fenêtres faisant face à son lit. Les CD de ses groupes préférés et locaux se mélangeaient avec des romans de Gaiman, Auster et Bradbury. Quelques photos étaient fixées à un panneau de liège, d'autres, disséminées sur son bureau. Il y avait des clichés de sa famille, de lui et moi, mais la plupart étaient des photos de concerts, les siens et ceux auxquels il était allé. Je résistai au besoin de prendre celles sur lesquelles, hideuse, je portais un appareil dentaire. Incapable de regarder son lit sans rougir en l'imaginant dessus, je concentrai mon attention sur son bureau.

Encore des talons de billets. Des bracelets de clubs. Son ordinateur portable au couvercle couvert d'autocollants. Un disque externe pour stocker sa musique. Des Post-it et des bouts de papier griffonnés de son écriture indéchiffrable. Des partitions imprimées, la plupart de chansons qu'il apprenait. Mais aussi quelques pages pleines de notes au crayon.

Je pris la première feuille de la pile. Elle était couverte de notes et de taches qui n'avaient aucun sens pour moi.

Les notes s'arrêtaient à la troisième ligne des portées et des traits barraient la page, comme tracés sous le coup de la colère. Sur la deuxième feuille, des paroles s'ajoutaient aux notes. Des paroles pour la plupart incompréhensibles, hormis quelques mots : *gentil, doux, serré, baiser, à moi.* Une chanson d'amour ? Par Gyver ? Gênée, je l'étudiai, remarquant d'autres mots : *le, pour, premier, maintenant.* Rien de très révélateur. En haut, en majuscules qu'il utilisait quand il voulait avoir une écriture soignée, il avait écrit *POUR MA.*

J'étais perplexe. Pour Ma ? Gyver n'appelait pas sa mère « Ma ». Non, il y avait des points. J'en étais sûre, M, point, A, point. D'une main tremblante je reposai la feuille, sortis de la pièce et, après l'avoir refermée, m'appuyai contre la porte. Le couloir me semblait étouffant soudain, comme si les murs avaient rétréci. Gyver, le garçon qui venait me voir tous les jours à l'hôpital, dont la voix chassait ma peur, dont les mains savaient exactement quand me serrer contre lui, n'était pas à moi. J'avais mal au cœur, la gorge sèche. Cette fois, je ne pouvais mettre ma nausée sur le compte de la chimio. Mais de ma seule stupidité.

Une fois rentrée, je montai dans ma chambre, sortis l'album du lycée et passai une bonne heure à l'éplucher : les initiales M. A. correspondaient aux noms et prénoms de quatre filles d'East Lake High School. Une cinquième, Maggie Arturo, avait passé son bac en juin dernier, mais, pom-pom girl, elle aussi, elle était le clone d'Hillary. Absolument pas le type de Gyver.

Mindy Adler était séduisante, mais elle fumait. Et pas que des cigarettes. Ce n'était pas le truc de Gyver. Maddy Appiah ne se cachait pas de ne pas aimer les garçons. Michaela Abbot était une joueuse de foot mignonne, mais, l'année dernière, elle était en troisième. Je doutais qu'ils se soient rencontrés.

Quand, enfin, je compris, je m'aperçus que j'aurais pu deviner en bien moins d'une heure. Une minute, à peine, aurait pu me suffire : M pour Meagan. M. A. pour Meagan Andrews. Sous sa photo qui la représentait en chemise Lacoste, ses cheveux bruns et brillants sagement retenus par un bandeau, s'étalait la liste de ses activités : bureau des élèves, club d'économie, groupe de jazz. Elle avait un sourire insouciant. Le sourire que je l'avais vue adresser à Gyver chez Iggy. Un sourire qui semblait me narguer. Je refermai l'album d'un geste brusque. Je ne voulais pas la regarder. Je ne m'étais jamais rendu compte à quel point elle m'était antipathique.

J'étais tellement bête... J'avais presque cru... Quand il avait dit « Nous sommes juste amis » à Infirmière Hollywood, je n'avais pas voulu le croire. D'un autre côté, cela s'était passé à l'hôpital, où j'étais droguée, où je délirais. Ce qui se passait maintenant, c'était la vraie vie. Et je devais penser à Ryan. Même si, à cet instant précis, je n'en avais pas vraiment envie.

Et dans la vraie vie Gyver et moi n'étions pas assortis. Pas en tant que couple. Qu'auraient dit les Filles du Calendrier en nous voyant ensemble ? En outre, j'avais accepté le pacte idiot d'Hil de rester « célibataire en terminale ». Quant à ma mère, elle ne rêvait que d'une chose : que l'histoire se répète et que, comme elle en terminale, je me vois décerner avec mon amoureux le titre aussi ronflant que frivole de « plus beau couple », « couple le plus populaire » du lycée. Je ne pouvais mettre ainsi Gyver sous les projecteurs.

Et puis, pouvais-je troquer son amitié pour un sentiment plus risqué ? Pouvais-je même vivre une relation en ce moment, en plus de tout le reste ? Il serait sans doute plus heureux avec cette stupide Meagan. Elle, au moins, ne traînait pas des valises comme les miennes.

Et, si je n'arrivais pas à être à la hauteur de ce qu'il méritait, je le ferais souffrir.

Je devais oublier. Cela devait faire partie de ma réadaptation à ma vie après l'hôpital.

Je sortis le médiator de ma poche, le pressai une dernière fois contre ma paume et le laissai tomber sur les mouchoirs en papier humides de larmes qui s'amoncelaient dans ma corbeille.

14

Le dernier vendredi des grandes vacances, l'avant-veille du retour de Gyver, j'assistai avec ma mère à une réunion au lycée d'East Lake. L'entretien visait à adapter ma scolarité à ma leucémie.

Au début, j'avais refusé d'y prendre part. Je voulais que mes vies à l'hôpital et au lycée restent séparées. Je voulais laisser ma maladie à la porte de l'hôpital et ne pas avoir à y penser avant d'y retourner dans trois semaines pour la prochaine chimio. Quand, le jour de la rentrée, j'arriverais dans le hall du lycée d'East Lake, je voulais être celle que j'avais été le jour des vacances, en juin. Je voulais l'impossible.

Après la réunion, ma mère me déposa à la maison et gagna son bureau. Mon père, qui n'avait pas pu nous accompagner parce qu'il faisait visiter une maison, m'attendait.

– Comment ça s'est passé ?

Si ma mère était furieuse qu'il n'ait pas pu être présent, je m'en félicitais. Assis à la table de la cuisine, muni d'un bloc et de stylos, il était paré. Sa logique et son goût pour les listes m'aideraient à trouver un sens à cette situation. Il était la personne idéale à qui raconter l'entrevue au lycée.

Tout comme l'était Gyver, en fait. Mais je devais cesser de dépendre autant de Gyver. Hil aurait été un bon choix aussi. Arborant son attitude protectrice, elle ferait remarquer que la vision qu'avait le proviseur Baker de notre lycée ne correspondait en rien à la réalité. Il était néanmoins évident que je ne pouvais envisager d'en discuter avec elle.

Je m'assis en face de mon père et commençai par le pire.

– Le proviseur Baker voulait faire de moi une bonne cause à défendre. Il avait formé le projet de se servir de moi comme figure emblématique pour éveiller les consciences à la leucémie, organiser des réunions, des collectes de fonds.

Mon père me lança un regard surpris.

– Je suppose que ta mère l'a remis à sa place.

J'opinai du menton.

– Il a déjà dû déchirer tous les documents sur le sujet.

Il se mit à rire.

– Heureusement que nous l'avons. Ta mère est une force de la nature. Bien, c'est réglé. Concentrons-nous sur ce qui est prévu. Montre-moi les papiers.

Il prit l'enveloppe kraft que je lui tendais et, tout en approuvant de la tête, commença à lire les dispositions prises pour les absences prolongées, les devoirs de rattrapage des cours que je serais obligée de manquer, et le soutien scolaire à domicile.

Puis il retira ses lunettes et se frotta le nez.

– Cela me paraît assez conforme. Cela correspond à mes recherches sur la question. Est-ce que cela te convient ?

– Ils voulaient changer mon emploi du temps. Mme Piper, la conseillère pédagogique, a suggéré que j'abandonne mon cours de préparation aux examens d'entrée à l'université et que j'opte pour un cours plus facile.

– Je parie que, là encore, ta mère a donné son avis sur la question. Qu'en penses-tu ?

Je lui répétai ce que j'avais dit à Mme Piper et au proviseur Baker :

– Je pense que mon cerveau fonctionne parfaitement.

Mon père hocha la tête d'un air satisfait.

– Tout cela me semble tout à fait acceptable. Nous pourrons toujours revenir sur ce qui a été décidé si nous avons besoin d'y apporter des changements. Tu veux déjeuner ? Tu veux un croque-monsieur ?

Je voulais plus de lui. Qu'il oublie un peu sa logique, qu'il admette que ma vie de lycéenne ne serait plus jamais la même. Tous ces documents en étaient la preuve.

S'il ne le comprenait pas, j'avais besoin d'un répit. D'un endroit où prétendre que rien de tout cela n'était en train d'arriver.

– Non, merci. Je vais déjeuner avec Hil.

Une heure chez Iggy, devant un Coca light et une salade, en face d'Hil se demandant si elle aurait dû téléphoner à Keith qui partait à l'université pour lui souhaiter bonne chance : c'était exactement ce dont j'avais besoin.

– Salut !

Il y eut un petit coup sur le chambranle de la porte entrebâillée et je reconnus la voix de Gyver sur le seuil de ma chambre.

– Contente de te revoir ! Comme ça s'est passé à Martha's Vineyard ?

Les bras chargés de vêtements, je lui ouvris d'un pied. Il entra, suivi par la Poisse.

– Il a fait chaud et je suis allé à la plage. Je t'ai manqué ?

– Oui !

Plus que ce que j'étais prête à admettre. Plus que ce qui était acceptable. Je laissai tomber les vêtements sur mon lit, le pris dans mes bras et respirai son odeur. Quand l'étreinte s'éternisa au point d'en devenir ridicule, je reculai d'un pas et me mis à plier un chemisier.

– Tu as vu ton bronzage ? Je suis jalouse.

Gyver haussa ses larges épaules d'un air dégagé.

– Je suis italien. Ma mère est contente que les plantes soient si vertes et si belles. Elle te remercie. Que se passe-t-il ici ? Tu fais la lessive ?

– Je choisis juste quelques vêtements.

– Ah oui, la tenue du jour de la rentrée. Super important ! Tu peux faire le mannequin devant moi, si tu veux.

Il fit tourner ma chaise de bureau et s'assit. Je l'ignorai.

– La Poisse, descends du lit ! Je n'ai pas besoin d'avoir des poils de chat partout. Tiens, prends-la ! lui intimai-je.

Je lui donnai le chat et poursuivis :

– Je dois décider de ma tenue pour le deuxième jour. Hil et Ally veulent que l'équipe porte l'uniforme demain.

– Parce que rien ne fait une meilleure première impression qu'une minijupe aux couleurs du lycée, persifla-t-il.

Je croisai les bras et rétorquai d'un ton sec :

– C'est un truc d'esprit d'équipe. Tu ne comprendrais pas.

Il me donna un gentil petit coup de pied.

– Sans doute pas, mais je ne suis pas venu parler de tes pom-pom girls. Je voulais savoir lequel de nous deux conduisait demain.

– En fait, Ryan passe me chercher.

– Ryan ? Encore ?

– Il est marrant.

Gagnée par un soudain besoin d'affection, je pris la Poisse sur ses genoux et précisai :

– Je n'ai pas besoin d'un petit ami sérieux en ce moment.

– Tu as besoin de quelqu'un de populaire à emmener en soirée ? Ou est-ce toi qui lui sers de faire-valoir ? Tu es la fille sexy qu'il a le droit d'emmener au lycée ?

Je voulais lui demander ce que ça pouvait bien lui faire. Ou lui expliquer que Ryan était ce que l'on attendait de moi, une distraction ; ou encore qu'il était un antidote à la pensée de Meagan Andrews et lui. Ryan ne me briserait pas le cœur et il ne s'attacherait jamais assez à moi pour que je brise le sien. Avec Ryan, je ne risquais pas de souffrir.

– Ne fais pas l'abruti. Il a une voiture neuve et il veut me la montrer. Est-ce vraiment si important ?

Les coudes posés sur ses genoux, il entrelaça ses doigts.

– Entre la voiture et l'uniforme, tu commences ta terminale avec classe.

– Tu es si catégorique, parfois.

– Je ne veux pas que tu deviennes comme ces filles.

– Quelles filles ? Les mêmes que tu passais ton temps à me dire d'appeler quand j'étais à l'hôpital ?

– Ally est très bien, certaines autres aussi. Mais Hillary ? Cette fille est le stéréotype même de la pom-pom girl infernale.

Il me dévisageait à travers sa frange brune hirsute.

– C'est ma meilleure amie. Une fois que tu la connaîtras mieux, tu verras qu'elle n'est pas si terrible.

– « Pas si terrible » n'est pas vraiment la meilleure des recommandations.

– Je ne veux pas qu'on se dispute.

Je me penchai pour lui donner une petite bourrade affectueuse, mais il me repoussa. Je comptais jusqu'à dix-sept, mon autre chiffre porte-bonheur, puis je le pris par les épaules et le forçai à me regarder.

– Alors, le deuxième jour, tu conduis ou je conduis ?

15

Quand Ryan gara sa voiture de sport rouge dans mon allée, à 6 h 40, je n'étais pas prête. Mais je ne m'inquiétai pas. Contrairement à Gyver, qui ne pouvait pas aligner une phrase cohérente avant 9 heures du matin ou sa troisième tasse de café, Ryan était du genre à mettre tous les parents dans sa poche. Quand je descendis pour lui annoncer que je serais prête dans quelques minutes, je le trouvai attablé dans la cuisine avec mon père, devant un bol de corn flakes bio. Ils discutaient football.

– Mon vrai sport, c'est le basket, mais le football me garde en forme pendant l'automne et l'équipe a une bonne chance d'être sélectionnée au niveau régional, expliquait-il.

Je le saluai et lui montrai mon pyjama du doigt.

– Nous avons le temps, dit-il en hochant la tête.

Debout dans ma salle de bains, un bandeau dans une main, une brosse dans l'autre, je regardai mon reflet dans la glace. Mes cheveux avaient sans doute été mon laissez-passer initial pour être acceptée dans la bande des élèves les plus populaires. Longs, brillants, blonds, ils étaient ce que j'avais de plus beau. Maintenant, ils étaient courts, plus ternes et plus fins. Les infirmières m'avaient précisé que j'allais arrêter de les perdre dans quelques semaines. Mais, dans dix-huit jours seulement, j'allais recommencer une chimio et le cycle allait reprendre à zéro. Combien de temps encore pourrais-je me cacher et mentir ? Ma piètre excuse d'un mauvais coiffeur finirait par ne plus fonctionner.

Ma mère s'étant déchaînée chez Sephora, mon lavabo était envahi de dizaines de pots et flacons. Je me tartinai le visage de fluide bonne mine et enfilai mon uniforme pourpre et or, fronçant les sourcils en voyant à quel point il était lâche.

Avant de quitter ma chambre, je fis tourner ma balle magique qui prédisait l'avenir.

– Est-ce que tout va bien se passer pour ma première journée ?

La réponse me fit frémir d'angoisse :

Je préfère ne pas te le dire maintenant.

Je descendis, feignant la plus grande décontraction. Je voulais tranquilliser mes parents et faire croire à Ryan qu'en ce jour de rentrée tout était normal et que j'étais une élève comme les autres.

Mon père me pressa de manger. Ma mère s'affaira, s'énerva, et se retint juste à temps de prendre ma température... pour la énième fois. Je ne pus néanmoins l'empêcher de prendre la photo du jour de rentrée.

– C'est la tradition, chérie.

La tradition, c'était Gyver et moi posant comme des stars à notre ancien arrêt de bus. Ce matin, maman avait une idée derrière la tête.

Avec un sourire indulgent, Ryan, son sac sur le dos, prit la pose, une main sur ma taille. Je m'obligeai à sourire aussi avant de l'arrêter.

– Nous devons y aller.

Elle m'embrassa sur le front, une façon de vérifier discrètement une dernière fois si je n'avais pas de fièvre.

– Dire que tu es déjà en terminale ! Ça ne me rajeunit pas. Je n'ai pas vu le temps filer.

– Nous devons y aller, répétai-je, ma main sur la poignée de la porte.

Ryan m'ouvrit la portière côté passager. Sa voiture sentait le neuf et la plage. Une couche de sable s'étalait comme du sucre sur la surface grise des tapis de sol.

Il s'installa au volant et je déclarai :

– J'aime ta voiture.

– Merci. Elle est géniale, non ? Et si tu me disais vraiment bonjour maintenant ? ajouta-t-il en se penchant vers moi.

– Contente de te retrouver !

Mais la vue de mes parents nous observant derrière la fenêtre de la cuisine me fit tiquer.

– Nous avons un public.

Étouffant un grognement de frustration, Ryan démarra.

– Tu me rends dingue.

Tout le long du trajet, il me parla de la côte. Je hochais la tête, ponctuant ses phrases de « hum hum » aux moments appropriés. Mais mon esprit tournait à cent à l'heure. J'envisageai tous les obstacles éventuels, tous les scénarios susceptibles de voir mon secret divulgué.

Après un bref baiser échangé sur le parking, je suggérai qu'être en retard le premier jour n'était peut-être pas une bonne idée.

Ryan ouvrit sa portière en riant.

– La suite au prochain numéro, acquiesça-t-il.

Arrivée en haut des marches, j'hésitai un instant et regardai le panneau en bois sur le mur de pierre : LYCÉE D'EAST LAKE, en lettres dorées sur fond mauve. À l'intérieur, tout était pareil. Les mêmes casiers aux portes poisseuses et leur odeur de chaussettes de gym, la même foule de jeunes qui se bousculaient, se saluaient et observaient discrètement leur reflet dans les vitres des classes en passant.

Rien n'avait changé. Pourtant, je me sentais comme un poisson hors de l'eau.

– Je dois passer chercher mon emploi du temps au bureau du proviseur. Tu veux que je prenne le tien ? proposa Ryan.

– Je l'ai déjà.

Il m'avait été remis lors du rendez-vous concernant ma maladie.

– Évidemment. J'ai oublié que tu étais du genre intello.

Devant mon air courroucé, il se mit à rire.

– Je t'ai dit que tu étais la plus sexy des intellos ?

– Je préfère.

– Je dois y aller ou je serai en retard pour mon cours de... De quoi, au fait ? Je ne le saurai que quand j'aurai mon emploi du temps.

– Merci de m'avoir accompagnée.

– Amuse-toi bien ! Et sois gentille avec les autres intellos.

Avec un clin d'œil, il me donna un petit coup d'épaule et je me sentis fondre devant sa fossette si craquante. Je suivis des yeux sa tête blonde qui se faufilait dans la foule, alors qu'il tapait dans les mains levées à la ronde pour saluer ses copains. J'ajustai mon sac, secouai brièvement la tête pour m'éclaircir les idées et, arborant mon sourire le plus enjoué, me fondis dans la multitude d'élèves du couloir.

Entre mes deux premiers cours, je tombai sur Ryan. Tomber au sens littéral du terme. Plongée dans mes pensées, je tournais dans un couloir quand il fonça sur moi pour essayer d'attraper un Snickers lancé par Chris de l'autre côté du hall.

Je perdis l'équilibre et il me rattrapa.

– Mia ! Désolé. Ça va ?

J'entendis Chris répéter « désolé » en riant, mais il fila sans attendre de voir si j'étais en colère.

– Ça va.

– C'est marrant de se rencontrer comme ça ! Sérieusement, ça va ?

– Je ne suis pas si fragile ! rétorquai-je, sur la défensive.

Je détestais savoir que si, justement, désormais je l'étais. Peut-être parce que ma mère me le répétait constamment.

– Je ferais mieux de t'accompagner à ton cours pour m'en assurer, me taquina-t-il.

Me félicitant de cet intermède qui me redonnait l'impression d'être « normale », je répondis avec un sourire aguicheur :

– Dans ce cas, tu ferais bien de te méfier. Je vais peut-être commencer à m'arranger pour te percuter dans les couloirs avant tous mes cours rien que pour t'avoir comme escorte.

– Tu ne crois pas que ça me ferait plaisir de tomber sur toi plusieurs fois par jour ?

Il me suivit jusqu'à la salle de classe où j'avais maths. Il se pencha et, me prenant au dépourvu, frôla ma bouche d'un baiser avant de s'évanouir dans la foule.

Pétrifiée de surprise, j'effleurai mes lèvres qui me picotaient.

– Mademoiselle Moore, si vous voulez bien vous joindre à nous, j'aimerais commencer mon cours, suggéra M. Bonura.

Je n'avais pas entendu la sonnerie ni remarqué les élèves qui, passant devant moi, étaient déjà rentrés.

– Choisir une place serait peut-être utile. À moins que vous n'ayez l'intention de rester debout pendant tout le cours, plaisanta le professeur.

Il se tourna alors vers ses élèves et se lança dans un discours d'introduction mille fois rabâché sur son amour pour les mathématiques.

Je m'empressai d'aller m'asseoir au bureau voisin de celui de Gyver. Il ouvrit son cahier, griffonna quelques mots d'une plume coléreuse, et le poussa vers moi. Avec un haussement d'épaules, je lui lançai un regard interloqué.

Il rédigea de nouveau son message, en majuscules, cette fois. Il s'interrompit pour prendre un plan du cours dans la liasse de feuillets qui passait à la ronde, puis fit glisser son cahier sur son bureau. Cette fois, je pouvais lire : *QU'EST-CE QU'IL TE VOULAIT ?*

Je secouai la tête et haussai de nouveau les épaules d'un air détaché.

ÇA VA ?

Je fis un signe d'assentiment.

– S'il vous plaît, signalez-moi si je prononce mal vos noms, reprit la voix du professeur. Je ne veux pas me tromper toute l'année ; Joyce Reynolds ? Content de vous rencontrer, Joyce. MacGyver Russo ? C'est Mac – Gy – ver ? Comme le feuilleton ?

Avec une grimace, je regardai Gyver à la dérobée.

– Juste Gyver, précisa-t-il en levant la main.

– J'adorais ce feuilleton ! Pouvez-vous fabriquer des trucs avec du chatterton, des leggings, des stylos à bille ?

M. Bonura se croyait plein d'esprit. Une illusion que les rires obséquieux dans la classe appuyèrent.

– Très drôle ! répondit mon voisin d'un ton placide.

Seul le jeu de muscles de sa mâchoire crispée trahissait son exaspération. J'avais envie de prendre sa main à travers l'allée nous séparant et de la serrer dans la mienne pour le réconforter. Mais c'était impossible : je savais à son message coléreux qu'il m'en voulait de ce baiser au goût persistant.

En plus, assise en face de lui, Meagan, la bouche pincée d'un air désapprobateur, l'enveloppait d'un regard plein de compassion.

Alors, je feignis une quinte de toux.

Le rire de M. Bonura s'arrêta net. Il se tourna vers moi, l'air paniqué.

Je m'arrêtai de tousser et lui adressai un sourire rassurant. Il y répondit sans grande conviction et se remit à faire l'appel.

16

Lorsque j'arrivai dans le hall pour prendre mon déjeuner, Ryan m'attendait devant mon casier. Je l'ouvris et lançai un livre à l'intérieur.

– Nous pourrions peut-être envisager quelque chose de plus sérieux, nous deux, suggéra-t-il.

– Pardon ? m'étonnai-je.

– Nous pourrions sortir ensemble. Je m'imagine très bien être ton petit ami, poursuivit-il d'un air dégagé.

Prise au dépourvu, je m'adossai au casier voisin du mien.

– D'où sort cette idée ?

– Ally, répondit-il en se penchant vers moi.

– Ally ? répétai-je. Je me retrouvai coincée entre ses deux mains plaquées sur la porte.

Comment pouvais-je essayer de rester normale quand toutes sortes de choses étranges persistaient à se produire ?

– Elle a parlé à Chris de votre pacte de rester célibataires pendant toute la terminale. J'y ai pensé durant tout le cours de maths. Je n'ai pas entendu un mot de ce qu'a raconté Mme Kim.

Il sourit et se pencha vers moi. Il était sur le point de m'embrasser.

C'était le moment idéal pour feindre de rire. Un petit rire mélodieux devrait suffire à écarter sa suggestion et à ne rien changer à notre relation. Hélas, le seul son que je parvins à émettre était un couinement étouffé.

– Alors est-ce que je peux être celui pour qui tu rompras ce pacte ? reprit-il en frôlant mes lèvres des siennes.

– Non, murmurai-je.

Je me baissai vivement, passai sous ses bras et m'enfuis.

– Non, tu ne veux pas ? Ou non, à cause du pacte avec Hil ? lança-t-il.

Il me suivit en direction de la cafétéria, où j'avais hâte de retrouver la futilité habituelle des conversations : les cours, les professeurs, qui était devenu canon – ou moche – pendant l'été.

– Je... je ne sais pas. Laisse-moi réfléchir.

Mes doigts jouaient frénétiquement avec mon pendentif.

– Aïe ! tu as besoin de réfléchir ? Tu me brises le cœur.

Il feignit de tituber et s'agrippa la poitrine. Voyant que je restais impassible, il redevint sérieux et me jeta d'un ton rageur :

– Comme tu voudras ! Réfléchis et tiens-moi au courant de ce que tu auras décidé.

Il partit rejoindre Chris, Bill et les autres joueurs de foot. Je balayai la cafétéria du regard en quête d'un signe quand un bras qui se glissait sous le mien me fit sursauter. C'était Ally.

– Salut ! Je ne t'ai pas vue de la matinée. Comment s'est passée ta journée ? Rien de palpitant à me raconter ?

– Les cours, la routine, lui mentis-je. Ennuyeux. Et toi ?

– Comment as-tu réussi à apprivoiser Ryan ?

Hillary semblait mortifiée. La sonnerie annonçant la reprise des cours venait de retentir, et elle m'attendait devant mon casier, en compagnie d'Ally. Avec son corps menu, parfait, et ses yeux immenses, Hil ressemblait à une adorable poupée. Mais, à cet instant précis, elle était loin d'être d'humeur enjouée.

– Quoi ? Qu'as-tu entendu ?

Je pensais que l'après-midi s'était déroulé sans histoires. Manifestement, je me trompais.

Lauren se joignit à nous, un bouquet de tournesols à la main. Sans doute un cadeau d'Hil et d'Ally pour fêter la rentrée. Son premier jour de Fille de l'Automne.

– Qu'est-ce qui se passe ? demanda-t-elle.

– Ryan a dit à Chris qu'il avait demandé à Mia d'être sa petite amie. Puis Chris l'a répété à Hil. Tu y crois, toi ? la pressa Ally, les yeux brillants d'excitation.

Elle adorait colporter des potins.

– Non, répondit Lauren, l'air ébahi. Vraiment ? Waouh ! Beau travail, Mia !

– Beau travail ? Nous étions d'accord. Célibataires en terminale, rétorqua Hil d'un ton accusateur.

Je me rappelais à quel point elle avait été effondrée quand Keith l'avait larguée avant de partir pour l'université.

– Il veut juste me mettre à l'épreuve parce qu'il a entendu parler du pacte.

Je refermai distraitement mon casier. J'étais partagée. Une partie de moi ne pouvait s'empêcher d'espérer qu'il était sérieux. Ou que le pacte avait été la seule raison de mon refus.

– Au moins, réfléchis-y ! me recommanda Ally.

Taquine, Lauren renchérit :

– Tu ne nous avais pas dit que tu pouvais l'envisager comme petit ami ? Tu t'en fous de ses motivations. Il te plaît et il est super canon. À propos, vous avez vu le nouveau, les filles ?

– Nous parlons de Ryan, là. C'est un tombeur, l'interrompit Hil. Tu sais avec combien de filles Chris a dit qu'il avait couché cet été ?

– Tu sais combien Chris aime en rajouter ? ripostai-je.

– OK. Alors, si c'est deux filles plutôt que douze, ça t'est égal ? persifla Hil en me regardant.

Elle avait écarté Lauren et Ally de la conversation.

– Il ne m'avait pas encore proposé d'avoir une relation sérieuse. S'il couchait avec une fille maintenant, ça me ferait quelque chose. Ce qu'il a fait quand nous étions célibataires, en vacances dans deux États différents, ne peut pas m'atteindre.

– Si tu dois vraiment avoir un petit ami sérieux, malgré ta promesse de respecter le pacte, tu peux trouver beaucoup mieux que lui, poursuivit Hillary, ses doigts tambourinant sur son bras nu. Chris pense que...

– Qu'est-ce qu'on s'en fout ! Pourquoi devrais-je suivre les conseils sentimentaux d'un mec qui a annoncé à Maggie Arturo qu'il la quittait sur Facebook ? Et puis, je ne me rappelle pas avoir exprimé mon désir de lui dire oui et de sortir avec lui. Calme-toi.

– Bref, si on revenait au nouveau ? persista Lauren.

Ally contourna Hil et me prit par le bras.

– Tu as raison, Laur. Tu n'as personne d'autre, dis-moi ?

Elle se pencha vers moi, avide de confidences qu'elle répéterait par accident dans moins d'un quart d'heure.

– Non, bien sûr que non ! me défendis-je.

– Et Gyver ? s'enquit Hil. Vous passez vachement de temps ensemble ces derniers temps. Tu vas vraiment me dire que vous êtes juste copains ?

– Pardon ? Non. Nous sommes juste amis.

Il était facile de se laisser accaparer par toutes ces futilités. Je voulais redevenir la lycéenne qui avait quitté l'école en juin dernier, celle qui aurait ri, rougi, qui aurait savouré la frivolité de ces instants à juste titre. Celle qui n'était pas obligée de s'adosser aux casiers quand la fatigue la terrassait.

– Ryan ne peut pas être sérieux, n'est-ce pas ? Je veux dire, pourquoi moi ?

Il pouvait me rendre vulnérable. Surtout après que j'avais été témoin de toutes les peines de cœur des Filles du Calendrier. À chacune de leur rupture, j'avais été là pour essuyer leurs larmes. Aussi m'étais-je promis de ne jamais tomber amoureuse d'un garçon comme Ryan. Puis, au printemps dernier, à l'une des soirées jacuzzi de Lauren, il était passé devant moi, un bras protecteur autour des épaules d'un timide élève de seconde, cible des quolibets des terminales. « Hank est mon pote », avait-il déclaré. Après avoir présenté le garçon stupéfait à une fille qui gloussait, il était resté un instant à admirer son travail d'entremetteur. Un peu éméchée par deux bières de trop, je l'avais poussé dans un coin et l'avait embrassé.

Je rougissais déjà à ce souvenir quand Hil répondit :

– Sans doute parce que tu es la seule fille qui refuse de coucher avec lui.

– Sois gentille ! lui intima Ally en lui donnant une tape. Parce que tu es toi, Mia. Je veux dire, il te parle. Peut-être que c'est ça.

– Ou peut-être..., commença Lauren.

– Est-ce que tous ces « et si » sont importants, puisque tu vas lui dire non ? intervint Hil. Il te ferait souffrir, Mia. Je sais qu'il te ferait souffrir.

– Assez ! C'est l'automne, c'est ma saison ! s'exclama Lauren. Tu lui dis oui ou non, et nous pourrons recommencer à me fêter.

– Tu as pris la grosse tête, Lauren ? railla Hil.

– C'est juste que c'est mon jour..., balbutia-t-elle.

Se radoucissant devant sa mine déconfite, Hil la prit par la taille.

– Allez, petite. Il est temps d'aller s'entraîner. Je te laisserai choisir la musique et diriger les assouplissements.

Soudain ragaillardie, Lauren annonça :

– J'ai un mix trop génial de...

Le haut-parleur se mit à bourdonner.

– Mia Moore, veuillez vous présenter à mon bureau, s'il vous plaît, fit la voix de M. Baker, le proviseur.

Mes amies me lancèrent des regards interrogateurs.

– Aucune idée de ce qu'il peut bien me vouloir ! lançai-je avec un haussement d'épaules dégagé. Je vous rejoins dès que je peux.

17

Quand je sortis du bureau du proviseur dix minutes plus tard, Gyver m'attendait dans le couloir.

– Qu'est-ce qu'il voulait ?

Je poussai un soupir, trop lasse pour lui rapporter le discours « Comment s'est passée ta première journée ? Nous sommes tous là pour toi » du proviseur Baker.

– Rien, vraiment.

Gyver frôla ma main.

– Ça va ?

– Je suis fatiguée. Ça a été une longue journée. Comme toujours, le jour de la rentrée.

– Et si tu rentrais ? Je peux te raccompagner chez toi.

C'était ce que j'aurais voulu. Mais je ne pouvais pas renoncer aussi facilement.

– Non, ça va. Ally me déposera après l'entraînement.

– Tu es sûre ? Tu as l'air épuisée.

Il s'avança vers moi et scruta mon visage.

– Je suis juste dépassée. J'ai tellement de choses à penser. L'entraînement va m'aider à m'éclaircir les idées. L'école, les amis, ça, poursuivis-je avec un signe de tête vers le bureau. Et... Ryan veut sortir avec moi.

Il le saurait bien assez vite. Il me semblait normal qu'il l'apprenne par moi.

Gyver retira alors sa main et recula d'un pas, me faisant sentir tout le poids de sa désapprobation. Comment pouvait-il me soutenir autant dans l'épreuve de ma maladie et se montrer si critique vis-à-vis de ma vie amoureuse ? Est-ce que je lui reprochais le temps qu'il passait à bavarder avec cette stupide M. A. ?

– Suis-je censé aller dire à M. Muscles qu'il a bien de la chance ? demanda-t-il d'une voix calme.

– Non. Je ne sais pas. Je n'ai rien décidé.

– Dans ce cas, tu ferais bien d'aller t'entraîner et de t'éclaircir les idées.

– Dépêche-toi de te changer ! lança Hil quand j'entrai dans le gymnase.

– Tout va bien ? demanda Ally, sans se départir de son sourire de *cheerleader*.

Debout sur une pyramide, elle effectuait une figure parfaite.

– Très bien. Un truc idiot. J'étais en retard en maths. J'arrive tout de suite.

Le vestiaire se révéla un nouveau défi. Comment cacher mon cathéter à l'équipe quand je me changerais ? Peut-être en superposant les couches. Je pouvais porter un débardeur sous mes vêtements d'école et enfiler mes maillots d'entraînement par-dessus. Toutes ces stratégies étaient épuisantes.

Quand je revins dans le gymnase, Hil et Lauren étaient concentrées sur l'écran d'un iPod. Ally faisait une démonstration à une élève de quatrième. J'adressai un signe de tête à Coach Lindsey et me dirigeai vers les tapis pour m'échauffer. Je me sentais embarrassée par mon tee-shirt. Les autres filles portaient des débardeurs ajustés ou des soutiens-gorge de sport. Quand j'avais des formes, il me moulait. Je tirai sur le tissu trop lâche en me penchant pour lacer mes baskets.

Ally appelait une équipe quand des sifflements retentirent. Hil se retourna avec un sourire faussement choqué. C'était le rituel des joueurs de foot. Tous les jours, quand ils traversaient le gymnase pour gagner leur terrain, ils sifflaient et poussaient des cris.

Si j'avais été avec les autres pom-pom girls, Ryan aurait sans doute continué à courir avec son équipe. Mais j'étais seule sur les tapis d'échauffement. Il arriva vers moi en petites foulées en souriant avec aplomb devant la surprise qu'exprimait mon visage.

– Ça y est, tu as décidé ? demanda-t-il.

Il n'avait plus l'air en colère. Juste amusé. Comme s'il ne doutait pas de me voir accepter.

– Non, répondis-je.

– Winters ! Arrête de draguer et bouge-toi les fesses ! aboya son coach de l'autre côté de la salle.

– Coach Burne, surveillez vos joueurs ! lança la mienne, depuis son promontoire, dans les gradins.

– Tiens-moi au courant, reprit Ryan avec un petit rire.

Il m'embrassa sur la joue et se mit à courir pour rattraper ses coéquipiers. Mon regard alla des pom-pom girls hilares à son dos qui s'éloignait.

– Un peu de concentration, les filles ! lança Coach Lindsey.

– Si tu as fini tes petites affaires, Mia, tu pourrais peut-être te joindre à nous, fulmina Hil.

J'étais bien trop éreintée pour la remettre à sa place. Je trouvai ma place dans l'équipe et, avec mon sourire le plus innocent, susurrai, hypocrite :

– Je suis désolée, je ne sais pas ce qu'il a. Il ne me lâche pas, aujourd'hui !

Dans la voiture, Ally ne fut pas longue à aborder le sujet de ma visite au bureau du proviseur.

– Je n'en reviens que M. Bonura t'ait fait convoquer chez le proviseur. C'est le jour de la rentrée ! Tu aurais pu te perdre en cherchant son cours.

– Je suis en terminale. Je sais où sont les classes.

– Mais quand même. C'est un... un vrai crétin !

Ally ne jurait pas et n'employait pas de gros mots. Qu'elle s'autorise à traiter quelqu'un de « crétin » était une preuve infaillible de sa loyauté envers moi.

Sans me laisser le temps de trouver une question anodine pour continuer à l'entendre babiller, elle poursuivit, hésitante, après s'être mordillé la lèvre :

– Hil est énervée, mais elle se remettra de l'histoire de Ryan. Il est clair que cette idée de rester célibataire l'année de notre terminale est une réaction à sa rupture avec Keith. Tu devrais vraiment dire oui à Ryan.

– Pourquoi ?

– Pourquoi pas ? Il te plaît ! Je croyais que tu voulais du sérieux avec lui.

– Oui, mais...

– Mais quoi ? L'année dernière, tu t'étais promis que, si Ryan ne te demandait pas d'être sa copine, tu tirerais un trait sur lui. Qu'est-ce qui a changé ?

– Rien, mentis-je.

Tout avait changé.

– Il s'est passé quelque chose dans le Connecticut ?

– Pardon ?

Je la regardai un instant, perplexe.

– Mais non, rien du tout.

– Tu as changé depuis ton retour. Tu es sûre qu'il ne s'est rien passé ? Je serais la dernière à te juger si tu étais sortie avec quelqu'un. Ne sois pas triste, tu sais qu'il ne s'est pas gêné.

Son visage exprimait un mélange d'inquiétude et de compassion.

– Changé comment ? répétai-je, soudain affolée.

– Lâche ton pendentif et détends-toi ! C'est exactement ce que je veux dire. Tu es tout le temps stressée ! À propos de trucs bizarres : comme boire de l'alcool, par exemple... Ou Ryan. Et tes cheveux courts ne t'ont même pas fait flipper !

– Bien sûr que si ! J'ai fait une crise sur le coup.

Gênée, je touchai ma tête. Ma mère avait envoyé mes cheveux au perruquier. Personne ne s'attendait à ce que mes mèches fragiles résistent à la prochaine chimio.

Avec un haussement d'épaules, Ally fit tourner sa Coccinelle vert pomme dans ma rue – une rangée de maisons coloniales à un étage, formant un alignement aussi parfait que sur un jeu de Monopoly. La maison de Gyver se caractérisait par la voiture de police dans l'allée, la mienne, par le jardin le mieux dessiné.

– À propos de Ryan. Tu te rappelles le temps que nous avons passé à en parler l'année dernière ? Tu vas vraiment lui dire non à cause d'Hil ?

– Ce n'est pas ça.

Mes yeux se remplirent de larmes. Ce n'était pas juste le pacte d'Hil. C'étaient la leucémie, et Gyver, et tous mes doutes sur les vraies raisons qui poussaient Ryan à vouloir sortir avec moi.

– Oh, ne pleure pas ! Je suis désolée ! Mia !

D'un revers de main, j'essuyai mes larmes et mes traces de maquillage. Ally se gara dans mon allée et tira un mouchoir de son sac.

– C'est bien qu'il t'ait demandé d'être sa copine. Ça prouve qu'il a bon goût. Peut-être qu'il peut être un petit ami sérieux ? S'il ne te plaît plus, tu dis non. Mais ne le repousse pas à cause de ce stupide pacte.

– Je ne sais pas ce que je veux.

Je vérifiai mon maquillage dans le miroir du pare-soleil. Je ne tenais pas à ce que ma mère me tombe dessus dès que j'aurais franchi la porte.

– Je vais dire à Hil de se détendre un peu. D'accord ?

– Merci.

– De rien.

Gênée par sa ceinture de sécurité, elle me serra gauchement dans ses bras.

– Je t'aime, Mia. Je t'appelle plus tard si tu veux parler.

J'étais épuisée par les exigences de la journée, couverte de bleus dus à l'entraînement avec l'équipe. Quand elle téléphona, je dormais déjà.

18

– Comment tu te sens ? Tu as plutôt bonne mine, étant donné...

Ces paroles m'avaient glacé le sang. M'avaient laissée bouche bée, tremblante. Elles n'avaient été prononcées ni par un médecin, ni par une infirmière, ni par l'un de mes parents. Pas même par un professeur ou par le proviseur Baker. Mais par Meagan Andrews, en plein cours d'histoire.

En cette deuxième semaine de lycée, je commençais enfin à m'installer dans une routine qui incluait mes sessions de thérapie, mes entraînements – dont deux que j'avais sautés en raison de ma fatigue –, et les commentaires du genre

« Je veux que tu saches que je suis là pour toi » de mes professeurs. Chaque jour qui passait, j'avais l'impression d'effectuer un tour de magie : je parvenais à leurrer mon entourage en dissimulant ce qui se passait en coulisses. Mais la question de Meagan avait fait voler l'illusion en éclats.

– De quoi tu parles ? chuchotai-je, affolée, entre mes dents serrées.

Je gardai les yeux rivés sur le tableau où s'étalait la chronologie de l'Empire romain.

Meagan se pencha sur son bureau, à travers l'allée qui nous séparait.

– Je sais pour ta leucémie, je voulais m'assurer que tu allais bien.

– C'est Gyver qui te l'a dit ?

Il se retourna en entendant son nom.

– Tu ne peux le raconter à personne, poursuivis-je, menaçante.

Sans attendre la réponse de Meagan, je m'avançai vers M. Yusella.

– J'ai besoin d'aller chez l'infirmière.

– Oh, oh ! fit-il d'un ton inquiet. Tu veux que quelqu'un t'accompagne ?

Je secouai la tête et me hâtai vers la porte. Gyver me rattrapa dans le couloir.

– Qu'est-ce qui se passe ? Ça va ?

– Je te faisais confiance, lui reprochai-je.

J'avais dû croiser les bras avant de réussir à parler. Tout en moi me semblait brisé. Je n'arrivais pas à croire qu'il m'avait trahie. Qu'il avait révélé mon secret à cette fille.

Mais pourquoi ne l'aurait-il pas fait ? S'il lui écrivait des chansons, pourquoi ne pouvait-il pas lui confier des secrets ?

– De quoi tu parles, Mi ?

Il ouvrit les bras pour m'enlacer, mais je frappai faiblement son torse de mes poings.

– Je ne peux pas croire que tu le lui aies dit.

– À qui ? Je n'en ai parlé à personne.

D'une main, il attrapa mes deux poings et, de l'autre, m'attira contre lui.

– Meagan Andrews. Elle sait, Gyver. Elle sait.

J'essuyai mes joues ruisselantes de larmes sur son tee-shirt *Velvet Underground.*

– Je ne le lui ai pas dit. Tu sais très bien que je ne l'aurais pas fait.

Il relâcha mes mains et me frotta le dos.

– J'ai besoin de rentrer chez moi, balbutiai-je, les bras ballants.

Je ne pouvais pas rester au lycée si Meagan répétait mon secret à tout le monde. Je ne pouvais pas affronter la curiosité, la pitié accablante des autres.

– D'accord. Allons-y.

Sa main sur mon épaule, Gyver me soutint et m'entraîna dehors, jusqu'à sa voiture. Incapable de réagir, je me mordais la lèvre inférieure et secouais la tête. Toutes ces semaines passées à me cacher, à mentir, et ma maladie allait être dévoilée... par elle ? Est-ce que cela changerait les sentiments que Gyver éprouvait à son égard ? Allait-il rentrer et ajouter une strophe sur les tendances destructrices de M. A. ?

– Tout ira bien, me rassura-t-il.

Je secouai la tête et pris sa main. Tenant son volant de l'autre main, il me ramena.

En arrivant devant chez moi, il me montra la voiture garée dans l'allée.

– Ton père est là. Je vais retourner au lycée et dire que tu ne te sens pas bien.

Mes yeux se remplirent de larmes, mais j'acquiesçai d'un signe du menton.

– Est-ce que je dois prévenir tes amies pom-pom girls ?

Je hochai la tête.

– Tout ira bien.

D'un doigt, il effleura ma lèvre inférieure pour m'empêcher de la mordiller.

– Je te le promets. Essaie de ne pas t'en faire.

Je descendis de voiture et montai péniblement l'escalier.

– Je passerai après les cours, lança Gyver en passant la tête par la vitre.

J'agitai la main sans grande conviction et recommençai à me mordiller nerveusement la lèvre.

L'après-midi se traîna en longueur. Une fois qu'il eut vérifié si je n'avais pas de fièvre, mon père parut dépassé par la situation. Il ne savait pas ce qu'il pouvait faire de plus pour m'aider.

– Mia, mon ange, il était évident que les gens allaient finir par le savoir.

– Non, je ne suis pas d'accord.

– Tu pensais vraiment pouvoir garder le secret ?

– Oui, hoquetai-je au milieu d'une nouvelle crise de larmes. Maman aussi le pensait.

– Ta mère est pleine de bonnes intentions, mais elle...

Il marqua une pause et me passa une boîte de mouchoirs.

– Elle a du mal à assimiler la réalité de ta maladie. J'ai essayé de lui montrer des livres, des tableaux... Bon, tu sais à quel point elle est sensible. Néanmoins, le fait de garder ton cancer secret n'est pas vraiment une solution à long terme.

– Je ne suis pas prête, répondis-je, irritée de voir qu'il plaçait plus d'espoir en moi qu'en maman.

Il me prépara une camomille, que je refusai.

– Attends.

Il disparut dans son bureau et revint avec un paquet d'Oreo.

– Tu ne diras rien à ta mère.

Malgré moi, je souris et, tandis qu'il me servait un verre de lait, je pris un biscuit et l'ouvris en deux. Après avoir léché la couche crémeuse du centre, je trempai la partie chocolatée dans le liquide.

– Ça va mieux ? demanda-t-il.

Fascinée par les miettes qui flottaient à la surface du lait, je hochai la tête.

– Bien. Et maintenant, analysons tout cela avec logique.

D'un doigt, il leva mon menton, me forçant à le regarder.

– Tu ne peux pas tout contrôler. Si les gens l'apprennent, eh bien, ils l'apprendront. Et, malade ou pas, cela ne doit rien changer à la manière dont ils te considèrent.

Je serrai le biscuit si fort qu'il s'effrita sur la table. Comment pouvais-je expliquer que mon image était la seule chose que je pouvais contrôler ? Sauf que, à cause de Meagan, c'était désormais impossible.

Au bruit de la porte d'entrée qui s'ouvrait, mon père et moi regardâmes le paquet d'Oreo d'un air coupable.

– Je dirai que c'est de ma faute, me rassura-t-il.

Mais ce n'était pas ma mère, c'était Gyver.

– Ils vendent des Oreo bio maintenant ? s'étonna-t-il. Est-ce que c'est aussi infect que la glace au tofu ?

Après une brève hésitation, il en prit un.

– Ce sont des biscuits industriels. Ne le dis pas à sa mère, mais nous avions besoin d'une petite dose d'arômes artificiels aujourd'hui, lui expliqua mon père avec un sourire penaud.

– Je comprends, acquiesça-t-il en enfournant un biscuit. J'ai prévenu le proviseur et j'ai raconté à Ally que tu avais la migraine.

– Merci, fis-je, reconnaissante.

Avant même de s'asseoir, il enfourna son biscuit, en prit un deuxième et le plongea dans mon verre de lait.

Puis, désignant la boîte de Kleenex sur la table et la pile de mouchoirs usagés sur mes genoux, il enchaîna :

– Et assez de ça, maintenant ! J'ai parlé à Meagan. Elle ne le dira à personne.

– Vraiment ? m'exclamai-je en me jetant à son cou.

Sous la violence de mon étreinte, son Oreo lui tomba des mains et mes mouchoirs se dispersèrent sur le sol.

– Doucement, Mi. Ce n'est pas grand-chose.

Devant mon expression admirative, il se mit à rire et attrapa un nouveau biscuit.

Mon père toussota.

– Bon, j'ai l'impression que tu es entre de bonnes mains. Il ne me reste plus qu'à retourner à mes activités.

Avant de sortir, il ramassa le biscuit et les mouchoirs sur le sol, et servit un verre de lait à Gyver.

– Je suis dans mon bureau.

– Merci, papa.

Je sautai de nouveau au cou de Gyver.

– Tu... m'étrangles, balbutia-t-il en riant.

Je le relâchai et me rassis.

– Raconte ! lui intimai-je.

– Ça n'a pas été difficile. Meagan est cool. Je lui ai expliqué que tu ne voulais pas que ça se sache. Elle s'est excusée et m'a promis de ne pas en parler.

– Tu es le meilleur !

Je refoulai l'envie de l'embrasser de nouveau. Maintenant qu'il avait prononcé le prénom Meagan, j'avais l'impression de ne plus en avoir le droit.

– Je sais. Mais je n'ai pas fait grand-chose. Elle était au courant par la faute de ma mère. Ma mère et son père sont collègues. Tu le savais ?

Je fis non de la tête.

– Alors, vous deux, vous vous êtes beaucoup vus.

– Ouais, pas mal. Bref, ce que je voulais te dire, c'est que Max, le frère de Meagan, a une leucémie lui aussi. Quand ma mère a su que tu étais malade, et avant de savoir que c'était un secret d'État, elle a posé des questions à l'agent Andrews sur les traitements, tout ça...

D'une voix étranglée, je répétai :

– Son frère ?

Gyver baissa la tête, des mèches de ses cheveux bruns lui barrant les yeux.

– Oui. Ça remonte à des années. Ne t'inquiète pas pour lui. Inquiète-toi pour toi. Je déteste te voir dans cet état, Mi. Dis-moi juste…

D'une main levée, je l'interrompis. Je ne voulais pas qu'il me fasse la morale.

– Elle a l'air sympa, parvins-je à articuler.

J'étais fière de mon effort. Néanmoins, quand il opina du chef en mâchouillant son biscuit, je sentis mon estomac se nouer. C'était troublant.

– Elle est super. Elle te plairait.

Rien n'était moins sûr.

– Merci encore… pour tout ce que tu as fait aujourd'hui.

– Si je te répète pour la troisième fois que ce n'était pas grand-chose, tu me croiras ?

– Pour moi, c'est beaucoup. Je ne sais pas comment te témoigner ma gratitude.

– J'ai quelques idées, murmura-t-il d'un air malicieux.

– Tu n'as pas de devoirs ?

Il se leva et prit un autre biscuit.

– J'allais simplement te suggérer de conduire pour aller au lycée demain. Et peut-être de me faire ma dissertation.

– OK, je conduirai. Mais, pour Dostoïevski, tu gères. J'ai ma propre dissert' à rédiger.

– À plus, Mi !

Il pressa ma main et partit. Des picotements persistants dans les doigts qui l'avaient touché, je restai à me débattre avec une multitude d'émotions : le soulagement, des suppositions perturbantes sur sa relation avec M. A., et la conviction renforcée qu'il était vraiment grand temps que j'arrête de penser à lui.

19

Je ne pouvais pas affronter le lycée aujourd'hui.

Je rédigeai un SMS :

Je reste chez moi.

Après avoir peiné à taper mes lettres, je pressai *Envoyer* et m'affalai sur mon oreiller. J'étais en train de m'assoupir quand mon téléphone bipa. Non, je ne voulais pas de réponse, je voulais juste dormir.

Avec un soupir, je l'ouvris : J'arrive.

« J'arrive ? » Quelle partie de mon message de quatre mots avait-il interprétée comme une invitation à venir me voir ? Je me frottai les yeux et commençai une réponse : Tu ne...

Mais déjà je l'entendais dans la cuisine. Il saluait mes parents de la voix rauque qu'on a le matin.

– Je vais monter ça à Mi.

– Merci. Mais ne fais pas trop de bruit, elle dort peut-être.

Ils prenaient leurs désirs pour des réalités. Je gardai les yeux ouverts, mais ne me fatiguai pas à me redresser quand il entra dans ma chambre en compagnie de ma mère.

– Chaton, regarde qui j'ai trouvé dans la cuisine ?

– Salut !

Gyver occupait tout l'espace de la largeur de la porte. Jamais je ne lui avais vu un regard aussi alerte avant 9 heures du matin. D'une main, il portait un plateau, de l'autre, un mug de café.

– Salut, Mi. Tu te sens comment ? Tu veux ça ?

Il désigna du menton le plateau rempli : un jus de fruit, une salade de fruits, du pain grillé, une bouteille d'eau, des biscuits bio durs comme du carton et des barres de céréales. Un arsenal de nourriture pour une malade qui n'avait pas d'appétit.

Quand je secouai la tête, Gyver le posa sur le sol et vint s'asseoir sur un coin de mon lit. Ma mère rôdait du côté de mon bureau. Tous deux me scrutaient comme s'ils décodaient une énigme inscrite sur mon visage.

– Je suis juste fatiguée. Le Dr Kevin m'avait prévenue que je le serais.

J'avais dormi tout le week-end, m'étais défilée pour la répétition du vendredi et pour la fête du samedi soir en invoquant une piètre excuse d'intoxication alimentaire. J'avais l'impression d'avoir suffisamment rechargé mes batteries pour retourner au lycée lundi et mardi. Assez pour me sentir jalouse en entendant tout le monde raconter ses anecdotes sur la fête. Chris avait fait pipi dans une plante. Lauren était sortie avec le grand frère de Bill. Ally avait passé la soirée à consoler une pom-pom girl de première qui avait rompu avec son copain, un *linebacker* de l'équipe de football américain. Il avait beau être le coéquipier du type qui avait organisé la soirée, Hil l'avait quand même flanqué à la porte. Selon elle, Ryan avait passé son temps à faire la tête et à envoyer des textos. Si je doutais du fait qu'il se soit montré aussi peu sociable, la bonne demi-douzaine de SMS reçus de lui samedi soir confirmait la deuxième partie de l'histoire. Il avait déployé des trésors d'ingéniosité pour décliner « Sors avec moi » sous toutes les formes imaginables. J'avais passé la matinée de dimanche à essayer de trouver une réponse. J'avais échoué et, le lundi, au lycée, j'avais passé la journée à l'esquiver.

Mais y retourner aujourd'hui me semblait impossible.

– Juste fatiguée, répéta ma mère. On va prendre ta température.

– Encore ? Tu l'as déjà prise trois fois et je n'ai pas dépassé trente-sept deux.

– Juste une fois.

J'acceptai le thermomètre et le lui rendis au son du bip.

– D'accord, trente-sept. Bon, alors tu restes au lit toute la journée ? Mais, Mia, je ne suis pas à la maison aujourd'hui. J'ai des rendez-vous avec des clients. J'ai été tellement absente et je prends la semaine prochaine pour ta chimio. M. Russo va passer me chercher d'une minute à l'autre...

mais, si tu as besoin de moi, je peux sans doute essayer de m'arranger.

Elle se tordait les mains et me regardait avec incertitude, l'air tourmenté.

– Tout ira bien, la rassurai-je en bâillant.

Elle se mit alors à faire les cent pas dans la chambre.

– Ton père est déjà parti. Mais je vais l'appeler. Ce matin, il fait visiter une maison et il rentre. Il sera là à midi. Je peux peut-être arriver en retard. Annuler mon rendez-vous de 9 h 30.

– Je vais rester, proposa Gyver en me chatouillant le pied sous la couverture.

– Sérieusement, je n'ai besoin de personne pour me garder. Je vais juste dormir.

– Dans ce cas, je vais dormir avec toi, annonça-t-il.

Étonnée, je haussai les sourcils et ma mère cligna les paupières d'un air incrédule.

– Je ne veux pas dire, je vais dormir *avec* toi, je veux dire que, si tu dors...

Il s'interrompit et, l'air gêné, passa une main dans ses cheveux et but une gorgée de café.

– Voilà pourquoi je ne devrais pas dire un mot avant 10 heures du matin.

– Nous avions compris, le rassura ma mère. Et c'est très gentil de ta part de proposer, mais tu as cours.

– Je peux au moins rester jusqu'au retour de M. Moore. Comme ça, tu auras quelqu'un avec toi si tu as besoin de quelque chose. Ça ne vous rassurerait pas de savoir que Mia n'est pas seule ? ajouta-t-il à l'intention de ma mère.

Songeuse, elle murmura :

– Mon rendez-vous de 9 h 30 est important. Tu m'appelleras si tu as besoin de quoi que ce soit ?

– Bien sûr ! acquiesça-t-il. Je connais la routine. J'ai passé tellement de temps à l'hôpital cet été, je suis presque devenu un infirmier.

Il me tendit la bouteille d'eau. Docile, je bus une gorgée.

– Certes, je me sentirais plus tranquille de te savoir avec Mia. Mais je ne peux pas prendre la décision, ça dépendra de ton père, ajouta-t-elle.

– Qu'est-ce qui dépend de moi ? Qu'est-ce qui se passe ici ? Une réunion de voisins ? claironna la voix de M. Russo depuis le bas de l'escalier.

Gyver redescendit pour lui parler.

– Ça te va, chaton ? Tu es sûr que tu n'as pas besoin de moi ?

– Va à ta réunion. Si Gyver veut rester, il va s'ennuyer. Quand je dis que je vais dormir, je dors. Il devrait le savoir maintenant !

– Ça ne peut pas être pire que d'écouter toutes tes histoires de pom-pom girls, rétorqua-t-il du seuil de ma chambre. Mon père est d'accord. Il vous attend dans la voiture.

Ma mère jeta un coup d'œil à sa montre.

– Je dois y aller, sinon nous allons nous retrouver coincés dans les bouchons. Gyver, si tu as besoin de quoi que ce soit, tu m'appelles. Et merci encore. Laisse-la dormir autant que possible.

– Vous pouvez compter sur moi, madame Moore.

Elle sortit dans un sillage de parfum et fit claquer la porte d'entrée.

– Qu'est-ce que tu veux faire ? me demanda Gyver en me regardant.

– Dormir.

Je n'avais jamais eu les paupières aussi lourdes.

– D'accord. Dors.

Gyver tira un magazine de sous une pile de linge propre sur mon bureau et s'assit à côté de moi.

– Je vais lire les articles sur « Le drame du bébé de Jen » et sur « Les nouvelles tendances incontournables de l'automne ». Tu sais à quel point je travaille dur pour être branché.

J'opinai de la tête et fermai les yeux.

– Mia ? chuchota la voix de mon père.

Agacée de sentir sa main sur mon bras, je maugréai :

– Papa, je suis vraiment fatiguée.

– Chut ! Gyver dort.

Prenant appui sur la table de nuit, il s'accroupit à côté de moi.

– Je suis désolé de te réveiller, mon ange, mais tu dois prendre tes médicaments. Ensuite, tu pourras te rendormir.

Je demandai en chuchotant à mon tour :

– Quelle heure est-il ?

– 14 heures passées.

J'essayai de me redresser et de prendre la bouteille de jus de fruit qu'il me tendait. Mais quelque chose me bloquait. Je m'aperçus alors que Gyver m'avait enlacée d'un bras pendant mon sommeil. Je sentais son pied peser sur mon mollet. Son visage n'était qu'à quelques centimètres du mien, son souffle chaud et régulier caressait mon cou.

Soudain complètement réveillée, je me sentis rougir. Qu'avait dû penser mon père en nous trouvant serrés ainsi l'un contre l'autre ? Gyver avait beau être allongé sur la couette qui me recouvrait, c'était très embarrassant.

Je regardai le thermomètre, étouffant son bip de ma main.

Il indiquait toujours trente-sept. Je soulevai légèrement la tête de l'oreiller pour avaler le jus de fruit et mes cachets, puis, avec une précaution infinie, je me rallongeai.

– Je vais dormir encore un peu, mentis-je dans un chuchotement.

J'espérais que mon père pensait que j'avais le visage rouge parce qu'il m'avait réveillée. Il hocha la tête, me tapota l'épaule et sortit de la chambre sur la pointe des pieds.

La tête de Gyver reposait entre l'oreiller habituellement occupé par la Poisse et le mien. Je sentais son haleine tiède sur ma joue. Si je tournais la tête dans sa direction, nos nez se frôleraient. Je me concentrai sur le poids de son bras et de sa jambe, et sur le rythme de sa respiration.

J'entendis à son souffle qu'il se réveillait. Mais, tout comme moi, il resta immobile.

– Tu dors ? lui demandai-je, les yeux rivés au plafond.

– Non.

Je roulai de côté pour lui faire face. Son pied glissa le long de ma jambe, son bras enlaçant toujours ma taille. Seuls quelques millimètres d'oreiller séparaient nos yeux et nos lèvres. Je n'en étais que trop consciente.

– Tu as bien dormi ? chuchota-t-il.

Chuchoter devait être contagieux, car je répondis sur le même ton :

– Très bien.

– Tu as faim ?

– Pas vraiment. J'irai chercher quelque chose tout à l'heure. Et toi ?

– Non, je me suis servi sur ton plateau de petit-déjeuner.

– OK. Merci d'être resté avec moi. Désolée d'avoir dormi tout le temps.

– Je suis prêt à sécher les cours avec toi quand tu voudras. Non seulement j'ai évité le contrôle d'histoire, mais j'ai pu lire...

Il s'interrompit pour prendre le magazine derrière lui et le feuilleta :

– ... « Le pantalon idéal pour ma morphologie », poursuivit-il.

Je souris.

– Lequel ?

– Je n'en ai pas la moindre idée. Je n'ai pas réussi à comprendre si j'étais un triangle, un rectangle, un cercle ou un nœud papillon de travers. Comment vous savez ces trucs-là, vous, les filles ? Et toi ?

– C'est un sablier, pas un nœud papillon. Même si je n'ai pas beaucoup de formes, comme j'ai la taille bien marquée, je tombe dans la catégorie morphologique des sabliers.

Je me sentis soudain stupide. Pourquoi lui parler de mon corps ? Et quel besoin avais-je d'attirer l'attention sur ma taille où sa main venait tout juste de se poser ? Un fait dont il était conscient lui aussi. Il y jeta un coup d'œil avant de me dévisager de nouveau.

Une seconde, puis deux s'égrenèrent en silence. Voyant qu'il se prolongeait, je sentis mon cœur battre la chamade. J'avais les joues en feu, soudain, et perdis toute notion du temps.

Oubliant les battements affolés de mon pouls, je me focalisai sur son odeur. Il sentait tellement bon. Mes yeux se posèrent sur ses lèvres et mes pensées vagabondes me ramenèrent à notre premier baiser. Notre seul baiser. Dans sa voiture.

Cela remontait à un plus d'un an, le jour où il avait décroché son permis. Le même soir, il m'avait invitée à manger une glace chez Scoops pour fêter l'évènement.

Nous aurions pu la manger à notre table de pique-nique habituelle. En fait, nous aurions pu rentrer à pied. Scoops est à moins de deux kilomètres de nos maisons respectives. Mais, ce soir-là, nous étions restés dans sa voiture, sur le parking, et il avait augmenté la climatisation pour empêcher ma glace de couler.

– Où veux-tu aller après, Mi ? m'avait-il demandé.

– Où tu veux. C'est juste cool d'être sans parents.

J'allais taper ma paume contre la sienne en un geste ringard quand, inclinant sa tête vers moi, il avait pressé ses lèvres sur les miennes.

Je n'avais jamais connu meilleur baiser. Chavirée, je le savourai quand ma boule de glace était tombée sur lui. Je n'avais pu y voir qu'un mauvais signe. Un très mauvais signe. Surpris, Gyver s'était cogné la tête contre sa vitre en se dégageant. J'avais voulu ramasser ma glace, mais il m'avait arrêtée d'un « Laisse-moi faire ! » tranchant. Je m'étais alors aperçue de l'endroit où elle avait atterri.

Je m'étais précipitée pour chercher des serviettes. Quand j'étais revenue, il avait réparé les dégâts avec les mouchoirs en papier dans la boîte à gants. La seule preuve de notre baiser infortuné était une tache de chocolat sur l'entrejambe de son bermuda beige, et mes joues cramoisies. Nous n'en avions jamais reparlé.

Y pensait-il aussi à cet instant précis ?

Je me fis violence pour détacher le regard de ses lèvres et scruter ses yeux. Ils étaient sombres, interrogateurs.

Sur la table de nuit, mon téléphone bipa. Je clignai des yeux. J'avais l'impression que mes paupières étaient restées figées pendant une éternité. Au moment où mes yeux se fermèrent, quelque chose changea. Quand je les rouvris, l'intensité qui semblait nous unir s'était dissipée, l'instant était passé.

Gyver roula de côté et s'assit sur le lit.

– Je parie que c'est M. Muscles.

Je pris mon portable et regardai l'écran.

– Ne l'appelle pas comme ça, le rabrouai-je. Et, même si ça ne te regarde pas, c'est mon horoscope.

– Tu reçois ton horoscope sur ton téléphone ? se moqua-t-il. Alors, quelle est la prédiction pour aujourd'hui ?

– Il dit : « Vous ne pouvez pas vivre sur le fil du rasoir. Soyez prudente dans vos choix, car, une fois que vous aurez décidé, vous ne pourrez pas revenir en arrière. »

J'avais sans doute pris la bonne décision en voulant rester cachée dans mon lit toute la journée !

Je parcourus les autres SMS.

Ally m'écrivait : Tu vas b1 ?, Lauren : Tu es encore malad ? Hil : Appelle. Ryan m'en avait envoyé deux : En retard ou malad ? Puis, quelques heures plus tard : Contagieuse ? j peux avoir 1 baiser pr me porter chance avt le match ?

Je regardai Gyver. Il jouait avec son propre téléphone, mais leva les yeux pour croiser les miens.

– Meagan te dit bonjour et ajoute que le contrôle était facile.

Elle savait qu'il était ici. À un moment ou à un autre, Gyver l'avait prévenue. Autrement dit, une fois réveillée, je ne m'étais concentrée que sur lui, mais il avait l'esprit ailleurs. Je pressai *Répondre* et tripotai les touches. Je ne me sentais pas chanceuse. Je me sentais un peu nauséeuse. Néanmoins, Ryan me voulait, ce qui ne semblait pas être le cas de Gyver. Et s'il pensait que mon baiser lui porterait chance, il gagnerait son match.

Gyver jeta un coup d'œil par-dessus mon épaule.

– Tu rougis. Qu'est-ce que tu racontes à M. Muscles ? demanda-t-il d'une voix crispée.

– Arrête de l'appeler comme ça, je suis sérieuse.

Voyant qu'il attendait ma réponse, j'ajoutai :

– Je lui ai dit que je n'étais pas contagieuse. Qu'il peut passer s'il a envie.

Il se leva.

– Je ferais mieux d'y aller, alors. Les cours finissent dans dix minutes. Si « Monsieur Ryan » passe avant son match, persifla-t-il, il ne va pas tarder. Je doute que me trouver ici lui fasse très plaisir.

Il montra le lit du doigt et répéta :

– Ici.

Je hochai la tête. Il avait raison. Pourtant, je n'aimais pas la pointe de cynisme dans sa voix. Cela ne lui ressemblait pas.

– Encore merci d'être resté avec moi.

Quand il ouvrit la porte, la Poisse se faufila entre ses jambes, sauta sur le lit et s'installa sur l'oreiller qu'il venait d'abandonner.

– Je déteste te le dire, mais ton horoscope avait raison, Mi. Tu vas être obligée de prendre des décisions. Les choses ne peuvent pas continuer comme ça.

Sans répondre, je baissai les yeux vers la Poisse.

– Je t'appelle plus tard, ajouta-t-il.

20

Je pris une douche rapide et passai un pyjama propre. Il me semblait inutile de mettre des vêtements normaux à cette heure de la journée. Ma mère serait obligée de s'adapter.

J'étais en train de m'essuyer délicatement les cheveux avec une serviette quand j'entendis la voix de Ryan dans la cuisine.

– Bonsoir, monsieur Moore.

– Bonsoir, Ryan. Mia est dans sa chambre. Lave-toi les mains avant de monter, s'il te plaît.

Je tressaillis. Mais entendre Ryan répondre « Très bien ! » de bonne grâce me rassura.

Les choses avaient changé. Mes parents, qui ne m'avaient jamais imposé beaucoup de règles, avaient toujours établi une limite en interdisant l'accès de ma chambre aux garçons. Peut-être avaient-ils maintenant l'impression que j'étais trop malade pour « faire des bêtises », comme si ma leucémie me protégeait des pulsions de l'adolescence.

Ils se trompaient. Quand Ryan entra dans ma chambre, j'oubliai tout de mon cancer. Je commençai par admirer ses cheveux striés de mèches dorées, son hâle témoignant de son été à la mer, son sweat à capuche jaune foncé, et son short de football bleu. Enfin, je me concentrai sur son visage. Ses yeux d'un bleu éclatant, son sourire encore plus éclatant. Il me regardait d'un air si inquiet, si... avide. Voilà pourquoi je n'avais jamais pu résister à l'envie de l'embrasser. Mais peut-être l'embrasser était-il ce dont j'avais besoin à cet instant précis. Juste pour me souvenir que Gyver n'était pas le seul garçon sur cette terre.

– Salut ! Tu sèches ou tu es vraiment malade ?

Il traversa ma chambre de son pas athlétique et s'assit sur le lit à côté de moi. Sa bouche à un souffle de la mienne, il attendit ma réponse.

– Je ne suis pas contagieuse.

Quand je m'avançai pour l'embrasser, ses bras s'enroulèrent autour de moi. Le soleil de l'été irradiait de sa peau, réchauffant la mienne à son contact. Il s'allongea, m'attirant contre lui. Dérangée, la Poisse sauta sur le sol, ouvrit la porte d'une patte et quitta la chambre.

– Même si tu étais contagieuse, ça en vaudrait la peine,

murmura Ryan dans mon cou en laissant sa main glisser jusqu'à l'ourlet de mon haut de pyjama.

Il s'arrêta et, sa paume posée sur ma taille, regarda la porte maintenant ouverte.

– Ton père est en bas. Il ne va pas venir voir ce que nous faisons, non ?

– Je ne pense pas.

Mais son « même si tu étais contagieuse, ça en vaudrait la peine » m'avait fait l'effet d'un ciel ensoleillé se couvrant de nuages. J'oubliai soudain la chaleur de sa peau, la légèreté du moment.

– Il faudrait que j'y aille. Coach Burne va me tuer si je rate le bus.

Il se redressa puis se rallongea pour un nouveau baiser.

– Bon, il faut vraiment que j'y aille maintenant. Souhaite-moi bonne chance.

– Bonne chance, répétai-je d'une voix mal assurée.

Après une courte hésitation, il reprit :

– Mia, je sais que tu m'as évité, mais tu as réfléchi un peu ? À nous ?

– Ryan, je ne peux pas.

D'un geste trahissant ma nervosité, je jouai avec les revers de mon pantalon de pyjama.

– Pourquoi pas ? Dis-le-moi, au moins. C'est à cause d'Hil ? Depuis quand elle dirige ta vie ?

– Je croyais que tu étais pressé ?

À ce moment précis, son téléphone se mit à sonner.

– Tu vois ? C'est sans doute Chris qui se demande où tu es. Ou Bill.

– J'ai une minute, répondit-il en posant sa main sur la mienne.

– Pourquoi ne pouvons-nous pas rester comme ça ?

– Parce que ce n'est plus suffisant. J'ai envie de te connaître autant que j'ai envie de ça.

Il m'embrassa de nouveau. Grisée, le souffle coupé, je le regardai s'adosser contre l'oreiller, arborant délibérément son sourire le plus enjôleur.

– Si tu ne veux vraiment pas sortir avec moi, dis-le-moi, plaida-t-il. Je ne te le redemanderai pas.

Je fixai mes mains, de plus en plus embarrassée. Pour la deuxième fois aujourd'hui, la prévision de mon horoscope se confirmait.

– Je ne peux pas.

– Pourquoi pas ?

Je le dévisageai. Allongé sur mon lit, il semblait parfaitement à l'aise.

– Je suis malade.

Voilà ! C'était dit. J'avais prononcé les mots redoutés. Et finalement cela n'avait pas été si terrible. Mais je ne savais pas encore comment il allait réagir.

Il se leva, toujours souriant.

– Nous ne sommes pas obligés d'avoir un rendez-vous séance tenante. Déjà, je dois filer prendre mon bus, ajouta-t-il en ramassant son téléphone.

– Non. Je... suis vraiment malade.

Cette fois, j'avais eu plus de mal. Je tirais tellement fort sur ma chaîne que je parlais d'une voix étranglée.

– J'ai une leucémie.

Ryan continua à fixer son téléphone, comme s'il avait oublié vouloir écrire un SMS. Il l'éteignit, le rangea dans sa poche et s'assit. Ou, plus exactement, il s'affala. Sous son hâle, son visage avait pris une teinte cendrée. Sa bouche formait un O de surprise.

– Pardon ?

Je ne répétai pas. Il était impossible qu'il veuille l'entendre de nouveau. J'étais incapable de le redire. D'un geste hésitant, je pris sa main. Je n'étais plus très sûre de ses sentiments pour moi. Pourrait-il encore me regarder comme quand il était entré dans ma chambre ?

– Quand ?

Dans son visage blême, ses yeux paraissaient immenses. Avec délicatesse, comme si elle était infiniment fragile, il prit ma main au creux de la sienne.

– Je l'ai su cet été.

– Cet été ? C'est pour ça que... Le Connecticut ? Et le camp des pom-pom girls ?

– Tu ne finis pas tes questions, mais oui, probablement.

– La leucémie ? répéta-t-il lentement, comme un mot de vocabulaire difficile. Tu vas guérir ?

– Les médecins disent que je suis sur la bonne voie.

Le regard vague, il semblait fasciné par ma main.

– Ne dois-tu pas partir à ton match ? lui demandai-je alors.

Je voulais qu'il reste pour le voir assimiler la nouvelle sans que cela change rien à son envie de nous voir sortir ensemble. Mais je devais lui laisser le choix.

– Le match, répéta-t-il en reposant ma main sur mon genou comme s'il rangeait une tasse à thé en porcelaine très fine. Oui, le match. Nous en reparlerons.

Il se leva et se détourna.

– Ryan, tout va bien. Je n'attendais pas...

Ma voix se brisa. Et mon cœur vola en éclats.

– Je ne peux pas... Merde ! Je ne... je dois y aller.

Il esquissa un sourire dérisoire et referma la porte. Je l'entendis dévaler l'escalier, courir à sa voiture et démarrer en trombe. Il n'avait qu'une hâte, s'éloigner de ma maladie... et de moi.

Le visage enfoui dans mon oreiller, je sanglotai. J'étais furieuse après moi-même. Il n'en valait pas la peine. Je m'étais laissée aller à espérer. Pourtant, j'avais su qu'il réagirait ainsi. Ma mère m'avait prévenue. Le lui dire avait été une erreur. Mais maintenant je ne pouvais plus me rattraper. Bientôt, tout le monde le saurait. J'avais tout gâché.

– Tu as besoin de quelque chose, ma puce ? appela mon père du rez-de-chaussée.

– Non, merci. Je fais mes devoirs.

J'avais répondu d'une voix ferme, prenant bien soin de ne rien laisser deviner de mes larmes.

– C'est bien.

J'étreignis l'oreiller. Le serrai à en suffoquer, cherchant à étouffer mes sanglots. Il sentait l'odeur de Gyver, de Ryan. Puis, trempé de mes larmes, il s'imprégna du parfum mêlé de ma crème hydratante et de ma tristesse.

Quelqu'un frappait à ma porte.

– Papa, je n'ai besoin de rien.

– Mia, ne pleure pas ! Merde !

Ryan se tenait debout au pied de mon lit. Ses mains agrippaient le bas de son maillot de foot, il avait les yeux cerclés de rouge, les cheveux ébouriffés.

– J'ai paniqué. Il fallait que je réfléchisse. Je suis désolé.

– Et ton match ? hoquetai-je.

Je me frottai les joues, mais mes larmes ne s'arrêtaient pas.

– Je me fous du match ! Tu ne penses pas sérieusement que je vais y aller ?

– Mais tu es parti. Et le coach...

Je fis une seconde tentative tout aussi vaine pour sécher mes joues.

– Je vais lui dire que j'ai eu un empêchement. Pas de souci. Raconte-moi ce qui se passe. La leucémie ?

– Tu veux vraiment savoir ?

Ma respiration s'apaisa. Je me surpris à espérer.

– J'étais à mi-chemin vers le lycée quand je me suis posé la question : mais qu'est-ce que tu fous ? Mia, c'est ici que je veux être. S'il te plaît, raconte.

Je lui racontai : les bleus, les tests, la chimio, l'hôpital. Je voulais me convaincre que lui parler me faisait du bien. Mais seule sa réaction me le dirait.

– Merde ! Mia, je ne peux pas croire que tu ne te sois pas confiée à moi. J'aurais pu... je ne sais pas... faire quelque chose. Qui d'autre sait ? Quelqu'un ?

– Pas vraiment. Gyver. Mes professeurs. Si je l'avais dit aux Filles du Calendrier, tout le lycée serait au courant.

– Russo est au courant ? fit-il en sursautant. C'est pour ça qu'il te suit comme ton ombre ? Tout le temps. Je croyais qu'il voulait sortir avec toi.

– Nous somme juste amis.

Si j'étais franche avec moi-même, à cet instant précis, avec le bras de Ryan autour de mes épaules, cela me convenait parfaitement. Je précisai alors :

– C'est mon voisin. En plus, ma mère travaille avec son père. Il m'était impossible de garder...

– Je suis content que tu aies eu quelqu'un, affirma-t-il en resserrant son étreinte. N'empêche, ça aurait pu être moi. Mon Dieu ! Et je n'ai fait que parler de sexe. Tu aurais dû m'envoyer balader.

– Je crois que c'est ce que j'ai fait une fois ou deux, répondis-je en posant ma tête sur son épaule. Tu ne savais pas. Tu te comportais comme n'importe quel garçon l'aurait fait.

Je lui avais pardonné. Mais lui n'était pas prêt à se pardonner.

– « N'importe quel garçon » se serait-il enfui comme un enfoiré quand tu le lui aurais dit ? Je suis sûr que Gyver a assuré, lui. Pas étonnant que tu n'aies pas voulu sortir avec moi.

Je reculai pour le regarder.

– Ce n'est pas ça. Tu n'as pas de relations sérieuses. Combien de fois me l'as-tu répété au printemps dernier ? Si tu n'avais pas entendu parler du pacte d'Hil...

– Très bien. Disons que c'est le stupide pacte d'Hillary qui m'a donné l'idée. Et alors ? Je n'arrêtais pas d'y penser. De penser à nous. Je ne veux pas une « copine ». Je te veux, toi.

Ryan allait-il pouvoir faire face à tout cela ? Ce qui s'était passé tout à l'heure avec Gyver signifiait-il quelque chose ? Est-ce que je voulais que cela signifie quelque chose ? Bien sûr, je le voulais. Mais Gyver, lui, ne le voulait pas. Et je voulais aussi Ryan. La situation était de plus en plus compliquée, et mon équilibre, précaire. En outre, c'était ridicule. Comment étions-nous passés de la leucémie à des histoires de cœur ?

Mais qu'un garçon vous plaise, quoi de plus normal ? Me tracasser pour quelque chose de normal me faisait du bien. Je ne réagissais pas en malade du cancer, mais en Mia, l'adolescente que j'étais : c'était ce que je voulais. Et je voulais Ryan.

Mais j'étais malade. Il m'était donc impossible de prétendre que cette décision était aussi simple que je le souhaitais. Ou qu'il l'aurait souhaité.

– Tu ne sais pas dans quoi tu t'engages.

Il entrelaça ses doigts aux miens et posa nos deux mains jointes sur mon genou.

– Alors dis-moi.

Si seulement cela avait pu être aussi facile.

– Non, Ryan. Ma réponse est non.

Une fraction de seconde, il parut déconfit.

– Tu ne crois toujours pas que je suis sérieux.

– C'est l'une des raisons de mon refus.

Il se pencha vers moi, son sourire creusant des fossettes qui firent battre mon cœur plus vite.

– Laisse-moi te prouver que tu te trompes. D'accord, dis non pour le moment, mais donne-moi une chance.

Je me levai, dégageai ma main de la sienne.

– Je ne pense vraiment pas que ça puisse marcher entre nous. Pas pour une relation sérieuse.

– Peut-être, admit-il. Ou peut-être serions-nous super bien ensemble.

– J'ai dit non, Ryan.

Je n'avais pas eu l'intention de lui répondre d'un ton aussi cassant. Mais la fermeté dans ma voix m'était destinée. Je n'allais pas céder à son charme, à son assurance, à ses fossettes. Qu'importait combien mes lèvres en avaient envie.

Peut-être Ryan aurait-il accepté ma réponse et serait parti. Peut-être aurait-il été d'accord. Peut-être m'aurait-il embrassée. Je ne le sus jamais, car, à cet instant précis, ma mère frappa à la porte. C'était un signe. Avec Gyver, j'avais été interrompue par mon père avant de faire quelque chose que j'aurais pu regretter. Avec Ryan, quand ma mère vint nous déranger, ma décision était déjà prise.

Elle frappa de nouveau, puis entra.

– Bonsoir, Ryan, ça fait plaisir de te voir. Comment tu te sens, chaton ? Ton père me dit que tu as dormi toute la journée. Tu as l'air...

Elle s'interrompit en remarquant mon visage marbré, mes cheveux ébouriffés.

– ... un peu rouge. Tout va bien ?

– Je l'ai dit à Ryan, maman.

– Tu lui as dit quoi ? demanda-t-elle avec un sourire figé.

– Pour la leucémie.

Je reconnus les signes avant-coureurs. Tout son corps s'était tendu comme une corde, comme quand elle était sur le point de piquer une colère. Mais elle ne perdrait pas son sang-froid devant Ryan. Je la regardai droit dans les yeux.

Sans se départir de son sourire machinal, elle annonça :

– Le dîner est prêt. Nous aimerions beaucoup que tu te joignes à nous, Ryan. Si tu descendais appeler ta mère ? Nous arrivons dans une minute.

Visiblement décontenancé, il me lança un coup d'œil, mais hocha la tête.

– Merci. Ça sent très bon.

Dès qu'il fut sorti, elle se tourna vivement vers moi et m'attrapa par les épaules.

– Mia, qu'est-ce qui t'est passé par la tête ? Après tous les efforts que nous avons faits pour préserver ton secret ?

– Je devais le lui dire.

– Pourquoi ? Je croyais que tu tenais à la confidentialité ?

– Mais pourquoi est-ce confidentiel ?

Si cela était justifié à un moment, je n'en voyais plus vraiment l'intérêt.

– C'est ce que tu voulais : que personne ne sache, pour éviter les changements d'attitude dans ton entourage.

Elle parlait d'un ton sévère. Je sentis la honte me submerger, comme si j'avais commis quelque action répréhensible.

– Je sais. Mais je devais le lui dire. Il m'a demandé d'être sa petite amie. Je devais lui expliquer.

Elle relâcha son étreinte. Toute tension sur son visage avait disparu.

– Toi et Ryan Winters ? C'est super, chaton !

– J'ai refusé.

– Mais pourquoi ? C'est Ryan, chérie. Quand il te raccompagnait, après une soirée, tu rentrais toujours radieuse et, à chaque fois qu'il téléphonait, tu courais t'enfermer dans ta chambre en rougissant.

– C'était l'année dernière.

– Et alors ? Maintenant que tu le connais mieux, il te plaît moins ?

– Non, répondis-je dans un soupir résigné.

Ma mère ne comprendrait jamais comment j'avais pu lui dire non. Pour elle, il était parfait. Lui et moi formions un couple idéal.

– Ça ne marchera pas, c'est tout.

– Parce que tu ne lui laisses pas sa chance. C'est exactement ce dont tu as besoin en ce moment. Une distraction, quelqu'un qui te rende heureuse.

Ce genre de discussion pouvait durer toute la soirée. Du moins, jusqu'à ce que je craque. Si je ne pouvais pas céder, je pouvais au moins lui offrir une victoire partielle.

– Peut-être. Je vais y réfléchir.

L'air radieux, ma mère m'embrassa sur le front. Son visage était fendu du même sourire que quand j'avais été sélectionnée pour être pom-pom girl. Elle se leva d'un bond.

– Oh, non ! Nous l'avons laissé seul avec ton père ! Qui est sans doute en train de lui farcir la tête de toutes sortes de données sur le cancer.

Sur ces mots, elle sortit en trombe et je suivis mon cyclone de mère au rez-de-chaussée. Je n'espérais qu'une chose, que ce dîner ne tourne pas au désastre.

21

Mes parents profitèrent du dîner – des côtes de porc et de la purée – pour enrôler Ryan dans l'Équipe Cancer. Mon père se lança dans des détails insoutenables sur les traitements et les mises en garde : protéger Mia des germes, se laver les mains, garder ses distances si on se sent malade, ne pas trop la fatiguer, pas une goutte d'alcool à cause des médicaments...

Avec des sourires radieux, ma mère ne cessait de lui répéter :

– Mais elle va guérir. Tous les médecins le disent. Alors ne t'inquiète pas.

Je pouvais pratiquement lire dans ses pensées: « C'est le petit ami sportif et populaire dont j'ai toujours rêvé pour Mia. Je ne peux pas le laisser filer. »

Tout à l'heure, dans ma chambre, je lui avais dit que j'envisageais de sortir « peut-être » avec lui, mais elle avait choisi d'entendre « oui ».

Mon père poursuivit:

– Je sais que tu ne joues pas au rugby, mais c'est la seule analogie sportive qui me vient à l'esprit. Nous sommes à la deuxième mi-temps de chimio et le cancer est perdant. Il n'attaque plus le corps de Mia, et doit même se défendre. Nous avons le ballon, maintenant, et chaque chimio de consolidation, comme celle que nous démarrons samedi, est une nouvelle passe. Cela nous permet de garder le contrôle. Et quand elle aura marqué assez...

– D'essais? suggéra Ryan.

– Quelque chose comme ça, acquiesça mon père, quand elle aura fini le traitement post-rémission, le cancer sera éradiqué, définitivement, j'espère.

Même s'il n'exagérait pas, c'était un compte rendu alarmant. Ajouté à l'excès d'enthousiasme de ma mère, je n'aurais pas été surprise de voir Ryan prendre ses jambes à son cou. Pourtant, il n'en fit rien. Très attentif, il posa des questions. Souriant, il approuvait de la tête les paroles rassurantes et répétitives de ma mère. Il emprunta des livres sur la leucémie dans la bibliothèque de mon père.

Quand je le sentis presser mon genou sous la table, je commençai à douter de moi. À le croire. Se pouvait-il qu'il soit vraiment sérieux?

Alors qu'il prenait congé, sur le seuil de la porte d'entrée, il me demanda :

– Je peux passer te chercher demain ? Tu vas au lycée ?

Il semblait nerveux, comme si je n'étais jamais monté en voiture avec lui avant, comme si je pouvais dire non.

– Bien sûr.

Il effleura mon front de ses lèvres et, pendant quelques secondes, nos visages se frôlèrent. Puis il recula. Apparemment, le temps des baisers sans importance était fini.

– Ça m'a beaucoup touché que tu me fasses confiance, que tu me parles avant même de le dire aux filles. Tu peux compter sur moi.

– Je sais.

Et je le pensais. Le voir vulnérable faisait naître en moi un sentiment protecteur. Il avait perdu son assurance, sa désinvolture : tout ce qui faisait qu'il était Ryan. Et j'en étais la seule responsable.

Je caressai sa joue, laissant mes doigts s'attarder à l'endroit où ses fossettes se creusaient quand il souriait.

– Tu es un mec bien, Ryan Winters.

Redevenant soudain lui-même, il retrouva toutes ses caractéristiques : l'assurance, le charme, le sourire craquant.

– Alors, sors avec moi.

– Ryan ! me récriai-je dans un soupir qui se transforma en bâillement.

J'avais dormi toute la journée. Mais le dîner de ce soir m'avait épuisée, me laissant plus fatiguée que ce matin.

– Très bien, je vais arrêter de te le demander. Mais permets-moi au moins d'essayer de te faire changer d'avis. Toutes les filles veulent qu'on leur fasse la cour, non ? Laisse-moi te faire la cour et on verra ce qui se passe.

Je le dévisageai. Derrière lui, à travers la porte vitrée, j'aperçus la Jeep de Gyver dans son allée.

– Je ne pense vraiment pas changer d'avis.

Il m'attira plus près.

– Je suis prévenu. Tout ce que je demande, c'est que tu me laisses une chance.

Je sentais son souffle sur mes joues. Si je levais les yeux, je savais qu'il allait m'embrasser. C'était ce que je voulais...

Me ravisant, je pressai sa main et reculai d'un pas.

– Tant que tu comprends que je suis sincère...

– Je comprends, affirma-t-il avec un sourire contagieux. Je ferais bien d'y aller avant que tu changes d'avis. À demain matin.

Je le suivis du regard. Il se dirigea vers sa voiture. Malgré l'obscurité, je surpris son geste du poing victorieux. Il recula jusqu'à la rue et ses feux arrière s'évanouirent dans la nuit. Je restai à m'interroger sur ce que je venais d'accepter.

J'étais toujours sur le seuil quand la voix de ma mère me parvint de la cuisine.

– Ça s'est bien passé, disait-elle d'un ton satisfait.

– Tu crois ? demanda mon père.

– Oui. Pas grâce à toi, chéri. Quand je pense que tu as donné des devoirs à ce garçon ! Je n'y crois pas. Il veut sortir avec ta fille, pas écrire une dissertation sur les horreurs du cancer.

Cependant, elle riait.

– Il m'a demandé les livres, répliqua mon père. Et s'il rend Mia heureuse...

Par la porte ouverte, je le vis prendre le torchon des mains de ma mère et l'enlacer.

– Évidemment, il la rend heureuse, murmura-t-elle en posant le front contre son torse. J'étais si inquiète de sa réaction. Si inquiète. Et s'il l'avait repoussée ?

– Mais il ne l'a pas repoussée. Et souviens-toi, Gyver non plus.

– Elle me rappelle tellement celle que j'étais à son âge, reprit ma mère, songeuse. Et Ryan est exactement le genre de garçon avec qui je sortais.

– Hum, marmonna mon père, le nez dans ses cheveux, c'était avant que tu deviennes sage et que tu décides que les intellos étaient bien supérieurs aux sportifs, n'est-ce pas ?

– Bien supérieurs, répéta-t-elle en l'embrassant. Elle va guérir.

– Elle va guérir, répéta-t-il d'une voix beaucoup moins assurée qu'elle.

Ma mère l'embrassa de nouveau.

Mon père lui murmura quelque chose à l'oreille. Elle rit et le suivit par la porte arrière vers la cabane du télescope, m'épargnant de devoir monter l'escalier en catimini ou être témoin d'autres moments embarrassants. Une petite partie de moi se sentit abandonnée. J'avais une soudaine nostalgie des soirées en famille au cours desquelles mon père nous montrait le ciel dans son télescope et répertoriait les étoiles. J'étais vraiment intéressée, ma mère feignait de l'être. Je n'avais pas pensé à ces moments depuis des années, mais, ce soir, ils me manquaient.

Ils avaient laissé l'évier à moitié plein de vaisselle. Je n'avais rien fait de productif de la journée. Je pouvais au moins la rincer et remplir le lave-vaisselle.

« Peut-être ». C'était un mot si insignifiant, mais il avait rendu Ryan et ma mère si heureux. Un mot encore plus court, « oui », tout simplement, me rendrait-il heureuse, moi aussi ?

Mais tout semblait si précaire en cette semaine avant mon retour à l'hôpital pour la nouvelle chimio. Et j'avais l'impression que, si je changeais trop, tout allait s'écrouler, ou éclater comme les bulles de savon dans l'évier.

Je mis la dernière assiette dans le lave-vaisselle, le refermai, pressai le bouton *Marche* et m'essuyai les mains sur mon pantalon de pyjama.

Ryan avait beau avoir bien réagi à la nouvelle, cela ne voulait pas dire pour autant que tout le monde suivrait son exemple. Je n'avais pas l'intention de prendre ce risque.

22

Je pensais qu'Ally me ramènerait chez moi, mais, quand nous nous retrouvâmes dans les vestiaires après l'entraînement, le programme changea sur une impulsion.

– Le match de foot des garçons est sur le point de démarrer, annonça-t-elle, une lueur sournoise dans ses prunelles.

– Et nous ne sommes allées à aucun de leurs matchs. Ce n'est pas bien si nous ne supportons que l'équipe de football américain, renchérit Lauren avec un sourire à l'intention d'Ally.

Hil leva les yeux au ciel. Assise sur le banc des vestiaires, j'essayai de rassembler assez d'énergie pour objecter.

– N'ont-ils pas eu un match hier ?

– C'est une revanche, répliqua Ally.

– Je suis crevée. On ne peut pas remettre à une autre fois ? plaidai-je.

– Mais je lui ai déjà dit que tu serais là. S'il te plaît. S'il te plaît ?

– Elle a dit non, déclara Hil en venant se placer à côté de moi.

– Bouh, bouda Alli. Ne soyez pas comme ça. Ça va être drôle.

L'air enjôleur, Lauren me donna un petit coup de coude.

– Je sais que tu veux voir Ryan luisant de sueur.

Hil les rabroua :

– Suis-je la seule à remarquer qu'elle a l'air épuisée ? Je te ramène, renchérit-elle à mon intention.

– Non, ça va, je viens.

J'avais cédé de peur de leur mettre la puce à l'oreille. Si je partais maintenant, elles allaient se poser des questions. Et je ne voulais rien laisser deviner de ma maladie.

– Merci, Hil, ajoutai-je.

Elle fit claquer la porte de son casier avec humeur. Pourtant, elle ne protesta pas. J'ignorais ce que lui avait dit Ally, mais le résultat était stupéfiant. Depuis le jour de la rentrée, elle n'avait plus jamais critiqué Ryan. Même si je me doutais qu'elle aurait eu son mot à dire sur notre conversation d'hier soir.

Nous gagnâmes le stade au sommet de la colline. Une section des gradins avait été réservée pour nous, au centre de la rangée centrale, juste derrière le banc de touche.

Son équipe était déjà rassemblée en cercle sur le terrain, mais Ryan se détacha et s'élança en petites foulées vers le banc. Il prit une bouteille d'eau, but quelques gorgées et, juste avant de rejoindre le groupe, m'adressa un clin d'œil.

Une fois le match commencé, je pensais pouvoir l'admirer de loin en toute tranquillité. C'était sans compter sur le premier but qu'il marqua. Sous les acclamations de la foule, il se tourna vers moi, posa une main sur son cœur et pointa l'autre dans ma direction. Puis Bill et Chris s'agrippèrent à son dos en hurlant. Toutes mes chances d'anonymat s'évanouirent quand Lauren se leva et, à son tour, me montra du doigt. La foule poussa une clameur d'admiration et une femme se pencha pour me demander :

– C'est ton petit ami, mon chou ?

– Non, siffla Hil, avec irritation. Ce n'est pas son petit ami.

Morte d'embarras, je baissai la tête. Je n'avais qu'une envie, rentrer sous terre. Dans l'air frais de septembre, à l'exception de mes joues en feu, j'étais gelée des pieds à la tête.

L'équipe de Ryan fêta son second but sans lui. Dès qu'il l'eut marqué, il s'élança de nouveau vers le banc de touche. Se retenant d'une main au grillage qui séparait les gradins du terrain, il tendit l'autre vers moi. Je la pris, hésitante, et il m'attira à lui pour m'embrasser.

D'abord, mortifiée, je n'entendis que le « ooh ! » de la foule. Puis je me laissai gagner par ce baiser, par ses lèvres entrouvrant les miennes, nos langues se mêlant, mes mains fourrageant dans ses cheveux humides. Je n'avais plus froid, j'avais beaucoup trop chaud, et j'étais consciente des mailles de la clôture qui nous séparaient.

Soudain, mes lèvres me semblèrent abandonnées, glacées. Surprise, je rouvris les yeux. Bill tirait Ryan par son maillot pour le faire descendre du banc.

– Allez, joli cœur, nous avons un match à gagner.

Alors que Ryan regagnait le centre du stade en courant, il croisa mes yeux.

– Sors avec moi !

C'est alors que je me souvins du public. Dans un tonnerre d'applaudissements, il se mit à pousser des acclamations de soutien pour le beau joueur star.

– Dis oui ! s'enthousiasma Ally à ma gauche.

– C'était comme dans un film. Ce genre de chose ne m'arrive jamais, s'écria Lauren.

Je me laissai tomber sur le banc, tête baissée, essayant de bloquer les encouragements de la foule, de refouler mon désir de dire oui.

– On peut y aller maintenant ? demandai-je.

– Tu ne vas pas rester pour lui répondre ? s'étonna Ally.

– Il ne veut pas connaître ma réponse.

– Tu es sérieuse ? Tu pars ? C'est dément. Tu es folle à lier. Regarde-le ! s'exclama Lauren en montrant le terrain.

– Assez ! lâcha Hil d'un ton cassant. Vous ne pensez vraiment qu'aux mecs ! Si elle dit qu'elle ne veut pas sortir avec lui, pourquoi vous insistez ? Mia est votre amie. Pas Ryan. Mia. Ce qu'elle veut ne compte donc pas ? Et pourquoi est-ce que c'est si important pour vous ? Quand j'ai suggéré que nous restions célibataires, je pensais que nous passerions plus de temps ensemble. Comme faire des trucs entre nous. Pas que tout tourne autour des programmes des mecs. Vous

vous ennuyez donc tant que ça avec moi ? Parce que moi, je vous trouve toutes vachement plus intéressantes qu'eux.

Immobiles, Ally et Lauren se contentèrent de battre des paupières et de baisser la tête. Je posai une main sur le bras d'Hil en un geste qui voulait dire à la fois « merci » et « calme-toi ».

– Si tu veux toujours rentrer, je te ramène, proposa-t-elle.

Je me levai. Rompant son silence penaud, Ally murmura :

– Je suis désolée.

– Oui, répéta Lauren. Excuse-nous. Mais il est...

Le coup de coude d'Ally la fit taire.

– Tout va bien, la rassurai-je.

Hil haussa les épaules, puis se dirigea vers la sortie. Je lui emboîtai le pas et lançai :

– Je vous appelle tout à l'heure.

Je risquai un coup d'œil en direction du stade et vit Ryan percuter un adversaire, qui lui reprit le ballon. Absorbé par la volonté de battre l'équipe d'Hamilton, il ne remarqua pas mon départ. Comment allait-il réagir quand il verrait que je n'étais plus là, à la fin du match ? Et s'il marquait un nouveau but ? J'étais tentée de faire demi-tour. Mais, s'il me reposait la même question, je n'avais pas besoin d'une foule pour me mettre la pression. Je voulais lui dire oui. Je savais qu'il avait la capacité d'effacer Gyver de mes pensées. Je le voulais. Je voulais ses sourires, ses baisers.

Pourtant, je ne le pouvais pas. Et cela n'avait rien à voir avec le pacte d'Hil. Mais tout à voir avec lui.

Ryan voulait une fille à embrasser devant une foule. Il voulait une belle blonde pour l'escorter à ses soirées.

N'était-ce pas ce qu'avait dit Gyver ? Si c'était son idée de « prouver qu'il était sérieux », il ne comprenait rien à celle que j'étais.

J'avais filé à l'anglaise. Pourtant, quand, plus tard, mon téléphone sonna, je répondis :

– Salut.

– Tu es partie, dit-il, sa voix trahissant sa déception.

– Désolée. J'avais froid.

– Tu dois être mon porte-bonheur. Après ton départ, je n'ai plus marqué un seul but.

– Moi ? Un porte-bonheur ?

Je m'étranglai. Mes doigts cherchèrent mon propre porte-bonheur et se mirent à tordre la chaîne. J'inspectai ma chambre du regard pour trouver des signes expliquant ses paroles, en vain.

Il eut un petit rire nerveux.

– Alors, est-ce que je t'ai fait changer d'avis ?

– Non, chuchotai-je.

– Non ? Allez ! Ce baiser ne ressemblait pas à un refus.

Je sentis la rougeur de mon cou se propager à mon visage. J'étais piégée dans un dédale de culpabilité. Les baisers et l'assurance de Ryan m'étaient aussi essentiels que l'amitié de Gyver. Et il était le garçon avec qui ma mère, mes amies voulaient me voir sortir. Même Hil, une fois qu'elle aurait enterré ce stupide pacte.

– Ryan, tu me plais. Tu sais que tu me plais.

– Mais ?

– Mais, même si, aujourd'hui, j'ai été flattée, j'étais aussi très gênée. Je ne veux pas jouer. Et, en ce moment, je ne veux vraiment pas être le centre de l'attention.

– Je ne jouais pas et je n'avais pas l'intention de t'embarrasser. Je voulais juste te montrer que j'étais sérieux. Je suis raide dingue de toi. Et je me fiche que tout le monde le sache. Et si, après votre spectacle au match de demain, nous sortions, juste toi et moi ? En toute discrétion, je te promets. Juste toi et moi.

Je voulais le croire. Un rendez-vous. Quels dégâts cela pourrait-il vraiment provoquer ? Si, après, je le repoussais, je pourrais au moins dire que j'avais essayé.

Je fis tourner ma balle magique. Elle s'arrêta sur *oui*.

– Un rendez-vous, acquiesçai-je.

23

Le lendemain matin, en me conduisant au lycée, Gyver ne dit pas un mot de tout le trajet. Il était tellement silencieux que, jusqu'à l'arrivée au parking, je somnolai. À vouloir éviter d'aborder le sujet de l'épisode embarrassant de mercredi, nous semblions ne plus rien avoir à nous dire.

Adossé au coffre de sa voiture, Ryan m'attendait, souriant. Il s'avança et ouvrit ma portière.

– Bonjour, beauté, lança-t-il en m'enlaçant d'un bras. Ça gaze, Russo ?

– Salut ! fit Gyver, son regard allant de sa main sur ma taille à mon visage.

– Bonjour ! lui répondis-je.

J'agrippai mon pendentif. J'essayais mentalement d'établir les priorités de mon dernier jour d'école avant la chimio de la semaine prochaine. Je devais mettre un terme au différend avec Gyver ; parler aux filles ; aller chercher tous mes devoirs de la semaine prochaine. Avec un peu de chance, je ne manquerais pas plus d'une semaine. Et je devais imaginer les mensonges adéquats pour expliquer mon absence.

Je décidai de commencer par Gyver. Je lui souris.

– Merci de m'avoir emmenée. Tu es là demain ? Prenons le petit-déjeuner ensemble avant que j'entre à l'hôpital.

– Que tu entres à l'hôpital ? répéta-t-il, le regard inquisiteur.

Il jeta un coup d'œil à Ryan. Qui me plaqua plus près de lui. Leurs réactions respectives n'auguraient rien de bon, mais je n'avais pas l'énergie pour supporter leur stupide rivalité masculine.

– J'ai parlé de mon cancer à Ryan. Il sait que je dois retourner à l'hôpital.

L'expression qui se peignit sur le visage de Gyver allait au-delà de la surprise. Était-ce la perplexité ? Un sentiment de trahison ? Du chagrin ? J'avais du mal à l'analyser.

Ryan était serein. De sa main libre, il serra l'épaule de Gyver, peut-être un peu plus fort que nécessaire.

– Merci d'avoir été là cet été. Je ne pouvais pas. J'apprécie, vieux.

Pour toute réponse, il grommela :

– Ce n'est pas pour toi que je l'ai fait.

– Je sais, mais merci quand même.

Gyver me regarda. J'étais fascinée par mes chaussures, tout à coup.

– D'accord pour le petit-déjeuner. On se voit en maths, Mia.

Il enfonça les mains dans ses poches et monta les marches du lycée. Les yeux fixés sur son dos, je le regardai disparaître à l'intérieur.

– Je pense qu'être le seul à savoir ne lui déplaisait pas, déclara Ryan.

Immédiatement, je pris sa défense :

– C'est juste qu'il n'est pas du matin.

– Apparemment. Eh bien, au moins nous pouvons compter sur Ally pour s'extasier sur nous deux. Qu'ont dit les autres ? Est-ce que j'ai besoin de me tenir à l'écart des griffes d'Hil ?

– Je ne leur ai rien dit.

Je n'y avais même pas pensé et, maintenant, je me sentais vraiment idiote. Une idiote qui paniquait un peu.

– Vraiment ? Je croyais que vous partagiez un lien psychique, toutes les quatre, plaisanta-t-il.

Sa blague tomba à plat parce que cela avait été la vérité. Si je n'avais pas été trop occupée à me demander si je devais leur mentir, à leur mentir, et trop fatiguée par ma maladie – la cause de mes mensonges –, les Filles du Calendrier auraient peut-être su pour le rendez-vous.

Une fois en haut de l'escalier, Ryan m'ouvrit la porte et s'effaça pour me laisser passer.

– Tu l'as dit à quelqu'un pour nous deux ?

– Oui, à Chris. J'étais censé ne pas en parler ? Merde ! chuchota-t-il.

Ce dernier nous attendait dans le hall, en compagnie d'Hillary et de Lauren. Il grimpa sur le dos de Ryan.

– Mia, tes slips ont un parfum de bière, ou ce genre de truc ? Parce que je n'aurais jamais pensé voir ce mec accro, s'exclama-t-il.

Je reculai pour éviter de prendre un coup. Hil se mit à me secouer le bras.

– Parce que, comme ça, c'est vrai ? s'exclama-t-elle. J'ai dit à Chris qu'il devait raconter des bobards parce que tu m'en aurais parlé.

Lauren regardait les garçons, mais elle s'adressa à moi :

– Tu nous l'aurais dit, non ?

– Je n'avais pas prévu, c'est juste arrivé comme ça. Et après il était trop tard.

Le visage d'Hil était défiguré par le chagrin.

– Il était trop tard ? C'est ton excuse ? persifla-t-elle. Dire que je l'ai su par Chris. Je n'y crois pas !

– Alors c'est bien vrai ? me demanda Ally en m'enlaçant.

Elle m'écrasa contre Lauren, qui se joignit à l'étreinte en riant, avant de lancer à Hil :

– Tu vois ? Nous ne lui avons pas mis la pression. C'est son choix à elle.

Avec un soupir résigné, Hil leva les yeux au ciel.

– Tant pis pour notre pacte « célibataires en term' ». Je suppose que si tu es heureuse...

– Ce soir, on va fêter ça ! s'exclama Ally.

– Absolument. Je ne me souviens pas de la dernière fois que tu es sortie, renchérit Lauren.

Je m'en souvenais très bien. De chaque détail. De ce que je portais, de la chanson hurlant à la sono quand Gyver avait surgi de nulle part et m'avait emmenée.

– Attendez, je suis toujours célibataire.

N'était-ce pas la vérité ?

– Tu vois ! s'exclama Hil. Je te l'avais bien dit, Chris. Tu passes ta vie à raconter des bobards.

Chris montra ses paumes, comme pour plaider « non coupable ».

– Ryan a dit que...

– J'ai dit que je l'emmenais dîner après le match, précisa ce dernier en m'extirpant délicatement des bras de mes amies qui m'étouffaient. Laisse-la tranquille, Hil. Mia est assez grande pour prendre ses propres décisions. Tu le saurais si tu arrêtais de geindre assez longtemps pour l'écouter.

Quand est-ce que les gens avaient cessé de m'écouter ? Avant, dès que je parlais, j'avais un public. Maintenant, je devais faire un effort pour attirer l'attention. L'ironie voulant que Ryan invoque le même argument me concernant que celui d'Hil, la veille : que ce que je souhaitais passait en priorité.

Ils finirent par se tourner vers moi, mais, n'ayant rien à dire, je répétai, une pointe d'arrogance dans la voix :

– Officiellement, je suis toujours célibataire. Alors tout le monde se calme !

– Pas pour longtemps, intervint Chris en enlaçant les épaules d'Hillary d'un bras. Et toi, tu n'as pas envie de suivre le brillant exemple de ta copine et de sortir avec moi ?

Elle se dégagea vivement.

– Ferme-la et dégage !

La première sonnerie retentit. J'insistai alors :

– C'est un rendez-vous. Je n'ai pas rompu le pacte.

Je refoulai les mots « stupide », « idiot », « tyrannique » qui me brûlaient les lèvres quand je pensais à cette idée.

Hil me jeta un regard ombrageux, comme si elle les avait entendus quand même. Ou peut-être était-ce sa façon de réagir au fait d'être seule contre cinq.

– C'est ça ! grommela-t-elle.

Elle partit en trombe, les talons de ses bottes résonnant sur les dalles du couloir.

À l'heure du déjeuner, la colère d'Hil n'était pas retombée. Elle était comme un feu d'artifice : belle, explosive et potentiellement dangereuse.

Quand je vins m'asseoir à côté d'elle, elle avait l'air songeuse.

– Vu que je suis sortie avec Ryan en troisième, je suppose que je ne peux pas dire que tu as mauvais goût, estima-t-elle.

Si elle voulait jouer à ce petit jeu, j'étais d'attaque.

– Il pourrait faire un bon petit ami, fis-je valoir. Il y tient vraiment.

– Par « y », tu veux dire, il tient au sexe ? Vous n'avez pas encore couché ensemble, c'est ça ? demanda Lauren.

Voyant que je levais les yeux au ciel, elle ajouta :

– Je voulais juste vérifier. Comme tu ne nous as rien dit pour ton absence de mercredi ni pour Ryan. Qui sait ce que tu nous caches d'autre ?

– Ou quelles autres promesses tu vas rompre ? maugréa Hil.

– C'est juste un rendez-vous, Hil. Laisse tomber.

Elle obtempéra. Dans le silence qui se fit à notre table, je remarquai les coups d'œil gênés qu'échangeaient Hil et Ally. Cette dernière jouait avec ses bretzels, les alignant en rangées sur la table.

– À propos de ce soir..., commença-t-elle. Coach Lindsey a convoqué une réunion de capitaines après les cours. Je pense qu'elle va suggérer quelques changements.

– Comme ? demandai-je.

Ally lança un regard implorant à Hil, comme pour demander : « Je suis obligée de le lui dire ? »

– Comme faire monter Emily de l'équipe des premières.

– Quelqu'un s'est blessé ?

Je n'avais rien entendu, n'avais remarqué aucun casier décoré de ballons *Bon rétablissement.*

– Nous avons donné ta place à Emily pour les numéros de volée, intervint alors Hil. Nous ne sommes qu'à la troisième semaine de cours et tu as déjà manqué quatre entraînements. Repose-toi jusqu'à ce que tu puisses refaire tes pirouettes.

Je me sentis rougir de honte. Après avoir été la meilleure acrobate, je comptais désormais pour des prunes. Comme toutes ces pom-pom girls qui, n'étant jamais sélectionnées pour les numéros de volée, devaient se contenter de regarder et d'applaudir. Un signe que je n'étais pas irremplaçable.

– Oh ! murmurai-je simplement.

Ally, qui paraissait plus bouleversée que moi, poursuivit :

– C'est la meilleure chose pour toute l'équipe. C'est la décision de Coach Lindsey, mais nous avons préféré que tu l'apprennes par nous.

– Ça va ? s'alarma Lauren.

– Non, ça ne va pas, c'est clair ! explosa Hil. Mia, je ne sais pas trop ce qui se passe, mais, depuis que tu es rentrée du Connecticut, tu as vraiment une sale mine.

À sa manière, Hil venait de m'inviter à me livrer. Pourtant, j'étais incapable de me laisser aller aux confidences.

– Je vais bien. Mais j'en ai marre d'entendre toutes ces idioties sur Ryan, sur le fait que je suis malade, que j'ai une tête à faire peur.

Ally tressaillit, l'expression courroucée d'Hil s'intensifia. Lauren prit alors la parole, sa diversion désamorçant la bombe qui s'apprêtait à exploser.

– C'est tellement injuste. Mia est moins belle que d'habitude – sans vouloir te vexer – et elle finit avec Ryan Winters. J'ai perdu deux kilos et personne n'a rien remarqué.

Sourcils froncés, elle fixa sa pomme, attendant nos compliments. Et, naturellement, y eut droit.

– Vous croyez que le frère de Bill sera à la soirée de ce soir ? Il est..., poursuivit-elle.

Je ne l'écoutais plus. J'étais en train de récapituler les quarante-huit heures qui venaient de s'écouler. J'avais accepté un rendez-vous amoureux, mais j'avais perdu ma place dans l'équipe des pom-pom girls. Je m'étais confiée à Ryan, mais Gyver m'en voulait. Si j'avais été mon père, j'aurais noté ces données sur un tableau. Mais quelles conclusions aurais-je pu en tirer ?

24

Après les cours, Lauren me ramena chez moi.

– Je déteste leurs « réunions de capitaines », maugréa-t-elle dans la voiture. C'est comme de dire : « Hé, Lauren ! Tu n'as pas été choisie pour être capitaine, alors tu peux partir. Seules celles qui comptent restent. » Et puis le coup qu'elles te font, c'est nul ! Si j'étais capitaine, je me battrais pour que tu gardes ta place.

Je m'en fichais complètement. Même si je savais que je n'aurais pas dû. Avant le cancer, j'accordais beaucoup d'importance à tout ça.

Au lieu d'acquiescer, je proposai :

– Tu veux entrer et attendre le match avec moi ?

Nous fîmes une halte dans la cuisine, où j'inspectai les placards pour trouver de quoi grignoter.

– Tu veux des crackers avec de l'houmous ? Sinon, il y a de la glace, mais c'est de la glace au tofu.

– Ça ira. De toute façon, c'est sans doute mieux si je ne mange pas.

Munie d'une bouteille d'eau, elle quitta la pièce pour gagner ma chambre. Après avoir pris mes médicaments, je la suivis, priant pour n'avoir rien laissé traîner de compromettant.

Pourtant, quand je la trouvai assise à mon bureau, feuilletant les magazines qu'avait parcourus Gyver, je fus presque déçue. Évidemment, je n'aurais pas voulu la surprendre en train d'essayer un bracelet d'hôpital, ou de lire une brochure sur la chimio. Mais j'aurais bien aimé un signe m'indiquant que je devrais tout lui raconter. Peut-être que lui parler ne serait pas si terrible que ça. Ryan avait bien encaissé toute l'histoire.

– Pourquoi me regardes-tu fixement ? C'est mes cheveux ? Ils sont crépus ? Je sais bien, j'ai souvent l'impression d'être coiffée comme les frères Jackson.

– Pardon ? fis-je en riant. Ne dis pas n'importe quoi ! J'adore tes cheveux.

– Bien sûr. Et maintenant, assieds-toi et raconte-moi pour Ryan. Je veux tout savoir.

Je regardai mon lit. Les taies d'oreillers sur lesquelles j'avais sangloté avaient été changées. Ma gorge se noua. J'étais incapable de trouver un mensonge plausible. De toute façon, je n'en avais pas envie. J'étais malade, Lauren était mon amie. Je méritais son soutien, elle méritait la vérité.

Elle s'assit sur le lit, à côté de moi, passa un bras autour de mes épaules et, de sa main libre, détacha mes doigts de mon pendentif.

– Hé ! Quelque chose ne va pas, n'est-ce pas ? Tu peux me parler, tu sais.

Répondant à son invitation, je lui parlai.

Pour la seconde fois cette semaine ma chambre se transforma en confessionnal. Lauren ne se mit pas à sangloter, ne prit pas ses jambes à son cou. Mais son visage pâlit à tel point que ses taches de rousseur ressortirent comme des taches d'encre. Tout le temps que durèrent mes explications, elle me serra dans ses bras. Puis, quand j'eus fini, elle se mit à faire les cent pas et me demanda :

– Qui d'autre est au courant ? Tout le monde sauf moi ?

– Non. Pas du tout. Juste Ryan et Gyver.

– Tu ne l'as même pas dit à Hil ? s'exclama-t-elle d'un air surpris.

Elle reprit, pour elle-même :

– Évidemment, tu ne le lui as pas dit. Elle ne serait pas aussi mauvaise si elle savait. Oh, Mia, je suis contente que tu m'aies parlé. Tu as dû passer un été atroce. Je n'ose même pas imaginer. J'aurais fait une excellente compagnie à l'hôpital, tu sais.

– Tu peux le prouver. J'y retourne demain pour une nouvelle chimio.

Son visage, qui avait retrouvé des couleurs, pâlit de nouveau.

– Encore ? Ce n'est pas fini ?

– C'est loin d'être fini. J'ai une nouvelle chimio toutes les six à huit semaines.

– Alors je serai là. On regardera des films, on se fera des manucures. On s'éclatera ! promit-elle en se penchant pour me serrer de nouveau contre son cœur.

– Merci.

Je poussai un soupir de soulagement. Mais ma tension ne se dissipait pas pour autant. J'avais un autre défi à relever.

– Comment penses-tu que je devrais l'annoncer à Ally et à Hil ?

Lauren s'affala sur mon lit et esquissa quelques mouvements d'assouplissement.

– Oh ! Alors tu vas le leur dire ?

La pointe de désapprobation dans sa voix me surprit.

– Euh... oui. Je ne devrais pas ?

Immobile, pour une fois, elle exhala un long soupir.

– Tu veux vraiment le savoir ?

Même le débit de sa voix était lent, tout à coup, comme si une idée se formait dans son esprit et qu'elle peinait à la formuler.

– Je pense que tu devrais attendre.

– Pardon ?

– En tout cas, tu ne devrais pas le leur dire tout de suite. C'est juste qu'Hil est encore complètement flippée par l'histoire avec Keith, poursuivit-elle plus rapidement. Elle est à deux doigts d'arracher la tête de quelqu'un ou de s'enfermer dans sa chambre. Elle t'a dit qu'il lui avait envoyé un nouveau texto ce week-end ?

Je fis non de la tête. Ainsi, je n'étais pas la seule à avoir des secrets.

– Il lui a juste écrit « Tu me manques », ce qui est totalement inutile étant donné que, la semaine dernière, il a posté plein de photos de lui avec d'autres filles sur Facebook. Il est compliqué, ce mec. Grave ! Elle n'est pas en état d'accepter la nouvelle. Et si tu en parles à Ally...

– Tout le monde le saura, l'interrompis-je.

– Eh bien, oui, acquiesça-t-elle. Ça craint. Mais, bien sûr, c'est juste mon opinion, tu fais comme tu le sens.

Je pris un mouchoir et m'essuyai les yeux.

– Non, je pense que tu as raison. Je vais attendre qu'Hil se soit remise de son histoire avec Keith.

– Et je comprends que tu es plus proche d'Hil que de moi, et que je ne peux pas la remplacer, ni rien, mais tu sais que je suis là pour toi.

Mes larmes se transformèrent en de gros sanglots, auxquels Lauren fit écho. Soudain, je regardai le réveil.

– Nous devons être au lycée dans une demi-heure.

– Dans ce cas, nous avons besoin de respirer à fond et d'un bon coup de maquillage sinon on pensera que nous avons passé l'après-midi devant *Titanic.*

Je me mis à rire.

– Tu sais, c'est exactement ce que nous raconterons à Hil si elle nous pose des questions sur nos yeux gonflés, reprit Lauren. Elle sera trop dégoûtée par nos niaiseries pour se poser des questions.

– Je suis contente de te l'avoir dit, Laur. Merci.

Elle me passa un mouchoir et me pressa la main.

– Pas de quoi, mais assez de sentimentalisme. C'est fini pour aujourd'hui.

– Ça marche ! répondis-je en branchant mon iPod sur les haut-parleurs et en montant le volume.

25

Ce soir-là, sachant que j'allais manquer au moins une semaine d'entraînement à cause de la chimio, je me donnai à fond à mon numéro de pom-pom girl. Et puis, j'avais besoin de prouver que je faisais partie du groupe. Dans tous mes efforts pour cacher mon cancer, j'avais oublié à quel point j'adorais cette ambiance. J'adorais l'esprit de camaraderie au sein de l'équipe, l'énergie des joueurs, l'excitation de la foule, le frisson de sentir que l'on alimentait cette effervescence.

Au moment des prolongations, quand Hil se mit à grommeler parce que la soirée allait être retardée, j'agitai mes pompons mauve et or, et entamai une ovation impromptue, encourageant la foule à scander avec moi : « Allez, East Lake ! »

Même les sarcasmes d'Hil, après le match, ne parvinrent pas à doucher mon enthousiasme.

– Je n'arrive pas à croire que tu nous abandonnes pour Ryan. Je te préviens, je ne veux pas avoir à te ramasser à la petite cuillère si tu couches avec lui et qu'il te largue.

– Ce n'est pas comme ça entre nous, Hil.

– Comment le sais-tu ? Il va te briser le cœur.

– Ce n'est pas Keith, d'accord ? C'est Ryan. Merci de t'inquiéter pour moi, mais tout ira bien.

Je la serrai dans mes bras. Elle me rendit mon étreinte avant d'ajouter :

– Mais si ça finit mal, ne te console pas en faisant une orgie de chocolat, sinon tu seras affreuse pour le bal d'automne.

J'arrachai les étoiles autocollantes pourpres des coins de mes yeux et rangeai mes pompons dans mon casier. Après un : « Amusez-vous bien ce soir ! » lancé par-dessus mon épaule, je me dirigeai vers la porte du gymnase, où Ryan m'attendait.

– Salut !

– Salut.

Je me sentais timide, nerveuse. Après avoir virevolté sous les projecteurs du stade, j'avais froid tout à coup. Mais, sans me laisser le temps de frissonner, il vint se placer derrière moi et me frotta les bras.

– Le plus long match de ma vie, murmura-t-il.

Puis, me prenant par la main, il m'entraîna vers sa voiture.

J'avais l'impression d'avoir de nouveau douze ans, les joues rosies par l'émotion de sentir que je plaisais au garçon dont j'étais amoureuse.

Il mit le contact avant de refermer sa portière.

– Tu es gelée.

– Je me sens déjà mieux.

Tout en l'embrassant, je glissai mes mains froides sous sa chemise pour les réchauffer.

Il alluma le chauffage à fond, et je me penchai de nouveau vers lui. Maintenant qu'il faisait chaud dans la voiture, je n'étais plus pressée de quitter le parking du lycée. Nous étions garés à l'écart.

– Oh, attends une seconde !

Il attrapa une bouteille d'eau dentaire sur la banquette arrière.

– Tu n'as pas de problèmes d'haleine, lui fis-je remarquer en riant.

– Non, regarde, ça tue les germes, répondit-il en me montrant l'étiquette. J'ai pensé que ça pourrait être utile. Je sais que tu ne peux pas être en contact avec des microbes.

Je dus lutter pour ne pas rire. Ou pleurer. Ce soir, j'avais oublié que j'étais malade. Pas lui.

Après s'être lavé la bouche, il ouvrit sa portière et cracha sur le bitume.

– Tu as faim ? Nous sommes trop en retard pour le restaurant. Ils n'auront pas gardé notre table.

Ses yeux étaient rivés à mes lèvres.

– Pas vraiment.

– Mon non plus, dit-il en picorant mon menton.

Je frissonnai. Ses lèvres étaient sur les miennes. Il se figea et se recula, l'air inquiet.

– Tu as froid. Je suis idiot.

– Quoi ? Non. Ce n'est pas ça.

Je n'avais pas froid. Mais, à le voir me regarder comme si j'allais me briser en morceaux et tirer sur ma chemise pour couvrir ma peau dénudée, je me sentais glacée, tout à coup.

– Tu dois retourner à l'hôpital demain, je devrais te ramener.

Toute trace de désir s'était évanouie de son visage.

– Je suppose que oui, répondis-je dans un soupir résigné.

– Je peux venir te voir ? Il y a un règlement ?

– Les heures de visite sont entre 8 heures et 20 heures. Tu n'es pas obligé de venir.

Je fronçai le nez, essayant d'imaginer le beau Ryan, éclatant de santé, dans le service des enfants malades.

– Je viendrai.

– Je l'ai dit à Lauren aujourd'hui, lui confiai-je.

Je voulais tester sa réaction avant de l'avouer à ma mère.

– À Lauren ? Vraiment ?

– Pourquoi tu ris ? m'étonnai-je.

– Je ne sais pas. Je suppose que je l'ai toujours vue comme votre quatrième mousquetaire. Comme une suppléante, au cas où l'une de vous déménagerait ou grossirait, ou ce genre de truc.

– Sympa pour elle.

– Ne sois pas fâchée. Je sais que c'est ton amie, et tout. Je pensais juste que tu commencerais par Hil. Enfin, ça me fera une compagnie à l'hôpital. Combien de temps tu vas y être ?

Il passa le reste du trajet à me poser des questions. Arrivé chez moi, il se gara dans l'allée. J'avais envie que la soirée se prolonge.

– Tu veux entrer ?

Il accepta. Après lui avoir proposé de se servir dans le réfrigérateur, je montai dire bonne nuit à mes parents. J'avais remarqué que la lumière de leur chambre était allumée.

Ma mère posa son magazine et retira ses lunettes.

– Comment s'est passé le match ? demanda-t-elle.

– Bien. Et je me sens très bien, enchaînai-je, devançant ses questions. Je n'ai pas de fièvre. Je n'ai pas eu trop froid et j'ai pris mes médicaments.

– C'est bien, approuva-t-elle avec un sourire doucereux.

Mon père toussota.

– Ryan est là ? Je n'ai pas entendu la voiture repartir.

– Nous allons regarder un peu la télévision.

Je murmurai une prière silencieuse. Pourvu qu'ils ne décident pas de descendre en pyjama lui dire bonsoir. Celui de mon père était couvert de panneaux *À vendre.*

– Ne te couche pas trop tard. Tu as une semaine difficile en perspective, me recommanda-t-il.

– Je te le promets.

Je lui décochai mon plus beau sourire de fille obéissante.

– Dis bonsoir à Ryan pour nous. Fais de beaux rêves.

Je redescendis. Je m'étais attendue à ce que Ryan me couvre de caresses, comme à toutes les soirées du printemps dernier. Mais il n'en fit rien. Sur le canapé, il m'enlaça les épaules d'un bras, alluma la télévision et sélectionna les *replays* d'une émission de sketches. Certes, cela me confirmait que, Hil avait beau dire, je ne m'étais pas trompée sur son compte. Pourtant, je me mis à paniquer.

Qui avait changé ? Lui ou moi ? Cela me paraissait la question la plus importante du monde. Comme si j'allais être incapable de respirer avant d'avoir eu la réponse.

– Tu veux toujours être avec moi ? Même si je suis malade ?

– Comment ?

Il coupa le son de la télévision et se tourna vers moi.

– Maintenant que tu sais, bégayai-je. Tu me désires encore ?

– Mia. J'ai dix-huit ans. Tu es super sexy.

D'une main, il prit appui sur le dossier du canapé et se pencha vers moi.

– Si tes parents n'étaient pas en haut... Je recommencerais si je pensais que tu en avais envie. Tu en as envie ?

– Ce n'est pas si simple. La leucémie est un sale truc. Je vais sans doute perdre mes cheveux.

Je ramenai les genoux sous mon menton et me mis à jouer avec les franges d'un coussin.

– Si je me rasais la tête, tu m'aimerais moins ? demanda-t-il en fourrageant de ses doigts dans ses mèches blondes.

– Non, mais c'est différent.

Je pressai ma joue contre sa main, posée sur mon bras. Je voulais le croire.

– Peut-être. Ou peut-être que tu mettras moins de temps à te préparer et je ne serai pas obligé de faire la conversation à ton père. Faut-il vraiment nous inquiéter de ça maintenant ?

Avec un haussement d'épaules, il combla l'espace entre nous, sur le canapé.

– Sans doute pas.

– Tu veux que je te prouve à quel point tu es sexy ?

Il prit mon visage au creux de ses deux paumes fraîches, inclina la tête et m'embrassa jusqu'à ce que, alanguie, je me détende enfin. Ses lèvres gommèrent tous mes doutes. Quand il mit un terme à mon baiser, j'avais tout oublié, sauf lui.

– Il n'y a pas d'urgence, murmura-t-il, son souffle tiède contre ma peau. Mais tu peux me croire, je te désire.

Pourtant, quand il partit, après avoir insisté sur le fait que ce soir ne comptait pas pour un rendez-vous, qu'il en voulait un autre, Mia l'Adolescente disparut avec lui. J'étais redevenue Mia la Leucémique, bardée de tous ses accessoires de chimiothérapie : la potence des perfusions, le cathéter intraveineux et la bassine pour vomir.

26

Mes tuyaux rendaient Ryan plus nerveux que l'avait été Gyver.

– Ça fait mal ?

Il montra mon cathéter avec une expression horrifiée.

Gênée, je rajustai mon haut de pyjama et tirai sur ma chaîne.

– Pas trop. Ils utilisent une crème anesthésiante avant d'enfoncer les aiguilles.

Il avait l'air barbouillé. À chaque fois qu'il voyait une nouvelle poche attachée à la potence à perfusion, il demandait :

– Qu'est-ce que c'est ?

– Des liquides. Des plaquettes. Des substances nutritives.

– Et là ? poursuivit-il en pointant un doigt vers l'autre potence et sa boîte grise à écran et à touches.

– C'est la chimio.

Cette fois, les nausées avaient démarré presque immédiatement. On m'avait administré la première dose la veille et, une heure après, j'avais été malade.

– Tu peux me réexpliquer. Je suis désolé. Mais ils ont déjà éradiqué le cancer, c'est bien ça ?

C'était un sketch « Qui est l'intrus ? ». Ryan, bronzé, éclatant de santé, dans ma chambre d'hôpital stérile, avec mes parents si stressés qu'ils en négligeaient leur apparence, et moi, totalement annihilée par la chimio.

Je hochai la tête, ce qui provoqua une nouvelle nausée.

– Alors pourquoi tu as encore besoin de chimio ?

Il rapprocha sa chaise et frôla ma joue : un geste anodin qui me procura un réconfort indicible.

Répondant à sa question, Infirmière Mary Poppins expliqua :

– Cela s'appelle un traitement de consolidation. Mia est au deuxième jour de sa chimio, qui va durer trois jours, et qui sert à prévenir la récidive. Au cours des six prochains mois, elle reviendra environ toutes les six semaines.

– Mais elle a l'air plus malade qu'avant.

– Ce n'est pas le cancer, c'est le traitement qui la fatigue, expliqua l'infirmière.

– Le traitement la rend plus malade ?

– Une chimio n'est pas une partie de plaisir. Mais Mia est contente que tu sois là.

Ils me regardèrent en quête d'un signe d'approbation de ma part. Au lieu de cela, je chuchotai :

– Tu devrais sortir de la chambre.

– Pourquoi ? demanda-t-il en regardant autour de lui d'un air désorienté.

– Je...

Je refoulai une poussée de bile.

– Je vais vomir.

Ryan se raidit, son visage trahissant son indécision : résister ou partir ?

Mes yeux se remplirent de larmes, des larmes d'impuissance : j'étais sur le point de vomir et, même si je savais que je me sentirais mieux après, le moment que je m'apprêtais à traverser était extrêmement pénible.

– Sors ! sifflai-je entre mes dents.

Avec un soupir accablé, ma mère attrapa le haricot sur la table de nuit. Elle ne m'avait pas pardonné de m'être confiée à Lauren. Même si, officiellement, elle m'adressait encore la parole, son attitude « J'ai besoin de réfléchir à ce que tu as fait » revenait à ne quasiment plus me parler.

Ryan me regarda de nouveau. Il était très pâle. Sans doute aussi pâle que je l'étais moi-même.

– Désolé, chuchota-t-il en filant.

La crise se finissait quand mon père revint avec le *ginger ale* que je lui avais demandé.

– Oh, mon trésor !

Je voulais qu'il aille chercher Ryan pour que je puisse lui dire à quel point j'étais désolée et embarrassée. Mais toutes mes forces semblaient m'avoir abandonnée. Était-ce un signe ? S'il ne supportait pas de me voir vomir sans s'enfuir, se pouvait-il qu'il puisse supporter ma maladie ? Je regardai mon fer à cheval au-dessus de la porte.

Ma mère sortit à son tour. Au passage, elle donna la cuvette à Infirmière Mary Poppins.

– Tu as fini ou tu veux que j'envoie Ryan faire une course en attendant que tu te sentes mieux ? me proposa-t-elle.

– J'ai fini, répondis-je d'une voix rauque.

Mon père me tendit un mouchoir. Je m'essuyai le visage et les yeux, et me mouchai. À l'instant où je me forçai à boire une gorgée de *ginger ale*, Ryan revint, les joues plus rouges et l'air plus affolé que quand il avait quitté la chambre.

– Pardon.

Nous avions parlé en même temps, moi dans un chuchotement rocailleux, lui d'une voix pleine de culpabilité.

Il porta mes doigts à ses lèvres.

– Je n'aurais pas dû flipper. J'ai vu Matherson faire pire après avoir bu trop de bières. La prochaine fois, j'assurerai. Je te promets.

Lauren aussi vint me voir. « Avec des films et de quoi faire des manucures, comme je t'ai promis. » Mais son incapacité à tenir en place me rendait nerveuse. En la regardant s'agiter dans l'espace confiné de ma chambre d'hôpital, je m'attendais à chaque instant à la voir arracher un tuyau de perfusion ou à trébucher.

Pourtant, sa visite me faisait plaisir. J'étais contente d'avoir des nouvelles du lycée et de l'équipe ; soulagée de savoir qu'elle m'avait couverte.

– Je leur ai dit que tu étais trop malade et contagieuse pour voir du monde, et j'ai laissé entendre que tu vomissais toutes tes tripes.

Elle comprit vite l'ironie de sa phrase quand, écœurée par l'odeur du vernis à ongles qu'elle venait de déboucher, j'attrapai prestement le haricot.

Elle quitta la chambre pour me laisser vomir. Quand elle revint, elle avait un sourire contrit.

– D'accord, on ne se fait pas les ongles, parvint-elle à blaguer. J'ai compris.

– Désolée.

– On regarde un film ? J'ai apporté *Percy Jackson*.

Il me semble avoir vaguement regardé les bandes annonces du DVD avant de sombrer dans l'un de ces sommes qui me ménageaient un répit entre deux nausées.

Ce même soir, Gyver me téléphona.

– Je peux venir te voir demain ?

Je m'agitai dans mon lit, incapable de trouver une position qui ne me ferait pas souffrir.

– Tu n'as même pas besoin de le demander.

– Ryan est venu souvent. Je ne veux pas déranger.

J'entendais sa frustration mêlée de colère dans sa voix.

– Ne sois pas ridicule. Si tu ne viens pas demain, je serai vraiment vexée.

– Juste en sortant du lycée ? demanda-t-il.

– Je serai là.

Au-delà des limites de ma chambre, la vie continuait. Mais mon monde se réduisait à dormir, vomir et saigner du nez.

Ma mère avait finalement décidé que le fait que Lauren soit au courant n'était pas une catastrophe. Elle avait ainsi trouvé une oreille compatissante pour ses lamentations, auxquelles mon amie renchérissait de ses propres jérémiades.

Occupant l'unique espace libre, Lauren était en train de faire son yoga sur le sol.

– Oh là là ! je ne sais pas comment vous ne devenez pas folle à passer toute la journée assise dans cette chambre, disait-elle.

– Essaie de passer une nuit ici, rétorquait ma mère.

Je fermai les yeux. Voir Lauren s'agiter en tous sens aggravait mon état nauséeux.

– Mia, il faut que tu manges. Lauren, dis-lui de manger.

– Mange ! m'intima Lauren.

Les ignorant, je gardai les paupières closes. Quand je n'étais pas en train de vomir, j'avais envie de vomir.

Avec un nouveau soupir accablé, ma mère reprit :

– Il va falloir avertir le Dr Kevin que ces médicaments antinausée sont parfaitement inefficaces. Ça te va bien d'être maigre, mais, là, tu ressembles à une droguée anorexique.

– Ce serait trop beau si ça pouvait m'arriver ! marmonna Lauren, en exécutant une chandelle. Sérieusement, comment fais-tu pour ne pas devenir dingue toute la journée ici ?

Trop abattue pour répondre, je me contentais de les regarder.

Gyver arriva avec une nouvelle playlist. Il me tint par la main et m'expliqua combien son enchaînement de chansons était génial. Je hochais la tête, faisant mine de comprendre.

– Tu as besoin d'aide pour le lycée ? En maths, ça se complique, mais je peux essayer de t'expliquer.

– Je ne peux pas. Lire me donne la nausée. Tout me donne la nausée.

J'esquissai un sourire pitoyable.

– Tu sais, tu étais plus marrante comme malade quand on jouait au docteur en CE1, me taquina-t-il.

Trop fatiguée pour le rabrouer d'une tape, je répondis à son sourire espiègle par une pauvre grimace.

– Tu es horrible !

– Pour te distraire un peu, tu veux que je te lise *L'étranger*?

Je ne tardai pas à m'assoupir. Quand je me réveillai, Ryan était à mon chevet.

Son téléphone sonnait.

– Désolé, s'excusa-t-il d'un air penaud en pressant la touche *Arrêt*.

– Pas de problème, répondis-je dans un bâillement.

– Je peux aller te chercher quelque chose ?

Il passa son bras autour de mes épaules en prenant garde aux tuyaux qui déversaient des substances chimiques dans ma poitrine. Ma bouche était couverte de plaies, un autre des effets secondaires de la chimio. Ceux-ci étaient plus violents cette fois. La simple notion de nourriture me révulsait. Mais, si je ne mangeais pas, on allait m'administrer des aliments par voie veineuse et mon séjour à l'hôpital serait plus long.

– Tu peux m'apporter un milkshake de la cafétéria ? À la vanille ?

– Je peux y aller, chaton, proposa ma mère en se levant.

Ryan l'arrêta.

– J'y vais.

Il demandait toujours à sortir chercher quelque chose. Un verre de glaçons, un café pour mon père, une tisane pour ma mère. J'avais compris qu'il avait besoin de ces pauses. Mais, peu à peu, ses visites étaient devenues plus longues, il ne gardait plus les mains dans ses poches, ne tressaillait plus dès qu'une infirmière approchait. Je ne pouvais néanmoins m'empêcher de me demander s'il cherchait à prouver quelque chose, que ce soit à moi ou à lui-même.

– C'est le petit ami idéal..., remarqua ma mère avec fierté, comme s'il était le fruit de sa propre réussite.

L'une des infirmières lui avait appris à tricoter et elle fabriquait des écharpes à tour de bras, comme par rouleaux. Ses aiguilles cliquetaient avec une énergie angoissante, un bruit qui faisait intrusion dans mes rêves et me faisait grincer des dents.

– Il n'est pas...

Je m'interrompis. Je perdrais mon temps à lui expliquer. Encore une fois, je fermai les yeux. Si je feignais de dormir, en général, elle se taisait.

L'étage comptait un nouvel infirmier de nuit. L'unique homme de l'équipe. Il s'appelait Mark. Comme j'étais sujette aux insomnies, nous avions sympathisé. Il était le seul que j'appelais par son prénom, ce qui me donnait l'impression d'être sexiste, mais le seul surnom qui me venait à l'esprit le concernant était « Infirmier Beau Gosse ». Il avait presque trente ans. Très franc, il appelait un chat un chat. Pour moi, il était le seul avantage de mes nuits blanches.

Une nuit, alors que nous jouions au rami, il me fit remarquer :

– C'est bien de voir que tu as des copines.

Mon père était endormi dans un fauteuil. Ses ronflements sonores couvraient le bourdonnement des machines. Infirmière Vieux Sud assurait la permanence au bureau des infirmières, en cas d'urgence.

– Pardon ? Bien sûr, j'ai des copines, répliquai-je en posant quatre 8.

Lauren était passée en coup de vent aujourd'hui. Elle avait des projets avec Ally et Hil. Elle avait eu tout juste le temps de me donner le compte rendu détaillé du cours de chimie : son coéquipier était absent, elle avait été envoyée dans le groupe de Ben, qui était trop canon.

– Comment se fait-il que c'est la première fois que j'en vois une ? C'est le potin au bureau des infirmières : Mia Moore a deux amoureux qui viennent la voir tous les jours. Tu as les quatre 3 ?

– Rami ! m'exclamai-je, avant de poursuivre : J'ai zéro amoureux. Gyver est juste un ami et Ryan...

Je m'interrompis avec un haussement d'épaules.

Il m'avait téléphoné pour me prévenir que, ce soir, il devait aller à Summerset avec Chris, à une fête avec certains de leurs collègues maîtres-nageurs de cet été. Même si j'avais eu l'impression qu'au lieu de me mettre au courant, il me demandait la permission. Comme s'il voulait s'excuser de m'abandonner. Me tester. Je lui avais répondu :

« Bien sûr, vas-y. Amuse-toi. »

Qu'aurais-je pu dire d'autre ? Nous ne sortions pas ensemble – c'était mon choix –, et il n'avait jamais eu l'air aussi à l'aise dans ma chambre d'hôpital qu'il l'était au milieu d'une foule en soirée. C'était l'affaire d'un soir. Pourtant, je savais déjà que j'allais tordre frénétiquement mon pendentif entre mes doigts jusqu'à sa prochaine visite ou son prochain coup de fil.

Mark prit une carte dans le talon et me lança un coup d'œil dubitatif.

– D'accord, pas d'amoureux. Mais où sont toutes les autres ? Où sont les cartes, les fleurs ? À entendre ta mère, tu es Miss Pom-Pom Girl Populaire, alors pourquoi n'as-tu pas une liste d'attente pour les visites ?

L'air irrité, je rétorquai :

– Ma mère aime exagérer. Lauren le sait. Mais je n'ai dit à aucune autre de mes amies que j'étais ici.

– Où elles te croient ? Au Club Med ? Évidemment, on pourrait toujours appeler l'hôpital le « Club Médocs », mais bon. À toi.

– Tu avais les quatre 5 ? Elles me croient chez moi, avec une maladie normale.

Il me tendit le 5 de pique.

– N'importe quoi ! Pourquoi tu ne le leur dis pas ?

Je posai mon jeu et croisai les bras d'un air boudeur.

– Parce que je ne veux pas, rétorquai-je.

– C'est une raison de merde. Si tu te mets à bouder comme un bébé, je vais aller rattraper ma paperasse en retard.

Ramassant mes cartes, je les remis en éventail.

– Je ne le leur dirai pas. Sauf si je n'ai vraiment plus le choix. Tu ne te souviens pas du lycée ? Tu n'es pas si vieux que ça.

– Super ! Merci, plaisanta-t-il. Tu as des 9 ?

Je lui passai un 9 et enchaînai :

– Le lycée, ça craint assez comme ça. Je n'ai pas besoin en plus d'être la fille qui a une leucémie.

Mark me dévisagea.

– Mia, allons, tu n'es quand même pas aussi naïve que ça ? Tu as un cancer. Tu ne joues pas à faire semblant. Tu ne vas pas pouvoir le cacher. Je suis surpris que ça ait marché jusqu'ici.

– Tu n'en sais rien ! protestai-je. Ça peut marcher.

Il secoua la tête d'un air consterné.

– Tu as perdu, dit-il simplement en posant ses deux dernières paires de cartes sur le plateau. Tu auras plus de chance la prochaine fois.

Puis il partit. Je savais que je m'étais comportée en enfant gâtée immature. Que j'aurais dû presser le bouton d'appel pour lui faire des excuses. Peut-être Mark et moi aurions-nous pu avoir une conversation d'adultes à ce sujet : quels étaient mes raisons, mes espoirs, mes craintes.

Mais exprimer ces idées à voix haute m'effrayait plus que de répondre aux messages de plus en plus impatients que me laissait Hil. Que de perdre mes cheveux. Que n'importe laquelle des données du cancer sur les graphiques de mon père.

La perspective même de mettre des mots sur mes pensées me donnait la chair de poule. Aussi, je reposai le bouton d'appel et pris mon téléphone portable à la place. Après avoir rédigé une rafale de SMS, je me sentis apaisée. Mark se trompait, cacher mon cancer était facile. Trop facile. Je racontais mes mensonges sans aucune hésitation, je n'avais plus mauvaise conscience. Les mensonges n'étaient pas un signe de naïveté. Ils étaient une nécessité.

27

Cinq jours s'écoulèrent avant que je puisse m'asseoir dans mon lit sans être immédiatement prise de nausée en voyant tout tourner autour de moi, une semaine et demie avant que je retourne au lycée. Je laissais ma messagerie prendre mes appels. Je n'avais pas assez d'énergie pour feindre d'aller bien, et Gyver, Ryan et Lauren savaient s'adapter.

Je repris les cours un jeudi. À l'heure du déjeuner, j'étais à peine entrée dans la cafétéria que l'odeur de nourriture me fit filer à l'infirmerie. Je fus ramenée chez moi et passai la journée entre mon lit et le sol de ma salle de bains.

Le vendredi, ma tentative de retour au lycée fut plus fructueuse. Pendant le déjeuner, Hil resta silencieuse. Ally me regardait picorer dans mon assiette sans presque rien manger. Lauren bavassait comme si elle avait doublé sa dose de café matinal. Je fus soulagée quand, quittant la cafétéria, nous rejoignîmes nos classes respectives.

À l'heure de la sortie, je pris bien soin de toutes les éviter et passai d'un professeur à l'autre pour récupérer mes cours à rattraper. Quand j'eus fini, elles étaient rentrées chez elles se préparer pour le match du soir. Après une halte à mon casier, je me hâtai d'aller rejoindre Ryan qui m'attendait sur le perron.

Dans la voiture, il se pencha pour m'embrasser. Et se figea.

– Qu'est-ce qui se passe ?

Il examinait mon visage d'un regard anxieux.

– Je saigne encore du nez ?

Je baissai le pare-soleil, mais ne vis aucune trace de sang.

– Ce pendentif que tu portes toujours, tu l'as enlevé ?

– Bien sûr que non.

Je portai la main à mon cou. Il était nu. Je continuais à tâter mon col comme s'il allait réapparaître. Refoulant mes larmes, j'inspirai une longue bouffée d'air.

– Je vais le trouver, déclara-t-il, d'une voix aussi calme que déterminée. Je vais te ramener chez toi. Tu vas fouiller ta chambre. Et je vais revenir le chercher au lycée.

Sans mon porte-bonheur qui pendait à mon cou, je me sentais vulnérable. Exposée, non protégée. Je ne trouvai le collier ni dans ma chambre, ni dans la cuisine, ni dans la salle de bains. Mon père vérifia s'il n'était pas tombé dans la douche ou la canalisation du lavabo. Ma mère vida les sacs d'aspirateur et fouilla ma voiture. Puis Ryan téléphona pour me dire qu'il avait fait chou blanc au lycée mais qu'il avait prévenu les gardiens, le proviseur, et avait laissé un message à chacun de mes professeurs.

– Ne t'inquiète pas, ajouta-t-il. Je vais le retrouver. Je vais chercher dans ma voiture puis à l'hôpital. On se voit au match.

Je ne voulais plus aller au match. Je voulais me cacher dans mon lit jusqu'à ce que mon collier soit retrouvé. Néanmoins, j'appelai Hil et lui demandai de passer me chercher pour que nous puissions parler durant le trajet. J'avais besoin de nous voir réconciliées sans lui avouer la raison de la distance qui s'était installée entre nous.

– J'aime tes nouvelles mèches, la complimentai-je en montant dans sa voiture.

– Merci.

Elle alluma la radio. Je l'éteignis.

– Lauren m'a raconté qu'une troisième est en train de devenir une super-acrobate.

– Monica. Tu étais meilleure, mais elle fera l'affaire.

Elle poussa un juron destiné à la voiture qui roulait trop lentement devant elle et tapota le volant de ses ongles étincelants.

– Qu'y a-t-il d'autre de nouveau ? Je me sens tellement déconnectée après avoir été absente si longtemps.

J'étais gênée de devoir lui poser la question. J'aurais dû être au courant.

– Pas grand-chose.

Je l'observai à la dérobée. Peut-être était-il préférable d'aller droit au but.

– Tu es furieuse après moi ?

– Non.

La voiture qui roulait à une vitesse d'escargot s'engagea dans une allée, et Hillary accéléra dans une secousse.

– Alors quoi ? C'est à cause de Ryan ?

Machinalement, j'agrippai mon cou nu.

– Tu veux parler de celui avec qui, soi-disant, tu ne sors pas, et qui, pourtant, a été ton messager ces deux dernières semaines ?

– C'est faux.

– Vraiment ? Lui et Lauren, à qui tu daignes encore parler. Explique-moi pourquoi je devrais te raconter quoi que ce soit alors que tu ne me fais pas assez confiance pour m'expliquer ce qui se passe.

L'air hargneux, elle regardait les lignes de la route qui se brouillaient devant nous.

– Je suis ici maintenant. Hil ?

– Laisse tomber.

Elle prit une inspiration et poursuivit :

– Alors, tes parents se séparent ?

– Quoi ? Mes parents ? Non. Pourquoi ?

– Je croyais. Toute cette histoire de Connecticut. Mes parents m'ont expédiée au loin quand ils ont fait une dernière tentative de sauvetage de leur mariage merdique.

Elle renifla, sa voix trahissant ses émotions à fleur de peau.

– Je croyais que tes parents... Tu n'es plus du tout Mia depuis ton retour.

– Non, ils vont bien.

– Ah ! Oublie ce que je viens de dire.

– Je te le dirais. Si mes parents divorçaient. Je te le dirais.

Ça, au moins, ce serait facile, songeai-je avec amertume.

– Vraiment ? Tu sais, Ally a toutes ces théories sur ce qui t'arrive. Mia est déprimée, Mia est anorexique, Mia est en cure de désintox, Mia a une mononucléose.

J'essayai de rire. Mais mon rire, méconnaissable, sonna faux.

– Ally dramatise tout.

Même si une mononucléose aurait été une excellente couverture. Je regrettais malgré moi de ne pas y avoir pensé.

– Vraiment ? Où étais-tu ? Je me suis arrêtée chez toi plus d'une fois. Il n'y avait jamais personne. Une fois, je suis tombée sur *Mac'n'Cheese* qui sortait par la porte d'entrée. Il venait de nourrir la Poisse. Pourquoi Gyver devait-il nourrir le chat si tu étais chez toi, malade ?

– Tu dois passer trop de temps avec Ally. C'est toi qui dramatises maintenant.

J'avais l'impression d'être ma mère : de minimiser à outrance.

Hil concéda :

– Je m'inquiète pour toi. Tu ne vois pas ?

Je regardai la rangée de boîtes aux lettres par la vitre et leur adressai mon mensonge.

– Tout va bien.

– T'inquiète ! lança Hil avec un soupir. Après le match, nous irons à la soirée de Lauren. Heureusement, ses parents sont partis. Nous parlerons, d'accord ? Tu pourras me raconter à quel point Winters est génial et j'essaierai de te croire.

Elle m'adressa son joli sourire engageant. Je voulais hocher la tête en signe d'assentiment, mais j'en étais incapable.

– Tu viens, j'espère. C'est chez Lauren. Tu sais, chez ta nouvelle meilleure amie ? Attends... laisse-moi deviner. Tu as déjà un truc prévu avec Ryan.

Elle avait retrouvé sa voix acerbe, glaciale.

– Tu es toujours... ma meilleure amie, affirmai-je avec maladresse. Je ne peux pas y aller. Mais lui peut, s'il le veut.

– Mais il n'ira pas. Il est comme un toutou.

Elle se radoucit.

– S'il te plaît, Mia.

– Désolée.

– Vous êtes tellement nuls, tous les deux. Avant, il était sexy, et toi, tu étais drôle. C'est juste un mec. Il n'en vaut pas la peine.

Elle s'engagea dans le parking derrière le gymnase.

D'une voix cassante, je lâchai :

– C'est le moment où tu m'expliques à quel point c'est différent de ce que tu as vécu avec Keith pendant un an et demi. Tu es tellement hypocrite.

Sans répondre, elle descendit de voiture. Mais, à la lumière des réverbères du parking, je vis briller des larmes sur ses joues.

Blottie sur le siège du passager, les jambes pliées contre moi, ma culotte offerte à la vue de n'importe quel passant, j'essayai de me persuader que je n'avais pas aggravé la situation.

Un petit coup à ma portière me fit sursauter. Avec un signe de la main, Ally me demanda silencieusement :

– Tu vas bien ?

Je hochai la tête et dépliai les jambes. J'aurais voulu être restée chez moi, j'aurais voulu qu'Ally ne soit pas là, à m'attendre avec cette expression inquiète. J'aurais voulu ne pas avoir à sourire, à mentir.

28

J'aurais dû m'y attendre. Chaque matin, je trouvais davantage de cheveux sur ma taie d'oreiller et mon crâne était de plus en plus dégarni. Je ne pouvais pas porter de couleurs sombres. Le contraste avec ma blondeur attirait l'attention sur mon alopécie. J'avais la chevelure filasse d'un enfant qui fait ses premiers pas. Pourtant, quand je descendis prendre mon petit-déjeuner samedi, la question de ma mère me prit au dépourvu.

– Chaton, tu as réfléchi à une date pour retourner chez le coiffeur ? me demanda-t-elle en regardant une boîte posée sur la table de la cuisine.

– Il n'y a plus grand-chose à couper, fis-je remarquer.

– Je pense qu'il est temps d'accepter l'inévitable. Le mieux serait de tout raser et de porter ça.

Elle sortit de la boîte une perruque emballée dans une espèce de filet.

– Ce sont de vrais cheveux. Tes cheveux. Tu te souviens ?

– Oh ! m'exclamai-je en portant une main à mon crâne. C'est si terrible que ça ?

– Ce n'est pas terrible. Tu es toujours belle. C'est juste que, si tu veux feindre d'avoir des cheveux, nous devons passer à la perruque avant que tu les aies tous perdus.

La perruque ressemblait à un animal mort à la fourrure lustrée.

– Aujourd'hui ?

– Pas nécessairement. Quand tu te sentiras prête. J'ai déjà prévenu le salon de coiffure. Alors, quand tu voudras...

Son regard se posa sur le téléphone. De guerre lasse, je cédai :

– Je suppose qu'aujourd'hui, ça ira. Inutile d'attendre, tu es d'accord ?

Je baissai les yeux vers mes pieds. Dans mes chaussettes, j'avais les orteils tordus.

– Tout à fait. Tu prends une sage décision. Je savais que tu ferais preuve de maturité. Je vais réserver tout le salon afin que tu sois tranquille. Ne t'inquiète pas, tu seras aussi jolie avec la perruque.

La laissant au téléphone, je m'éclipsai par la porte d'entrée et allai frapper chez les Russo. Mme Russo vint m'ouvrir.

– Mia ? Que fais-tu ici si tôt ? s'étonna-t-elle. Et en pyjama ? Rentre vite, tu vas te geler.

– Est-ce que Gyver est levé ? demandai-je.

– À une heure si matinale ? Je ne m'attends pas à le voir émerger avant midi. Il était à un concert hier soir.

– Oh ! fis-je, déçue.

Elle sortit une assiette d'un placard, et la remplit de fruits frais et de pain au raisin grillé.

Je m'assis à la table et me servis un verre de jus de fruit.

– Merci. M. Russo et vous avez déjà pris votre petit-déjeuner ?

– Oui. Et si tu allais réveiller le flemmard pour te tenir compagnie ?

– Ça va.

– Mon ange, tu ne serais pas ici, un samedi matin, à 9 heures, en pyjama, si tout allait bien.

Le regard fixé sur la nappe, je murmurai :

– Maman pense que je devrais me raser la tête et porter une perruque.

Mme Russo se servit un nouveau café et, sa tasse à la main, vint s'asseoir en face de moi. Penchée vers moi, elle me dévisagea avec attention – exactement comme le faisait Gyver.

– Et toi, qu'en penses-tu ?

– Ça se justifie, répondis-je avec un haussement d'épaules. De toute façon, je n'ai pas vraiment le choix, et puis ma tête me démange.

– Tu n'es pas obligée de porter une perruque.

– Sinon quoi ? Me promener chauve ?

Sans rien dire, elle posa une main sur mon bras.

– Je ne veux pas être chauve, m'écriai-je alors, en fondant en larmes.

Maintenant que j'avais craqué, j'étais incapable d'arrêter mes sanglots. Mme Russo me prit dans ses bras et, tout en me frottant le dos, me berça en me murmurant des paroles réconfortantes.

– Je ne veux rien vivre de tout ça ! hoquetai-je.

Les mots que je refoulais depuis juillet jaillissaient enfin.

– Ce n'est pas juste ! Ce n'est pas juste ! Ce n'est pas juste !

– Je sais, murmura-t-elle d'une voix apaisante.

– Je veux simplement...

– Nancy ? Mia est là ?

En entendant la voix de ma mère, je me relevai d'un bond, ravalai mes pleurs et m'essuyai les joues d'un revers de manche.

Un instant, Mme Russo pinça la bouche, puis, se penchant vers moi, frôla mes joues de ses lèvres.

– Dans la cuisine ! indiqua-t-elle. Nous prenons le petit-déjeuner.

– Te voilà, chaton ! s'exclama ma mère en entrant. Bonne nouvelle, nous avons rendez-vous à 10 h 30, aujourd'hui.

Soudain fascinée par mon toast au raisin, je lui cachai mes joues marbrées de taches rouges qui me trahissaient.

– Super ! Merci, maman.

– Tu veux des fruits ? Du pain ? Du café ? J'ai tout ce qu'il faut.

D'un geste, Mme Russo montra les mugs sur la table et commença à préparer une assiette.

Ma mère se servit une tasse de café.

– Quand je n'entre plus dans mon pantalon, j'en tiens ton pain au raisin pour responsable. Il est à tomber ! Pas vrai, Mia ?

J'acquiesçai d'un vague « hum hum ». Mais mes jambes s'étaient mises à tressauter nerveusement sous la table. À cet instant précis, j'étais incapable de jouer la comédie. Si je ne partais pas immédiatement, elle allait remarquer ma détresse.

– Je peux aller réveiller Gyver ?

– Bien sûr. Dis à ce paresseux qu'il est temps pour lui de rejoindre le monde des vivants, répondit Mme Russo.

Je frappai à deux reprises avant de percevoir une réponse à mi-chemin entre le grognement et le grondement.

– Il est tôt, maman, fit sa voix, étouffée par la porte et, sans doute, un oreiller.

– C'est Mia, dis-je sans ouvrir.

– Mi ? Quoi ?

Il avait peut-être retiré l'oreiller. Sa voix était plus distincte.

– Je peux entrer ?

J'attendis. Quinze secondes, en silence.

– J'entre.

Torse nu, ses cheveux bruns hirsutes, Gyver s'assit dans son lit et se frotta le visage de sa paume. L'une de ses joues était rouge de la marque de l'oreiller. Un pied et la moitié de son mollet émergeaient de sous la couette, prouvant qu'il ne portait pas non plus de bas de pyjama.

– Salut, fis-je timidement en m'asseyant sur sa chaise de bureau.

– Tu es dans ma chambre. En pyjama ?

Sa voix rauque était ensommeillée.

– Oui, acquiesçai-je, attendant l'inévitable question.

– Et tu as pleuré ? poursuivit-il en clignant les yeux. Qu'est-ce qui ne va pas, Mi ?

Il se redressa, attentif.

– Rien.

L'air inquisiteur, il pencha la tête de côté.

– Rien, vraiment, insistai-je. Du moins, rien d'important. Ma mère veut me faire couper les cheveux aujourd'hui.

Il haussa des sourcils étonnés.

– Me faire raser, précisai-je.

Il opina de la tête et attendit. Les Russo étaient-ils nés avec des pouvoirs d'écoute magiques ou les cultivaient-ils ?

– C'est frivole, mais j'aime mes cheveux. Je ne veux pas les raser et je ne veux pas porter de perruque. Je ne veux pas être malade.

De mon gros orteil, je traçai des lignes dans son tapis.

– Ne te gêne pas, dis-moi que je suis frivole.

– Viens là, m'invita-t-il en tapotant le matelas à côté de lui.

– Hum... qu'est-ce que tu portes, là-dessous ?

Son visage se fendant d'un large sourire, il répondit :

– Tu veux que je te montre ?

Devant mes joues soudain cramoisies, il éclata de rire.

– Je blague. Je porte un boxer. Viens, s'il te plaît. Je vais rester sous la couette, comme ça il n'y a aucun risque.

Je m'assis sur son lit, comme il l'avait fait dans ma chambre d'hôpital. Encore somnolent, il m'enlaça néanmoins en une étreinte affectueuse.

– Ça va ? Tu veux pleurer ?

– C'est déjà fait. Si tu savais comme je suis fatiguée de tout ça, Gyver.

Il posa sa joue sur le sommet de mon crâne. Je sentais la chaleur de son torse nu irradier à travers mon pyjama.

– Je m'inquiète pour toi, Mi. J'ai l'impression que tu te préoccupes plus du fait que les gens découvrent que tu es malade que du fait d'être malade.

Je voyais très bien ce qu'il essayait de me faire comprendre. Mais je n'avais pas de réponse. Je continuais à gigoter. D'un geste machinal, je traçais de mes doigts des lignes sur l'un des bras qui m'étreignaient.

– Tu devrais peut-être leur donner une chance. Si les amis ne sont pas là pour toi quand tu as besoin d'eux, à quoi bon en avoir ?

Sentant que nous nous engagions sur un terrain glissant, je me dégageai et me forçai à rire.

– Peut-être que tu simplifies un peu les choses ; je n'ai pas besoin d'eux, puisque je t'ai.

J'avais eu l'intention d'ajouter « et que j'ai Ryan », mais ma voix se brisa. Je me sentais nerveuse, soudain.

– Nous devrions descendre. Maman attend dans la cuisine.

– La tienne ou la mienne ? demanda-t-il.

– Les deux.

– Dans ce cas, je suppose que je ne peux pas t'attirer sous ma couette et profiter de ta fragilité émotionnelle.

Devant mon expression ahurie, il se mit à rire et, me relâchant, il roula de l'autre côté du lit et dévoila un boxer avec des notes de musique mauves sur fond bleu. Mes joues me brûlaient de nouveau. Je détournai le regard et essayai de discipliner mes pensées.

– Tiens. Je l'ai achetée hier soir, mais elle t'ira mieux qu'à moi.

Je sentis quelque chose sur mes genoux. Je baissai les yeux et découvris une casquette noire à la visière surmontée du logo d'un groupe de musique.

D'un geste empreint de délicatesse, il repoussa mes cheveux en arrière et m'en coiffa.

– Merci, murmurai-je dans un souffle.

– Pas de problème. Maintenant, tu peux sortir de ma chambre et me laisser m'habiller ? Si tu viens me tirer du lit à l'aube pour aller chez le coiffeur, la moindre des choses, c'est de me préparer une bonne dose de caféine pour me donner les forces nécessaires.

– Quoi ? Tu n'es pas obligé de...

– Dégage ! plaisanta-t-il en me poussant de son pied recouvert par la couette. Tu n'as pas besoin de me supplier. Je vais t'accompagner. Mais, dans la plupart des lieux publics, le port du pantalon est exigé. Et moi, j'exige du café.

À la fois soulagée et déçue de quitter sa chambre, je me forçai de nouveau à rire.

– Je vais te servir un mug.

– Oui, s'il te plaît. Hé, Mi ?

Je m'arrêtai sur le seuil de la porte et me retournai. Il souriait, taquin.

– Je t'ai surprise à regarder sous mon boxer. Tu n'as pas pu t'en empêcher, hein ?

Mon visage s'empourpra de nouveau. J'étais aussi furieuse qu'embarrassée. Je fis claquer la porte avec violence et redescendis. Il ne faudrait pas qu'il s'étonne si, ce matin, son café était beaucoup trop sucré.

29

– Sois honnête. Est-ce que je ressemble à une extraterrestre anorexique ?

Dans le fauteuil du coiffeur, je minaudais comme une débutante.

Je ne m'étais pas encore vue, mais j'imaginais aisément une grosse tête chauve sur un cou trop maigre.

– Non, bien sûr que non ! s'exclama ma mère, horrifiée. Tu es ravissante.

Gyver fit pivoter mon fauteuil face à la glace.

– En fait, tu n'as pas tout à fait tort... comme d'habitude.

De plus en plus consternée, ma mère s'écria :

– MacGyver ! Ma fille ne ressemble certainement pas à une extraterrestre. Tu ne ressembles pas à une extraterrestre, chaton.

Je regardai le reflet de Gyver derrière moi. Il faisait des grimaces dans mon dos. Je partis d'un rire nerveux et, prenant une longue inspiration pour me donner du courage, baissai les yeux vers mon propre visage.

– Vos yeux paraissent plus grands, déclara la coiffeuse, pleine d'optimisme. Vous avez des yeux d'un bleu à tomber.

– Exactement ! acquiesça ma mère avec emphase. Avec ta perruque, personne ne se doutera de rien.

Elle me la tendit, mais je l'ignorai. Je continuais à observer la fille chauve aux yeux immenses dans la glace. Ma main se porta à mon cou pour tortiller ma chaîne. Je tirai le pendentif de sous ma blouse et le fis glisser de gauche à droite, tandis que j'assimilais le changement.

– Qu'est-ce que c'est que ça ? s'étonna Gyver en montrant le cœur en or.

Ma mère se pencha pour l'examiner et me demanda :

– C'est nouveau ?

– C'est Ryan qui me l'a offert hier soir.

Je me dégageai de l'emprise de Gyver et, gênée, remis le bijou sous mon chemisier. Après le match, alors que je me confondais en excuses parce que j'allais manquer la soirée de Lauren et, encore une fois, reporter notre rendez-vous, il avait posé un écrin de velours vert dans ma main. Je savais que j'aurais dû lui montrer ma reconnaissance en lui disant : « Oui, je vais sortir avec toi. » Pourtant, en découvrant qu'il ne contenait pas mon trèfle à quatre feuilles, j'avais été incapable de cacher ma déception.

Ryan aussi avait eu l'air déçu.

« Je suis toujours là, Mia. Je sais que tu as pensé qu'après t'avoir vue à l'hôpital, j'allais partir en courant. Mais je suis toujours là. Tu peux avoir confiance en moi. »

Après l'avoir embrassé sur la joue, je lui avais demandé de m'aider à attacher le fermoir. Mais ce pendentif ne me faisait pas le même effet que mon trèfle à quatre feuilles. Un cœur ne portait pas chance. Que signifiait perdre son porte-bonheur ?

– Votre petit ami ? demanda la voix de la coiffeuse, me catapultant dans le présent. Comme c'est joli ! Vous avez de la chance de sortir avec un type aussi sympa. J'aimerais bien que mon petit ami m'offre des bijoux.

Gyver émit un bruit dédaigneux.

– Ça, elle a de la chance ! renchérit ma mère. Il est beau, attentionné, et, l'année dernière, il a été élu roi du bal de fin d'année des premières. Et maintenant, essayons la perruque.

La devançant, je me coiffai de la casquette de Gyver.

– Je pense que mon crâne a besoin de respirer.

Ma mère battit des paupières et balaya du regard le salon désert.

– Oh ! Bien sûr. Tu ne risques pas d'être vue par quelqu'un ici. Tu veux attendre dans la voiture pendant que je paie ?

Je hochai la tête et, sans laisser à la coiffeuse le temps de défaire les boutons pression, je retirai la blouse d'un geste vif. Gyver prit les clés de ma mère et, une main sur mon épaule, m'emboîta le pas.

Les portières fermées, installée sur la banquette arrière, Gyver sur le siège avant, la radio allumée sur l'une de ses stations préférées, je retirai la casquette. Ma tête me semblait nue, piquante.

– C'est affreux ?

Les yeux fermés, Gyver laissa aller sa tête contre le dossier. Fredonnant la chanson qui passait à la radio, il faisait tourner le médiator entre ses doigts.

– Tu cherches les compliments ? Parce que, même en faisant des efforts, tu ne pourras jamais être affreuse.

Je remis la casquette.

– J'aimerais que tu sois sérieux.

– Tu es très bien.

– Très bien ? répétai-je. J'espère que « très bien » va convenir à Ryan.

J'étais effondrée. Que voulais-je l'entendre dire ?

Il rouvrit les yeux et son regard glissa de ma casquette à mon pendentif.

– Alors Ryan est ton copain désormais ? C'est officiel ?

J'arrêtai de tripoter la visière de la casquette et le dévisageai.

– Pardon ? Non, c'est juste maman qui ne veut rien écouter, et j'en ai marre de répéter ce qu'elle ne veut pas entendre.

– À quel genre de jeu joues-tu, Mi ?

– Un jeu ?

Il se retourna sur son siège et m'enveloppa d'un regard d'une intensité brûlante.

– Tu mènes ce mec en bateau. Ou bien il te plaît assez pour sortir avec lui, ou bien non. Ou tu sors avec lui, ou tu le laisses tomber tant qu'il lui reste un peu de dignité.

Je baissai la visière de la casquette et fixai mes ongles. Depuis quand je les négligeais à ce point ?

– Tu ne sais pas de quoi tu parles. Ce n'est pas comme ça.

– Je sais exactement de quoi je parle ! hurla-t-il presque. Tu vas lui briser le cœur.

– Il n'y a pas grand risque que je brise le cœur de Ryan, protestai-je, un peu moqueuse. Je ne compte pas assez pour lui.

Gyver s'interrompit une seconde, avant de reprendre en un chuchotement rauque :

– Eh bien, si tu ne comptes pas, pourquoi se fatigue-t-il autant ?

Pourquoi, en effet ? Mais je n'avais pas la tête à y réfléchir maintenant. Pour le moment, j'étais concentrée sur Gyver et bien trop perturbée.

– Ryan est loin d'être ma préoccupation majeure. Est-ce que ma perruque fait vraie ou est-ce que les gens vont vérifier ? Et si Ally et Hil s'en aperçoivent ? Comment elle va tenir pendant notre spectacle ?

– Assez ! s'exclama-t-il en levant une main, le médiator coincé entre son index et son majeur.

Il referma les yeux.

– Tu n'as pas entendu ? reprit-il. « Ça agrandit encore tes yeux bleus à tomber. » Tu veux vraiment me faire dire que tu es sublime pour te donner confiance en toi par rapport à Ryan ? Tu sais bien que c'est ce que je pense, alors j'ai besoin d'une dose bien plus forte de caféine si tu as l'intention de te lamenter au sujet de M. Muscles et des pom-pom girls.

S'il avait eu les yeux ouverts, il aurait vu à quel point ses paroles me faisaient mal. Mais il se contenta de frotter ses paupières closes avec un soupir.

Je passai des heures enfermée derrière la porte de ma salle de bains, avec la perruque et un arsenal de produits achetés par ma mère pour l'entretenir. Je mourais d'envie d'appeler Hil à la rescousse. Elle arriverait avec tous ses trucs de fée de la coiffure et me décrirait sans chercher à me ménager à quoi je ressemblais. Si le résultat était catastrophique, elle me serrerait dans ses bras, m'autoriserait à verser quelques larmes, puis lancerait : « Maintenant, ça suffit ! » et m'exposerait son projet de toute dernière coiffure tendance « tête chauve ». Mais, après notre dispute de la veille, me résoudre à composer son numéro pour l'inviter à me rejoindre dans mon mélodrame était au-dessus de mes forces. Sans doute parce que j'avais peur qu'elle ne vienne pas.

J'avais besoin de croire que, même flétrie, blême et chauve, je n'étais pas trop repoussante. Je sortis de la salle de bains en essayant de me convaincre que je n'avais pas besoin de mon trèfle porte-bonheur pour me protéger. Néanmoins, je m'arrêtai pour me regarder encore une fois dans la glace du vestibule.

Elle avait disparu. Remplacée par une gravure florale encadrée. J'entrai dans la salle à manger. Là aussi, le miroir s'était volatilisé. Visiblement, la perruque n'était pas la seule livraison prévue aujourd'hui. Depuis combien de temps ma mère manigançait-elle tous ces préparatifs ?

J'étais en train d'examiner le faux Monet accroché à la place du miroir de la salle à manger, quand elle entra. Ses sourires étaient-ils aussi faux que le tableau ? D'une voix qu'elle voulait enjouée, elle demanda :

– Que fais-tu ce soir ?

– Pas de projets.

Je secouai la tête, extrêmement sensible au bruissement de la perruque contre mes joues.

– Tu n'as pas de projets ? demanda-t-elle d'un air surpris. Appelle Hil, demande-lui ce qu'elle fait.

– Ils vont tous chez Bill, et je n'ai pas envie d'y aller.

Jusqu'à ce que mes cheveux aient repoussé, je ne voulais plus sortir de la maison.

– Invite-les ici, plutôt. À part Lauren, je n'ai vu personne depuis un temps fou. Que deviennent-ils, tous ?

Je regardais fixement la reproduction de la peinture, un objet décoratif destiné à cacher la laideur de la vérité. J'avais un arrière-goût amer dans la bouche.

– Il y avait une soirée chez Lauren hier soir. À part ça, je ne sais pas, je les vois à peine. Je n'ai pas la moindre idée de ce qu'ils deviennent.

Ma voix se fit de plus en plus stridente, et les larmes que je refoulais jaillirent.

– Ce n'est pas vrai, chaton, protesta-t-elle en me tapotant affectueusement le dos. Tu les as vus au lycée, aux entraînements.

– Si, c'est vrai ! Ma vie ne se résume plus qu'à la maladie et aux mensonges. Je déteste ma vie !

J'arrachai la perruque de ma tête et la jetai à terre.

– Et ça ? C'est juste un mensonge de plus. Encore une chose à cacher. Je ne connais plus mes amis et je ne peux même pas leur dire pourquoi !

Les mains tremblantes, ma mère ramassa la perruque. Je croyais qu'elle allait me prendre dans ses bras, mais, au lieu de ça, elle la replaça sur ma tête. Je tressaillis.

Elle se frotta les tempes puis me regarda. J'avais l'impression qu'elle me voyait vraiment pour la première fois depuis mon diagnostic. D'une voix un peu étranglée, elle déclara :

– Te savoir si malheureuse me brise le cœur. Quand tu as décidé de ne pas en parler à tes amis, j'ai pensé que cela te faciliterait les choses. Mais ce n'est pas le cas, n'est-ce pas ? Peut-être as-tu poussé les secrets trop loin. Ton père n'a jamais cru que cela marcherait.

Son revirement me fit l'effet d'une gifle. Chancelante, j'agrippai le dossier d'une chaise et chuchotai :

– Je ne sais pas comment le leur dire maintenant.

D'un air épuisé, elle répondit :

– La journée a été longue, riche en émotions. Tu n'as pas besoin de décider tout de suite. Attends de voir comment tu te sentiras demain.

Ne plus mentir. L'idée était tout aussi libératrice que terrifiante. J'avais l'impression qu'il était trop tard pour me confier. Je me voyais difficilement glisser dans la conversation, l'air dégagé : « À propos, j'ai une leucémie. »

– Il faut que je parle à Lauren.

– Bonne idée. Dis-lui de passer.

Elle avait retrouvé son sourire, elle semblait soulagée. Je la laissai arranger ma perruque.

Après un signe d'assentiment, je regagnai ma chambre. Lauren ne serait pas franche, et je n'étais pas d'humeur à l'écouter m'abreuver de paroles censées me rasséréner. J'appelai donc Ryan. En ce moment, personne ne me regardait autant que lui. Sa réaction m'apprendrait tout ce que je voulais savoir et me donnerait peut-être la réponse à la question de Gyver : pourquoi faisait-il tout ça pour moi ?

J'avais espéré le joindre avant qu'il sorte. Mais en entendant son « Salut ! Je savais bien que tu ne pourrais pas passer une soirée sans moi », je compris qu'il avait déjà bu quelques bières.

Néanmoins, je tentai un :

– Il faut que je te parle.

Quelqu'un monta le volume, et sa réponse se perdit presque dans un horrible morceau de rap.

– Que se passe-t-il ?

– Je me suis fait couper les cheveux aujourd'hui.

Chris était en train de crier :

– Winters ! Il faut que tu voies ça, mec.

– Ouais ? fit Ryan. Super !

S'adressait-il à Chris ou à moi ?

– Je suis chauve. On m'a rasé la tête, annonçai-je d'un ton très sec.

– Chauve ? Pardon !

Ryan couvrit à moitié le téléphone de sa main. J'entendis un « Je reviens tout de suite » étouffé et une porte qui se refermait. Mais, quelle que soit la pièce dans laquelle il était entré, l'ambiance n'y était pas tellement plus calme.

– Chauve ?

– Chauve, répétai-je.

– Peut-être pourrions-nous en discuter plus tard. La musique est très forte et... chauve ? Merde !

Il n'attendit pas vraiment que je réponde. Ou peut-être crut-il que mon acquiescement avait été étouffé dans le vacarme.

– Je te rappelle plus tard.

Un dernier éclat de la rumeur de la fête. Le rire d'Ally, le « Attendez-moi ! » un peu geignard de Lauren. Et la communication s'interrompit. Manifestement, je ne leur manquais pas du tout.

Dommage !

Gyver avait raison. J'avais besoin de savoir pourquoi Ryan faisait cela. Visiblement, tout ce qui l'intéressait était de me courir après. Et, maintenant que la fille qu'il draguait était brisée, il n'avait plus aucune raison de continuer.

L'abruti ! Je n'avais pas besoin de Ryan Winters. J'avais besoin de la seule personne qui ne m'avait jamais évitée.

J'enfilai mon manteau et passai devant ma mère.

– Tu as décidé de sortir ? me demanda-t-elle, souriante.

– Je vais juste à côté. Il faut que je parle à Gyver.

– Oh !

Voyant qu'elle ne faisait aucun effort pour masquer sa déception, je ne me fatiguai pas à rester finir la conversation.

Quand je frappai, Mme Russo vint m'ouvrir.

– Mia, deux fois en une journée.

J'entrai dans la cuisine. Comme d'habitude, il y flottait une odeur de bon petit plat.

– Gyver est là ?

– Il vient de partir : il jouait, ce soir. Tu veux l'appeler ?

Elle désigna mon téléphone, que j'agrippais toujours.

– Non, ça va. Nous nous sommes plus ou moins disputés tout à l'heure et je voulais lui dire qu'il avait raison concernant Ryan.

Je ne savais pas trop pourquoi je lui racontais ça. Mais, comme les Russo semblaient tous dotés de cette faculté innée de réconforter, je me sentais toujours obligée de me confier en leur présence.

– Ryan ? répéta Mme Russo en levant les yeux de sa planche à découper. Ah, c'est vrai, le petit ami. Ta mère dit que c'est un beau parti.

– Ce n'est pas mon petit ami. Il ne l'a jamais été et maintenant il ne le sera sûrement jamais.

Ma réaction à fleur de peau m'étonnait. Tout comme j'étais surprise de constater à quel point j'aurais voulu que Gyver ait tout faux. Et encore plus de voir la place que Ryan avait prise dans mon cœur et l'étendue des dégâts qu'il y avait causés.

– Hum !

Docile, j'acceptai le morceau de tomate qu'elle me mit dans la bouche.

– Et c'est ce que tu es venue dire à Gyver ? Tu pourrais peut-être lui téléphoner.

Tout en mastiquant, je réfléchissais.

– Je vais peut-être juste aller le surprendre. Je n'ai pas vu Empty Orchestra en concert depuis des mois.

– Tu devrais ! Ça lui ferait super plaisir.

Elle frôla ma joue avant d'ajouter :

– Meagan est avec lui. Comme ça, tu auras de la compagnie pour les écouter.

Je me dégageai vivement, esquivant sa main.

– Meagan est là-bas ?

Reconnaître ma naïveté devant Gyver ne me posait pas de problème, mais je ne me voyais pas très bien admettre que je m'étais trompée en plein rendez-vous amoureux. Je ne voulais pas voir Meagan et lui échanger des coups d'œil. N'avais nul besoin de leurs regards pleins de pitié. Les images allaient s'imprégner dans ma mémoire : lui sur scène ; elle en fan adoratrice. Jouerait-il la chanson M. A. ? Allait-il lui en dédier une ? Lui réserverait-il son regard électrisant qui me donnait toujours l'impression que j'étais la seule fille dans la salle ?

– Ça ne fait rien. Je lui parlerai demain.

– Tu es sûre ? s'étonna Mme Russo.

– Certaine. Je peux vous aider ? ajoutai-je en montrant les ingrédients disposés sur le meuble de la cuisine.

– Je prépare juste une sauce pour les pâtes. L'ail est en train de rissoler, il ne me reste qu'à couper et faire mijoter les légumes.

Un instant, elle me regarda.

– La perruque est bien. On ne voit même pas que c'est une perruque. Je le savais, et pourtant il m'a fallu quelques minutes pour me souvenir.

– Merci, répondis-je avec un soupir, en tripotant un poivron vert.

Elle posa une planche à découper devant moi, me tendit un couteau et désigna le légume du menton.

– Tu ne veux pas rentrer chez toi ? Et si tu restais ? Je vais t'apprendre à faire des raviolis.

Avec un soupir accablé, j'avouai :

– J'en ai marre de passer mon temps à faire semblant. C'est épuisant et je suis déjà épuisée. Ce soir, je ne peux pas.

– Ta mère t'aime, mais elle ne te laisse pas beaucoup de place pour réagir en être humain.

– Elle veut que je sois heureuse, c'est tout.

– Tu as le droit d'être triste et d'avoir peur. Le cancer, c'est triste, ça fait peur. Expérimenter ces émotions ne te fera pas de mal.

Je hochai la tête. Tout en coupant le poivron en morceaux irréguliers, j'assimilais la justesse de ses paroles.

Mais, même en mélangeant, malaxant, et en roulant la pâte à raviolis pendant que Mme Russo me dévoilait les secrets de la confection des pâtes, il n'était pas facile d'oublier que je portais une perruque et que la vie sociale des adolescents continuait sans moi.

– Je vais dire à mes amis que je suis malade, annonçai-je à brûle-pourpoint.

– C'est bien, approuva Mme Russo. Je suis fière de toi. Tu peux dépenser ton énergie beaucoup plus positivement qu'en vivant dans le mensonge.

Elle s'essuya les mains à un torchon et me serra dans ses bras. Soudain, tout semblait possible. Dans une cuisine qui, baignant dans une atmosphère si bienveillante, embaumait l'origan, avec Mme Russo qui tournait sa sauce en fredonnant et s'interrompait pour me la faire goûter, je me sentais gonflée d'espoir, soulagée.

M. Russo, qui regardait la chaîne Histoire dans la salle de séjour, nous rejoignit. Il souleva le couvercle de la casserole, respira le délicieux fumet, et embrassa sa femme sur la joue.

– C'est ce que j'aime voir. Mes deux femmes préférées préparant mon plat préféré.

Il me pinça la joue puis nous servit un verre de lait.

– Comment vas-tu, *piccola bambina mia*?

Il ne m'avait pas appelée ainsi depuis des années. Depuis que je lui avais donné un coup de pied dans les tibias en lui disant que je n'étais pas *piccola*, parce que j'étais une grande fille. À ce souvenir, j'esquissai un sourire.

– Je vais bien.

Pour la première fois depuis des mois, je le croyais.

Je dormais, rêvant de raviolis et de concerts, quand ces images furent chassées et remplacées par le visage de Ryan et la sonnerie de mon téléphone.

– Allô ?

– Tu dors ? demanda-t-il d'une voix lourdement avinée.

– Un peu.

L'esprit embrumé, je me redressai et glissai un oreiller derrière ma tête. Ma tête chauve. Les évènements de la journée me revinrent peu à peu. Je n'en voulais pas à Ryan, mais il m'avait déçue. Quelle que soit la relation que nous vivions et qui n'avait pas démarré officiellement, c'était fini.

– Rendors-toi. Je passerai demain.

Il n'était pas ivre, juste un peu défoncé et joyeux.

– Tout va bien, tu n'es pas obligé.

J'étais trop fatiguée pour lui faire comprendre d'une simple intonation que je ne tenais pas spécialement à le voir. Il me suffisait sans doute de raccrocher pour que le message passe.

Une voiture s'arrêta dans l'allée de Gyver. J'entrouvris la fenêtre. J'entendis la voix de Meagan qui le saluait, et il rentra chez lui en sifflotant.

Tout me semblait beaucoup moins positif soudain. Et beaucoup moins facile. Je ne me sentais plus aussi déterminée. J'envoyai un texto à Lauren :

Apl moi qd tu te lèveras.

Puis je me recroquevillai sous ma couette, fermai les yeux et me forçai à ne plus penser.

30

Je me réveillai avec une envie de dimanche oisif, de paresse. J'enfilai mon plus vieux sweat de pom-pom girl et un pantalon de yoga. Puis je me coiffai de la casquette de Gyver. Ma mère ne supportait pas de me voir arpenter la maison tête nue et elle n'en avait pas fait mystère.

Je trouvai Gyver dans notre cuisine.

– Tu as remarqué que je t'ai laissée dormir ? se rengorgea-t-il. Un ami ne vous réveille pas avant midi.

– Qu'est-ce que tu portes là ? s'exclama ma mère, horrifiée.

– C'est mon sweat-shirt porte-bonheur, expliquai-je avec un haussement d'épaules. Salut, Gyver !

– Tu ressembles à une SDF. Les gens vont croire que nous n'avons pas de quoi t'habiller. Ce sweat-shirt va disparaître quand tu le mettras au sale. Je vais t'en acheter un neuf.

– Elle est très bien, intervint Gyver. Je pourrais lui en prêter de bien pires si vous voulez.

L'ignorant, ma mère reprit :

– Qu'est-ce que je peux te donner, chérie ? Tu veux ton petit-déjeuner ou tu préfères déjeuner ?

– Je vais me servir.

Ma mère hésita, une main sur la porte du réfrigérateur. La conversation du dîner de la veille me revint soudain en mémoire. Elle avait parlé de jardiner.

– Tu ne voulais pas t'occuper de tes massifs ? lui rappelai-je. Je peux me préparer un sandwich.

– Je superviserai, renchérit Gyver.

Avec un sourire, elle referma le réfrigérateur.

– D'accord, j'y vais. Mais change de sweat, d'accord ?

Un peu fébrile, je me mis à m'affairer et sortis deux assiettes. Puis je préparai des sandwichs beurre de cacahuète-confiture : deux pour Gyver, un pour moi.

– Comment était le concert ? Tu as passé une bonne soirée ? demandai-je.

Son silence placide me mettait au supplice.

– Oui. Mais, d'après ce que je sais, pas aussi animée que la tienne.

– Ta mère t'en a parlé ?

– Oui. J'étais censé attendre pour t'apporter des raviolis, mais...

L'air dégagé, il ajouta :

– Je voulais te voir.

Je baissai les yeux sur mon assiette. Je n'avais plus faim, ni de sandwich ni de raviolis.

Plein de compassion, il se pencha en avant.

– Tout va bien ? Que s'est-il passé ?

– Tu avais raison. Quand je me demandais pourquoi Ryan me laissait le « mener en bateau ».

Sans conviction, je mimai des guillemets et repris d'une voix un peu étranglée :

– Je ne l'ai jamais intéressé. C'était juste un défi. Sa réaction à ma coupe de cheveux l'a prouvé.

Une fraction de seconde, Gyver ferma les yeux et se frotta les paupières, avant de me fixer de ce regard intense, propre aux Russo.

– Il ne te mérite pas, mais je ne peux pas croire que tu ne l'intéresses pas.

– Je ne veux pas en parler, répondis-je en faisant des petites boules avec la croûte de mon pain.

Il ouvrit la bouche, la referma, lèvres serrées. Se releva, s'appuya au dos de sa chaise. Rouvrit la bouche. La referma. Il finit par me faire un petit signe de tête et se rassit.

Je frôlai son genou.

– Merci de ne pas me dire : « Je t'avais prévenue. »

Sa main se referma sur la mienne.

– Sortons d'ici, Mi. Allons faire un truc.

S'évader me semblait l'idéal.

– Un truc de l'une de tes listes ? Je peux les voir maintenant ?

Il se leva de nouveau et, d'un geste, m'invita à le suivre.

– Allons les chercher et filons.

– Va les chercher, toi. Pendant ce temps, je vais me changer.

La tête penchée de côté, il m'examina.

– Pourquoi ? Tu es très bien.

– J'ai l'air d'une clocharde. Si j'essaie de quitter la maison comme ça, maman va faire une crise.

– Comme tu voudras. Mais tu es très bien.

– Je reviens tout de suite.

Quand je redescendis dans la cuisine, en jean, tee-shirt, coiffée de ma perruque, quelqu'un était penché sur le réfrigérateur.

– Tu as encore faim, Gyver ? le taquinai-je. Ou tu cherches une place pour ranger mes pâtes anti-déprime ?

– Ta mère m'a dit de me servir. C'est quoi, tes pâtes anti-déprime ? demanda la voix de Ryan.

Il se redressa et se retourna.

Abasourdie, je reculai d'un pas.

– Qu'est-ce que tu fais ici ?

– Tu n'as pas répondu au téléphone, répondit-il en refermant la porte du réfrigérateur. Qu'est-ce qui se passe ?

Gyver entra en trombe dans la cuisine et vint se placer entre lui et moi.

– C'est une bonne question. Qu'est-ce que tu fous ici ? fulmina-t-il.

– Dégage ! rétorqua Ryan. C'est quoi, le problème ?

Son regard alla de l'expression furieuse de Gyver à mon visage embarrassé.

– Je pense que tu ferais mieux de partir, lança Gyver en l'attrapant par le bras.

Ryan se libéra de son emprise et me fixa d'un air surpris.

– J'ai raté un épisode ou quoi ?

Il fit mine d'attraper ma main, mais Gyver lui bloqua le bras.

– Détends-toi ! lança Ryan. En quoi ça te regarde ?

– Elle ne veut pas de toi, explosa Gyver.

Un sourire narquois aux lèvres, Ryan répliqua avec un haussement d'épaules désinvolte :

– Peut-être, mais je préférerais l'entendre de la bouche de Mia.

Tous deux se tournèrent vers moi. Les yeux de Ryan exprimaient sa frustration. Ceux de Gyver flamboyaient de colère. Il prenait son rôle de protecteur très à cœur et, quand il vit que je soutenais son regard, il esquissa un sourire victorieux. D'un geste machinal, je me mis à jouer avec mon collier, mes doigts se posant sur le pendentif inconnu. Allait-il me porter malheur ? Ou ma réaction vis-à-vis de Ryan avait-elle été exagérée ?

– Il faut que je parle à Ryan, déclarai-je enfin. Je te téléphone après, Gyver.

Son sourire s'évanouit, et il sortit. Sans me dire au revoir, sans même se retourner quand je l'appelai.

Ryan s'avança vers moi et, d'une main, effleura mes bras croisés.

– Bon… est-ce que tu veux bien m'expliquer ce qui se passe ?

– Écoute, je t'ai dit que je te donnerais une chance, et je l'ai fait. Je ne sais pas vraiment ce que je peux ajouter.

– Une chance ? C'est comme ça que tu appelles annuler tous nos rendez-vous et engager Russo pour jouer au garde du corps bidon ? J'essaie de faire marcher cette relation. Et toi ?

Il retira sa main et s'affala sur une chaise de cuisine.

– Je laisse tomber, ajouta-t-il. Vu que tu as déjà pris ta décision, la mienne n'a pas d'importance.

En percevant la résignation dans sa voix, je sentis mon estomac se nouer. Je me laissai glisser le long du mur et m'affalai sur le sol, enroulant mes genoux de mes bras pour me retenir de l'enlacer. Je devais me rappeler qu'il m'avait déçue. Il ne voulait pas de moi.

– Pourquoi fais-tu ça ? C'est si marrant que ça de me courir après ? Et si je dis oui, que va-t-il arriver, à ton avis ?

– Marrant ? Est-ce que j'ai l'air de rigoler ?

Son rire me brisa le cœur.

– Si je voulais une fille à qui il me suffirait de faire un clin d'œil pour coucher avec , je draguerais Lauren ou Hil. C'est toi que je veux. Je pensais que tu l'avais compris, depuis le temps.

– Hil ? Tu es dingue ? Elle t'arracherait les testicules avant de te laisser l'approcher.

Avec un haussement d'épaules, il se leva pour venir s'asseoir en face de moi, le dos au réfrigérateur.

– Je n'en suis pas si sûr. Mais on s'en fout. Ce n'est pas le problème. Quelque chose te met très en colère.

– Eh bien, oui.

Gênée, je me donnai une petite tape sur la tête.

– C'est ma réaction au sujet de tes cheveux ? s'étonna-t-il. Qu'est-ce que j'ai fait de mal ? À propos, c'est bien. Beaucoup mieux que ce à quoi je m'attendais.

Maintenant qu'il l'avait dit, je me sentais idiote. D'autant qu'il me regardait sans chercher à dissimuler son admiration.

– « Chauve ? Merde ! » Ce n'était pas vraiment ce que je voulais entendre.

– Je ne m'y attendais pas, c'est tout. Je ne suis pas très doué pour ce genre de truc. Je fais des efforts, mais je ne suis pas doué. Tu dois préparer un peu le terrain avec moi.

Il avança une main et toucha ma perruque avec précaution.

– Je ne vois même pas la différence. Ça ressemble à tes cheveux. Même au toucher, ça a l'air réel.

– Ce sont mes cheveux. C'est juste qu'ils ne sont plus attachés à mon crâne.

Je voulais laisser aller ma tête dans sa paume, ou la blottir sur son torse, mais je ne savais pas comment il réagirait, comment la perruque réagirait. Ou si j'avais même le droit d'avoir ce genre de pensée.

– Tu veux bien l'enlever ? Ou tu trouves que c'est bizarre que je te le demande ? Je parie que, même sans tes cheveux, tu es toujours belle.

Je me figeai. Je m'étais attendue à tout sauf à ça. Je portais cette perruque pour que, précisément, personne ne me voie chauve. Et la seule version de moi qui intéressait Ryan n'était-elle pas la Mia éblouissante, parfaite ?

Gauchement, je la retirai. Morte d'embarras, la tête baissée, je gardai les yeux rivés sur les baskets de Ryan.

– Waouh ! J'avais raison.

Je levai les yeux. Il avait toujours ce sourire sensuel.

– Tu connais cette top-modèle chauve ? Super canon ? Serena quelque chose ? Elle n'a rien à t'envier.

Je réprimai un sanglot. Il s'avança lentement vers moi, m'enlaça sans aucune hésitation et pressa la joue contre ma tête.

– Pardon de t'avoir fait de la peine hier.

– Pardon de t'avoir fait de la peine aujourd'hui.

Je le serrai très fort et, à la vigueur avec laquelle il me plaqua contre son torse, je sentis son soulagement faire écho au mien. Il leva mon menton d'un doigt, me repoussa contre le mur avec précaution et me couvrit le visage et le crâne de baisers et de caresses.

Il ne partit que plusieurs heures plus tard. Quand ma mère rentra de son jardinage et l'invita à rester dîner, il déclina poliment. Il avait retenu la leçon.

Je montai rajuster ma perruque et écouter la boîte vocale de mon portable. Je n'avais toujours pas de nouvelles de Lauren. Après lui avoir laissé un nouveau message, j'appelai Gyver.

Quand il décrocha, je compris qu'il était furieux. Mais je ne sus pas à quel point avant de l'entendre cracher :

– Tu as fini de jouer avec Ryan ? C'est bon, je peux installer le Monopoly pour nous deux maintenant ?

– Ne fais pas l'abruti. Je lui devais une chance de s'expliquer.

– Comme si tu lui devais quoi que ce soit ! J'ai compris. Salut, Mia !

Je le rappelai sur-le-champ, mais je tombai sur sa messagerie. N'ayant d'autre choix, j'enregistrai mes excuses après le bip. Et je me retrouvai seule avec mon téléphone qui, en dépit des SMS dont je bombardai Lauren, resta silencieux toute la soirée.

31

J'aurais voulu parler à Lauren et élaborer une stratégie pour mon Grand Aveu.

Néanmoins, je n'accordai pas trop d'importance à son silence. Je supposais qu'elle était occupée à ranger après sa soirée de vendredi, ou bien qu'elle avait encore fait tomber son téléphone dans son bain parce qu'elle avait la gueule de bois après la fête de samedi, ou encore qu'elle était punie et privée de sortie. Avant de me coucher, je lui envoyai un SMS pour lui donner rendez-vous lundi dans le hall, avant les cours.

Elle était au rendez-vous.

– J'ai pensé le leur dire après les répétitions, lui déclarai-je. Nous pourrions tous aller chez Iggy. Dans un endroit public, Ally n'osera pas nous faire une crise d'hystérie. À ton avis ?

– Comme tu voudras.

Ses paroles tranchantes comme le verre dissipèrent ma bonne humeur. Je remarquai soudain son visage marbré de vilaines taches roses qui détonnaient avec la couleur de ses cheveux.

– Qu'est-ce qui se passe, Lauren ? Merde !

– Non ! s'exclama-t-elle en pointant un doigt accusateur dans ma direction. Qu'est-ce qui se passe, *Mia* ? Où étais-tu vendredi soir ?

– Après le match ? J'étais fatiguée, je suis rentrée à la maison.

Je commençais à comprendre ce que Ryan avait pu ressentir la veille dans ma cuisine. Je n'avais pas la moindre idée de l'origine de la colère de Lauren.

– Pas trop fatiguée pour traîner avec Ryan, persifla-t-elle.

– Arrête ! Il est resté moins d'une demi-heure. De quoi s'agit-il ? De ta soirée ?

– Combien d'après-midis ai-je passés à m'ennuyer à l'hôpital ? chuchota-t-elle d'une voix rauque de colère. Merci de m'avoir avertie que tu ne venais pas. Sympa ! Apparemment, tu as trouvé le temps de prévenir Hil, mais tu n'as pas eu deux secondes à m'accorder.

Lauren ne se montrait jamais agressive, d'habitude. Mais elle continuait à s'approcher, le poing droit crispé, un doigt pointé vers moi.

Sans me dégonfler, je reculai d'un pas.

– J'ignorais qu'il fallait donner une réponse.

– Il n'y a rien de plus génial que d'organiser une soirée pour fêter le retour de quelqu'un qui ne se fatigue même pas à y participer.

Elle essaya de masquer le tremblement de sa main en enroulant une mèche de cheveux autour de son index.

– Pardon ? demandai-je, la gorge soudain sèche. Je ne savais pas.

Oubliant mon exaspération, je ne ressentais plus qu'une profonde culpabilité.

– Cela s'appelle une surprise.

– Laur, je suis désolée, je ne savais pas. Je t'aurais prévenue, sinon.

Je voulais la serrer dans mes bras, prendre sa main dans la mienne. Elle tirait tellement fort sur sa mèche que j'avais l'impression qu'elle allait s'arracher les cheveux.

– Laisse tomber ! Tu ne peux plus rien y faire maintenant.

Elle relâcha enfin sa mèche, pivota sur ses talons et partit d'un pas pesant vers sa classe !

– Laur'. Lauren. Attends !

Elle m'ignora. La dernière sonnerie retentissait. J'allai vers mon casier, attrapai mes livres, et lançai la porte, qui, gênée par un cahier, résista. Le miroir de la paroi interne se détacha et tomba bruyamment par terre. Je donnai un coup de pied et la porte se referma. Bouleversée, je ramassai le miroir et le fourrai dans un livre. Puis je me hâtai vers mon cours de français avec l'impression que la trahison et l'amertume faisaient désormais partie de mon quotidien.

Pendant le cours de maths, j'essayai d'attirer l'attention de Gyver en agitant mon crayon, puis en balançant un petit mot sur son bureau. Quand je vis qu'il persistait à m'ignorer, je finis par lui donner un coup avec ma gomme. Il m'adressa un signe de tête distant, puis revint à son problème sans avoir lu mon message. Irritée, j'ouvris mon livre de maths et y trouvai mon miroir. Il n'était pas cassé, mais le coin inférieur était fêlé. Quelle serait ma punition ? Sept jours ou sept ans de malheur ?

Même si ce genre de pensée aurait énervé Gyver, je regrettais de ne pouvoir la partager avec lui... Il m'aurait sans doute rembarrée, mais, au moins, il aurait fait attention à moi. Je passai le reste du cours à essayer de capter son regard pour lui demander de m'excuser, mais pas une fois il ne croisa mes yeux. Quand il sortit de la classe sans un au revoir, désemparée, je contemplai tour à tour ma note roulée en boule sur son bureau vide, mon miroir ébréché.

À l'heure du déjeuner, Lauren ne s'était toujours pas remise. Pourtant, je lui avais demandé pardon. À trois reprises.

Hil, qui sirotait un Coca light, leva les yeux au ciel.

– Arrête de faire la tête, Lauren, la rabroua-t-elle. On dirait que tu as cinq ans. Elle a dit qu'elle était désolée. Qu'est-ce qu'il te faut de plus ? Du sang ?

J'avais décidé que le Grand Aveu attendrait qu'elle ait cessé de bouder. Néanmoins, l'accueil d'Hil me mit mal à l'aise. Elle se leva et me serra dans ses bras en me complimentant de sa voix la plus suave :

– Comme c'est joli, ta coiffure ! Qu'est-ce que tu as changé ? Tu nous as manqué chez Lauren et chez Bill ce week-end. Tu es vraiment en train de virer à l'intello casanière. Je disais à Ryan samedi que nous allions peut-être devoir employer les grands moyens.

Elle était surexcitée aujourd'hui, débordante de vitalité. J'avais l'impression d'être en face du clone d'Ally, sous caféine. Elle me rendait nerveuse.

Elle m'attira à elle pour m'embrasser.

Ally s'étrangla avec un morceau de pomme. Elle semblait fascinée par la table, soudain. Je touchai ma perruque d'un air emprunté.

Lauren étouffa un petit cri et se releva sur sa chaise pour lancer :

– Tu te fiches de moi, Hil ? Tu es incroyable ! Comme si tu avais le droit de parler. Tu as raconté à ta meilleure amie ce que tu avais essayé de faire avec son petit ami samedi soir ?

– Je n'ai pas de petit ami.

J'avais répondu machinalement. Au bout d'un instant, le temps d'assimiler ses paroles, je me dégageai de son étreinte.

– Attends un peu. Pardon ?

Ally remballa son déjeuner. Elle donnait l'impression de vouloir disparaître sous la table. Le visage de Lauren était de nouveau marbré de plaques de colère. Celui d'Hil était impassible. Aussi impassible qu'il l'avait été après le divorce de ses parents et sa rupture avec Keith.

– Il ne s'est rien passé. Ne t'inquiète pas, Lauren est juste de mauvaise humeur. Elle essaie de semer la zizanie entre nous.

– Il ne s'est rien passé, uniquement parce que tu t'es fait jeter ! rétorqua cette dernière.

Je n'avais pas besoin d'en entendre plus. Je fourrai mon déjeuner intact dans mon sac, me levai et, la tête haute malgré mes jambes en coton, traversai la cafétéria en direction de la table des footballeurs.

– Salut ! me lança Ryan avec un regard interrogateur.

Je pris place à côté de lui.

– Hil, bredouillai-je.

Il fit un signe du menton et ouvrit la bouche pour parler. Mais un coup d'œil à Chris le fit changer d'avis.

– Nous en discuterons plus tard, murmura-t-il en me tapotant le genou.

Je lui décochai un sourire enjoué, puis, arborant ma plus charmante expression de pom-pom girl, me tournai vers le reste de la tablée et lançai :

– Ça ne vous fait rien que je m'incruste à votre table, les garçons, hein ?

Lauren s'excusa par SMS pendant que j'étais en cours d'anglais. Je lui répondis à mon tour :

Vrmt dsl.

Pas plus qu'elle je n'abordai le sujet de la leucémie, d'Hillary, de mon aveu.

Mais tout n'était pas encore réglé entre nous. À la fin des cours, je fus obligée de la retrouver devant son casier pour la serrer dans mes bras. Lors de toutes nos disputes précédentes, c'était elle qui avait fait le premier pas.

Notre étreinte fut brève, comme si elle risquait de me briser en deux ou d'attraper mon cancer.

– Ryan m'a dit pour tes cheveux. C'est bien.

Puis elle s'éloigna et ajouta :

– On se voit à l'entraînement.

Je n'avais pas la moindre intention d'aller à l'entraînement. Mais elle n'attendit pas assez longtemps pour entendre ma réponse. La situation évoluait. Je savais que mes absences, mes mensonges, mes handicaps, allaient changer la dynamique de notre groupe. Mais je n'avais jamais pris le temps de réfléchir à la manière dont ces changements se traduiraient. J'étais en train de glisser du sommet de la pyramide du lycée. Je perdais en popularité, tandis que Lauren progressait. Ça aurait dû me contrarier ; j'aurais dû foncer au gymnase et affronter Hil, lui extorquer une excuse, et à Lauren la promesse de m'organiser une nouvelle fête. Rétablir l'équilibre des pouvoirs et retrouver ma place. Mais je ne le fis pas.

J'étais censée être dans la phase du traitement où je me sentirais le mieux. La chimio était assez loin derrière moi pour que je ne vomisse plus. Pourtant, je ne me sentais pas bien. Je ne souhaitais qu'une chose, voir chaque journée se finir pour pouvoir rejoindre mon lit.

Mercredi soir, mon portable sonna trois fois de suite. Je n'avais pas besoin de regarder l'écran pour savoir qu'il s'agissait d'Hil. C'était son mode opératoire : appeler en continu parce qu'elle ne voulait pas s'embêter à laisser un message et à attendre d'être rappelée. Je le coupai.

La sonnerie du téléphone de la maison retentit. Ma mère entra dans ma chambre, le combiné à la main.

– C'est Hil. Elle dit que ton portable est éteint. Tu as oublié de le recharger, chaton ?

Assise à mon bureau, je feignais de faire mes devoirs. La vérité était que je luttais contre les vagues d'une fatigue abrutissante.

D'un geste, je montrai la Poisse, installée sur mes genoux. Le téléphone plaqué contre son oreille, ma mère s'avança vers moi :

– J'ai été contente de te parler, Hil. Je ne te vois plus ! Vous devez programmer une soirée-filles bientôt. Je te passe Mia.

Elle m'adressa un sourire radieux et sortit de ma chambre. Une fois la porte refermée, je lâchai :

– Qu'est-ce que tu veux ?

Hillary répondit sur un ton tout aussi enjoué :

– Tu vas me faire la gueule toute la vie ou tu vas t'en remettre ?

Je gardai le silence. Je n'avais pas de réponse. Je finis par lancer :

– Je n'en reviens pas que tu aies pu me faire ça.

– Je le mettais à l'épreuve pour toi, c'est tout, répondit-elle de sa voix la plus suave.

Je n'étais pas dupe.

– Tu as proposé à Ryan de coucher avec lui ! Ce n'était pas pour mon bien. Ne me mens pas. Je ne suis pas idiote.

Je frottai mon front humide de sueur pour essayer de me calmer.

Sa voix perdit son timbre doucereux et persuasif.

– D'accord. J'ai été débile. C'est ce que tu veux entendre ? Je suis la pire des abruties et ce que j'ai fait est aussi stupide que dégueulasse. Mais je ne lui ai jamais proposé de coucher avec lui, juste de l'embrasser. Bien sûr, je ne te dis pas que c'est bien. Mais jamais je ne l'aurais fait. Tu sais que Lauren ment.

Elle semblait aussi paniquée que contrite.

– J'avais bu. J'étais tellement soûle que Chris et moi avons fait... Je suis désolée, je ne sais pas quoi ajouter.

– Explique-moi pourquoi.

– Je ne me rappelle même pas vraiment. Pour voir si je pouvais ? Parce qu'il était là. Parce qu'il était triste que tu ne sois pas là et qu'il n'arrêtait pas de le répéter. Parce qu'il compte plus pour toi que nous. Parce que, apparemment, je suis une amie nulle et qu'il serait normal que tu le préfères à moi.

– Ryan ne compte pas plus pour moi que vous, les filles ! Comment peux-tu penser ça ?

Je pris soudain conscience de tout le temps que je lui consacrais et de mon manque de disponibilité pour elles. Non qu'il soit plus important ; mais, avec lui, je n'avais pas à mentir.

– Je suis désolée de ne pas avoir été plus présente, mais, je t'assure, Ryan ne vous a pas remplacées, enchaînai-je avec conviction. Il ne le pourrait pas.

– Tu me manques. Et j'ai fait cette erreur avec Keith. Je l'ai toujours fait passer avant vous, puis il m'a quittée, comme ça. J'ai l'impression que toi aussi, tu es en train de me quitter, avoua Hil. Et je suis tellement triste. S'il te plaît, reviens aux entraînements. Je ne veux pas que mon comportement débile t'empêche de participer à notre spectacle avant le match East contre Green.

– On verra.

J'étais bien trop fatiguée pour faire des promesses. Le téléphone toujours à la main, j'allai m'allonger sur mon couvre-lit. J'avais tout le temps de me mettre en pyjama et de me brosser les dents plus tard.

– Allez ! C'est East contre Green ! Après nous irons tous à la soirée. J'ai besoin d'un peu de temps avec ma Mia.

D'une voix pleine de regrets, elle poursuivit :

– Jusqu'ici, cette terminale craint grave. J'aimerais qu'on puisse revenir à l'année dernière, tu sais ?

– Je sais.

Si elle avait pu se douter d'à quel point je partageais son souhait !

– On n'est plus fâchées ? Tu fais partie des rares personnes à qui je ne supporte pas de faire de la peine.

Je ne répondis pas tout de suite. J'avais besoin de faire le tri dans mes pensées. Elles me paraissaient si éparpillées, si incohérentes.

– Mia, dis-moi qu'on n'est pas fâchées. J'ai besoin de réparer ça. Sors avec Ryan. S'il te plaît, sors avec lui si cela doit te rendre heureuse. Mais reste mon amie. Je ne peux pas te perdre aussi.

– On n'est pas fâchées, la rassurai-je.

J'étais épuisée, trop lasse pour lutter, pour me sentir soulagée d'avoir mis un terme à notre dispute. Mon corps était lourd, douloureux.

– Tu seras à l'entraînement demain et tu arrêteras de m'éviter et tu te mettras à notre table pour déjeuner ?

– J'y serai, concédai-je.

Des gouttes de transpiration coulèrent dans mes yeux, que je peinais à garder ouverts, et me brouillèrent la vue. Je raccrochai, laissai tomber le téléphone et, priant pour avoir retrouvé mes forces le lendemain matin, sombrai dans un sommeil agité.

32

– Tu sais ce qui pourrait être une excellente idée ? me demanda ma mère alors que j'entrais dans la cuisine.

– Du café ? répondis-je en plaisantant à moitié.

En fait, j'aurais eu besoin de caféine, d'une sieste et d'un nouveau corps pour affronter la journée.

– Pardon ? Non ! Le café est plein de produits chimiques et de toxines. Tu ne devrais pas mélanger la caféine avec tes médicaments.

En une fraction de seconde, la gaieté dans sa voix s'était évanouie pour laisser place à la panique.

– Je blague. Un jus d'orange me convient parfaitement, la rassurai-je en me servant un verre. C'est quoi, ta bonne idée ?

Elle eut un petit rire.

– Bien sûr, tu blaguais. Tu es raisonnable. Je pensais que nous pourrions sortir dîner pour fêter ça.

– Pour fêter quoi ?

Avec une grande gorgée de jus de fruit, j'avalai les cachets qu'elle avait soigneusement disposés dans une soucoupe de tasse à thé.

– Ta première chimio de consolidation est terminée et tout se passe tellement bien. Je dois reconnaître que la journée de samedi n'a pas été facile. C'était dur de te voir aussi contrariée. Mais tu as surmonté l'épreuve et maintenant tout va bien. Je suis si contente de voir que, malgré tout ça, tu peux rester une adolescente normale.

Je m'efforçai de sourire, mais je dus me mordre la lèvre pour contenir les jurons que j'avais envie de hurler. Une adolescente normale ? Quand est-ce que j'étais une adolescente normale ? Quand je mentais à mes amis, quand je faisais un somme à l'infirmerie, que je m'habillais en prenant grand soin de cacher mon cathéter ? Ou était-ce la perruque, la pâleur, la nausée, qui me rendaient normale ?

Rien que d'y penser, la pièce s'était mise à tourner autour de moi.

– Un petit dîner tout simple. Je ne veux pas que tu te fatigues. Juste papa, Ryan, toi et moi. Tu peux inviter Gyver aussi, si tu veux.

– Ryan et Gyver ne s'entendent pas vraiment.

– C'est dommage.

La rapidité avec laquelle elle changea de sujet prouvait qu'en vérité, c'était le cadet de ses soucis.

– Je réserverai Chez Bleu. Nous allons tous nous faire beaux et nous irons au restaurant.

– Quand ?

– Que dirais-tu de ce soir ? Demain, tu vas être occupée avec le match East contre Green. Et, samedi, tu auras besoin de récupérer.

Je regardai le visage anxieux de ma mère. Manifestement, ce dîner était important pour elle. Il était préférable de l'organiser le plus vite possible. Si je lui laissais une semaine de plus, elle allait louer une salle de banquet et engager un DJ.

– C'est sympa comme idée, approuvai-je. Tu pourras demander à Ryan s'il est partant quand il passera me chercher.

– Tu as quelque chose à te mettre ? Sinon nous pouvons repousser de quelques jours et aller faire les boutiques.

À cette perspective, son regard s'illumina.

– Non. J'ai la robe idéale. Je vais aller prendre ma douche.

– Je suis tellement contente. Pas toi ?

Elle me serra dans ses bras et, d'une main légère, effleura le foulard que j'avais noué autour de ma tête.

– Tu mettras ta perruque, bien entendu. Tu portes ces trucs uniquement à l'intérieur, non ?

Avec un signe d'assentiment, je quittai la cuisine.

Je m'endormis dans la douche. Jamais, avant de me sentir glisser le long du mur carrelé, je n'aurais cru une telle chose possible. Je fus obligée de me rattraper au rideau. J'étais étourdie, désorientée. Je m'enroulai dans une serviette et m'allongeai sur mon lit, la peau humide, couverte de mousse. Au bout d'une bonne dizaine de minutes, je pus enfin rassembler l'énergie nécessaire pour me redresser et m'essuyer. Puis, après deux minutes encore, mes idées embrumées s'éclaircirent. Je me relevai, titubai jusqu'à la commode et m'habillai.

Quand je redescendis, Ryan, attablé dans la cuisine, mangeait du porridge tout en approuvant par intermittence le bavardage incessant de ma mère.

– Ils font peut-être piano-bar Chez Bleu. J'aime écouter un bon pianiste, pas toi ?

Tout en avalant une cuillérée de flocons d'avoine, il luttait pour garder son sérieux.

– Absolument, acquiesça-t-il, un grand sourire fendant soudain son visage.

Surprise, ma mère se retourna, sans se douter une seconde que je venais de lever les yeux au ciel dans son dos.

– Oh, chaton ! C'est toi. Ryan est libre ce soir. J'ai déjà téléphoné Chez Bleu et j'ai laissé un message pour qu'ils m'appellent dès l'ouverture. Je dois passer prendre le costume bleu de ton père au pressing et peut-être lui acheter une cravate assortie. Je me demande si j'aurai le temps de me faire faire une manucure et une pédicure avant le déjeuner. Comment sont tes ongles ? Tu veux que je t'attende pour que nous y allions ensemble à ta sortie du lycée ?

– Non, vas-y à l'heure du déjeuner. J'aurai peut-être besoin d'une sieste après l'entraînement.

C'était une manière déguisée de lui faire comprendre de ne pas trop pousser, de l'alerter sur le fait que je ne me sentais pas au sommet de ma forme. Peine perdue. Sans saisir l'allusion, elle enchaîna :

– D'accord. Je pourrais peut-être appeler la boulangerie-pâtisserie Christine Bakery et commander un gâteau ou une tarte. Quel genre de tarte aimes-tu, Ryan ? Mia, mange quelque chose.

Je remplis un bol de flocons d'avoine, ajoutai des raisins secs et du miel en quantité généreuse, mais, même arrangé, ce porridge ne me tentait pas du tout. Dès les premières cuillerées, mon estomac se noua. Je regardai alors la pendule.

– Ryan, on va être en retard.

Nous étions sur le point de sortir de la cuisine quand, à ma grande surprise, j'entendis ma mère déclarer :

– Nous avons besoin de ça, chaton. D'un projet vraiment sympa, j'entends. Tu as été si cafardeuse et patraque toute la semaine. Ça nous affecte tous. Alors pourrais-tu montrer un peu d'enthousiasme et avoir la pêche ?

Mes yeux s'écarquillèrent d'étonnement. Ainsi, elle n'était pas aussi superficielle que son caquetage le laissait entendre ? Des années d'entraînement me poussèrent à lui sourire machinalement.

– Bien sûr, maman. Tu as raison. C'est une idée super. J'ai hâte.

– Parfait ! Et maintenant, amusez-vous bien au lycée, tous les deux !

Puis elle ajouta en frôlant mon nez de son doigt :

– Nous allons passer une soirée géniale. Vous allez voir.

Quand je descendis de voiture, le parking de l'école se mit à tanguer sous mes pieds. Tout tournait autour de moi.

Je m'agrippai à Ryan, et il me retint en riant.

– D'habitude, c'est moi qui dois te convaincre que ça vaut la peine d'arriver en retard. Non que je me plaigne...

J'avais le front humide de transpiration, mal au cœur, mais je me sentais plus stable. Je me dégageai de son bras et lui pris mon sac des mains.

– Je suis sortie de la voiture trop vite, c'est tout.

– Mais oui, me taquina-t-il. Nous savons tous les deux que tu me trouves irrésistible.

Il posa sa main sur ma taille et glissa un pouce dans la ceinture de mon jean.

Je souris et commençai à monter l'escalier.

– Totalement irrésistible. Peux-tu m'en vouloir ?

– Pas du tout.

Quand il poussa la porte, il s'arrêta net. Hil nous attendait de l'autre côté. Il avait beau avoir décidé de faire comme s'il ne s'était rien passé, ils étaient mal à l'aise.

– Oh, salut !

Elle lui répondit par un signe de tête et se tourna vers moi.

– Je peux avoir une minute ? Je t'ai acheté un café moka.

Sa question et sa façon de m'appâter avec de la caféine exprimaient sa culpabilité. Je devais lui montrer par des actes que, moi aussi, je me sentais coupable. M'écartant de Ryan, je répondis :

– Bien sûr. À tout à l'heure, Ryan.

Sans le support de son bras, je titubai un instant, et pris le gobelet tendu.

– Merci. Je n'ai pas eu le temps de prendre mon petit-déjeuner, alors ton timing est parfait.

Hil m'adressa un sourire hésitant.

– On est toujours réconciliées ?

– Oui, répondis-je d'une voix lasse.

J'avais le souffle un peu court.

– Bien. Tu veux venir chez moi avant le match de demain ? J'ai besoin de passer un peu de temps seule avec toi. On pourra discuter de tout, sauf de garçons. Mais si tu tiens vraiment à parler de Ryan, ou même de Gyver, je pense que je te le permettrai.

– Gyver ?

Son nom me fit l'effet d'un coup de poignard. Il persistait à m'ignorer. Bien entendu, je ne pouvais pas avouer à Hil à quel point cela faisait mal. Même si je voyais à son regard qu'elle n'était pas tout à fait dupe.

– Je prends ça pour un oui.

Elle m'attira dans ses bras, et son parfum musqué m'enveloppa. Prise de nausée, je renversai le café sur le sol dallé.

La dernière sonnerie retentissait. Je lui rendis son étreinte sans grande conviction.

– À tout à l'heure ! lança Hil, en se précipitant dans le couloir.

Je n'avais qu'une envie, m'affaler par terre et poser la tête sur mes genoux. La fraîcheur du dallage était tentante. Comme toujours après le brouhaha de la dernière sonnerie, le hall était plongé dans un silence de plomb.

Une longue minute, je restai comme vissée sur place, paralysée par un mélange d'épuisement et de léthargie. Puis, après avoir jeté le gobelet vide dans la poubelle, je gagnai le cours de français en traînant les pieds.

– *Je suis désolée*, marmonnai-je en français à Mme Simone.

Elle hocha la tête, et, d'un pas chancelant, je rejoignis mon bureau.

– Ça va ? s'inquiéta Meagan en se penchant à travers l'allée.

– Oui.

Pourtant, ça n'allait pas. Le parfum d'Hil m'avait écœurée. Malgré mes efforts pour me concentrer sur les verbes que Mme Simone écrivait au tableau, les lettres se brouillaient devant moi. Je fixai un coin de mon livre, mais il se déformait. Quand mon estomac se souleva de nouveau, je n'eus d'autre choix que de me lever de ma chaise et de quitter la salle de classe à la hâte.

– Mia ? Tu es là ?

La voix affolée de Meagan résonna dans les toilettes. Après avoir vomi toutes mes tripes, j'essayais de reprendre mon souffle.

– Ici, répondis-je d'une voix faible.

Je fermai les yeux et, rassemblant mes forces, ouvris la porte de la cabine.

L'air effaré, elle baissa les yeux vers moi. Son visage était aussi pâle que les murs blanchis qui nous entouraient.

– Il faut que tu ailles chez le médecin.

Trop fatiguée pour même répondre, je pris appui contre le mur.

– Je vais aller chercher Gyver. Il est en salle d'études.

Elle me passa une serviette en papier et, d'une main tremblante, repoussa les mèches de cheveux qui me balayaient la bouche.

Gyver ne m'adressait toujours pas la parole. S'il venait juste pour lui faire plaisir, je ne voulais pas le voir.

– Tu ne peux pas aller chercher Ryan ? demandai-je d'une voix faible. Il est en cours d'histoire. Avec M. Yusella.

L'ombre d'une émotion indéfinissable passa sur le visage de Meagan. Sans avoir le temps de l'identifier, je fus obligée de refermer les yeux.

– Je reviens tout de suite. Attends-moi.

La voix de Ryan me parvint comme du fond d'un cocon. J'avais dû m'assoupir ou m'évanouir. Quand j'ouvris les yeux, il était agenouillé à côté de moi.

– Hé ! Renverse la tête en arrière.

Je lui obéis. Mon visage était comme poisseux, mes lèvres avaient un goût à la fois salé et amer.

Il prit ma main dans la sienne et, de l'autre, il plaça la serviette en papier sous mon nez qui saignait.

– Tu vas encore être malade ?

La serviette sur la bouche, je répondis :

– Je ne pense pas.

Meagan rôdait autour de nous, s'affairant à mouiller une autre serviette en papier.

– Tu ne pourras sans doute pas nettoyer le sang de ton chemisier sans le laver, mais tu peux déjà t'essuyer le visage, me dit-elle en me la tendant.

J'avançai un bras, qui retomba mollement sur mes genoux. Gauchement, Ryan plaça ma tête au creux d'une de ses paumes et, me pinçant le nez, me frotta le visage de l'autre.

– Je vais aller chercher les infirmières, annonça Meagan qui filait déjà vers la porte.

– Non ! protestai-je. Ryan, s'il te plaît, ramène-moi juste à la maison. Papa y est.

Coupée dans son élan, elle s'arrêta et se tordit les mains, comme désemparée.

– Qu'est-ce que je peux faire ?

– Préviens le bureau du proviseur, lança Ryan.

– Et dis aux filles que j'ai été malade. Je ne veux pas avoir un problème avec Hillary alors que nous venons tout juste de nous réconcilier.

Je tentai un sourire mais eus un haut-le-cœur. Ryan voulut m'aider en tenant ma tête au-dessus de la cuvette des toilettes. Je le repoussai d'un geste las.

– Ça va bien.

– « Ça va bien » n'est pas la phrase qui vient à l'esprit à cet instant précis. Tu as arrêté de saigner du nez. Peux-tu te lever ? demanda-t-il en jetant la serviette en papier dans la poubelle.

– Je vais essayer.

Il m'aida en enserrant ma taille de ses bras. Je m'effondrai sur lui et luttai pour garder l'équilibre sur mes jambes flageolantes.

– Je peux faire autre chose ? demanda Meagan.

Elle se tordait toujours anxieusement les doigts.

– Pourrais-tu aller chercher mon sac ? Je l'ai laissé sur mon bureau.

– Je vous retrouve dans le hall. Vous devriez y aller, ajouta-t-elle en regardant sa montre. Les cours finissent dans dix minutes. Mieux vaut ne pas se trouver dans les couloirs quand la cloche sonnera.

– Merci, fit Ryan avec un sourire lugubre.

Au moment où Meagan posait la main sur la poignée de la porte des toilettes, celle-ci s'ouvrit sur une élève de troisième, qui sursauta. Elle nous jeta un bref coup d'œil puis s'effaça pour nous laisser passer.

– Mia ? Ça va ?

Je dévisageai la fille en clignant les paupières. Je la connaissais. C'était une troisième qui faisait partie de l'équipe. Celle qui faisait si bien la pirouette : Monica.

Ryan répondit pour moi :

– Mia a la grippe. Tu peux prévenir Hil ou Ally qu'elle est rentrée chez elle parce qu'elle était malade ?

– Désolée ! Remets-toi vite. Avec un peu de chance, c'est un de ces trucs qui passent en vingt-quatre heures et tu te sentiras mieux pour le match de demain. Et pour la soirée ! ajouta-t-elle d'un ton confidentiel. J'ai tellement hâte.

Appuyée sur Ryan, je me laissai guider. Il m'entraîna vers la sortie.

– Merci, lança-t-il par-dessus son épaule.

Meagan nous attendait dans le hall, avec mon sac.

– Remets-toi bien, Mia. S'il te plaît.

33

Quand mon père me parla de l'hôpital, je protestai pour la forme.

Même si l'idée de gâcher le dîner qui comptait tant pour ma mère m'était odieuse, il était évident que quelque chose n'allait pas du tout.

Le Dr Kevin m'accueillit d'une tape affectueuse sur l'épaule.

– Mais, ma chère Mia, il ne faut pas hésiter à passer nous faire une petite visite si nous te manquons. Tu n'avais pas besoin d'attraper la grippe.

J'étais trop épuisée pour même gémir. Les médicaments, le lit, la grippe : exténuée par le stress et par les pressions de la semaine qui venait de s'écouler, je fermai les yeux.

Je dormis dix-huit heures d'affilée. Quand je me réveillai le vendredi, je me sentais à la fois mieux et pire. J'étais frustrée. Je ne rentrais pas à la maison aujourd'hui. J'allais rater le match East contre Green. J'avais fait preuve d'imprudence en le notant dans mon agenda. D'arrogance en partant du principe que je contrôlais ma vie. En cochant la case du 11 octobre, j'avais pris un risque. J'avais provoqué le destin. L'espoir peut être le plus dangereux des sentiments. Le voir anéanti est d'une cruauté indicible.

Je dormis presque toute la journée, fis des parties de cartes avec mon père, lui rappelai à maintes reprises de me rapporter mon fer à cheval la prochaine fois qu'il rentrerait à la maison. M'interrogeai sur l'expression de Ryan, la veille, quand il m'avait déposée ; m'inquiétai de savoir que ma mère avait répondu aux appels d'Ally et d'Hil, mais que je n'avais aucune nouvelle de Lauren.

Je ne voulais pas lui téléphoner. Elle avait raison, l'hôpital était synonyme d'ennui, et je ne voulais pas être un fardeau. De plus, j'étais occupée à essayer de calmer ma mère, qui commençait à montrer de sérieux signes d'épuisement. Elle « avait passé trop de temps à l'hôpital ces derniers mois ». Fulminant intérieurement, je refoulais mon envie de lui riposter : « Moins de temps que moi ! »

À la longue, ses questions constantes lassaient les infirmières. Elle parvenait même à agacer le très débonnaire Dr Kevin.

« Comment a-t-elle pu tomber malade ? Elle sort tout juste de l'hôpital. Vous l'avez renvoyée à la maison trop tôt ? Est-ce que vous lui avez donné assez de médicaments ? Vous êtes sûr que c'est le bon traitement ? Avons-nous besoin d'une seconde opinion ? Elle va bien, n'est-ce pas ? Elle ira bien ? »

– Maman, c'est la grippe. Tout ira bien dans quelques jours. Ils nous l'ont déjà expliqué, lui rappelai-je, à bout de patience.

J'étais en pyjama, coiffée de la casquette de Gyver. Ses yeux glissèrent sur moi sans me regarder.

– Bien sûr, tout ira bien, chaton. Je voulais juste m'assurer que tu étais aussi bien soignée que possible.

– Nous faisons tout ce qui est en notre pouvoir, déclara Infirmière Hollywood d'un ton rassurant.

– Et moi, que puis-je faire ? s'écria-t-elle en fondant en larmes.

En deux enjambées, mon père l'avait rejointe. L'infirmière s'avança vers elle, attrapant au passage la boîte de mouchoirs sur ma table de nuit. Ne voulant pas être en reste, j'essayai de repousser ma couverture et d'arracher mes tuyaux de perfusion.

– Personne n'a la moindre idée de ce que j'endure, hoqueta-t-elle.

Cessant de me débattre pour me lever de mon lit, je répétai, incrédule :

– Je n'ai pas la moindre idée de ce que *tu* endures ?

Mon père croisa mon regard.

– Ce n'est pas ce que ta mère veut dire. Allons faire un tour, lui suggéra-t-il.

Elle nous ignora.

– Je ne pars jamais. Je passe plus de temps à l'hôpital qu'au travail. Je ne peux même pas organiser un dîner sans que tout tombe à l'eau. Personne ne comprend.

Mon père continua à essayer de la calmer. La mâchoire crispée pour retenir les jurons qui me brûlaient les lèvres, je regardais fixement le plafond.

– Ce n'est pas juste, gémit-elle. Ce n'était pas comme ça que j'imaginais ma vie.

C'était ma réplique. Elle n'avait pas le droit de me la voler.

– Tu veux savoir ce qui n'est pas juste ? lâchai-je d'une voix qui semblait ne pas m'appartenir. Ce qui n'est pas juste, c'est que tu considères mon cancer comme un désagrément dans ta vie. Que tu aies le droit de faire tes crises alors que je suis obligée de faire semblant que tout va pour le mieux.

– Mon trésor...

Mon père s'avança au milieu de la pièce, les bras ouverts, comme écartelé, ne sachant laquelle réconforter. Ou pour nous séparer. Les infirmières s'excusèrent et nous laissèrent en famille.

Ma mère avait pâli.

– Pourquoi tu me dis des choses aussi cruelles, aussi blessantes ? me demanda-t-elle d'une voix éplorée en se blottissant dans les bras de mon père. Tu as entendu ça ?

– Parce qu'elles sont vraies ; ton dîner a été annulé et tu as été obligée de manquer le travail. Pauvre maman ! Moi, c'est ça, ma vie, poursuivis-je avec un geste en direction des tuyaux, de la potence, des monitorings. Désolée qu'elle vienne contrarier la tienne. Peut-être que ta chance va tourner et que je vais mourir. Comme ça, tu n'auras plus à t'inquiéter de rater un autre dîner !

Un silence de plomb s'abattit dans la pièce, un silence effaré, incrédule, lourd de colère et de chagrin. Mon père fut le premier à le briser.

– Hum ! Bon. Tout le monde se calme. Nous allons en discuter...

– Non. Je ne veux ni discuter ni même vous voir pour le moment. J'ai besoin de faire une pause avec maman, sinon on va toutes les deux regretter ce que je vais dire. Rentrez, c'est tout ce que je vous demande. Nous parlerons demain. J'ai besoin de tranquillité.

– Tu es sûre ? questionna mon père en me serrant contre son cœur. Je t'aime.

Ma mère était déjà en train d'emballer son tricot. Elle resta muette un long moment. Son sac sur un bras, son manteau sur l'autre, elle faisait les cent pas dans la pièce. Elle finit par pointer un doigt rageur vers moi.

– Je sais que tu parles comme ça parce que tu es mal lunée. D'abord à cause de ta maladie, ensuite parce que tu vas rater le grand match. Donc, je te pardonne.

Elle s'interrompit. J'ignorai son geste magnanime et ne lui accordai pas un regard.

Avec un soupir à fendre l'âme, elle ajouta :

– Je veux que tu y réfléchisses ce soir. À demain.

Quand elle m'embrassa sur le front, je fis mon possible pour ne pas avoir un mouvement de recul. Et, quand, enfin, la porte se referma sur eux, je soupirai de soulagement.

– Dure journée ? demanda Ryan.

– Ma mère est une garce égocentrique !

Comme je n'avais pas pu en parler, ma colère avait empiré.

Il pressa ma main avec compassion mais changea judicieusement de sujet.

– J'ai demandé à Ally de me donner ton maillot.

Il étala un maillot frappé au nom d'East Lake sur le dos d'une chaise. Il était trop étroit pour que j'essaie de l'enfiler par-dessus mon pyjama et mes tuyaux de perfusion.

– Tu crois que je devrais le leur dire ? Je m'apprêtais à le faire, puis il y a eu ce truc avec Lauren et l'histoire avec Hil.

Accablée de culpabilité, minée par les mensonges, je sentais la panique sur le point de m'engloutir.

– J'ai toujours pensé que tu le devrais, avoua-t-il.

– Tu ne me l'as jamais suggéré.

– Je suis parti du principe que c'était à toi de décider et que, si tu voulais mon opinion, tu me la demanderais.

Même Ryan pensait que j'avais tort ? Si la seule à vouloir garder le secret était ma mère, cette idée n'était peut-être pas très rationnelle en fin de compte. Je hochai la tête en direction du mur, la surface blanche semblant refléter ma stupidité. C'était absurde, mais je me sentais mortifiée. Pourquoi ne m'en avait-il pas parlé avant ? Y avait-il autre chose qu'il n'approuvait pas ?

– Quelles sont les pensées qui s'agitent derrière ce joli front ? s'enquit-il en l'effleurant d'un doigt.

– Aucune, mentis-je.

En tout cas, aucune que je souhaitais partager.

– Tu es sûre ? Tu as l'air vraiment morose, pourtant.

Son portable se mit à sonner.

– Vas-y, réponds, lui enjoignis-je d'une voix saccadée.

– Allô ?... Oui, bien sûr.

Il me lança un regard perplexe et couvrit le téléphone d'une main.

– C'est Hil, pour toi.

Quand il me passa son portable, je faillis le faire tomber. Je ne m'étais pas attendue à devoir me dévoiler si vite.

– Salut ! Pourquoi tu appelles sur le téléphone de Ryan ?

– Je me suis dit que c'était sans doute la meilleure façon de vous joindre. Et ça a marché, non ? Comment ça va ?

Malgré ma résolution de tout avouer, je répondis une vérité partielle.

– Ce n'est pas très grave. J'ai la grippe.

Son inquiétude se transforma en frustration.

– Arrête tes conneries, Mia. Qu'est-ce qui se passe vraiment ?

– Hillary...

– Assez de mensonges. Monica raconte qu'elle a vu Ryan te porter pour sortir des toilettes et que tu étais couverte de sang. Que s'est-il passé ? Merde !

Je renonçai aux comptes rendus fictifs, aux excuses, aux mensonges, à la comédie et concédai enfin :

– Tu as raison, je ne vais pas bien.

– Je le savais ! Pourquoi tous ces super-secrets ?

Sa voix triomphante trahissait son appréhension.

– Que se passe-t-il ? Pourquoi ne me le dis-tu pas ? insista-t-elle.

Je pris une profonde inspiration et regardai Ryan. Je me souvenais du jour où je lui avais parlé : les longues heures entrecoupées de larmes, de questions. Ce n'était pas une nouvelle que je pouvais lui asséner au téléphone.

– On peut réunir les filles demain ? Je préfère vous voir ensemble pour vous parler.

– Dis-moi tout de suite, s'il te plaît ! plaida-t-elle. Je suis super inquiète. Tu veux que je passe ?

– Non. Ça peut attendre.

– Ne fais pas la martyre, Mia. Si tu ne vas pas bien, je passe. C'est juste un match. Je peux le rater.

Je me forçai à répondre d'un ton enjoué :

– Juste un match ? C'est East contre Green !

J'avais besoin de temps pour planifier ma confession. Après tous les dégâts que j'avais provoqués, j'avais besoin qu'elle se déroule à la perfection. Certes, Hil s'était excusée au sujet de ses avances à Ryan. Mais ce que j'avais fait n'était-il pas bien pire ?

– Promets-moi que tu téléphoneras demain. Plus d'excuses.

– Promis ! Amuse-toi bien ce soir.

Je coupai la communication et poussai un soupir.

– Toi, au moins, quand tu as décidé quelque chose, tu ne fais pas traîner, fit remarquer Ryan. Tu veux que je reste ?

– Non, vas-y. Tu pourras me raconter demain.

C'était peut-être injuste, mais il m'agaçait. La vie m'agaçait. J'avais l'impression que mon humeur changeait à chaque nouvelle émotion qui remontait en moi, comme une bulle à la surface de l'eau : colère, trahison, remords, irritation.

– Je peux rester, ça m'est égal.

De ses doigts, il dessina les lignes de ma paume.

– Peut-être que ça va t'aider à te rendre compte que je suis sérieux et que tu vas finir par admettre que nous sortons ensemble.

Me sentant à fleur de peau, mes larmes sur le point de jaillir, j'implorai :

– Je t'en prie, épargne-moi ça ce soir. Je ne veux vraiment pas en discuter maintenant.

J'essayai de dégager ma main, mais Ryan resserra son emprise.

– Alors quand ? Dis-moi quand ce sera le bon moment, parce que j'ai été patient. Que tu permettes ou pas aux gens de m'appeler ton petit ami ne change pas grand-chose au fait que je le suis.

Il m'étudiait avec une telle intensité que je dus baisser les yeux vers nos doigts entrelacés, sur lesquels vint se poser son autre main.

– Pourquoi prendre ce risque ? Je veux juste ne pas te perdre comme ami si ça ne marche pas entre nous.

– Arrête ton cinéma !

Il se leva d'un bond et me relâcha. J'avais soudain l'impression d'avoir les paumes glacées.

– Merde, Mia ! Ce sont des conneries. Sous prétexte que ça peut ne pas marcher entre nous, on ne peut même pas essayer ? Depuis quand tu es devenue lâche ?

Il se rassit sur le bord de mon lit si brusquement qu'il me fit sursauter. Mon pouls s'affola sous l'effet de la surprise, puis de sa proximité.

– Ne me dis pas que tu ne ressens rien pour moi. Je sais que si.

Ses yeux bleus étaient si près que, comme je l'avais souvent fait auparavant, je voulais m'y noyer. Je voulais qu'il me fasse oublier les médicaments, les disputes et tout le reste. Je voulais juste me sentir belle, désirée. Si j'avais pu éprouver ces sensations ne serait-ce que quelques instants, peut-être que tout le reste aurait commencé à avoir un sens.

Je me penchai pour combler l'espace entre nos lèvres, mais, m'esquivant, il m'embrassa dans le cou. Me couvrant d'une pluie de baisers brûlants, sa bouche remonta jusqu'à mon oreille et me chuchota :

– Les infirmières ont recommandé de ne pas nous embrasser jusqu'à ce que ta formule sanguine s'améliore. Guéris, et nous rattraperons le temps perdu.

Son sourire sardonique creusant des fossettes dans ses joues, il pressa ses lèvres dans le col en V de mon haut de pyjama et suivit la ceinture de mon pantalon d'un doigt.

– Ne me dis pas que ça ne vaut pas la peine de prendre le risque, continua-t-il. Ne me dis pas que nous ne valons pas la peine de prendre le risque.

Si je lui avais dit les mots qu'il voulait entendre, non seulement j'aurais été lâche, mais j'aurais menti. Je repoussai donc sa main et m'appuyai à mes oreillers.

– Je pense que tu devrais y aller.

Il fit un bond en arrière, comme si je l'avais giflé.

– OK. Mais je ne peux pas continuer comme ça. Je ne reviendrai pas tant que tu ne prendras pas notre relation au sérieux.

34

Mon téléphone sonnait. Je n'avais pas l'intention de répondre. Mais le nom qui s'affichait à l'écran me fit changer d'avis.

– Gyver ?

– Salut, Mi. Meagan m'a appris que tu étais malade. Comment vas-tu ?

– Je...

Cette question ne demandait certes pas une longue explication, mais j'étais incapable d'y trouver une réponse.

– Tu vas venir me voir ?

– C'est ce que tu veux ?

Il avait l'air surpris. Comme si ce n'était pas lui qui m'évitait depuis l'épisode de dimanche, dans ma cuisine.

– Bien sûr ! Toujours.

C'étaient les paroles les plus simples, les plus vraies, que j'avais prononcées de la journée.

– J'arrive.

Tout en attendant Gyver, j'essayai de ne pas penser à ma dispute avec ma mère. Ni à la tension avec Hil. Ni à ma frustration concernant Ryan. Ni à l'enthousiasme de la foule, à ma jupe de pom-pom girl qui voltigeait, à l'ivresse jubilatoire de la soirée. Maintenant que j'avais décidé de ne plus me cacher, j'étais anéantie par le vide que laissait tout ce que j'avais sacrifié. Comme si elle avait deviné mes pensées, Ally m'envoya une photo des filles, souriantes dans leurs maillots aux couleurs du lycée et leurs jupes de pom-pom girls.

Tu ns manques.

J'étais agitée, à fleur de peau. Qu'il soit fâché ou pas, j'éprouvais quelque chose pour Ryan, mais c'était la compagnie de Gyver dont j'avais besoin à cet instant précis. Il m'aiderait à trouver ce que j'allais expliquer aux filles, à dénouer le problème avec ma mère.

– Salut, Mi.

– Salut !

Je m'agenouillai sur le lit et lui tendis les bras.

– Tu es en retard !

– Eh bien, mademoiselle l'Impatiente, on est passés chez Scoop pour acheter des milkshakes et il y avait la queue. Je ne savais pas si tu voulais fraise ou vanille, alors je t'ai acheté les deux.

Il les posa sur la table de nuit et me serra contre lui.

– Vanille, s'il te plaît, dis-je en me dégageant. Attends, qui, « on » ?

– Salut ! Je suis venue aussi. Ça t'embête ?

Meagan surgit de derrière Gyver et, à son tour, me prit dans ses bras.

Non ! Je voulais Gyver pour moi toute seule. J'avais besoin de lui pour prendre du recul. J'avais besoin qu'il désamorce cette bombe en moi qui semblait sur le point d'exploser.

Je lui adressai un sourire machinal.

– Bien sûr que non.

– Meagan !

Soudain, la pièce fut envahie par un tourbillon d'infirmières et de médecins qui l'étouffaient de leurs étreintes et la bombardaient de « Comment ça va ? ». Toutes mes infirmières, y compris Infirmière Femme d'Affaires, avaient pris la peine de venir la saluer et de l'embrasser. Le genre d'accueil que l'on réservait à une princesse royale de retour dans son pays après un long voyage. Ce qui ne fit que renforcer mon amertume et mon hostilité. C'était mon hôpital maintenant, pas le sien.

Laissant Meagan à ses embrassades, Gyver prit sa place à côté de moi. D'une main, il tapota le tuyau de la perfusion.

– Qu'est-ce qu'ils te donnent de bon aujourd'hui ?

– Juste des liquides. Quand cette poche sera vide, ils vont me déconnecter pour la nuit. Ma fièvre est tombée et j'ai arrêté de vomir.

– C'est bien que tu aies arrêté de vomir.

– Tu es sûr que cela ne te fait rien de me baby-sitter ? Je m'en voudrais trop de vous interrompre, lançai-je en jetant un coup d'œil éloquent à Meagan.

Il prit ma main tendue.

– Je n'aimerais être nulle part ailleurs.

– Je suis si heureuse que tu sois ici. Cela a été une telle...

– Tes cheveux ? s'étonna Meagan.

Sa horde d'admirateurs s'était retirée.

– Une perruque.

Je désignai la tête en mousse sur le rebord de la fenêtre.

– C'est super réussi. Je n'aurais jamais deviné.

Pour quelqu'un qui avait déjà été aux premières loges, avec son petit frère, Meagan semblait nerveuse. Elle se tenait au bout du lit et, l'air gêné, évitait de regarder les tuyaux de perfusion qui jaillissaient de ma poitrine. Si nous avions été amies, j'aurais pu profiter de son expérience de la maladie. N'était-elle pas déjà passée par là ? Pourtant, elle était la visiteuse qui me mettait le plus mal à l'aise.

Je fis une tentative pour engager la conversation.

– Quand je pense qu'Infirmière Femmes d'Affaires t'a embrassée, je n'y crois pas ! Je n'ai jamais réussi à lui arracher un sourire.

– Qui ? demanda-t-elle en fixant le mur au-dessus de ma tête d'un air ahuri.

– Denise, traduisit Gyver.

– Oh ! se contenta-t-elle de répondre.

– Où sont tes parents ? poursuivit-il.

– Sans doute en train de dîner.

Meagan examina la chambre, son regard s'attardant sur la porte. Ses mains se tordaient sur ses genoux, comme si elle était en train de se les savonner.

– Je vais essayer de me retenir de profiter de leur absence pour te kidnapper, plaisanta Gyver.

Un peu rassérénée par son sourire malicieux, je répliquai :

– Nous aurions tout le temps de prendre la fuite. Ils restent à la maison ce soir.

– Ils ne reviennent pas passer la nuit avec toi ? intervint Meagan.

Elle paraissait outrée.

– Ma mère dort mal à l'hôpital et, par ricochet, elle m'empêche de bien dormir.

Avec un coup d'œil entendu, Gyver pressa mon genou sous la couverture. Je m'apprêtai à avouer les horreurs dont je l'avais accablée quand elle demanda :

– Et ton père ?

– Il ronfle, répondis-je en chœur avec Gyver.

Meagan recommença à se tordre les mains.

– Je n'en reviens pas que tu veuilles être seule ici.

– Je ne suis jamais seule. Tu as oublié ? Toutes les dix minutes, quelqu'un entre dans ma chambre.

Je me mis à rire, mais, l'air toujours aussi grave, elle semblait incapable de se dérider. Je me tournai vers Gyver. Il l'observait d'un air inquiet.

Elle se mordit la lèvre et dit très vite :

– Je suis désolée, Mia. Je n'y arrive pas. Je ne peux pas être ici.

Et, sans me laisser le temps de répondre, elle sortit.

Surprise, je demandai à Gyver :

– Qu'est-ce qui lui prend ?

Même si je me sentais un peu coupable, je jubilais intérieurement de l'avoir pour moi toute seul.

L'air soucieux, il pencha la tête vers moi.

– C'est sans doute trop familier. Mauvais souvenirs.

– Son frère.

La vérité me frappa soudain et m'opprima la poitrine.

– Tu m'as raconté que Max avait une leucémie, que je n'avais pas besoin de m'inquiéter. Il est...

– Oui. Il est mort.

– Mais tu as dit...

Je m'étranglai. Submergée par la culpabilité, la honte, j'étais soudain glacée de terreur.

– Mi, comment aurais-je pu te l'avouer ? C'était une forme différente. Une forme plus dangereuse. On lui a fait des greffes, de la radiothérapie.

Je voyais le désespoir dans ses yeux, je l'entendais dans sa voix, mais j'étais trop en colère pour m'en soucier.

– Tu m'as menti !

– Je ne voulais pas que tu y voies un signe quelconque. J'essayais de te protéger.

– Tu ne peux pas ! Personne ne peut.

Mon cri se finit en un chuchotement.

– Tu m'as menti ? Toi ?

– Mi, s'il te plaît, essaie de comprendre.

Il se leva et lâcha un juron. Pourtant, malgré le conflit intérieur qui, à l'évidence, le déchirait, il se composa un visage impassible pour déclarer :

– Je dois y aller. Je suis venu en voiture.

Le regard vide, j'acquiesçai d'un signe de tête. Sous mon apparence détachée, je me sentais brisée.

– Dis quelque chose, me supplia-t-il.

J'en étais incapable.

Il poussa un soupir résigné.

– Il faut qu'on parle. Mais je dois raccompagner Meagan et elle habite sur la rive opposée du lac. Je ne serai pas de retour avant la fin des heures de visite. Je viendrai demain matin, à la première heure.

Il me laissait. Seule. À me débattre avec mes émotions de la journée. Auxquelles il venait d'ajouter une nouvelle couche de chagrin et de terreur.

– Ne pars pas.

– Je suis désolé, Mi.

Il se pencha pour m'embrasser la joue. Spontanément, je tournai le visage et ses lèvres effleurèrent les miennes. Une façon de lui voler un peu plus de sa présence avant qu'il aille retrouver Meagan. Peut-être pensais-je ainsi le faire rester. Peut-être avais-je besoin qu'il reste.

Il ne le fit pas.

Il se contenta de pousser un nouveau juron étouffé, frôla ma main d'une caresse et sortit.

J'étais comme broyée. Anéantie. Mes ultimes forces m'abandonnaient et mes poumons ne voulaient pas coopérer. Il était parti.

Et je n'avais plus personne.

J'étais seule, sans rien à faire, hormis fixer l'endroit vide où mon fer à cheval aurait dû être accroché et essayer de respirer malgré la pression qui menaçait de déchirer mon cœur et mes poumons. Les heures qui me séparaient du matin semblaient s'étirer à l'infini, et je redoutais déjà tous les problèmes à affronter lorsqu'il arriverait.

Je pressai longuement le bouton d'appel, et Mark passa la tête à travers la porte.

– Comment va ma malade préférée ?

– Somnifères. Je peux en avoir ? demandai-je d'une voix chevrotante, au bord des larmes.

– Il n'est que 19 h 30. Que se passe-t-il ?

Il décrocha la poche vide de ma potence et boucha le tube.

– Je détruis tout ce que je touche aujourd'hui !

C'était l'un des commentaires mélodramatiques préférés de ma mère. Je poussai un soupir tremblotant et fis une nouvelle tentative.

– Je suis d'humeur toxique et je provoque des disputes avec tout le monde.

Mark prit mon portable sur ma table de nuit.

– Et alors ? Tu es une grande fille. Téléphone et excuse-toi.

Je repliai les jambes.

– Ça ne peut pas s'arranger juste au téléphone.

– Et alors ? répéta Mark en haussant les épaules.

– Et alors...

Je cherchai une nouvelle excuse et, essayant de respirer à fond, j'enchaînai :

– ... les heures de visite sont presque terminées.

Mark sourit.

– Bien essayé, mais je vais faire une exception.

Il posa mon téléphone portable dans ma paume et referma mes doigts autour.

– Appelle. Fais la paix et tu dormiras comme un bébé.

Je hochai la tête, morose. Il me tapota le bras d'un geste encourageant, puis quitta ma chambre. Je regardai l'écran, incapable de contenir les larmes qui me brouillaient la vue. J'avais été claire avec Gyver et il avait fait son choix : ce n'était pas moi.

J'étouffai un sanglot et composai le numéro.

– Salut ! Ça va ?

– Je suis désolée, baragouinai-je.

– Ça veut dire oui ?

Si notre histoire comptait pour lui, si je comptais pour lui, il méritait une chance. Une vraie chance.

– Oui. Tu peux venir ?

– Bien sûr. Mais je suis à une vingtaine de minutes de l'hôpital. Ils me laisseront entrer après 20 heures ?

– Oui, chuchotai-je, au bord de larmes.

Elles se mirent à ruisseler sur mes joues, je sentis ma gorge se nouer. Je ne méritais pas ce type qui était prêt à tout lâcher parce que j'avais besoin qu'il vienne me tenir la main.

– Ne pleure pas. Tu veux que je reste au téléphone ?

Sa voix empreinte de compassion n'avait rien de triomphant.

– Non, ça va aller.

– D'accord, j'arrive.

Infirmière Vieux Sud attendait sans doute la fin de ma conversation pour entrer voir si tout allait bien.

– Mark m'a prévenue que ça n'allait pas fort. Quel est le problème, mon ange ?

Sans répondre, je me contentai de sangloter, suffoquée par la panique, l'incertitude. Assise sur mon lit, je m'effondrai. Mes larmes tombaient sur mes genoux. J'étais incapable de trouver mes mots, je manquais d'air.

– Respire, m'intima Infirmière Vieux Sud en me frottant le dos.

J'essayai. De chasser les taches blanches qui brouillaient ma vue. Quand, enfin, je retrouvai mon souffle, je regardai le badge d'Infirmière Vieux Sud. Il était temps de l'appeler par son prénom : Polly.

– Bien, c'est mieux. Maintenant, tu dois te reposer. Nous devrions appeler tes parents.

– S'il vous plaît, n'appelez pas ma mère. Je ne peux pas. Je ne peux pas la supporter ce soir. Nous nous sommes disputées, elle sera dans tous ses états et je serai obligée de me ressaisir et de la rassurer. Je... je ne peux pas, c'est tout. Ryan doit passer.

Le regard de Polly se remplit de compassion.

– J'ai su pour cet après-midi. Le cancer, c'est dur pour tout le monde, ma belle. Quelquefois, on a besoin d'un peu d'espace. Je ne leur téléphonerai pas si tu fais ce que je vais te demander. Quand Ryan arrivera, tu le serreras très fort dans tes bras, puis tu dormiras. Ta mission, pour le moment, c'est de guérir. Rien d'autre ne compte autant.

J'acquiesçai d'un signe de tête mais ne relâchai pas sa main quand elle se leva. Elle se rassit.

– Je vais l'attendre avec toi. Tout va bien. Quelquefois, on a juste besoin de pleurer un bon coup. Tu as été courageuse pendant si longtemps. Il est temps que tu craques. Laisse sortir.

Quand Ryan arriva, mon visage était marbré de plaques, bouffi. Sur l'épaule de Polly, sa blouse froissée était trempée de larmes. Il se lava les mains au lavabo de la chambre.

– Elle a eu une sale journée, l'avisa-t-elle. Essaie de l'apaiser.

Il vint s'asseoir sur le lit à côté de moi.

– Mia ?

C'était une invitation : il faisait le premier pas, c'était à moi de faire le suivant. Je me blottis au creux de ses bras, nichai le visage contre son torse, et, entre deux sanglots, hoquetai mes aveux :

– Je suis si fatiguée de tout ça, Ryan. Si fatiguée de tant me battre pour avoir l'air en bonne santé et de donner le change pour faire croire que je suis courageuse. Je ne suis pas courageuse. J'ai peur. Le frère de Meagan, Max, est mort. Et si je meurs aussi ? Je ne sais plus comment continuer. C'est trop dur. J'ai tellement peur.

– Chut, chérie, chut !

Il resserra son étreinte.

Polly revint avec un somnifère. Docile, je l'avalai, bus une gorgée d'eau et me mouchai dans le mouchoir en papier qu'elle me tendit comme si j'étais un bébé.

– Ça suffit pour aujourd'hui. Dors maintenant. Je reviendrai voir où tu en es.

– Dormir, répétai-je, impatiente de voir le somnifère embrumer ma vision, mes pensées.

Mais, avant cela, j'avais besoin de parler, de lui exprimer ma gratitude. Il faisait tellement d'efforts, jamais je ne l'avais imaginé aussi généreux. J'avais besoin de le lui faire comprendre mais ne trouvai pas les mots.

– Ryan, je suis désolée pour tout à l'heure. Merci d'être venu. J'avais vraiment, vraiment besoin de toi.

– Tu n'avais qu'à demander.

Il posa son front contre le mien et ferma les yeux.

– Je reste là.

« Je suis là. Je suis là », continua-t-il à me chuchoter en me frottant le dos. Je cessai de lutter contre l'effet des somnifères et m'évadai dans le sommeil.

35

Quand, le lendemain matin, les infirmières prirent ma température, j'avais plus de trente-neuf. Elles hésitèrent un moment devant Ryan qui clignait des paupières. Il n'était pas habitué à se réveiller devant un public.

– Il reste, annonçai-je d'une voix râpeuse.

Sa présence signifiait que les dégâts de la veille n'étaient pas juste le fruit de mes horribles rêves enfiévrés. Max était mort. Hil avait crié. Gyver était parti. Tout était brouillé, surréaliste. J'eus la nausée.

L'air préoccupé, les infirmières appelèrent le médecin.

– Elle va bien ? s'inquiéta Ryan.

– Défense de s'embrasser, nous taquina Mark, qui finissait sa garde.

Malgré son sourire, sa gaieté sonnait faux.

– C'est plus grave que la grippe. Nous allons être obligés de faire une analyse sanguine complète.

– Je vais appeler ses parents, déclara Infirmière Femme d'Affaires.

Mark me fit une prise de sang. Puis, après avoir rangé rapidement son équipement, il sortit, emboîtant le pas aux infirmières.

– C'est toujours aussi dingue le matin ? s'étonna Ryan en se frottant les yeux.

– Quelquefois.

J'avais la tête très lourde. Je la posai contre son torse et demandai :

– Est-ce que ta mère va s'inquiéter que tu ne sois pas rentré à la maison ?

Il haussa les épaules.

– Elle va juste penser que je suis resté à la soirée. Pas de souci.

Il posa son menton contre mon front et se retira vivement.

– Bébé, tu es brûlante. Ton haut est trempé.

– Je suis trop fatiguée pour me changer. Je veux juste dormir, ajoutai-je en fermant les yeux.

La clarté du soleil qui inondait ma chambre me faisait mal aux yeux. Tout semblait pointu, acéré. Je voulais les courbes ouateuses de l'inconscient.

– Deux minutes. Change-toi et attends tes médicaments, ensuite tu pourras dormir.

– Tu vas rester ?

– Ils seraient obligés de m'arracher à toi pour me faire partir.

Je me forçai à rouvrir les yeux et relâchai la chemise de Ryan que j'agrippais. Il ouvrit le placard et ma valise.

– Prends-en un avec des boutons. Pour ma perfusion, précisai-je avec un geste vague en direction de mon cathéter.

– D'accord.

Ryan prit un haut de pyjama vert à impression bandana.

– Tu as besoin d'un pantalon ?

– Non.

Comprenant en me voyant grelotter que je ne pourrais pas y arriver seule, il me soutint d'un bras pour m'aider à m'asseoir. Je me penchai contre lui et posai des mains tremblantes sur mes boutons. Pourquoi étaient-ils si difficiles à défaire ? Avaient-ils grossi, et les boutonnières, rétréci ? Mes doigts étaient gauches.

Ryan les repoussa délicatement. Assis sur le bord de mon lit, ses mains plus habituées à tirer des paniers de basket s'affairèrent dans mon dos à déboutonner mon pyjama. Leur douceur me faisait l'effet de baisers. Quand il m'eut aidé à ôter mon haut, l'air frais vint caresser ma peau moite, et je frissonnai, croisant les bras sur ma poitrine. J'avais trop froid et j'étais trop lasse pour me sentir gênée.

Je fis une tentative de plaisanterie :

– Ce n'est probablement pas comme ça que tu imaginais de voir mes seins.

Mais je claquais si fort des dents que mes mots en étaient déformés.

– Nous aurons tout le temps pour ça quand tu te seras rétablie, répondit-il en m'aidant à enfiler mes bras dans les manches de mon tee-shirt propre.

Il se montrait d'une telle délicatesse que ses doigts me frôlaient, aussi légers que des plumes.

Les yeux fermés, je posai ma tête brûlante au creux de son épaule, le laissant attacher les boutons sur mon ventre couvert de bleus.

– Ce n'est pas le bon moment, commença-t-il d'une voix étouffée. Ce n'est pas non plus la façon dont je l'avais programmé. Mais je dois te le dire.

Ses doigts s'arrêtèrent sur mon troisième bouton, et il me chuchota à l'oreille :

– Je crois que je suis en train de tomber amoureux de toi.

J'essayai de rassembler le peu d'énergie qui me restait pour relever la tête et le regarder, et j'entendis à peine le bruit de la porte qui s'ouvrait.

– Bonjour !

La voix s'interrompit net.

– Je n'y crois pas, Winters ! C'est un hôpital, fit le nouveau venu d'un ton empreint de dégoût.

Ma tête toujours sur l'épaule de Ryan, j'aperçus Gyver sur le seuil de la chambre, furieux.

– Merde ! Qu'est-ce qui te prend ? Elle est malade, jamais je ne...

Ryan s'étrangla. Il arriva à bout de mes trois derniers boutons, me repoussa contre les oreillers et remonta mes couvertures. À l'instant où les draps frais remplacèrent la chaleur de son corps, je frissonnai.

Gyver rétorqua avec mépris :

– Ce n'est rien en comparaison de l'été dernier. Mais comment pourrais-tu le savoir ?

– C'est vrai. Je n'étais pas là à ce moment-là. Mais je suis ici maintenant. Alors arrête de te comporter comme si tu étais le seul à comprendre ce qui se passe.

Son ton était féroce, mais sa main sur ma joue était douce et fraîche.

– C'est une simple grippe, reprit Gyver.

– Elle est neutropénique. Elle n'a plus de système immunitaire, le corrigea Ryan. Rien de ce qu'elle attrape ne peut être une « simple » maladie. Tu sais à quel point ses formules sanguines sont mauvaises ? Ou que sa température a augmenté de quatre degrés depuis hier ?

– Comment sais-tu tout ça ? demandai-je d'une voix trop faible pour exprimer ma surprise.

– Les infirmiers, à l'instant. Internet. Les livres de ton père. Et j'ai écouté ce que le médecin te disait. Je ne veux pas que tu sois envoyée en chambre stérile.

Il avait l'air consterné.

– En chambre stérile ?

Gyver et moi avions eu la même réaction.

– Enfin, Mia ! Tu étais dans la même pièce quand le docteur te parlait ? m'interrogea-t-il d'un ton malheureux. Si tu ne réagis pas aux antibiotiques, tu vas être obligée d'aller en chambre stérile. C'est ce qui explique les pancartes *Lavez-vous les mains* sur ta porte et pourquoi les infirmiers n'arrêtent pas de nous interdire de nous embrasser.

– Mais ils ont dit que j'allais peut-être rentrer à la maison aujourd'hui. Non ?

J'avais du mal à me souvenir. Tout me semblait si loin.

– Hier, tout semblait aller bien, mais, ce matin, ta fièvre est remontée.

Prenant ma main, il la caressa de son pouce.

En entendant l'allusion de Ryan à « s'embrasser », Gyver avait étouffé un petit cri consterné. Je fermai les yeux. Mon état avait très probablement empiré à cause du stress de la veille au soir, certainement pas du baiser que je lui avais volé quand nos lèvres s'étaient frôlées. Peut-être aurais-je dû le rassurer. Mais j'en étais incapable.

– Ryan m'aidait à me changer. Mon haut de pyjama était trempé de transpiration, expliquai-je.

Les paupières alourdies, je lui jetai un coup d'œil. Gyver semblait accablé.

– Mi, comment es-tu tombée si malade ? Tu allais bien. Je serais resté.

Il s'avança d'un pas, mais s'arrêta. Ryan avait pris sa place sur mon lit.

– Je suis juste fatiguée.

– Bien sûr que tu es fatiguée, renchérit Ryan. Tu n'as pas bien dormi la nuit dernière. Tu pourras dormir dès qu'on t'apportera tes médicaments, je te le promets.

– Tu as passé la nuit ici ? s'exclama Gyver.

Après un long silence, il reprit d'une voix détachée :

– J'étais venu parler d'hier, mais j'ai l'impression que c'est inutile.

J'émis un long gémissement, et mes larmes jaillirent de sous mes paupières closes pour couler, glacées, sur mon visage enfiévré.

– Ne pleure pas, bébé, chuchota Ryan.

Je sentis son haleine douce sur ma joue, la caresse de sa main.

– Mi, fit la voix paniquée de Gyver.

Je n'ouvris pas les yeux. Je ne pouvais les regarder ni l'un ni l'autre. Pas plus que je ne pus regarder mes parents, les médecins, les infirmières, quand ils arrivèrent.

– Il y a trop de monde ici ! lança Infirmière Femme d'Affaires.

Sa voix forte couvrit le brouhaha des salutations, des mises à jour sur mon état, le hurlement de ma mère. D'un geste machinal, je refermai ma main sur celle de Ryan.

– Je suppose que je vais y aller, annonça Gyver.

Je ne protestai pas. Ne soulevai pas les paupières.

Je ne supportais pas de le voir me quitter pour la deuxième fois en deux jours.

36

Je passai les quarante-huit heures suivantes en proie à des hallucinations fiévreuses. Des chuchotements alternaient avec des cris incompréhensibles. Les visages s'élargissaient pour ressembler à ceux de clowns, puis se brouillaient devant mes yeux. Dans mon délire, les aiguilles des infirmières se transformaient en revolvers, puis en aiguilles à tricoter de ma mère.

Je me réveillais la bouche pâteuse, désespérée. Sans en comprendre la raison. J'étais sûre qu'à certains moments la fièvre tombait, le danger s'estompait, mais je ne m'en souvenais pas. Puis, peu à peu, je repris conscience de la réalité – j'étais capable de faire la différence entre le jour et la nuit. De m'asseoir sans voir la pièce tanguer. De me rendre compte que la seule personne qui m'avait tenu la main ou qui avait téléphoné de toute la semaine, hormis mes parents et M. et Mme Russo, était Ryan. Que son hâle d'été pâlissait, que des cercles noirs cernaient ses yeux, que des rides marquaient son front ; elles semblaient se creuser à chaque fois qu'il le frottait.

Quand, pour la première fois, j'ouvris les yeux et lui lançai : « Salut, Ryan », les siens se remplirent de larmes.

Il les essuya d'un revers de manche, se leva de son fauteuil et vint me serrer contre lui avec violence.

– Salut ! Comment tu te sens ?

– Fatiguée.

Il rit, renifla et me berça doucement.

– Fatiguée ? Comment est-ce même possible ?

Je voulais lui répondre. Mais j'avais les paupières lourdes et mes lèvres ne voulaient pas coopérer.

Mme Russo entra avec une assiette de biscuits. M. Russo la suivait avec un plateau sur lequel se trouvaient quatre tasses de café. Je n'avais envie ni de biscuits ni de café. J'avais envie de voir Gyver. Quand je m'aperçus qu'il ne les suivait pas, mon cœur se gonfla de tristesse.

– Où est-il ? demandai-je, en regardant le sol comme si le simple fait de le souhaiter assez fort pouvait le faire apparaître.

Mme Russo tendit les biscuits à mon père pour se laver les mains. Puis elle vint se placer à côté de moi et posa une main chaude sur mon bras.

– Gyver est à la maison.

Sa voix et son regard étaient empreints de tristesse. Je préférais ne pas en connaître la raison.

– Il ne... Il n'a pas...

Le fait de formuler ces pensées revenait à admettre son absence prolongée à voix haute. Je ne pouvais m'y résoudre.

– Est-ce que tu veux que je lui transmette un message ?

Je fis non de la tête. Quand il m'avait demandé si je voulais qu'il vienne, je lui avais répondu : « Toujours. » Je n'avais pas envisagé qu'il puisse ne pas partager mon besoin de le voir.

Au bout de quatre jours, je fus libérée et renvoyée à la maison, où le Dr Kevin m'ordonna trois jours de repos supplémentaires avant de reprendre les cours. J'étais toujours à la limite de la neutropénie. Mes globules blancs n'étaient pas en nombre suffisant pour lutter contre une infection. Le médecin m'avait imposé des règles concernant les visites : une personne à la fois, et obligation de porter un masque de chirurgien. Non que cela ait grande importance. Ryan était mon seul visiteur.

Je savais que le silence de Lauren était mauvais signe. Le fait qu'Hil ne soit pas arrivée en trombe chez moi pour prendre de mes nouvelles était aussi de très mauvais augure. Quant à l'absence de Gyver, je préférais ne pas y penser.

Je voulais retrouver la douce quiétude de l'engourdissement des somnifères. Je voulais les petits cachets magiques qui me permettaient de m'évader dans le sommeil et d'oublier ma peur. Au lieu de cela, la peau autour de mes yeux et de mon nez était à vif à force de larmes. Il m'arrivait de me réveiller et de trouver ma mère debout sur le seuil de ma porte, comme montant la garde devant mon corps endormi. Mon père passait son temps sur Internet et au téléphone. Il avait commencé à créer des tableaux sur des traitements expérimentaux et de nouveaux médicaments en développement.

– Nous n'avons pas besoin d'eux. Mais savoir qu'ils existent me rassure, m'expliquait-il.

Ma mère s'agitait au-dessus de moi, maintenant, ses doigts cherchant constamment à toucher mon front, guettant la fièvre. Elle se tracassait au sujet des germes. Elle devenait encore plus maniaque que Mme Russo sur la propreté de sa cuisine ; elle passait l'aspirateur dans ma chambre et changeait mes draps quotidiennement.

Cette nuit de séparation l'avait changée. J'avais du mal à déterminer si ce changement était dû à notre dispute ou à ma fièvre. Elle ne posait pas de questions, ne faisait plus intrusion dans mon silence. Elle me laissait tellement d'espace que je sentais comme une barrière entre elle et moi. Je ne savais pas comment aller vers elle pour la rassurer comme elle en aurait eu besoin. Nous tournions l'une autour de l'autre en orbites prudentes.

– Chaton, tu as une visite.

Elle lança un regard éloquent au masque antigermes et disparut dans la lingerie.

J'étais en train de remplir un verre au robinet de la porte du réfrigérateur, regrettant de ne pas réussir à me convaincre que seule la déformation due au métal donnait à mon reflet un look aussi éthéré.

– Salut ! fit la voix de Gyver, à la fois douce et hésitante.

Jambes et bras croisés, il était appuyé contre la porte de la cuisine, dans une attitude qu'il voulait décontractée. Mais sa posture était raide, ses yeux, baissés vers le sol carrelé.

– Salut ! Tu veux de l'eau ? demandai-je en levant mon verre.

D'un geste gauche, je le posai sur le plan de travail.

– Non. Tout va bien.

Je le regardais, attendant qu'il lève les yeux. Il aurait dû se laver les mains et j'aurais dû mettre un masque chirurgical. Mais ces oublis me paraissaient moins importants que la nécessité de combler la distance entre nous.

– Tu viens ? demandai-je avec un geste vers la salle de séjour derrière lui.

Je ne voulais pas rester dans la cuisine. Ma mère allait débouler d'une minute à l'autre pour vider le lave-vaisselle et essuyer le plan de travail. Il me laissa le précéder. Je m'installai dans le canapé et il choisit un fauteuil inclinable, face à moi. Ce n'était pas bon signe. J'enroulai les bras autour de mes jambes repliées.

– Gyver, à l'hôpital..., commençai-je.

Il m'interrompit :

– Ryan m'a dit que tu voulais me voir.

– Vraiment ? m'étonnai-je.

Je ne l'avais chargé d'aucun message.

– Oui. Si tu voulais me voir, tu aurais dû me téléphoner directement.

J'appuyai la joue sur mes genoux.

– Mais je voulais te voir. Pourquoi ne m'as-tu pas appelée ? Pourquoi n'es-tu pas venu me voir ? Je sais que l'hôpital n'est pas marrant, mais je suis à la maison depuis plusieurs jours, tu me manques. Je ne comprends pas ce qui nous arrive.

Je serrai mes genoux plus fort, les doigts enroulés autour de mes tibias.

Gyver ferma les yeux et émit un petit cri d'animal blessé.

– On est deux, Mia. Moi non plus, je ne sais pas ce qui se passe.

– C'est à cause de ce qui est arrivé à l'hôpital ?

– On doit en parler.

Il se pencha en avant et, d'un geste las, se frotta le visage.

– Ça ne voulait rien dire, précisai-je.

Je repensai à sa colère quand il avait vu Ryan m'aider à boutonner mon pyjama.

Il rougit, s'adossa à son fauteuil, les mains plaquées sur ses genoux.

– J'ai compris, lâcha-t-il.

– C'est un petit ami très attentionné.

Incapable de continuer, je me tus. Cette conversation devenait trop pesante.

– Je suis venu te voir pour que tu me parles de M. Muscles ?

Ses paroles étaient glaciales. Il regardait fixement un point sur le mur, derrière ma tête.

– Non, ce n'est pas pour ça que je voulais te voir. Je voulais m'assurer que tu ne m'en voulais pas.

J'étais triste de savoir qu'il avait besoin d'une raison pour me voir, qu'il ne serait pas venu spontanément.

– Pas du tout, répondit-il, sa voix s'adoucissant, presque lasse.

– Tant mieux.

Je n'étais pas sûre de pouvoir le croire. Et j'avais tant de choses à lui dire.

– Merci d'être revenu voir comment j'allais, l'autre matin. Je n'ai jamais eu l'occasion de te remercier.

D'une main, il ébouriffa ses cheveux.

– Mi, je n'ai pas dormi cette nuit-là. Je ne voulais pas te quitter et, le matin, j'ai conduit comme un fou pour revenir à l'hôpital. Je ne supportais pas la pensée de te savoir seule et triste. Mais tu n'étais pas seule, se souvint-il, soudain amer.

– Tu aurais préféré que je le sois ? C'était la pire nuit de ma vie. Oui, Ryan est resté. Et alors ? Qu'est-ce qui te chagrine ? Tu as Meagan. Tu n'as pas perdu une seconde pour la suivre quand tu as vu qu'elle se sentait mal. Qu'est-ce que ça peut bien te fiche que Ryan en ait fait autant pour moi ?

J'avais haussé le ton. J'agrippai mes chevilles, essayant de contenir mon exaspération.

Il me dévisagea, le regard sombre, désespéré. J'étais incapable de faire face à une telle intensité sans pleurer. Je n'avais fait que cela ces derniers temps : pleurer. Cette fois, néanmoins, je ne savais pas pour qui coulaient mes larmes.

– Tu as raison. Ça ne devrait rien me faire.

Il poussa un long soupir résigné auquel le mien fit écho.

– Mais qu'est-ce que Meagan vient faire dans tout ça ? reprit-il. Je ne sais pas ce que tu attends de moi. À part toi, je n'ai plus le droit d'avoir d'amies filles, maintenant ?

La tête baissée, je le regardai à la dérobée.

– Il y a une grosse différence entre une amie fille et une petite amie.

Il se leva et se mit à faire les cent pas dans le living. Puis, prenant un coussin, il l'écrasa entre ses mains.

– Exactement. Et Meagan ne sera jamais rien de plus qu'une amie pour moi.

– Comment ?

Oh, non ! J'étais absolument consternée. Gyver ne pouvait pas être célibataire. C'était impossible. Parce que s'il l'était... Je venais de dire oui à Ryan après l'avoir « mené en bateau » pendant un mois. Et c'était un garçon bien. Un type super.

– Mi, tu ne comprends pas ?

Il serrait le coussin si fort que les jointures de ses doigts avaient blanchi.

Je secouai la tête. Plus rien n'avait de sens.

– Je sais que ton petit ami est la perfection incarnée et que tu n'as plus besoin de moi, mais réveille-toi ! Tu ne vois pas ?

– Je ne voulais pas..., commençai-je, les mots s'étranglant dans ma gorge. Et Ryan...

Accablée, je secouai de nouveau la tête.

– Je dois y aller.

– Gyver. Attends. S'il te plaît ?

Je me levai et me précipitai vers lui en agrippant ses bras. Je tirai sur sa chemise jusqu'à ce qu'il se retourne.

– S'il te plaît.

Je devais lui parler de tant de choses. Mais je n'avais préparé qu'un aveu. Je m'étais débattue avec l'idée toute la semaine. Je savais quels étaient les seuls mots qu'il fallait lui dire, ceux que j'avais besoin de dire.

– À l'hôpital, ce soir-là, c'était la première fois...

Le souffle court, je repris d'une voix râpeuse :

– La première fois...

– Mia, tu as été très claire. Je ne veux vraiment plus rien entendre.

Il m'attira en une étreinte très brève et me repoussa.

– Repose-toi. Je suis content que tu te sentes mieux. À bientôt.

« Bientôt » n'était pas demain. Ce n'était pas « Je te téléphone tout à l'heure ». « Bientôt », c'était vague. Je le regardai s'éloigner. J'aurais tant voulu savoir quels mots pourraient le retenir, me rendre le Gyver de ce mois d'août que nous avions partagé.

Il n'avait pas écouté. Il ne m'avait pas laissée finir ma phrase : à l'hôpital, le soir où il était venu avec Meagan, pour la première fois, je m'étais rendu compte que je n'allais peut-être pas vaincre la maladie. Que j'allais peut-être mourir.

37

Lundi soir, nous reçûmes un coup de téléphone annonçant que ma formule sanguine était redevenue normale. Non sans réticence, mes parents acceptèrent de me renvoyer en cours le mardi, armée d'une dose supplémentaire de gel antibactérien. J'avais ordre de leur téléphoner régulièrement pour faire le point. Après que j'eus refusé la proposition de mon père de me conduire et repoussé la question de ma mère : « Tu es sûre de ne pas vouloir rester à la maison une journée de plus ? », ils me laissèrent partir avec des sourires de parents anxieux un premier jour de maternelle.

Sous ma façade « Allons, maman, tout ira bien ! », j'étais une vraie loque. Hil n'avait pas rappelé et Ryan refusait de croiser mon regard quand je lui posais des questions sur les Filles du Calendrier. J'avais promis la vérité à Hil mais n'avais pas pu la lui révéler. Et, même si, cette fois, ce n'était pas de ma faute, mes mensonges du passé m'étiquetaient comme coupable. Accablée par cette évidence, j'avais mis plus longtemps à me préparer ce matin et j'arrivai au lycée avec une demi-heure de retard.

J'étais en train de refermer mon casier quand j'entendis :

– Salut ! Ça faisait longtemps. Je ne savais pas que tu étais revenue.

Je me retournai pour me retrouver nez à nez avec Chris qui affichait un sourire penaud.

– Salut !

– Tu as une seconde ?

L'air embarrassé, il jouait avec une carte magnétique, qu'il finit par enfoncer dans la poche de son jean.

– Bien sûr. Que se passe-t-il ? Ryan va bien ?

Il se dandinait d'un pied sur l'autre, les yeux fixés sur mes jambes. Mais il n'avait pas son regard habituel de dragueur. Il semblait plutôt signifier : « Je suis nerveux et tu es dans mon champ de vision. »

– C'est plus ou moins ce que je veux savoir. Ça va entre vous deux ? Je sais qu'il n'a pas beaucoup d'argent, entre sa voiture et ses économies pour la fac.

Il releva la tête et me regarda comme si j'étais censée avoir la moindre idée du sens de cette conversation. Devant mon air perplexe, il reprit :

– Je veux savoir si Ryan et toi avez besoin d'argent ou de quoi que ce soit. Si c'est le cas, je vous aiderai.

– De l'argent ? répétai-je, de plus en plus intriguée.

– Tu sais, pour les couches et tout. Les bébés, ça coûte super cher. Du moins, c'est ce que persiste à dire le Dr Phil.

Il avait ressorti sa carte magnétique et la contemplait comme si elle contenait un message caché.

Abasourdie, je chuchotai :

– Les bébés ? Chris, je ne suis pas enceinte.

– Tout va bien, me rassura-t-il. Nous serons là pour vous. J'espère qu'il te ressemblera plus qu'à Ryan, sinon ce sera un affreux bâtard... euh... un affreux bébé.

– Nous n'allons pas avoir de bébé. Qu'est-ce qui te fait penser ça ?

– Tu ne bois plus, tu ne viens plus aux soirées, tu manges comme une hippie végétarienne, tous ces trucs bizarres et naturels. Tu es tout le temps absente. Ce n'est pas à cause de nausées matinales et de toutes ces merdes de quand on est enceinte ?

À mesure qu'il s'animait, il parlait plus fort, attirant le regard de certains retardataires dans le couloir.

– Ça suffit ! Je ne suis pas enceinte.

J'avais répondu d'une voix sourde. Mais je ne pouvais pas lui en vouloir. Il n'était pas venu me trouver pour répandre des ragots ou pour se moquer de moi, mais pour me proposer son aide. J'enchaînai donc :

– Merci quand même. C'est sympa de savoir que, si on a besoin d'aide, on a des amis sur qui on peut compter. Mais je peux te garantir que cela n'arrivera pas.

– Pas de problème, fit-il avec un haussement d'épaules qu'il voulait désinvolte.

Pourtant, ses oreilles rouges et son sourire timide trahissaient sa gêne.

Il s'apprêtait à tourner les talons quand je lui demandai :

– Attends, qui fait courir ce bruit ?

Il baissa les yeux.

– Personne.

– Hil ?

Il toussota.

– Beaucoup de gens ont raconté des trucs. Je veux dire, il se passe quelque chose. Tu es un vrai zombie cette année. Je connais Ryan depuis toujours, et je ne l'ai jamais vu comme ça. Même pas quand son père est parti.

Je tressaillis et baissai les yeux.

– À propos d'Hil, tu l'as vue depuis que tu es revenue ? demanda-t-il.

Même lui paraissait nerveux.

– Alors elle est vraiment furieuse ?

J'avais les mains moites. Je voulais poser mes livres de français et de maths et les essuyer sur ma jupe.

– Oui, acquiesça-t-il. Mais elle ne veut pas me dire pourquoi. C'est toujours à cause de ce truc idiot avec Ryan ? Elle n'est pas intéressée par Winters. Je le jure, elle ne l'est pas !

Je m'adossai à mon casier. Avant, mes amies l'auraient décoré pour m'accueillir au retour d'une absence. Mais c'était à l'époque où les Filles du Calendrier faisaient pâlir de jalousie tout le lycée. C'était toujours le cas. Hélas, apparemment, je ne faisais plus partie du quatuor.

– Non, ce n'est pas ça. Et puis, Ryan m'aime. Il ne ferait jamais...

Chris émit un sifflement.

– Waouh ! Je savais que tu avais zappé le pacte d'Hillary et que vous aviez commencé à sortir ensemble, mais l'amour ? Winters et toi parlez d'amour ?

– Moi pas.

L'esprit toujours préoccupé par Hil, j'avais répondu machinalement.

– Attends ! Ryan, Ryan Winters, te dit qu'il t'aime et tu ne lui réponds pas que tu l'aimes aussi ?

– Je l'aime beaucoup.

Je n'y avais pas réfléchi, mais, en entendant le rire de Chris, je m'aperçus de la cruauté de ma réponse.

– Oh là là, il est mordu !

– Et toi, avec Hil, tu n'es pas mordu, peut-être ? rétorquai-je, espérant avoir touché juste.

Il esquissa un pâle sourire.

– Je ne sais pas de quoi tu parles.

– Tu as besoin de travailler ton masque impassible.

Il essayait d'arrêter de sourire. En vain.

– Bon, je ferais bien d'y aller, sinon Mme Fryer va lancer une battue, plaisanta-t-il. Bonne chance pour le déjeuner. Je suis content d'être un mec, les filles sont trop dramatiques.

J'avais besoin de plus que de la chance. Mais je ne savais pas de quoi. Peut-être n'étais-je pas encore prête pour retourner en classe. Peut-être aurait-il mieux valu que je remonte en voiture et que je rentre chez moi. Que je me remette au lit et que je continue à me cacher pendant quelques jours. Au lieu de cela, je m'engageai dans le couloir pour aller en cours de français, redoutant chaque seconde qui me rapprochait de ma prochaine rencontre à la cafétéria avec mes meilleures amies.

38

À l'heure du déjeuner, j'aperçus Ryan qui attendait devant mon casier. Il avait l'air anxieux, épuisé. Quand il me vit, il parut soulagé et me sourit, ses fossettes creusant ses joues.

– Comment vas-tu ? me demanda-t-il.

– Ça va. Tu peux m'embrasser ?

Je me nichai au creux de ses bras. J'aurais voulu rester ainsi, ma joue contre son torse, blottie dans son étreinte qui me réchauffait. Encore quelques secondes, encore quelques minutes. Le temps de rassembler le courage de gagner la cafétéria et d'affronter les filles.

– Rendez-moi service : c'est l'heure du déjeuner, j'aimerais bien ne pas être malade avant la pizza de la cafèt', plaisanta Chris en nous voyant enlacés.

Son pas se rapprochait. Ryan lui adressa un salut de la main mais je ne levai pas la tête.

Chris riait. L'espace d'un instant, Ryan me serra plus fort, et je sus que c'était mon signal.

L'heure du déjeuner.

L'heure de la confrontation avait sonné : le spectacle pouvait commencer !

Si personne n'encourageait jamais les blagues idiotes de Chris, cela ne l'avait jamais empêché de s'amuser tout seul. Aujourd'hui, toutefois, alors que nous nous approchions de la table des pom-pom girls, il resta muet. Tout le monde s'arrêta de manger. On aurait pu entendre une mouche voler.

Chris toussota :

– Salut, Hil ! Regarde qui j'ai trouvé ?

– J'aurais préféré que tu t'abstiennes, rétorqua-t-elle d'un ton glacial.

Elle revint à sa grappe de raisin. Ally laissa tomber son bagel. Elle fut la seule à me répondre quand je lançai : « Salut, les filles ! » Son « Salut, Mia ! » était étouffé, presque coupable. Le regard assassin d'Hillary lui fit lâcher de nouveau son bagel.

J'embrassai Ryan sur la joue en lui donnant rendez-vous plus tard. J'aurais voulu qu'il soit assis à côté de moi, qu'il me tienne la main, mais jamais Chris et lui ne s'asseyaient à notre table un jour normal, et je voulais feindre qu'aujourd'hui en était un.

Hil qui m'ignorait et Ally et Lauren qui l'imitaient constituaient la principale attraction de la cafétéria bondée.

Ce n'était ni l'endroit ni la façon dont j'avais planifié notre explication, mais, quand je vis que ma troisième question sur l'équipe était encore ignorée, je ne pus plus supporter la tension.

– On peut parler ?

– Non, fit Hil en se levant.

Je me tournai vers Ally. Trop occupée à dévisager Hil d'un air inquiet, elle ne me remarqua même pas. Lauren refusait de croiser mes yeux, ce qui n'avait aucun sens. Elle savait. Comment pouvait-elle se sentir trahie, ou laissée de côté ? Toutes ces raisons qui expliquaient l'animosité d'Hil à mon égard.

J'essayai la fermeté mais ne parvins qu'à lancer d'un ton désespéré :

– Hillary, assieds-toi et écoute-moi. Je sais que tu m'en veux à mort de ne pas t'avoir téléphoné, mais j'avais vraiment une très bonne excuse.

Elle pivota sur ses talons, ses ongles rouges pointés vers moi, à quelques centimètres de mon nez.

– Je ne veux plus d'excuses. D'ailleurs, maintenant, je m'en fiche. Je ne vois pas pourquoi je ne m'en ficherais pas ! Ça fait onze jours que tu as promis de téléphoner. Il est évident que je ne compte pas beaucoup pour toi.

Elle laissa retomber sa main de côté et, les poings serrés, commença à s'éloigner.

Mon stupide secret semblait être la dernière carte à jouer. Si l'idée de tout lui avouer m'était insupportable, le faire de cette façon l'était encore plus.

– Bien sûr que tu comptes pour moi. Hil, attends !

Ignorant mon appel, elle continua à s'éloigner. Dépassa deux tables, trois. Des tables remplies d'élèves qui nous regardaient avec une fascination non dissimulée, dans l'espoir d'un scandale.

– J'ai un cancer, hurlai-je enfin.

Cinq tables nous séparaient. Je me hâtai vers l'endroit où elle s'était arrêtée net, sous les regards abasourdis de l'assistance. Elle me tournait toujours le dos. Prenant une profonde inspiration, je déclarai :

– Leucémie.

De mes doigts tremblants, je retirai ma perruque. J'avais l'impression que le monde entier était sur *Pause*. Certains des élèves s'agitèrent, mal à l'aise, d'autres se penchèrent en avant. Les seuls bruits troublant le silence de la salle étaient le froissement des papiers d'emballage du déjeuner et le mot « leucémie », chuchoté.

– Hil ? Tu m'as entendue ?

Elle se retourna, dévoilant ses yeux brillants de larmes, sa bouche tremblante.

Les poings toujours crispés, elle croisa les bras en un geste rageur.

– J'ai entendu.

Dans la cafétéria qui vibrait de la fébrilité de toute l'assistance aux aguets, les « Chut ! » résonnaient.

– Seulement, je l'ai déjà appris par Lauren il y a une semaine. Je ne peux pas croire que tu ne m'aies rien dit. J'attendais mon tour. Ce ne sont pas les occasions qui ont manqué. Comment as-tu pu ne pas m'en parler ?

– Hil, ça ne s'est pas passé comme ça...

Ally, Lauren, Chris nous avaient rejointes. Mais mes mots n'étaient destinés qu'à elle seule. Quand Ryan posa une main sur mon épaule, je me dégageai.

– Ça ne s'est pas passé comment ? demanda-t-elle. Tu ne l'as pas raconté à Gyver, à Ryan, à Lauren, peut-être ? À Lauren ! Je n'y crois pas ! Mais à moi, rien !

– Attends ! Qu'est-ce que ça veut dire ? protesta Lauren.

– Tais-toi, Lauren ! lui intima Hil.

Simultanément, je lui lançai :

– Ne te mêle pas de ça !

Lauren battit en retraite et alla se réfugier à côté d'Ally, qui regardait ma tête chauve. Elle commença à pleurer, silencieusement d'abord, puis à hoqueter, prête à sangloter.

Je ne savais pas quoi dire. Un brouhaha s'était élevé dans la cafétéria : « J'aurais parié que c'était de l'anorexie. » « J'aurais misé sur la drogue. » « Tu peux croire qu'il sort avec elle ? » « Pourquoi ? »

Hil serrait et desserrait les poings, et mon cœur battait beaucoup trop vite. J'avais un tel nœud dans la gorge que, même si j'avais su quoi dire, je n'aurais pas pu parler.

Nous nous regardions fixement, en silence. Hil fut la première à le briser pour murmurer d'une voix tremblante :

– Je suis censée être ta meilleure amie. Meilleure amie ? Et tu m'as caché une chose aussi grave pendant des mois ?

– Je suis désolée. Je ne voulais ni de ta pitié ni...

– Moi aussi, je suis désolée. Désolée d'avoir perdu autant de temps à m'inquiéter de ce que j'avais fait pour te vexer et te pousser à m'ignorer. Toi qui passes ton temps à te plaindre de ta mère, tu es en train de devenir comme elle, en version junior. Félicitations ! Tu n'as pas ma pitié. Tu n'as pas mon amitié non plus. C'est fini !

Sur ces mots, elle sortit de la cafétéria en trombe. Cette fois, je ne la suivis pas. Lauren, en revanche, se hâta derrière elle. Ryan parlait à Chris, la main posée sur son épaule. Ally attendait. J'avais l'impression d'être l'épicentre d'un désastre.

– Pourquoi tu ne m'as rien dit ? me demanda Ally.

Je regardai notre Fille du Printemps. À cet instant précis, elle n'avait rien de solaire ni d'optimiste. Ses cheveux habituellement impeccables étaient remontés en un chignon négligé, elle avait le visage marbré, ses larmes avaient laissé des traînées de mascara sur ses joues.

– Je n'ai rien dit à personne. Cela ne te visait pas en particulier.

Son regard se fit dur, sa voix perdit sa tonalité rêveuse.

– Vraiment ? D'après Lauren, tu as choisi de ne pas te confier à moi. Tu ne me faisais pas assez confiance pour que je garde le secret, c'est ça ?

Je pris une profonde inspiration et m'apprêtais à nier quand elle reprit dans un chuchotement :

– Je pensais que nous étions amies.

Ses larmes trahissaient son chagrin. Elle avait l'air si vulnérable. Nous avions toujours fait en sorte de protéger Ally, mais j'étais épuisée. Tout le monde attendait quelque chose de moi alors que je n'avais même pas l'énergie de satisfaire mes besoins les plus essentiels. Comme de respirer. Un tel poids m'oppressait la poitrine.

– Nous sommes amies.

– Vraiment ? Je n'en ai pas l'impression. Mia, tu pourrais mourir. Comment tu as pu ne pas nous en parler ?

Ses mots réveillèrent la peur tapie en moi. Cette peur entretenue par les recherches frénétiques de mon père et l'anxiété de ma mère, cette peur exacerbée par ma toute nouvelle fragilité. Incapable de la contrôler, je n'avais pas besoin que l'on me la rappelle.

Je retins mon souffle et clignai des yeux pour refouler mes larmes.

– Tu as raison. Je pourrais mourir.

Les mots étaient amers dans ma bouche, assez toxiques pour me donner la nausée. Ma réponse était laconique, mon ton, monocorde. Mon esprit bloquait tout autour de moi, se détachant de l'enfer que je vivais.

– Tu t'en... tu t'en fiches ? gémit-elle.

Que je m'en fiche ou pas, qu'est-ce que cela changeait, de toute façon ? Essayer de répondre à sa question était au-delà de mes forces. Et je devais concentrer toute mon énergie pour m'empêcher de m'écrouler, de suffoquer ; je n'en avais même pas assez pour la regarder dans les yeux.

Je la vis tourner les talons et s'éloigner. Arrivée à quelques mètres de la porte, elle se mit à courir. Je voulais me lancer à sa poursuite, m'excuser pour tout. Mais j'étais comme pétrifiée.

Qu'avais-je fait ? Ryan et Chris me regardaient avec la même expression horrifiée.

Ryan fut le premier à se ressaisir.

– Mia, assieds-toi. Tu trembles comme une feuille. Je ne sais pas comment tu peux rester debout.

Il m'entraîna vers une chaise, à une table vide. Docile, je lui obéis mais me relevai aussitôt.

– Il faut que j'aille chercher Ally.

– Reste assise. Je vais y aller. Chris, tu peux t'occuper de Mia ?

Il attendit son signe d'approbation et traversa la pièce en direction de la sortie.

– Il ne saura pas où la trouver, bredouillai-je en montrant la banane abandonnée de Lauren. Elle est sans doute dans les vestiaires des filles. Il ne va pas y aller.

– Qu'est-ce qui se passe, Mia ? me demanda Chris sans me regarder. Tu ne peux pas au moins remettre tes cheveux ?

Il avait les yeux fixés sur les restes du déjeuner et commença à empiler les pots de yaourt et les cannettes de Coca light sur un plateau vide.

– C'est une perruque.

Je l'avais roulée en boule dans ma main. Malgré les cheveux emmêlés, je parvins tant bien que mal à la rajuster sur mon crâne.

– Sans blague ! Une perruque. Tu n'as pas pensé à me parler de tout ça ce matin, quand nous avons eu notre petite conversation devant les casiers, persifla-t-il.

– Je ne l'avais pas encore dit à Hillary. Je voulais qu'elle soit la première à savoir. Et pas comme ça.

Me fichant des germes, j'appuyai mon front sur la table poisseuse. Je n'avais pas l'énergie d'affronter une nouvelle salve d'accusations.

– Alors tu exploites Ryan, tu fais pleurer Hil et tu as un cancer ? Quoi d'autre ?

Je me forçai à le regarder.

– J'exploite Ryan ? répétai-je. Je ne l'ai jamais exploité. Il sait que je suis malade. Il l'a toujours su. Il est venu à l'hôpital.

– À l'hôpital ? Tu as une maladie mortelle, et tu veux bien sortir avec lui, mais tu n'es pas amoureuse de lui ? Merde !

– Je l'aime vraiment beaucoup. Et peut-être, un jour, je l'aimerai tout court. Mais pas encore, c'est tout.

Je m'aperçus soudain que j'étais en train de me justifier. Mais je ne pouvais pas m'en empêcher. J'enchaînai alors :

– Les gens ne sont pas obligés de s'aimer de la même manière. Si Hil et toi commenciez à sortir ensemble maintenant, tu serais plus intéressé par elle qu'elle par toi. Serait-elle une garce pour autant ?

– C'est différent.

Je me levai et il m'emboîta le pas. Je ne pouvais plus supporter d'être dans cette pièce pleine de regards et de chuchotements.

– Pourquoi ?

– Parce qu'elle n'est pas en train de mourir, explosa-t-il. Et toi, tu l'es ? Tu sais ce que ça fera à Ryan ? À Hil ? Elle ne le supportera pas.

Je ne pouvais m'empêcher de respecter la réaction de Chris. Au moins, il était honnête et ne feignait pas l'optimisme.

– Je n'ai pas demandé à être malade.

– Que suis-je censé faire maintenant ? demanda-t-il en balançant les déchets à la poubelle, plateaux inclus. C'est mon meilleur ami et Hil était la tienne. Merde ! C'est quoi, ma place dans tout ça ?

Je fermai les yeux pour répondre à sa question. Une réponse valable pour toutes les questions qui se bousculaient dans ma tête.

– Je ne sais pas. Je ne sais pas. Je ne sais pas.

39

Ce soir-là, j'emballai mon uniforme de pom-pom girl. Continuer cette mascarade n'avait plus aucun sens. Désormais, ma performance se déroulait hors terrain et consistait à feindre l'indifférence devant les regards inquisiteurs et les chuchotements des autres élèves. Esquiver leurs questions et l'inquiétude de mes professeurs était devenu une compétence dans laquelle j'excellais. J'étais même ceinture noire. Je m'asseyais en cours, défiais des yeux ceux qui murmuraient leurs ragots, congédiais les lèche-bottes en quête d'attention, et fuyais tous ceux dont l'inquiétude était sincère.

Ryan ne s'apitoyait pas trop sur mon sort. Du moins pas si cela revenait à choisir entre ses amis – mes anciens amis – et moi. J'étais prête à parier que, si j'avais espéré l'entendre commenter la froideur persistante de Gyver, il aurait eu des tas de choses à dire. Mais il semblait ne pas vouloir parler de mon différend avec les autres. J'aurais voulu qu'il me serre dans ses bras et m'assure que tout allait s'arranger, qu'il me propose de sécher les cours pour me ramener chez moi afin que je puisse aller me terrer sous mes couvertures.

Au lieu de cela, ma main pressée dans la sienne, il m'accompagna jusqu'à la porte de ma salle de cours.

– D'accord, ça s'est mal passé hier, mais comment croyais-tu qu'ils réagiraient ? Ils souffrent.

Moi aussi, je souffrais. Et mon téléphone restait silencieux, comme si la Mia qui recevait plein d'appels n'avait jamais existé. Le sac contenant mon uniforme était toujours rangé dans mon casier et, chaque fois que je prenais un livre, j'avais l'impression qu'il me narguait : « Avant, tu étais cette pom-pom girl. Avant, tu étais heureuse. »

Quand, enfin, je trouvai la force de le donner à Hil le mercredi, elle me déclara :

– Bien. Je pensais que j'allais être obligée de te téléphoner pour te demander de nous rendre l'uniforme.

– Je sais que tu m'en veux à mort, mais ne me parle pas comme ça. Ce n'est pas parce que je ne fais plus partie de l'équipe que nous ne pouvons pas être amies.

– Pour info, toi et moi ne sommes plus amies depuis un moment. Tu viens juste de me rendre l'uniforme qui faisait de toi une fille qui valait la peine d'être remarquée.

Elle prit le sac et le fourra au fond de son casier.

– Hil, plaidai-je.

– Non ! Tu t'es toujours conduite comme si tu valais mieux que nous. Avec tes notes parfaites, tes parents parfaits. Tu te croyais plus intelligente, plus sympa, plus jolie.

– Pas plus jolie...

M'apercevant de ce que je venais de dire, je plaquai une main sur ma bouche.

S'acharnant, Hillary reprit :

– Un de ces jours, Ryan va te larguer et Gyver n'aura plus son air de vouloir se jeter sous un train devant toi. Et qu'est-ce qui te restera ?

– Pas ma meilleure amie, manifestement, rétorquai-je.

Sa voix se brisa.

– Comment as-tu pu ne rien me dire ?

Sans me laisser le temps de répondre, elle fit claquer la porte de son casier et partit en courant le long du couloir.

Qu'est-ce qui me resterait ? Obsédée par ses paroles, je pris ma voiture pour parcourir les rues tranquilles d'East Lake et faire le tour du lac qui avait donné son nom à la ville. Je ne voulais pas rentrer à la maison et affronter l'énergie nourrie d'anxiété de ma mère. Ryan était coincé à un entraînement de foot.

Qu'est-ce qui me resterait ? Gyver avait fait le choix de m'ignorer, Ryan était déstabilisé, mais c'était la question d'Hil qui me laissait songeuse. Le cancer m'avait tant coûté : mes amis, mes bonnes notes, mon activité de pom-pom girl. Je ne savais même plus qui j'étais. J'avais besoin de savoir. Allais-je guérir et aurais-je le temps de tout réparer ?

Enfoncer l'accélérateur. Freiner. Tourner le volant. Mettre le clignotant. M'arrêter aux stops : c'étaient des réflexes automatiques. J'étais reconnaissante pour ces gestes machinaux, car les pensées s'entrechoquaient beaucoup trop vite dans mon esprit pour rester cohérentes. Je fixais la route devant moi, voyais les autres voitures, gardais une distance raisonnable, mais j'étais hermétique à tout. Jusqu'à ce que le voyant de l'essence s'allume et se mette à biper. Je regardai autour de moi sans rien reconnaître des lieux. Je n'étais pas à East Lake. J'avais sans doute atteint les limites de Green Lake. Je me rapprochais d'Hamilton et des routes plus importantes. Sur ma gauche, j'avisai une station-service dans un centre commercial décrépit, le long de la route. Je m'arrêtai devant la pompe et, tout en faisant le plein, survolai les devantures du regard : une agence d'assurances, un comptoir d'or, un magasin « tout à un dollar ». Et un panneau pour un cabinet de voyance.

Une main posée sur la pompe, je sentis les chiffres s'arrêter de défiler. Je détachai les yeux des lettres dorées sur fond bleu canard de l'enseigne, sortis le tuyau du réservoir et revissai le bouchon.

Voilà un moment déjà que je cherchais un moyen de connaître le dénouement de ma maladie. Et j'avais devant moi une réponse flagrante. Ma vie serait-elle placée sous le signe de la chance, comme un trèfle à quatre feuilles sous un fer à cheval ? Ou celui de la malchance, comme un chat noir passant sous une échelle un vendredi 13 ? Tant que je ne serais pas entrée, je ne le saurais pas.

Je m'attendais à des foulards, des boules de cristal, comme si la porte vitrée moderne cachait une tente de gitane. Mais je me trompais. J'avais l'impression d'être dans la salle d'attente de mon dentiste. Il y avait des plantes en pots, les paysages habituels encadrés sur des murs beiges, des tapis industriels, et une télévision allumée sur une chaîne diffusant des séries.

Un grand bureau en L trônait au milieu de la pièce, avec, d'un côté, un ordinateur et des feuilles imprimées, de l'autre, un service à thé, des boules de cristal et un paquet de cartes de tarot usées. Une femme corpulente aux cheveux gris, crépus, était assise derrière. Elle me sourit et éteignit la télévision.

– Vous êtes venue vous faire tirer les cartes, ma mignonne ?

Sa voix apaisante semblait beaucoup trop jeune pour son visage ridé et ses doigts noueux.

– Je crois.

Malgré la fraîcheur de cette fin d'après-midi d'octobre, incapable de refermer la porte derrière moi, je laissai la chaleur s'échapper.

– Ah, c'est votre première fois ? Ne vous inquiétez pas, je ne mords pas.

Elle se leva pesamment de sa chaise, brancha une bouilloire électrique, tamisa la lumière et pressa *Play* sur une chaîne hi-fi. Une musique exotique s'en échappa. Gyver en aurait reconnu l'origine et les instruments. Je la trouvai gênante.

– Entrez, asseyez-vous. Nous allons faire une lecture du tarot et des feuilles de thé. Ce sera un bon début.

Je relâchai la porte. Elle se referma en claquant, et je sursautai. Avisant les tarifs affichés dans un cadre, sur le coin du bureau, je fouillai dans mon sac et en tirai un billet de vingt dollars. Tout en fredonnant, elle le fit glisser sur le bureau puis se mit à battre et à étaler ses cartes de tarot.

– Il faut garder à l'esprit que chacune des cartes qui sort a une influence sur les précédentes. Leur signification ne sera pas claire tant qu'elles ne seront pas toutes étalées. Leur ordre, leur orientation...

Elle poursuivit son explication, mais mon sang battait si fort à mes tempes que je peinais à l'entendre. Après cela, je le savais, je pourrais respirer, me détendre, et peut-être commencer à considérer toutes les pensées que je persistais à refouler. Je saurais si nous devions avoir ces discussions sur l'université que mon père lançait et que ma mère interrompait. Si je devais avoir une conversation à cœur ouvert avec Ally et Hillary, leur expliquer la raison de mon horrible attitude, leur dire de ne pas s'en faire parce que bientôt...

– Vous comprenez ? me demanda-t-elle en attrapant ma main.

Le vernis mauve foncé de ses ongles qui se détachait sur ma peau pâle me perturbait.

J'acquiesçai d'un signe de tête. Bientôt, je comprendrais tout.

– Bien. Je dois me concentrer avant de commencer.

Elle ferma les yeux et se mit à respirer profondément, très fort.

Je regardai le jeu de tarot et sentis mon impatience se transformer en terreur. Plus elle gardait les paupières closes, plus les cartes me paraissaient menaçantes. Je me mordis la lèvre jusqu'au sang.

– Je suis prête, m'annonça-t-elle soudain en ouvrant les yeux et en me regardant fixement. Allons-y.

Elle retourna la première carte d'un geste théâtral. Elle représentait Adam et Ève.

– Ah ! les amants, psalmodia-t-elle en effleurant d'un ongle sale le titre au bas de la carte.

Je me penchai, agrippant le bureau de mes mains. Je sentais les battements de mon cœur résonner jusqu'au bout de mes doigts.

Elle tourna la carte suivante vers moi. La tour. Un bâtiment frappé par la foudre, des personnages qui chutaient. Avec un frisson d'angoisse, je m'interrogeai sur leur signification.

La troisième carte ne nécessitait pas d'explications. Dès qu'elle la retourna, révélant un squelette sur un cheval blanc, je compris. Les lettres – L A M O R T – qui s'étalaient sous l'illustration étaient superflues.

Je ne voulais pas en savoir plus.

Ce ne fut qu'en me garant dans le parking vide de la plage d'East Lake que je remarquai que je tremblais de tous mes membres. Ce qui s'était passé entre le moment où j'avais fui après la troisième carte et celui où j'avais coupé le contact était flou dans mon esprit. Je n'avais aucun souvenir de ce qui m'avait poussée à me diriger vers cet endroit désert. Ni si j'avais répondu à son appel : « Attendez ! Je n'ai pas fini », alors que je filais comme une flèche.

Je sortis de la voiture en trébuchant et me mis à vomir sur le béton fendillé. Ignorant le bip m'indiquant que ma portière était restée ouverte, mes pas crissant sur le sable glacé, je gagnai les tables à pique-nique où nous déjeunions par groupes lors des cours de natation, à l'école primaire. J'optai pour celle où j'avais avoué ma maladie à Gyver.

Jusqu'à mes dix ans, nous avions fêté des anniversaires en pique-niquant ici. Puis aller à la petite plage d'East Lake était devenu ringard. Sur l'autre rive du lac, j'apercevais la maison de Chris, les Jet-Ski amarrés au ponton jusqu'au printemps. Nous avions fait tant de fêtes dans cette maison.

Mes souvenirs semblaient remonter du fond du lac. Je contemplais la surface de l'eau ridée par le vent, par une feuille d'automne qui tombait d'un chêne en tournoyant. Je revoyais nos soirées passées à sourire, à danser, à nous embrasser... nos fous rires. Les petits matins des nuits chez Ally, quand elle et moi descendions en catimini préparer des pancakes à la banane pour aller surprendre Hil et Lauren encore endormies. Tant d'heures passées à regarder Hil se prendre pour une chanteuse, sa brosse à cheveux en guise de micro, à essayer les masques maison et les trucs de beauté carrément délirants de Lauren, à regarder et à étudier des comédies musicales en nous gavant des brownies de la mère d'Ally. Pourquoi n'avais-je pas plus savouré ces moments quand j'étais en bonne santé ? Pourquoi m'étais-je cachée de mes amies tout l'automne ?

Je n'aurais pas de deuxième chance. Moi qui n'avais cessé de pleurer, j'avais l'impression de ne plus avoir une larme à verser. De toute façon, à ce stade, je ne renonçais plus à grand-chose. Que restait-il de la fille si rieuse que j'avais été ? Dès que j'avais pris la décision de cacher ma maladie, j'avais tué Mia Moore.

Je ne vaincrais pas ma leucémie. J'allais mourir. J'étais en train de mourir depuis le début. Simplement, il m'avait fallu tout ce temps pour m'en rendre compte. Je m'étais attendue à ce que cette prise de conscience se traduise par une douleur fulgurante, comme un feu me dévorant de l'intérieur, mais j'étais glacée. Anéantie. Je m'en fichais. Non, c'était faux, je ne m'en fichais pas du tout. Mais pour ce que cela changeait !

Je me mis à rire d'un rire plein d'amertume qui résonna dans le vide. Ma voiture continuait à biper, réclamant mon attention.

Je clignai des paupières, respirai lentement, à plusieurs reprises. Puis je revins sur mes pas et redémarrai. Arrivée chez moi, je sortis de la voiture sans même prendre la peine d'attraper mon sac de classe sur la banquette arrière. À quoi bon faire mes devoirs ? Cela n'avait plus aucune importance.

40

Ma vie était limitée dans le temps : cette évidence était en train de tourner à l'obsession. Y aurait-il du monde à mon enterrement ? Mon nom résonnerait-il dans les couloirs, arrachant des larmes à ces camarades de classe que je faisais mon possible pour éviter ? L'album de l'année serait-il dédié à la fille qui n'avait pas survécu à sa terminale ?

Assise sur mon lit avec Ryan, je serrai très fort nos mains liées, me raccrochant à l'instant, au présent. Quand nous n'étions que tous les deux, il n'était pas difficile de se laisser distraire par ses mains, ses lèvres. Heureusement, l'interdiction de s'embrasser avait été levée. J'en oubliais presque

que j'étais une morte vivante. Mais, pour le moment, je ne voulais penser à rien de médical.

Je retournai sa main et fis courir mes doigts sur les lignes de sa paume.

– Ça chatouille ?

– Un peu. Tu es de bonne humeur depuis quelque temps.

C'était le lundi après la consultation chez la voyante qui m'avait tant bouleversée. Je ne lui en avais pas parlé. Ni à lui ni à personne, d'ailleurs. Incapable de surmonter le sentiment que je courais un sprint quand d'autres faisaient un marathon, je n'avais pas beaucoup dormi. Mais, au moins, j'étais de retour dans la course. Après l'engourdissement de l'hôpital, je recommençais à sentir les choses. J'avais récupéré ce qui restait de ma vie et commençais à prendre des décisions sur la façon de la vivre.

– Je viens de décider qu'il était temps de satisfaire quelques-unes de mes envies. Et là, c'est de toi que j'ai envie.

Je l'attirai sur les oreillers avec moi. Je ne mourrais pas vierge : c'était l'une de mes résolutions.

– Tu te sens bien ? Tu es prête ? demanda vivement Ryan, quand je posai mes mains sur sa ceinture.

Je sentais son souffle chaud dans mon cou. Tout en défaisant la boucle, je hochai la tête.

– Et tes parents ?

– Ils sont à une soirée du bureau de ma mère. Ils vont rentrer tard.

Ils baissaient rarement leur garde, me surveillaient de très près, et je n'avais nulle intention de laisser passer cette chance. Mais Ryan ne se pressait pas, couvrant mon cou de baisers légers comme des plumes.

– Tu as...

– Oui, bien sûr.

Il sortit un préservatif de son portefeuille et, tout en déboutonnant mon jean, l'enfonça à moitié dans la poche avant. Avec un sourire aussi suggestif que le mien, il reprit mes lèvres. Je fis glisser mes mains sur la peau chaude de son dos couvert d'un maillot de rugby rayé bleu et jaune. J'aurais voulu mettre en bouteille la sensation que me procurait ce moment et l'étiqueter *La vie.*

Les mains de Ryan venaient de descendre de mon visage à l'agrafe de mon soutien-gorge quand la Poisse décida de faire honneur à son nom. Du bureau, elle sauta sur le lit.

Ryan me relâcha en riant.

– Je ne savais pas qu'elle était là.

– Moi non plus, répliquai-je en la prenant dans mes bras. Je reviens tout de suite. Je vais lui donner à manger pour l'occuper... quatre-vingt-dix secondes.

Toujours allongé sur les oreillers, les joues un peu rouges, les cheveux en bataille, il me décocha un sourire aguicheur.

– Un, deux, trois...

Je résistai à l'envie de jeter le chat dans le couloir et d'aller m'écraser de nouveau contre Ryan. Ma peau nue me picotait, j'avais la chair de poule. Mais il allait me réchauffer bien assez vite. Je descendis, posai le chat dans la cuisine et sortis une boîte d'un placard en fredonnant. Alors que je m'avançais vers l'ouvre-boîte électrique, la Poisse s'enroula entre mes jambes, comme pour me faire trébucher.

Le moteur vrombit, la boîte s'ouvrit. Je me retournai pour prendre le bol et, avec un hurlement, lâchai la boîte. La porte d'entrée était en train de s'ouvrir.

– Mia ? Mi ? s'exclamèrent deux voix masculines simultanément.

Ryan, paniqué, dévalait l'escalier en trombe en boutonnant son jean. Gyver s'était agenouillé pour ramasser la boîte ouverte et remplir le bol du chat.

– Que se passe-t-il, chérie ? me demanda Ryan en m'attirant au creux de ses bras. Ça va ?

La gorge nouée par la peur, j'étais incapable de lui donner la moindre explication. Il aperçut soudain Gyver, et son regard s'assombrit de colère. S'interposant entre lui et moi, il retira son maillot et me le passa.

Son geste mit fin à ma crise de panique. Je refermai mon jean et enfonçai le préservatif au fond de ma poche. Puis j'enfilai son maillot, luttant contre mon besoin de plaquer mon visage cramoisi contre son dos.

Gyver était d'un calme olympien. Je voulais aller vers lui, le secouer. Depuis la dernière fois, il m'avait à peine accordé un regard, m'avait à peine parlé. Comment pouvait-il se présenter ainsi chez moi, l'air aussi serein ?

Il prit un chiffon sur l'évier et nettoya la pâtée de chat renversée.

– Je suis désolé. Je n'ai pas voulu te faire peur. Maman voulait que je t'invite à dîner. J'ai frappé. La porte n'était pas fermée à clé. Je ne savais pas que tu étais... occupée.

Mon regard alla de Gyver, qui s'appliquait à nettoyer patiemment les dégâts, à Ryan, qui refoulait sa fureur.

Ses muscles tendus comme des cordes, il serrait les poings. Il prit une profonde inspiration.

– Tu vas bien ? me demanda-t-il.

– J'ai surtout fait tomber la boîte du chat sur mon gros orteil.

Je me forçai à rire. La réaction de Ryan était normale. Celle de Gyver ? Je me préparai à son jugement.

Mais il n'avait pas l'air contrarié. Une fois le sol propre, il mit le chiffon dans l'évier, gratta le dos de la Poisse et se dirigea vers la porte. Une semaine auparavant, il m'avait avoué avoir des sentiments pour moi. Peut-être était-ce déjà du passé. Pour lui, la page était peut-être tournée.

– Je vais prévenir ma mère que tu as d'autres projets. Si tu as faim plus tard, passe. Elle a fait des lasagnes en quantité astronomique. Dis bien à Ryan à quel point elles sont délicieuses.

Il referma la porte et rentra chez lui en sifflotant.

Ryan fit glisser sa main le long de mon bras et prit la mienne. Il eut un petit rire forcé.

– Eh bien... ça a duré plus longtemps que quatre-vingt-dix secondes.

– Désolée de t'avoir fait si peur.

– Fermons la porte à clé.

– Mon jean sent la nourriture pour chats, grommelai-je, une fois revenue dans ma chambre.

– Je sais comment y remédier.

Une lueur coquine dans les yeux, il le déboutonna, baissa la fermeture Éclair et me le retira.

– Examinons un peu cet orteil.

Il s'agenouilla près du lit, prit mon pied dans sa paume, caressa ma cheville de l'autre main, et effleura l'intérieur de mon genou de ses lèvres.

– Ça fait encore mal ?

– Non.

Je lui fis signe d'approcher, et il me rejoignit sur l'oreiller.

– Hum ! Mon maillot te va mieux qu'à moi.

– Je te préfère torse nu, donc tout va bien, plaisantai-je sans grande conviction.

Je me sentais nerveuse, maintenant. Je voulais blaguer, retarder le moment. La passivité de Gyver m'avait surprise. Quand il nous avait trouvés dans ma chambre d'hôpital, il s'était énervé sur ce qui n'était qu'un instant parfaitement innocent, mais nous surprendre aujourd'hui, manifestement au beau milieu de quelque chose, l'avait laissé de marbre. C'était incompréhensible. Sauf si, maintenant, il s'en fichait. Je retins mon souffle, me forçant à ignorer la douleur qui m'oppressait la poitrine.

La main de Ryan se posa sur mon ventre et ses lèvres abandonnèrent mon cou.

– Tu es sur une autre planète, me reprocha-t-il.

– Désolée.

Je fronçai le nez et me redressai, secouant la tête pour chasser mes mauvaises pensées et me concentrer sur la réalité : un garçon, à qui j'avais d'abord accordé si peu d'estime et qui, de jour en jour, dépassait toutes mes espérances. Un garçon qui m'aimait.

Soudain, il grommela :

– Tu sais, après ce qui vient de se passer, je ne peux vraiment plus blairer Gyver.

Avec un baiser apaisant, je répondis :

– C'est de ma faute. Et il t'a proposé des lasagnes. Imagine un peu si c'était sa mère qui était venue m'inviter en personne !

– La commissaire ? D'accord ! En fait, moi non plus, je n'ai plus trop envie maintenant.

– Je suis désolée. Bientôt ?

– S'il te plaît.

Il m'attira dans ses bras, et je m'allongeai, lovée contre lui, respirant son parfum de soleil. Envahie par une délicieuse torpeur, je m'abandonnai à ses doigts qui me caressaient le dos et à sa peau chaude contre ma joue.

Quand je me réveillai, il était parti. J'entendis les voix de mes parents dans le vestibule.

– Chaton, tu dors ? demanda ma mère quelques minutes plus tard en passant la tête par la porte entrebâillée.

– Oui, marmonnai-je.

– Tu as dîné, pris tes médicaments, fait tes devoirs ?

– Oui, mentis-je.

– Bonne nuit.

Elle m'embrassa sur la joue et posa sa paume sur mon front.

Mais, à peine la porte refermée, je bondis de mon lit. Je ne pouvais pas perdre une minute du peu de temps qu'il me restait.

– Je ne veux pas aller au lycée aujourd'hui, annonçai-je à Ryan en montant dans sa voiture le lendemain.

L'air surpris, il répondit :

– À cause des filles ? Il s'est passé une semaine. Elles se sont peut-être calmées depuis. Excuse-toi. Parle à...

– Non.

Je ne voulais pas en parler. Hil était hostile. Ally, les yeux pleins de larmes, était polie. Lauren m'ignorait avec un embarras évident. Au moins, Chris, pour sa part, m'avait plus au moins pardonné.

– Pas à cause d'elles. Je veux que tu m'emmènes à la mer. Vu que je n'y suis pas allée cet été.

Je tournai la clé de contact.

– Vraiment ? Tu veux sécher ?

Il eut un sourire en coin. D'un doigt, je caressai sa fossette gauche. Son sourire s'élargit, creusant une autre fossette sur sa joue droite.

– Oui, vraiment ! On peut ?

Compenser l'été qui m'avait été volé par une virée jusqu'à la côte serait la première chose que je pourrais cocher sur ma liste *À faire avant*.

– Ça marche !

Pendant les deux heures que dura le trajet, Ryan ne cessa de parler, m'abreuvant d'anecdotes sur les gens avec qui il avait travaillé, les endroits où il sortait le soir, les clubs où les videurs ne vérifiaient pas les identités ; les maisons sur la plage des locataires à la semaine. Celles de ceux qui vivaient sur place à l'année et qui entretenaient une curiosité méfiante vis-à-vis des travailleurs saisonniers.

– Chris a toujours organisé les meilleures fêtes. Sa mère était partie presque la moitié du temps et sa maison, c'est un truc de fou. Si j'avais su que nous allions sécher aujourd'hui, je lui aurais demandé de nous passer les clés.

– Ce n'est pas grave, nous ne serons là-bas que quelques heures.

Il commença à énumérer tout ce qu'il devait me montrer :

– Je dois t'emmener chez Spud McGee. Ils font des frites hallucinantes. Une pomme de terre entière qu'ils découpent en une longue spirale, puis ils la servent sur une brochette. Et chez Hot Diggity. Je sais, c'est un nom stupide, mais ils font les meilleurs hot-dogs du monde. Je ne me suis nourri quasiment que de ça cet été. Et il y a un bar à smoothies où, si tu tombes sur le bon serveur, il te rajoute discrètement un peu de vodka. On laissera tomber les montagnes russes, les autos tamponneuses, mais on pourrait faire un tour de grande roue, et surtout, absolument, on mangera des chichis.

– Tu as mangé comme ça tout l'été ? Où tu mets tout ça ?

En riant, je dégageai sa chemise de sous sa ceinture de sécurité et fis glisser mes doigts sur ses abdominaux durs comme le fer.

Il sourit, s'arrêta à un feu et m'embrassa l'épaule. Je portais l'un de ses sweat-shirts.

– J'ai hâte de tout te montrer. J'aurais tellement aimé que tu sois là cet été !

Alors que nous abordions les premières rues de la station balnéaire, je me félicitai pour mon idée, peut-être l'une des meilleures que j'aie eues depuis longtemps. Après une semaine passée à ne provoquer que des disputes, je rendais quelqu'un heureux. Je rendais Ryan heureux.

La circulation dans le centre-ville était très calme. Plus nous nous approchions de la jetée et de la plage, moins il y avait de voitures. Ryan s'arrêta sur un parking, un billet de dix dollars à la main, mais le guichet du gardien était vide. Il attendit, sa vitre à moitié baissée.

– Gare-toi quand même, suggérai-je. Nous pouvons laisser l'argent sous un essuie-glace au cas où quelqu'un passerait. Ils ne vont pas enlever la voiture.

J'aurais dû lui demander de faire demi-tour. Un malaise indéfinissable commençait à me nouer l'estomac. Cette escapade n'était peut-être pas une si bonne idée, après tout.

Ryan descendit de voiture. Il avait l'air perdu. Du regard, il balaya le parking désert. Le parking voisin était tout aussi vide.

En nous dirigeant vers la plage, nous longeâmes le Spud McGee. Le restaurant était fermé. Dans la vitrine du Hot Diggity, une pancarte disait : *Au printemps prochain !*

Lorsque nous arrivâmes sur la plage, il la survola de long en large, ma main serrée dans la sienne, avisa la mer démontée, du même gris morne que les poubelles de l'école. Sur le ponton, la grande roue était immobile ; la carcasse des montagnes russes, privée de wagons, se découpait, désolée, sur le ciel pommelé de nuages gris.

Je le poussai un peu en avant et m'appuyai contre lui, pour me protéger du vent qui transperçait mes vêtements et me donnait la chair de poule, ma peau frottant contre mon jean.

Il froissait aussi la surface de l'océan, qui semblait être agitée par un million de pinceaux. Elle ne ressemblait plus en rien à la grande étendue turquoise, lisse et paisible, des photos que m'avaient montrées Ryan et Chris, ou de celles sur lesquelles mes amies lézardaient sur une plage noire de monde et gorgée de soleil.

– Et voilà, annonça finalement Ryan.

Il me fit passer devant lui, plaqua mon dos contre son torse, m'enlaça et caressa mes bras de ses mains. Je lui étais tout aussi reconnaissante de me réchauffer que de m'épargner la vue de son expression perdue.

– Mais cela n'a plus rien à voir avec cet été, enchaîna-t-il, songeur. Je suppose que je pensais... Je ne sais pas ce que je pensais. Je sais que la moitié des saisonniers n'étaient pas d'ici, et puis, le temps n'est vraiment pas idéal pour la plage. Même les chaises des maîtres-nageurs ont été retirées. Je suppose qu'ils les rentrent pour l'hiver. Je ne sais même plus où était la mienne.

Le vent transportait maintenant des embruns, une fine brume d'écume qui donnait un goût salé à mes lèvres et faisait friser les mèches rebelles de ma perruque.

J'avais froid. Plus froid que ne le justifiait la température. J'avais essayé de faire quelque chose de bien. Et, encore une fois, ma tentative se soldait par un désastre.

Je ne pouvais pas revendiquer mon été, pas plus que je ne pouvais empêcher mon avenir. Tout ce que j'avais réussi à faire aujourd'hui, c'était gâcher le souvenir qu'avait Ryan d'un endroit qu'il adorait.

– Rentrons, suggéra-t-il.

Je claquai tellement des dents que je ne pouvais pas parler. Glissant ma main dans la sienne, j'acquiesçai d'un signe de tête.

Ma liste des « à faire avant » incluait également des visites chez Iggy. Le lendemain, quand M. Bonura me demanda quand je pensais pouvoir faire un contrôle de mathématiques, je lui répondis que j'avais besoin d'aller à l'infirmerie. Au lieu de cela, je fis sortir Ryan de son cours et lui proposai de venir avec moi, manger une tarte à 11 heures du matin, en milieu de semaine. Il n'hésitait plus, ne me refusait plus rien, mais me demandait souvent : « Tu es heureuse, chérie ? Tu te sens bien ? » Je me rappelais les commentaires de Chris sur le fait que Ryan ne souriait jamais, qu'il ne l'avait jamais vu comme ça. Et j'avais peur de lui poser les mêmes questions. Ryan n'était pas heureux. Il ne se sentait pas bien.

Je faisais mon possible pour que cela change, je faisais de mon mieux pour lui prouver qu'il comptait pour moi et que je ne savais pas comment exprimer à quel point je l'appréciais. Et que j'avais besoin de lui. Au fond de moi, une petite voix persistante me soufflait que, si je faisais un effort, je pourrais tomber amoureuse de lui. Simplement, je n'y arrivais jamais tout à fait. J'avais passé la moitié de la nuit après notre escapade à la plage à essayer de me convaincre que je le pouvais. L'autre moitié à essayer de dormir pour oublier le vide laissé par Gyver dans ma vie.

Le jour suivant, je lui suggérai de sécher de nouveau. C'était un jeudi, une semaine jour pour jour après la funeste prédiction en six lettres des cartes de tarot. Je voulais goûter le café de Bean Haven, une boulangerie chic de Cross Pointe. Je commandai la plus grande taille et vidai mon gobelet en carton rose. Malgré les avertissements de ma mère sur les poisons chimiques, au lieu de me donner la nausée, la caféine m'insuffla suffisamment d'énergie pour assister à tous les cours de l'après-midi et, un sourire placide aux lèvres, gribouiller dans mon cahier, indifférente aux autres élèves et à ce que les professeurs écrivaient au tableau.

41

– Mi, attends !

Ignorant Gyver, je continuai à marcher. Je voulais sortir du lycée. Et ne voulais pas discuter de ce qu'il avait surpris lundi soir.

Il me rattrapa devant la porte à double battant qui ouvrait sur le perron et me retint doucement par le bras, en me forçant à m'arrêter.

– Mi, je t'ai appelée dans le couloir. Tu n'as pas entendu ?

Je secouai la tête.

– Non.

– Tu n'as pas besoin que je te ramène à la maison ? Je pensais que M. Muscles, pardon, je veux dire Ryan, te ramenait, mais je n'ai pas l'impression que tu tiennes à attendre la fin de l'entraînement de foot.

– Merci.

Je descendis l'escalier et me dirigeai vers sa Jeep.

– Attends un peu. Ça va ? J'ai entendu dire que tu avais eu une réunion scolaire importante.

– Pas si importante.

Je tapotai le sol d'un pied impatient. Je voulais avancer. Rester debout sur place me demandait toujours des efforts.

– M. Bonura m'a demandé si je pouvais te donner des cours. Pourquoi ne m'as-tu pas dit que tu avais besoin d'aide ?

– Je n'ai pas besoin d'aide. Ce n'est pas très grave. On peut y aller ?

Je risquais de rater mon année en maths. Et mes notes d'anglais et de sciences n'étaient pas tellement meilleures.

Le bulletin d'évaluation du proviseur se froissait au fond de mon sac. Je l'avais déjà signé en imitant la signature de ma mère et comptais le lui rendre lundi.

Gyver se figea, indifférent à l'embouteillage qu'il avait provoqué en haut de l'escalier.

– On rentre ? À la maison ? Maintenant ? insistai-je, détachant bien chaque syllabe.

Il me rejoignit en bas des marches, puis m'attira contre le mur.

– Que veux-tu dire : « Ce n'est pas grave » ? L'année dernière, tu étais obsédée par ta moyenne. Ne me dis pas que tu renonces à tes mentions. Il s'est passé quelque chose ?

Avec un haussement d'épaules, je répondis :

– Ce n'est pas grave, c'est tout. Plus si grave.

– Pourquoi pas ? demanda-t-il d'un air inquisiteur.

Je tapotai nerveusement mes cuisses de mes doigts. Il les attrapa dans ses mains fraîches.

– Que s'est-il passé ? Dis-moi.

Je ne voyais pas l'intérêt de résister. Il n'allait pas abandonner.

– Je suis allée consulter une voyante.

– Tu as fait quoi ? explosa-t-il.

Sa voix furieuse lui attira quelques regards intrigués. Se rendant compte qu'il n'y avait rien à voir, les curieux passèrent leur chemin. Il baissa d'un ton et poursuivit en un grognement sourd :

– Laisse-moi deviner. Elle t'a fait des prédictions funestes et, maintenant, tu t'es mis en tête que tu n'allais pas guérir.

Je retirai ma main de la sienne et croisai ses yeux.

– Au moins, maintenant, je sais.

– Tu l'as crue ? Et alors ? Tu abandonnes et tu attends la mort ?

Il s'avança plus près et balança la tête d'un air à la fois furibond et incrédule.

– Je vais profiter du peu de temps qu'il me reste. Faire ce que j'ai envie de faire, m'assurer que je ne rate rien. Ai-je vraiment le choix ?

Ma voix chevrotait. Je tremblais de tous mes membres. Après avoir bien réfléchi sur le parking du lac, je m'étais forcée à m'accoutumer à cette idée.

– Tu te bats. Tu restes en bonne santé... Tu essaies. Sérieusement, tu accordes plus de crédit à cette folle qu'à tes médecins ?

Il posa les mains sur mes épaules et me secoua doucement.

– Ça ne sert à rien, protestai-je.

Il ne pouvait pas comprendre.

– Mi... combien de fois dois-je te dire que, ta chance, tu la provoques ? Regarde-moi. Tu ne vas pas t'autodétruire. Je ne le permettrai pas ! Tu ne vas pas mourir.

Je baissai la tête, et il m'attira dans ses bras, m'enlaçant dans une étreinte de fer.

– Je ne le permettrai pas, répéta-t-il.

– Peut-être que je mérite de mourir.

Je n'avais pas voulu dire ça. Il m'avait fait baisser ma garde un instant et, profitant de cette faille, les mots m'avaient échappé.

– Non ! Ne me dis jamais ça. Jamais ! répéta-t-il en me berçant dans ses bras.

Je tremblais toujours, mais de peur cette fois. Savoir était plus facile, même si les nouvelles étaient mauvaises. Au moins, je ne me posais plus de questions. J'avais besoin de lui échapper et d'échapper aux conclusions qu'il voulait que je remette en cause.

– Laisse-moi tranquille, Gyver. Laisse-moi, je t'en prie.

– N'est-ce pas adorable ? Et in-té-re-ssant, clama une voix aiguë, faussement affable. Mia, tu cumules les conquêtes ? Je pensais que Ryan te suffirait.

– Quoi ?

Je repoussai Gyver. Il avait repris son air menaçant, qu'il dirigea vers Hillary.

Loin d'être intimidée, elle était furieuse. Sans doute avait-elle espéré me voir aller la retrouver et ramper devant elle. Mais je ne l'avais pas fait. Je ne le ferais pas. C'était inutile.

Nous enveloppant tous les deux d'un regard réprobateur, elle nous fit non d'un doigt à l'ongle mauve.

– J'ai toujours pensé qu'il y avait quelque chose entre vous deux. Mais je ne m'attendais pas à vous voir aussi intimes juste devant le gymnase où Ryan est en train de s'entraîner.

Elle n'était pas seule. Je remarquai soudain qu'elle était suivie par Lauren, Emily, Monica, et par presque toutes les filles de l'équipe.

– Je n'étais pas... Nous n'étions pas... Nous sommes juste amis, bégayai-je.

– Tu n'as pas besoin de te justifier, me rabroua Gyver. Surtout pas devant la reine des garces.

– Bien sûr que non, minauda Hillary. Parce que nous savons toutes ce que nous avons vu. Et Ryan ne va pas tarder à le savoir aussi. Mais ce n'est pas un problème, n'est-ce pas ?

Les deux personnes qui avaient été mes meilleurs amis s'attaquaient mutuellement, m'attaquaient. J'avais toujours joué la médiatrice entre eux, mais, aujourd'hui, j'en étais bien incapable. De toute façon, à quoi bon, maintenant ? L'angoisse me submergea soudain. Je répliquai :

– Nous sommes amis. Voisins. Gyver ne me voit pas comme ça. Il ne le pourrait pas.

– Mi, commença Gyver d'un ton de mise en garde.

– Ne pourrait pas ? Et pourquoi pas ? Waouh ! Je comprends maintenant.

Son visage s'éclaira comme si elle venait de maîtriser une figure de chorégraphie compliquée. Je craignais le pire.

– Mais oui, tout est clair maintenant. Je comprends pourquoi vous n'êtes jamais sortis ensemble, vous deux.

Avec un petit rire sardonique, elle chuchota :

– Gyver préfère les garçons.

– Quoi ? glapis-je.

Je n'avais pas arrêté de trembler. Le « Je ne te permets pas ! » de Gyver résonna en moi comme une menace.

– Je ne juge pas, continua-t-elle. Je trouve ça super, Gyver. J'aurais dû comprendre. Tous les émois languissants de Mia non partagés. Et son insistance sur le fait que vous étiez juste amis. Mais tu es gay. C'était ce que tu voulais dire, c'est ça, Mia ?

– Je...

Derrière Hillary, les mains sur les hanches, les pompom girls me regardaient, attendant une réponse. « Fuis ! » m'ordonnait une voix intérieure. Je le voulais de tout mon être. Au lieu de cela, je la toisai et déclarai, imperturbable :

– Premièrement, tu te trompes. Deuxièmement, pourquoi tu t'acharnes autant ? Tu as été très claire sur le fait que nous n'étions plus amies, alors qu'est-ce que ça peut bien te faire ?

Elle cligna des yeux et, un instant, de furieuse, son expression devint embarrassée.

Mon regard alla d'elle à Gyver, et j'ajoutai :

– Ma vie ne vous regarde ni l'un ni l'autre. Alors, lâchez-moi !

Sur ces mots, je m'éloignai. Gyver me suivit. Hil s'en garda bien. Même si elle l'avait voulu, son orgueil l'aurait retenue de me courir après devant les autres pom-pom girls.

– Mi, tu n'es pas sérieuse, fit-il d'une voix douce mais empreinte de reproche. Ne sois pas idiote. Pense à ce que tu fais.

« Je lâche prise, hurlai-je intérieurement. Et tu rends les choses trop difficiles. »

– Laisse-moi tranquille, c'est tout. S'il te plaît. Je veux juste que tu me laisses tranquille, lui chuchotai-je.

Son visage se ferma, glacial, exprimant une rage que je ne lui avais jamais vue auparavant.

– Très bien, c'est fini, Mia ! Tu n'es pas celle que je pensais.

Un instant, je le regardai partir, puis me retournai et courus dans la direction opposée.

Je remontai les marches du lycée, franchis au hasard la première porte sur ma gauche et me retrouvai dans le gymnase. L'expression de mon visage interrompit Ryan en plein dribble. Un instant, il se figea, puis vint vers moi en petites foulées.

– Ça va ? demanda-t-il, ignorant le coup de sifflet et les appels de son entraîneur.

Rassemblant ce qui me restait de courage, je me forçai à lui sourire.

– Tu me manquais.

– C'est tout ? Il n'y a pas de problème ? Parce que je vais me faire allumer par le coach si je ne reprends pas l'entraînement.

– Tu peux me donner tes clés ? Je ne veux pas attendre. Demande à quelqu'un de te déposer chez moi après l'entraînement. Mes parents sont sortis dîner avec les Russo. Nous aurons la maison pour nous tout seuls. Nous ne serons pas dérangés aujourd'hui, je te le promets.

Avec mes phrases frénétiques, prononcées sans respirer, mon invitation n'avait rien de romantique, mais, même sachant que j'avais l'air d'une folle, je ne pouvais pas m'arrêter. Sinon j'allais penser à ce que Gyver m'avait dit. À ce que je lui avais dit...

– Encore combien de temps avant la fin de l'entraînement ?

– Je pourrais peut-être feindre une blessure et venir avec toi tout de suite, répondit-il avec un sourire suggestif.

Je me mis à rire, mais Coach Burne n'avait pas l'air amusé du tout.

– Winters ! Si tu n'arrêtes pas de draguer et si tu ne reviens pas t'entraîner, ton cul ne quittera pas le banc de toute la saison de basket. Et maintenant tu m'en fais cinq de plus.

Avec un sourire narquois, Ryan rétorqua :

– Je vais en faire dix de plus, mais je dois d'abord aller chercher mes clés dans mon sac de gym.

Dans le parking, je me mis à vomir. L'amertume me donnait des nausées. Je me réveillais tous les matins avec l'intention de tout arranger. Mais je me couchais tous les soirs en sachant que je passais mon temps à aggraver la situation.

Je ne voyais aucun moyen de réparer ce qui s'était passé aujourd'hui. J'avais encore creusé le fossé entre Hil et moi. Entre Gyver et moi.

J'en avais fini avec eux.

Sur la route, je me garai sur le bas-côté et recommençai à vomir. J'avais la poitrine oppressée et du mal à respirer. J'étais peut-être en train de tomber malade. Je ne pouvais pas l'envisager. Je ne pouvais penser à rien. Je me remis au volant et rentrai chez moi en conduisant beaucoup trop vite.

Je pris une douche, me couvris de lotion à la lavande et me maquillai les yeux d'une main si tremblante que j'obtins bien malgré moi le résultat *smoky* estompé. Mais, au lieu d'un look sensuel, cela me faisait des yeux creux, fantomatiques. Puis je fouillai mon tiroir à pyjamas, en quête d'une tenue qui atténuerait la maigreur de mes côtes et de mes clavicules saillantes. J'optai pour le maillot de rugby de Ryan et un boxer en dentelles qu'Hil m'avait défiée d'acheter au printemps dernier.

Je recouvris ensuite d'un foulard rose mon crâne, sur lequel un duvet clairsemé commençait à repousser. Si l'idée de perdre ma virginité en étant chauve me révulsait, c'était toujours mieux que de voir ma perruque tomber en pleine action, ce qui avait failli se produire la dernière fois.

Je commençai alors à faire les cent pas. Me mis à feuilleter des catalogues d'université. Mon père avait retiré les Post-it qui marquaient les options de l'année dernière pour les recoller sur les pages des universités les plus proches d'East Lake. Je me remis à marcher de long en large, chassant de mon esprit ma culpabilité envers Gyver. Je gagnai la cuisine et déverrouillai la porte. Essayai d'attirer la Poisse pour qu'elle vienne me tenir compagnie dans ma chambre. Au début, quand j'étais tombée malade, elle me suivait comme mon ombre. Depuis quelque temps, elle restait au rez-de-chaussée. Même mon chat m'évitait. Renonçant à la convaincre, je retournai dans ma chambre. Allumai quelques bougies.

J'étouffais, tout à coup. Je m'assis à mon bureau et tentai de reprendre mon souffle. Voyant que je n'y arrivais pas, je me pelotonnai en boule sur mon lit, haletai, respirai bruyamment. Puis je m'endormis.

Quand je me réveillai, les bougies étaient froides. La voiture de Ryan n'était plus là.

J'allumai la lumière et, clignant des yeux, avisai un mot sur l'oreiller.

Je ne voulais pas te réveiller. Même si j'en avais envie. Tu es tellement sexy ! Appelle-moi quand tu te réveilleras. Je t'aime. Ryan.

Je sortis mon téléphone de mon sac de classe.

– Salut !

– Salut ! répondit-il. Tu sais que tu vas finir par me coller des complexes. Ou par me rendre dingue.

– Où es-tu ?

J'entendais des voix en fond sonore.

– Chez Chris. On fait une soirée entre potes. Poker et films de mecs.

– Pornos ? demandai-je sans même essayer de cacher mon dégoût.

Il se mit à rire.

– Hum ! Non. C'est pas vraiment un truc de groupe. Plutôt des films avec du sang, des entrailles. Le genre que tu détestes.

– Oh. Pardon ! Tu passeras, après ?

– Pas ce soir. Je vais rester avec Chris.

– Vraiment ?

J'avais pris l'habitude de l'entendre me répondre : « J'arrive ! »

– Pas ce soir, répéta-t-il. J'ai juste... J'ai juste besoin d'une pause. Ça a été un peu... intense, ces derniers temps. Désolé.

– T'inquiète, répondis-je d'une petite voix. Ce n'est pas grave. Dis bonjour à Chris. Amuse-toi bien.

Si je perdais Ryan, je n'aurais plus rien. J'étais prête à lui donner tout ce qu'il voulait. À satisfaire tous ses besoins. Parce que j'avais besoin de lui.

42

– Je suis contente de te voir autant d'énergie, ces derniers temps, chaton, déclara ma mère en ce dimanche.

Je rentrai d'une « session de travail » avec Ryan. En fait nous étions allés au cinéma et avions passé le film à nous peloter au fond de la salle. Mais elle n'avait pas besoin de le savoir.

À cet instant précis, mon énergie était due à la caféine. Après le film, j'avais demandé à Ryan d'aller boire un double expresso. Un autre détail qu'elle n'avait pas besoin de connaître.

– Merci, maman.

Après l'avoir serrée dans mes bras, je montai au premier, la laissant se plaindre à mon père de la Poisse qui persistait à faire pipi en dehors de sa litière. Ce à quoi il répondit en l'informant de mes derniers résultats d'examens rénaux.

Si j'avais toujours joué le rôle de la fille obéissante, je poussais désormais la comédie à l'extrême. Ils n'avaient pas idée du nombre de fois où j'étais essoufflée, épuisée, ne remarquaient pas la lassitude derrière mes sourires.

J'étais une marionnette tirée par les fils de la panique, qui continuait malgré tout son numéro quand elle avait un public. Gyver n'était pas dupe. Du moins, il ne l'était pas quand il me regardait, avant qu'il commence à ignorer mes messages et mails d'excuses, à faire mine de ne pas m'entendre frapper à sa porte pour faire amende honorable. Ryan savait. Comment mes parents pouvaient-ils être si inconscients ?

Même le proviseur avait remarqué que quelque chose clochait. Jeudi après-midi, alors que j'errais dans le hall pendant un cours d'anglais, il m'avait arrêtée.

– Mademoiselle Moore ?

– Oui ?

– Ce que me disent vos professeurs m'inquiète. Ils n'ont toujours pas constaté les progrès dont nous avons discuté lors de notre réunion. Est-ce que tout va bien ? Est-ce que vous voulez un rendez-vous avec Mme Piper ?

Étouffant un juron, je baissai les yeux.

– J'y travaille. C'est juste que je suis si fatiguée.

– Je pense qu'il est temps de convoquer vos parents et vos professeurs pour une nouvelle évaluation de vos besoins. Mia, il va vous falloir ces notes pour l'université.

– Laissez-moi juste un peu de temps, suppliai-je. Si je ne me rattrape pas, vous pourrez les appeler.

– Vous avez jusqu'à vendredi prochain. Cela vous laisse neuf jours de classe pour me montrer une amélioration. Mais, si vous ne vous reprenez pas d'ici le bal d'automne, j'appelle vos parents.

Dans le tourbillon des évènements, je ne vis pas la semaine passer. Gyver m'ignorait. Il ne regardait même pas dans ma direction. Comme s'il s'habituait déjà à l'idée d'être assis à côté d'un bureau vide. Il prétendait que je n'existais pas ; je feignais de ne pas remarquer que j'étais plus faible, que mon cœur battait trop vite, que mes poumons se contractaient.

J'étais fatiguée. Tout le temps. Mon pouls qui s'affolait et ma poitrine oppressée étaient de nouveaux symptômes, désormais constants. Sûrement les signes de l'aggravation de ma maladie. Est-ce qu'ils se manifestaient dans ma formule sanguine ? Les médecins allaient-ils pouvoir dire que j'étais perdue quand je retournerais à l'hôpital pour ma deuxième chimio de consolidation dans deux semaines ? Était-ce la raison pour laquelle mon père s'était enfermé dans son planétarium improvisé après avoir échangé un long coup de téléphone avec le Dr Kevin ?

Je ne pouvais pas demander. Je ne pouvais pas rester assise. Je ne pouvais pas dormir. Trop oppressée pour trouver le sommeil, je pensais à toutes les expériences que je ne vivrais pas. Quand j'y parvenais, je me réveillais en nage, haletante.

Je n'avais perdu le détachement que j'avais décidé d'adopter suite à ma visite à la voyante qu'une fois seulement, quand, une nuit, à 2 heures, prise d'une frénésie de rangement, j'avais retrouvé mon costume d'Halloween de l'année dernière. J'avais contemplé la robe tube d'abeille à paillettes en me demandant à quoi ressemblaient les costumes que Lauren avaient choisis pour cette année. J'étais incapable de me souvenir si j'avais été au lycée, à l'hôpital ou à la maison pendant la fête préférée de la Fille de l'Automne.

– Elles te manquent ? me demanda Ryan, la tête penchée de côté.

Main dans la main, nous partions déjeuner.

Je me raccrochais à lui. Il était la seule chose me retenant à ce lycée dans les couloirs duquel je flottais déjà comme un fantôme. Les regards des autres élèves glissaient sur moi. Ma pâleur, ma maigreur, mes yeux vides, les mettaient mal à l'aise.

– Je n'ai pas besoin d'elles. Je t'ai, toi.

Je lui souris et effleurai sa joue de mes lèvres. Mais mes paroles étaient creuses, mon baiser, dérisoire. Il feignit de me croire, mais je vis à son regard inquisiteur qu'il n'était pas dupe.

Elles me manquaient. Surtout que les couloirs bruissaient de conversations sur le bal d'automne. On évoquait leurs noms pour le titre de Reine du bal. Pas le mien.

– On est obligés d'y aller ? demandai-je à Ryan pendant le déjeuner.

– Moi oui, plus ou moins. Je suis dans le jury. Tu n'en as pas envie ? Tu adorais ce genre de truc, avant.

Songeuse, je faisais des trous dans mon sandwich.

– Vas-y, toi. Mais je resterai à la maison.

– Arrête d'être comme ça. On va s'amuser. Je te le promets, ajouta-t-il en posant une main sur mon genou.

– Qu'est-ce qu'il est en train de promettre maintenant? intervint Chris. De te décrocher la lune, les étoiles, le bonheur éternel?

– Ce genre de truc, répondis-je.

Machinalement, je me forçai à sourire. Sans conviction. Mes poumons me brûlaient, je peinais à respirer.

– Mais, Ryan, tu m'as fait les mêmes promesses la semaine dernière, plaisanta Chris. Tombeur!

Le visage fendu d'un sourire satisfait, il me piqua ma pomme.

– Dis à Mia qu'on va s'éclater au bal d'automne, l'incita Ryan.

– Bien sûr, se moqua Chris. Imagine-moi avec la couronne sur la tête.

Il se mit à danser comme un robot, à courir sur place, puis alla se placer derrière Bill et se déhancha. Les doigts agrippés à mon pendentif, je tapotais nerveusement du pied sous la table. Mais, sachant que c'était la réaction attendue, je me mis à rire.

Ryan m'imita, mais son rire qui sonnait faux avait quelque chose de désespéré. Tout comme son baiser quand, pressant ses lèvres contre les miennes, il me murmura:

– Nous allons nous éclater. Je te le promets.

Je serrai sa main. J'essayai de le croire. Nous avions tous notre façon de faire face. Gyver avait sa colère. Ma mère, son obsession de dénicher pour moi la plus belle robe pour le bal d'automne. Mon père, ses constellations célestes et ses coups de téléphone aux médecins. J'avais Ryan.

J'avais toujours besoin de lui. Mais lui, voulait-il toujours être avec moi ? À la fin de la journée, j'avais mal à la main d'avoir serré la sienne si fort. Pourtant, me convaincre que ça marchait toujours entre nous devenait de plus de plus en plus difficile.

– Promis, répéta Ryan.

Sa méthode pour faire face : se mentir à lui-même.

43

Le lundi, le bureau de Gyver était vide. J'avais décidé la veille au soir de lui demander de l'aide en maths. Il serait peut-être furieux, mais je ne pouvais pas l'imaginer refuser.

De la façon dont j'envisageais les choses, il m'aiderait et, surtout, il me pardonnerait. En prime, voyant que je travaillais mes maths, M. Bonura et le proviseur ne seraient plus sur mon dos.

Mais Gyver n'assista à aucun des cours.

Le mardi, prise d'une panique vertigineuse, j'allai me renseigner auprès de Meagan.

– Il rentre cet après-midi. Il est parti visiter des universités. Je sais que ça ne me regarde en rien, mais règle la situation avec lui, d'accord ?

Son visage exprimait un mélange de reproche et de pitié.

– J'ai essayé, mais il refuse de me parler, marmonnai-je.

– Alors, insiste. Hillary est bien parvenue à lui présenter des excuses. On ne peut pas dire pourtant qu'ils soient très copains. Tu sais à quel point il tient à toi ?

Je lui lançai un regard consterné. Hil s'était excusée ? Il avait accepté les excuses d'Hillary mais pas les miennes ?

Je ravalai la boule dans ma gorge et enchaînai d'une voix étranglée :

– Il t'a dit que je ne savais pas pour Max ? Je m'en veux tellement...

– Ça ne fait rien, répondit-elle, soudain totalement absorbée par ses maths.

Je demandai la permission d'aller aux toilettes et en profitai pour rentrer chez moi. Gyver était parti faire le tour des universités. L'année dernière, nous avions programmé notre itinéraire ensemble. Nous avions passé des après-midis avec mon père à faire des feuilles de calcul et à demander des catalogues par courrier.

Il était parti sans moi. C'était le signe qu'il avait accepté qu'à l'automne prochain, je ne serais plus là pour être admise à l'université avec lui.

Quand j'arrivai à la maison, je trouvai un mot sur la table de la cuisine.

Je retirai ma perruque qui me grattait et lus à voix haute :

– « Mia, je dois faire visiter une maison à 16 h 30. J'achèterai à dîner en rentrant. Je t'embrasse, papa. »

Je pris une boîte de nourriture pour le chat.

– Visiblement, nous sommes en tête à tête, la Poisse.

Malgré le bruit de l'ouvre-boîte, elle ne vint pas se tortiller entre mes jambes.

– La Poisse ? appelai-je.

La boîte ouverte dans la main, j'allai à son bol. Il était plein de sa ration du matin. Peut-être était-elle restée enfermée dans ma chambre, comme c'était déjà arrivé. Je rentrais parfois des entraînements pour la trouver miaulant à fendre l'âme, après avoir lacéré d'ennui l'un de mes chemisiers. Pourvu que je n'aie rien laissé traîner sur mon lit !

Mais la porte de ma chambre était ouverte.

– La Poisse. La Poisse ?

Je la trouvai pelotonnée sur mon oreiller. Quand je lui donnai un petit coup de coude, elle leva vers moi une patte léthargique.

– Hé, ma vieille, tu n'as pas faim ?

Pour toute réponse, elle m'éternua au visage.

– Dégueulasse, la Poisse !

Au lieu de s'étirer ou de sauter du lit, elle ferma les yeux. J'arrêtai d'essuyer la morve de chat et la regardai. Son nez et ses yeux dégoulinaient de mucus vert.

– La Poisse ?

Je la pris dans mes bras. Amorphe, elle ne se blottit pas contre moi, ne se débattit pas. J'appelai mon père. Pas de réponse. Le téléphone portable de ma mère était coupé. J'essayai alors Gyver. Il ne décrocha pas non plus, mais je voyais sa voiture garée dans son allée.

– Tiens bon, la Poisse.

Je l'enroulai dans mon sweat, sortis et me précipitai chez les Russo.

Je tambourinai longuement à la porte. Il finit par me répondre. Je voyais au reflet que me renvoyait la porte vitrée que j'avais une tête effroyable. La Poisse n'avait réagi ni au froid ni au vacarme de mon poing sur la porte.

Gyver était au beau milieu de sa gym. Ignorant son tee-shirt noir, moite de transpiration, qui collait à son torse, je me jetai sur lui. Du moins j'essayai. Il me repoussa d'une main.

– Qu'est-ce que tu veux ?

Abasourdie, je restai le souffle coupé. Il me repoussait, tant physiquement que verbalement.

Je soulevai un pan de ma manche de sweat pour dévoiler la tête suintante de la Poisse.

– Elle est malade. Il n'y a personne chez moi. Je ne sais pas quoi faire.

Les yeux de Gyver allèrent de la pitoyable petite tête couverte de fourrure à mon visage larmoyant, tout aussi pitoyable. Puis, m'attirant dans la cuisine, il m'ordonna de m'asseoir. Il prit la Poisse d'un bras, chercha le numéro du vétérinaire et décrocha son téléphone. D'une voix pleine d'assurance, il exposa les faits dans le combiné, s'interrompant pour me demander :

– Elle a mangé ?

– Pas aujourd'hui. Hier soir, je ne sais pas. C'est papa qui l'a fait dîner.

– Nous arrivons tout de suite, reprit-il dans le téléphone.

Il raccrocha, attrapa ses clés et un sweat, et se dirigea vers la porte. Je lui emboîtai le pas. Il ne se retourna pas mais s'arrêta dans la véranda pour fermer à clé derrière moi.

J'ouvris la portière du passager.

– Enfile ça, m'intima-t-il en me tendant son sweat-shirt. Il fait trop froid.

– C'est le tien...

Je commençai à protester mais compris qu'il était plus simple d'acquiescer. J'enfilai son vêtement, dans lequel je flottais, et roulai les manches. Quand Gyver me tendit la chatte, elle entrouvrit un œil et émit un miaulement.

– Tu veux aller chercher une casquette ou ta perruque ? proposa-t-il.

Je secouai la tête.

– Il faut y aller. S'il te plaît, s'il te plaît, guéris, la Poisse ! suppliai-je.

Gyver attacha sa ceinture et, d'un coup d'œil, me fis signe de l'imiter. Dès que j'eus bouclé la mienne, il sortit de l'allée et fonça à travers les rues jusqu'à la clinique vétérinaire.

Je fis une timide tentative de conversation :

– Tu crois qu'elle va guérir ?

Il me regarda une fraction de seconde. C'était la première fois depuis qu'il m'avait ouvert sa porte. Puis, le menton crispé, ses mains aux jointures blanchies crispées sur le volant, il se concentra de nouveau sur la route.

– Je ne sais pas. Elle est vachement maigre. Ça fait combien de temps qu'elle est malade ?

– Elle ne l'était pas. Je ne...

Envahie par la culpabilité, je finis le trajet en silence.

44

Tandis que le vétérinaire examinait la Poisse et me donnait son opinion, ma culpabilité se transforma en tremblements de terreur. Il y avait deux solutions : ou mettre un terme à la vie de la Poisse de façon humaine ou bien essayer de calmer sa douleur avec des médicaments qui l'assommeraient.

– Tu devrais peut-être attendre l'arrivée de tes parents pour prendre une décision, suggéra-t-il.

– Mais, hier, elle allait très bien, protestai-je.

Il m'examina à mon tour : ma tête mal rasée, au duvet clairsemé, mes yeux cernés, ma silhouette menue qui flottait dans le sweat de Gyver.

– La Poisse est un chat très malade, Mia, déclara-t-il d'une voix empreinte de pitié. Elle est dans les dernières phases d'une insuffisance rénale. Peut-être, si tu t'en étais aperçue plus tôt, aurions-nous pu la sauver. Mais la plupart des chats n'ont pas de symptômes externes. Il est impossible de le deviner et hélas, à ce stade, nous ne pouvons plus rien faire.

Je n'avais rien remarqué. Quand avais-je pour la dernière fois consacré du temps à mon chat ? Si ce n'était pour me plaindre qu'elle perdait ses poils.

Depuis un moment déjà, elle ne venait plus s'asseoir sur mes genoux pendant que je faisais mes devoirs. Et, lassée de mes manies nocturnes, elle avait quitté son oreiller, à côté du mien, pour dormir en bas.

Penser qu'elle avait pu souffrir à mon insu me donna la nausée. Je sentis mes jambes flageoler. Gyver me désigna une chaise et, s'interposant entre la table d'examen et moi, me cacha la vue de la Poisse qui tremblait et vomissait.

– Et si je te laissais quelques minutes pour réfléchir ? suggéra le vétérinaire. Je vais réessayer de joindre tes parents. Viens me chercher quand tu seras prête.

Avec précaution, il souleva la Poisse et étala une couverture propre sur la table.

Il était impossible de ne pas faire le lien entre mon chat mourant et moi. Elle était malade. Elle souffrait. Et je n'avais aucun moyen de l'aider. Elle me regarda, paupières mi-closes. Allais-je avoir le courage de me montrer miséricordieuse ?

Je vins me placer à côté d'elle.

– Tu veux attendre tes parents ? Ton père ne devrait pas tarder à rentrer, déclara Gyver.

Je ne répondis rien. J'étais trop occupée à mémoriser la houppe de poils sur son nez et le contraste entre sa langue rose et sa fourrure d'un noir de jais.

– Nous pourrions la ramener à la maison maintenant, et tu reviendrais plus tard avec tes parents, proposa-t-il alors. Ou tu pourrais essayer les médicaments.

La Poisse bâilla, le mouvement lui arrachant des larmes. Malgré la souffrance, ses yeux bordés d'une sécrétion gélatineuse étaient pleins de confiance. L'une de ses pattes frappait doucement mon bras. Je la frôlai, et elle tressaillit.

– Je ne peux pas, murmurai-je en me retournant pour nicher ma tête dans son sweat.

D'une voix étouffée, je continuai :

– Nous devons faire ça maintenant. Je ne peux pas continuer à la laisser souffrir.

– Je vais chercher le vétérinaire.

D'un doigt, il caressa l'oreille de la Poisse. Machinalement, elle essaya de ronronner, mais ne put émettre qu'un bruit presque inaudible. Gyver sortit de la pièce. J'embrassai le nez de mon chat, m'essuyai les yeux à son poil.

Le vétérinaire revint, suivi par mon meilleur ami, et entreprit alors de m'expliquer pourquoi la Poisse ne sentirait rien.

Le visage impassible, Gyver traversa la pièce et, me tournant le dos, s'absorba dans les prospectus de médicaments fixés au panneau d'affichage. Les bras croisés, ses mains agrippaient le tissu de ses manches.

– C'est comme de s'endormir, disait le médecin. Tu peux même la tenir pendant que je fais la piqûre.

Les joues baignées de larmes, je resserrai mon emprise sur le petit tas presque immobile sur la table, m'agrippant aux derniers moments que j'allais partager avec elle.

– C'est une décision très émouvante. Je viens d'avoir ton père au téléphone. Ta mère et lui ne pourrons pas arriver avant la fermeture. Si tu préfères rentrer chez toi et revenir avec l'un d'entre eux demain, je comprendrai. Je peux aussi te recommander un vétérinaire de garde.

Je secouai la tête.

– Je ne veux pas que tu aies des regrets, Mia. Si tu préfères, tu peux attendre dans la salle d'attente.

– Non ! dis-je dans un sanglot. Elle doit savoir que je suis ici.

Gyver se retourna, le menton déterminé. Ses yeux voilés par le chagrin me troublèrent. Il était aussi malheureux que moi.

Et lui aussi était ici. En quatre enjambées, il fut à côté de moi, me soutenant de son bras vigoureux. Je tremblais. J'embrassai une dernière fois la Poisse, lui chuchotai un mot tendre à l'oreille. Gyver fit de même. Puis, pour la toute dernière fois, je l'embrassai. Puisant toute ma force dans le peu de courage qui me restait, je me tournai vers le vétérinaire.

– Je suis prête.

Si Gyver ne m'avait pas retenue, je me serais effondrée par terre. Je me serais enfuie de la pièce.

Quand ce fut fini, il dut presque me porter dans la salle d'attente. Le laissant remplir les papiers administratifs, je sanglotai dans un coin, ma capuche baissée sur mon visage. Quand un garçon de huit ans et sa mère entrèrent d'un pas guilleret avec leur chaton, je plaquai mon front contre le mur.

– C'est fini, rentrons, déclara Gyver en venant me chercher.

Mes yeux étaient tellement gonflés qu'ils formaient deux fentes. Son bras autour de mes épaules, il m'entraîna jusqu'à la voiture.

Les pieds posés sur mon siège, je repliai les jambes contre mon torse, enfouis le visage entre mes genoux, ma capuche obscurcissant tout autour de moi. J'avais érigé ma propre forteresse de chagrin. Cela me permettrait peut-être de supporter le trajet jusqu'à la maison sans m'effondrer.

– Nous sommes arrivés, annonça Gyver en coupant le moteur.

D'une main, il repoussa le tissu qui dissimulait mon visage.

– Je suis désolé pour la Poisse. Je vais t'offrir un nouveau chat.

– Non, répondis-je dans un gémissement.

– Ça n'a pas besoin d'être tout de suite. Quand tu seras prête. Je te laisserai lui trouver un nom, cette fois.

Il fit une piètre tentative de sourire.

– Je ne veux pas d'un nouveau chat, répliquai-je en enfouissant de nouveau la tête entre mes genoux. Elle n'a pas eu l'air de souffrir, hein ?

– Non, elle était paisible.

Je regardai droit devant moi, par le pare-brise, me concentrant sur les nuages au-dessus de son garage.

– C'est ce que je veux. Quand mon heure sera venue. Je veux m'endormir avec tous ceux que j'aime me tenant la main.

Le regard de Gyver se fit aussi vide que celui de la Poisse dans ses derniers instants. Il serra les lèvres, secoua la tête, et descendit de voiture. Les yeux rougis, je l'imitai, essayant de décrypter son visage et son attitude. Je compris vite que les murs avaient ressurgi entre nous. Il avait repris son masque d'indifférence, me laissant aux prises avec mon chagrin, seule et perdue.

Je pensai soudain aux jouets et aux bols de la Poisse.

– Je peux venir chez toi ? plaidai-je. Je ne veux pas rentrer chez moi.

Il ne se fatigua même pas à trouver une excuse.

– Non.

– Mais... je croyais que tu m'avais pardonné.

Il baissa les paupières, les rouvrit et répondit :

– Il ne s'agit pas de pardonner. Je choisis de ne pas passer de temps avec toi. Je ne peux pas continuer à me faire du mal, Mi. Je ne peux pas.

– Je suis si horrible que ça ?

– Tu étais une fille exceptionnelle. Tu étais ma meilleure amie. Et maintenant... ?

Il enfonça les mains dans ses poches et ferma de nouveau les yeux.

– La manière dont tu as fait face à ton cancer... Qui es-tu ?

– Je ne sais pas si tu as remarqué, mais j'essaie juste de survivre... Si je ne suis pas... si je ne suis pas la parfaite mourante du cancer, tant pis.

Hillary et sa voix acerbe n'avaient rien à m'envier.

– Si je n'ai pas remarqué ? s'exclama-t-il. J'ai été là chaque jour de l'été. Que tu aies un cancer ou pas, tu n'es plus quelqu'un que je veux connaître. Ma Mia Moore n'aurait pas abandonné comme ça.

– Eh bien, heureusement pour toi, tu n'auras plus à me connaître bien longtemps !

Ses yeux lancèrent des éclairs, puis se mirent à briller de larmes. Il rentra chez lui sans un regard en arrière. J'avais l'impression que la Poisse avait été le dernier lien entre nous et que, désormais, ce lien était rompu.

Je m'assis sur les marches de ma véranda et me recroquevillai, peinant à respirer.

Quand ma mère arriva, je n'avais pas bougé.

– Oh ! chaton, je suis tellement désolée, commença-t-elle.

En entendant mon petit nom affectueux, je fondis en larmes.

La Poisse me manquait trop. J'avais besoin de réconfort. J'appelai donc Ryan.

– Où es-tu ? J'ai appelé sur ton portable, tes parents, l'hôpital.

Sa voix exprimait un mélange de panique, de colère et de soulagement.

J'étouffai un soupir et essayai de répondre.

– Tu sais à quel point j'ai flippé quand j'ai vu que tu n'étais plus là à la fin de la journée ? J'ai cru que tu étais...

– Tu peux venir ?

J'avais la voix d'une fillette de cinq ans.

– J'ai besoin d'espace. Maintenant que je sais que tu vas bien, j'ai besoin de... je ne sais pas... de respirer, de me calmer.

À sa panique et à son soulagement était venue se substituer une colère nourrie de frustration.

– Plus tard ? lui demandai-je.

– Laisse-moi aller faire un tour en voiture, m'éclaircir les idées. Je passerai après.

Mais il ne passa pas. Et quand il téléphona, plus tard, j'avais déjà pris un somnifère depuis deux heures.

Les excuses, les explications, les baisers, échangés avec des sourires forcés, attendirent jusqu'au lendemain matin, dans le hall du lycée.

La poitrine prise en étau, le sang me battant aux tempes, la vision brouillée, j'avais les larmes au bord des yeux.

– Tout va bien, n'est-ce pas ? demanda Ryan en portant nos doigts entrelacés à ses lèvres.

La gorge sèche, je toussotai avant de pouvoir répondre :

– Tout va bien.

De toute façon, nous n'avions pas vraiment d'autre choix que de nous en convaincre.

45

Assise dans la cuisine, je regardai par la fenêtre tout en tapotant le plan de travail de mes ongles, feignant d'écouter ma mère bavasser sur le bal qui approchait. Gyver sortit de chez lui, chargé d'un sac poubelle. Je m'élançai dehors et le coinçai dans son allée.

– Gyver !

Je m'interrompis et repris mon souffle.

– Attends. S'il te plaît ?

Il reposa le couvercle de la poubelle et se tourna vers moi, le visage imperturbable.

– On peut parler ?

– Parle, répondit-il en faisant un geste de la main.

– Je suis désolée. Tellement désolée. Tu me manques.

Il me manquait tellement qu'à 3 heures du matin je m'étais mise à sangloter en découvrant que ma mère avait lavé son sweat et qu'il ne sentait plus son odeur. Les trois jours qui venaient de s'écouler depuis la mort de la Poisse avaient été atroces. Trois jours pendant lesquels Gyver s'était comporté comme si je n'existais pas.

– Moi aussi, tu me manques, mais cela ne change rien.

D'une main, il ébouriffa ses cheveux et glissa un pouce dans sa poche.

– Tu me pardonnes ?

Je joignis les mains derrière mon dos pour me retenir de le prendre dans mes bras. L'envie m'en démangeait.

– Il ne s'agit pas de pardon. Il s'agit d'autoprotection. Enfin, Mi, tu ne comprends pas ?

Après une hésitation, il s'avança vers sa voiture, se pencha sur le tableau de bord et en sortit une enveloppe usée.

– Ça fait des semaines que je me trimbale avec ça. C'est une playlist pour toi.

– Merci.

J'essayai de soupirer, mais j'avais un poids sur la poitrine. Mon cœur battait si fort que j'en avais presque le souffle coupé. Je ne voulais pas d'un CD, je voulais qu'il revienne dans ma vie.

– Écoute-le, m'enjoignit-il.

Et il partit.

Je tournai et retournai le CD entre mes doigts. Je pouvais plus ou moins déchiffrer le titre. Il l'avait écrit en majuscules. MUSIQUE POUR... et mon nom griffonné.

Quand je montai dans la voiture pour partir à mon rendez-vous au salon de manucure, je glissai le CD dans la stéréo. La première chanson était un vieux truc. Je montai le volume et les paroles de Stevie Wonder résonnèrent dans l'habitacle :

Very superstitious, the writing's on the wall.
(« Très superstitieux, l'inscription au mur. »)

Perplexe, je fronçai les sourcils mais continuai à écouter.

When you believe in things you don't understand, you suffer. Superstition ain't the way.
(« Quand tu crois en des choses que tu ne comprends pas, tu souffres. La superstition n'est pas la solution. »)

Je poussai le bouton *Advance.* Je connaissais bien la chanson suivante. Nous l'écoutions tous les ans au camp des pom-pom girls. C'était *I'm sexy, I'm cute,* la chanson du générique d'*American Girls,* un film que Gyver adorait détester.

Toutes les chansons de ce CD avaient-elles pour but de se moquer de moi ? Je coupai la musique et me garai devant L'Onglerie. Par la porte ouverte, je voyais les clientes. Toutes des filles de mon lycée qui bavardaient par petits groupes, l'air joyeux.

Les préparatifs pour les bals avaient toujours été un festival de potins pour les Filles du Calendrier. Nous allions de chez l'une à chez l'autre et faisions venir des manucures et des coiffeuses pour nous faire pomponner en grignotant et en riant. Si tout avait été comme avant, à cet instant précis, j'aurais dû être chez Lauren, m'apprêtant avec les autres pour le bal d'automne.

Une boule dans la poitrine, je toussotai et klaxonnai par inadvertance. À l'intérieur, les filles se retournèrent. Leurs regards perplexes et leurs petits saluts distraits me firent rougir. Puis elles se regardèrent les unes les autres et se mirent à rire. Le jeu n'en valait pas la chandelle. Quelle importance, l'état de mes ongles ?

Je passai la marche arrière et repartis vers la maison.

Lorsque je me garai dans mon allée, Gyver attendait dans la sienne. En le voyant arriver vers moi d'un pas nonchalant et ouvrir ma portière, j'étouffai un juron. Qui aurait pu croire que je venais de passer tant de nuits à espérer qu'il remarque ma présence ?

– Tu l'as écoutée ?

– Oui, répondis-je, troublée par l'intensité de sa voix.

Il se pencha en avant et me tendit la main. Je l'ignorai.

– Je ne sais pas. Qu'est-ce que tu attends comme réponse ? demandai-je en descendant de voiture.

– C'est toute ta réaction ?

Il n'avait pas reculé. J'étais coincée entre lui et ma portière ouverte. Je luttai contre le besoin de le serrer dans mes bras et de respirer son parfum familier. Le parfum de mon enfance, de tous mes samedis pendant dix-sept ans.

La migraine me vrillait les tempes. Je les frottai et fermai les yeux. Je ne voulais pas pleurer.

– Qu'est-ce que tu veux que je te dise ? Oui, je suis superstitieuse. Oui, j'aime faire mes pirouettes de pom-pom girl. Super !

– Combien de chansons as-tu écoutées ? demanda-t-il d'une voix altérée.

– Assez. Merci. Je dois aller me préparer.

Je le repoussai doucement d'une main plaquée sur son torse. J'avais besoin d'espace, d'air, sinon j'allais étouffer. Il s'écarta et me prit le bras.

– Écoute-les toutes, Mi, m'intima-t-il.

Feignant l'agacement, je masquai mon chagrin.

– Je le ferai. Oh là là !

– Tu sais, pour quelqu'un qui cherche toujours des signes, tu as été plutôt aveugle à ceux que je t'envoie depuis des années, murmura-t-il en caressant l'intérieur de mon bras. Tu vois ce que tu veux voir. Peut-être cherches-tu des signes qui disent que tu ne vas pas guérir parce qu'il est plus facile de renoncer.

Il commença à s'éloigner.

– Alors, c'est tout, appelai-je. Tu recommences à m'ignorer parce que je n'ai pas aimé ta playlist ? Nous sommes de nouveau fâchés ?

Il pivota sur ses talons et revint vers moi.

– Tu as été très claire sur tes priorités, encore et encore. J'ai su que nous n'étions plus amis le jour où tu as troqué ton collier porte-bonheur pour celui que M. Muscles t'a offert. S'il était plus important pour toi que tes superstitions, plus important que...

Sa mâchoire se crispa, il regarda le sol et fit un geste rageur de la tête.

– J'ai perdu mon collier ! Je ne l'aurais jamais retiré. En me voyant si contrariée, Ryan m'en a offert un pour le remplacer. Qu'étais-je censée faire ? Ne pas le porter ? C'est quoi, le vrai problème, là ? Tu te sens menacé par lui ? lui lançai-je, moqueuse.

Au bout d'un instant qui me parut une éternité, il leva les yeux des fissures du béton de l'allée, qui semblaient le fasciner, et les plongea dans les miens.

– Je ne serai pas témoin de ton autodestruction. Tu ne peux pas me demander ça.

Cette fois, quand je l'appelai, il ne se retourna pas et fit claquer la porte derrière lui. J'étais seule. Et, même si je m'étais juré de ne pas pleurer, j'étais bien incapable de contrôler mes sanglots.

– Montre-moi, me demanda maman quand j'entrai dans la cuisine.

– Il n'y avait aucune couleur que j'aimais, lui mentis-je.

– Bon, nous allons faire un saut au drugstore pour acheter du vernis.

Je voulais monter dans ma chambre. J'avais besoin d'être seule, de réfléchir. De respirer. Je dissimulai mes mains tremblantes dans mes poches et, une nouvelle fois, mentis à ma mère.

– J'en ai là-haut, lui dis-je, le souffle court.

Puis j'allai m'écrouler sur le sol de la salle de bains avec un flacon de vernis prune et parvins tant bien que mal à me peindre les ongles de mes doigts mal assurés.

Mes pensées allèrent à Ryan. Cela ne pouvait pas durer ainsi. Je m'agrippai à sa main parce que j'avais peur. Mais ce n'était pas juste, je ne pouvais pas continuer à feindre des sentiments que je n'éprouvais pas. Et je n'étais pas la seule à faire semblant. Lui aussi savait que cela ne marchait pas entre nous. La question était de savoir qui de nous deux serait assez courageux pour le reconnaître. Je sentis mon cœur se gonfler d'une tristesse infinie : ce serait un adieu de plus. Je me penchai, posai les mains sur mes genoux et essayai de respirer profondément, lentement. Avec, pour seul résultat, une toux convulsive.

Je soufflai sur mes ongles, provoquant une nouvelle quinte. J'avais besoin de me calmer. J'aspirai une bouffée d'air et me levai. Trop vite. La pièce se mit à tournoyer et je dus me retenir au porte-serviettes pour ne pas perdre l'équilibre.

D'un geste brusque, je sortis ma robe du placard et revis le jour où j'étais allée faire les boutiques avec ma mère. Trouver une robe du soir qui dissimulait un cathéter n'était pas une mince affaire. Elle avait mis son veto au blanc et au noir, déclarant que ces deux couleurs me donnaient une mine de papier mâché, de malade. J'avais étouffé un rire ironique et l'avait laissée choisir. Elle avait opté pour une robe vert menthe, asymétrique. Malgré la jupe en tulle bouffante, j'avais accepté son choix. Cela semblait lui tenir tellement à cœur.

Je me décidai donc à l'enfiler et remontai la fermeture Éclair. Puis je fixai une barrette en strass dans mes cheveux et me maquillai légèrement. Au moment de descendre, je m'arrêtai un instant sur le palier, serrant et desserrant les poings jusqu'à ce que les battements de mon pouls se soient apaisés.

– Bonsoir, beauté !

Ryan me salua d'un baiser. Son haleine et ses joues rouges me firent froncer les sourcils. Il avait bu. J'esquivai son deuxième baiser au parfum de bière. Ma mère était trop affairée à s'extasier pour remarquer quoi que ce soit.

Elle agita un thermomètre dans ma direction, mais je la repoussai sans chercher à dissimuler mon irritation.

– Je n'ai pas l'intention de gâcher mon maquillage. Je vais bien. Nous devons y aller.

– Juste quelques photos.

Étourdie par les flashs, je plaquai un sourire sur mes lèvres.

– Où est papa ?

– Ça fait une heure qu'il est au téléphone, répondit-elle avec une expression perplexe. J'ai frappé à sa porte il y a quelques minutes pour lui dire que tu étais presque prête, et il m'a lancé d'un ton brusque qu'il ne voulait pas être dérangé.

– Papa ? m'étonnai-je.

Je ne l'avais jamais entendu s'énerver après sa femme. Jamais !

– Eh oui, acquiesça-t-elle, l'air plus surprise que contrariée. Je sais qu'il tenait à te voir avant le bal. Il doit s'agir d'un coup de téléphone très important. Peut-être ce docteur de

Boston qu'il essayait de joindre depuis quelque temps ? Je ne veux pas que tu sois en retard. Je lui montrerai les photos quand il aura fini. Amusez-vous bien tous les deux.

Elle nous poussa dehors. Je pris une profonde inspiration et oubliai tous mes soucis concernant le comportement étrange de mon père. Il faisait plus froid ce soir. Comme une promesse de neige imminente. Et, quand je respirai l'air glacial, j'eus l'impression que mes poumons s'embrasaient.

46

Je m'arrêtai devant ma voiture et ouvris la portière.

– Ce n'est pas moi qui conduis ? s'étonna Ryan.

– Tu rigoles ? Tu as bu. Je n'arrive pas à croire que tu sois venu me chercher en voiture. Monte !

– D'accord, répondit-il avec un haussement d'épaules désabusé. Laisse-moi juste prendre mon sac. On dort chez Chris, c'est ça ?

J'ignorai sa question et le sourire suggestif qui l'appuyait. Quand il eut refermé sa portière, je demandai :

– Pourquoi tu as bu ?

– Tu es très belle, se contenta-t-il de répliquer.

Il frôla mon genou. Quand il essaya de glisser sa main sous les couches de tulle, je l'arrêtai d'une tape.

– Merci, dis-je sans aucun enthousiasme, mais ce n'était pas ce que je voulais dire.

– J'aime ta robe. Tu es sexy. Quelquefois j'oublie...

D'abord enjôleuses et espiègles, ses paroles et ses caresses gagnèrent en émotion. Avec un soupir, il reposa les mains sur ses genoux.

Je m'engageai dans le parking de Scoop. Le glacier était fermé pour l'hiver. Les bancs des tables de pique-nique étaient couverts de givre et le cône de glace en néon, éteint.

– Qu'est-ce qui se passe ? lançai-je à brûle-pourpoint.

– On est obligés de faire ça maintenant ? demanda-t-il, sans me regarder. On ne peut pas juste aller au bal et à la soirée sans passer par là ?

Sans attendre ma réponse, il descendit de voiture.

Je le suivis. J'étais tellement gelée que j'avais l'impression que l'air glacé du parking me sciait les poumons. Mais, si le froid me coupait le souffle, j'avais les idées parfaitement claires, soudain. En toussant, je parcourus la distance qui me séparait de Ryan.

– Ça va ? me demanda-t-il, l'air inquiet.

Il s'était assis à la table la plus proche de Scoop. Je l'imitai. Me voir presque suffoquer semblait le paniquer.

– Ça va, parvins-je à répondre, pantelante. Ça va passer.

Je me tamponnai les yeux et m'emmitouflai dans mon manteau, haletante, jusqu'à ce que les quintes s'apaisent.

Il ne cherchait ni à meubler le silence ni à m'aider à retrouver une respiration normale en essayant de me rassurer, en me couvrant de compliments. Ce n'était pas bon signe.

– Ryan, parle-moi.

– Je ne peux pas continuer.

La voix tremblante, il avait pris sa tête entre ses mains.

– Continuer quoi ?

Ma question était inutile. J'avais compris et je savais que, moi non plus, je ne pouvais pas continuer.

– Ce n'est pas ce que je pensais. Je crève de trouille, tout le temps. Et si Mia prend froid ? Et si je l'embrasse et que je lui colle des microbes ? Est-ce que je peux la toucher sans lui faire des bleus ? Et si tu ne guéris pas ?

Il se tourna vers moi, le regard humide, le visage défait.

– Je ne devrais pas te dire ça. Je ne devrais même pas y penser. Mais je ne pense qu'à ça. Mia, je t'aime, mais je ne peux pas accepter l'idée de... Je ne peux pas accepter ça.

Il laissa retomber sa tête entre ses mains.

– Je sais.

Je posai une main sur son bras, et il la couvrit de la sienne.

– Je voulais juste finir le lycée pour partir enfin à la fac. Et tu... merde ! Je pensais pouvoir gérer mais je ne peux pas. Je ne peux vraiment pas. Je suis désolé.

Il m'embrassa. Même si c'était agréable, ce n'était plus nécessaire. Son baiser avait un goût de larmes, de regret, d'adieu.

– Je suis désolé.

Je revis ses yeux bleus qui riaient au lieu de s'inquiéter, repensais à sa main qui me chatouillait au lieu de m'agripper.

– Ne sois pas désolé, murmurai-je. Tu as été ce qui m'est arrivé de mieux cette année. La seule chose positive.

Son visage se décomposa encore. Ma sincérité semblait l'avoir totalement pris au dépourvu.

– Peut-être que...

– Ryan, et si je te déposais au lycée ? Nous pourrons parler demain.

Le froid s'infiltrait sous mon manteau, mes poumons s'enflammaient à chacune de mes respirations.

– Et toi ? Tu peux quand même venir.

– Je n'ai qu'une envie, rentrer chez moi et me mettre en pyjama. Va avec Chris et les autres. Va t'amuser.

J'avais la tête lourde, les idées embrumées. Dormir m'aiderait.

– M'amuser ? répéta-t-il d'un ton incrédule. Tu penses vraiment que je vais avoir la tête à m'amuser ce soir, Mia ?

J'aurais souhaité tenter d'analyser ce que pouvait ressentir Ryan, mais, plus que tout, je voulais rentrer chez moi. Malgré le poids qui m'oppressait la poitrine, j'essayai d'avaler et me mis à tousser.

Avec un soupir découragé, il céda :

– Ça n'a plus d'importance. Allez, dépose-moi et va te coucher.

Pendant le trajet jusqu'au lycée, la tension entre nous était palpable. Il eut beau diriger tous les ventilateurs vers moi, j'étais incapable de contrôler le tremblement de mes doigts. Après avoir envoyé quelques SMS, il s'était affalé contre sa vitre, les poings crispés sur ses genoux. Il n'ouvrit la bouche que pour émettre un commentaire sur la musique :

– C'est Coldplay non ? On peut l'arrêter ? C'est déprimant.

J'acquiesçai d'un signe de tête.

Et éjectai le CD de Gyver.

Soudain, prise de vertige, je me mis à étouffer.

Dans un éblouissement, toutes les pièces du puzzle se mettaient enfin en place.

Coldplay, Gyver. Mon Dieu ! La « chanson déclaration ».

Gyver ?

Je me mordis la lèvre pour me retenir de sangloter. Agrippai le volant pour m'empêcher de faire demi-tour et foncer en direction de la maison.

À quoi cela servirait-il ? Que ferais-je en le voyant ? Il dirait... et je dirais... Avec un effort surhumain, je me forçai à discerner la ligne discontinue sur la route pour arriver jusqu'au lycée.

Tel un requin, Hillary flaira immédiatement le sang du cœur brisé de Ryan. À peine avait-il refermé sa portière, qu'elle se précipita vers moi. Après avoir déposé son sac à l'arrière de la voiture de Chris, Ryan monta les marches du perron et entra dans le hall du lycée sans se retourner. Hil se pencha vers ma vitre et la tapota de ses ongles vernis, jusqu'à ce que je la baisse.

Dans sa minirobe en lamé doré au décolleté plongeant, juchée sur des talons de huit centimètres, elle avait une silhouette d'une finesse idéale.

– Vous avez rompu, déclara-t-elle.

Sa voix me détourna un instant de ma mission : respirer.

Ses lèvres maquillées esquissant un sourire, elle enchaîna :

– Rappelle-toi, je t'avais dit que ça arriverait avant le bal d'automne. Tu aurais dû me croire.

Je brûlais de lui rétorquer : « Arrête de jouer à la dure et admets que je compte toujours pour toi ! » Mais mon corps était trop épuisé pour écouter mon esprit.

– Au moins, je n'ai pas fait une overdose de chocolat, parvins-je néanmoins à plaisanter.

– C'est vrai, tu as suivi mon conseil, là.

La tête penchée de côté, elle m'observa un instant, avant de reprendre :

– Même si tu ne ressembles à rien. Depuis quand laisses-tu ta mère choisir tes robes ? N'essaie même pas de nier, tu ne choisirais jamais un truc aussi Miss America. Et je sais que ta mère aime cette couleur.

Elle n'était pas caustique mais taquine. Passant une main par ma vitre, elle tira sur le tulle.

– Tu as vu comme ça craint ? acquiesçai-je. Encore heureux que je n'aille pas au bal !

Je réussis à rire pendant quelques secondes avant de m'étrangler.

Malgré son silence, le front plissé d'Hil trahissait son inquiétude. Elle attendit que j'arrête de tousser et me demanda :

– Est-ce que ça veut dire que tu vas abandonner les joueurs de foot pour revenir à notre table ?

– Suis-je la bienvenue ? murmurai-je d'une voix rauque.

Je voulais masquer à quel point je souhaitais qu'elle me réponde oui.

– Je ne sais pas. Ma meilleure amie ne manquerait pas le bal juste parce qu'elle boude à cause d'un type. Même si elle ressemble à une candidate pour un titre de Minimiss.

Il y avait une note de défi dans sa voix.

Mais j'étais bien trop fatiguée pour jouer à des jeux ou pour me plier en quatre par amitié. Chaque fibre de mon corps réclamait de voir le rideau retomber sur cette soirée riche en drames.

– OK, quand tu auras décidé, préviens-moi ! lança alors Hillary.

Elle ouvrit ma portière, déclenchant le bip de la clé de contact, qui se mit à faire écho à mes quintes de toux. Se penchant vers moi, elle m'étreignit. Une étreinte féroce, presque douloureuse, typique d'Hil. Puis elle se retira et me regarda, ses yeux écarquillés empreints de tristesse.

– Tu me manques.

Sur ces mots, elle pivota sur place et, me tournant le dos, s'élança en courant vers la porte du lycée, ses talons claquant sur le bitume. Je la suivis du regard. Le tissu de sa robe évoquait l'or en fusion.

Je restai seule, enveloppée par le silence. Même ma toux s'était momentanément tue. Après avoir refermé ma portière, abasourdie, je tentai de mettre un peu d'ordre dans la confusion de mes pensées. J'avais besoin de comprendre ce qui s'était passé.

Ma tête transpirait, mes paumes étaient moites. Je retirai ma perruque et détournai les ventilateurs. Je devais déjà les avoir éteints, car ils ne soufflaient plus d'air chaud.

Hil m'avait invitée à descendre de voiture et à rejoindre le groupe. C'était tentant. Si tentant. Mais le parking me paraissait immense, la distance jusqu'au lycée, impossible à couvrir.

J'avais besoin d'un signe.

J'allumai la radio. Elle resta muette. Je cherchai la clé de contact.

Elle avait disparu.

Des années d'amitié me firent comprendre immédiatement ce qui se passait : ma clé était retenue en otage au bal. Répondant à mon souhait silencieux, Hil avait pris la décision pour moi.

47

Dans le gymnase bondé d'élèves, aux murs vibrants de musique, la fête battait son plein. La chaleur moite me prit à la gorge. Je me faufilai dans la foule. Les gens m'adressaient un salut de la tête puis m'ignoraient. Le battement de la basse résonnait à mes tempes douloureuses, le mouvement de la foule me donnait le tournis, les lumières stroboscopiques étaient déroutantes.

Ils étaient au milieu de la foule. Comment aurait-il pu en être autrement ? Ils étaient ceux que les gens voulaient regarder. Je faisais partie des spectateurs, désormais. Chris dansait comme il en avait fait la démonstration à la cafétéria, faisant tellement rire Hil qu'elle titubait sur ses talons. Il posa une main sur sa taille. Elle s'appuya à son épaule et, souriante, leva les yeux vers lui. Ally était avec Bill. Je ne savais pas s'il était son cavalier par utilité ou s'il y avait autre chose entre eux. Mais j'avais envie de savoir. Les lumières allumaient des reflets d'or roux dans les cheveux chatoyants de Lauren. Parfaitement coiffés, ils attendaient la tiare. Je cherchai Ryan du regard. Je l'aperçus : j'avais devant moi le Ryan de l'année dernière. Usant de son charme et de son sourire à fossettes, il baratinait une jolie fille de première.

L'air était lourd. J'avais l'impression de respirer à travers une serviette mouillée qui sentait le parfum, le déodorant et la sueur. J'avais envie de m'effondrer, de partir en catimini, mais, sans mes clés, c'était impossible. Je n'avais d'autre choix que de rester et, la tête haute, les regarder se faire couronner. Puis j'irais les féliciter et leur présenter mes excuses.

– Mia ! Quelle jolie robe ! Elle est magnifique !

Je me retournai et me trouvai nez à nez avec Meagan et un grand type aux beaux cheveux châtains et au sourire chaleureux.

– Je te présente mon copain, Craig. Il est au lycée de Cross Pointe.

– Salut, Mia ! Meg parle beaucoup de toi. Tu es vraiment son héroïne. Je comprends pourquoi. C'est très courageux de ta part de venir ici sans ta perruque.

– Salut. Oh !

D'une main, je frôlai mon crâne, surprise de sentir un duvet moite de transpiration. Tant pis, tout le monde savait que j'étais malade. Inutile de me cacher derrière une perruque qui me grattait.

– Je suis contente de te rencontrer.

La conversation agréable de Craig comblait mes silences perplexes. Et, si j'avais eu un instant l'impression de tenir la chandelle, la spontanéité de Meagan eut vite fait de chasser mes doutes.

– J'ai appris pour Ryan. Je suis désolée.

– Tout va bien, je vais bien, les rassurai-je, surprise de constater que c'était plus ou moins vrai.

Alors que je m'attardais avec eux, de plus en plus de gens se joignirent à notre petit groupe, me serrant dans leurs bras et me félicitant pour mon courage.

Courageuse ? Moi ?

Emily glissa un bras sous le mien et posa sa tête bouclée sur mon épaule.

– Je t'en prie, dis que tu reviendras dans l'équipe cet hiver. Sans toi, ce n'est pas la même chose. Ally a pleuré quand elle nous a rapporté que Coach Lindsey ne te voulait plus dans l'équipe. Et Hil et Coach ne se parlent presque plus.

Stupéfaite, je demandai :

– Ce n'était pas le choix d'Hil ?

– Tu plaisantes ? demanda Emily dans un éclat de rire. Pas du tout. Elle a menacé de partir. Ça a fait tout un drame au sein de l'équipe. Résumé : tu nous manques, on t'aime et je suis contente que tu sois là ce soir.

Après une dernière étreinte, elle me relâcha.

– Il faudrait sans doute que j'aille retrouver mon cavalier, ajouta-t-elle.

Je lui adressai un petit salut de la main.

– Ça va ? me demanda Meagan en catimini. Tu as l'air perdue.

Je fis oui de la tête, un mouvement imperceptible qui suffit à me donner le vertige. Je fermai les yeux pour ne plus voir les spots.

– Juste fatiguée. La musique est si forte, il fait si chaud, ici. Où est Gyver ce soir ?

Gyver. Coldplay. Il fallait que je lui parle. Il fallait que je rentre chez moi.

Mais la porte me paraissait si loin. L'atteindre impliquait de traverser une masse floue de paillettes, d'où s'élevait le brouhaha des conversations. De partir dans la direction opposée à celle des Filles du Calendrier.

Quand la musique se tut, tous les yeux se tournèrent machinalement vers la scène.

M. Bonura avait pris le micro. Il le tapota.

– Bonsoir, les *East Lakers.* Vous êtes très beaux ce soir. Où sont passés mes élèves ?

Il s'interrompit, espérant des rires. Voyant que sa blague tombait à plat, il enchaîna :

– Il est temps de présenter le roi et la reine du bal d'automne. Est-ce que la cour royale peut monter sur scène ?

En voyant Hillary, Ally, Lauren et Molly Cohen s'avancer dans la foule qui se fendait sur leur passage, je fus submergée par une nostalgie mêlée d'amertume pour ce pays merveilleux. Je pouvais presque m'imaginer suivre Lauren, avide d'un réconfort de dernière minute, passant une mèche rebelle de ses cheveux roux derrière son oreille. Je clignai des paupières et, quand je les rouvris, ils étaient sur la scène. Ryan était le cavalier de Molly. J'étais dans le public.

Éblouie par les lumières, Hil, les yeux plissés, survolait la foule d'un regard anxieux. Quand elle m'aperçut, un sourire radieux illumina son visage. Avec un clin d'œil, elle prit une pause de top-modèle, balançant mes clés au bout de ses doigts.

Je levais une main pour la saluer, mais le mouvement me fit perdre l'équilibre. Les yeux fermés, je titubai. Je sentis un bras autour de mes épaules.

– Ça ne doit pas être évident de regarder Ryan sur scène. Mais ce n'est vraiment pas celui qu'il te faut, me dit la voix réconfortante de Meagan.

Reconnaissante, je m'appuyai contre elle. Si elle voulait croire que mon vertige était dû à ma rupture, cela m'allait très bien.

J'entendais M. Bonura se débattre avec le micro et une feuille de papier.

– Je peux vous le tenir ? demanda la voix joyeuse d'Ally, provoquant les rires du public.

– Merci, Ally. Voyons un peu. Le roi du bal d'automne d'East Lake est... Ryan Winters.

Une salve d'applaudissements fusa. Je fermai les yeux. Paupières closes, il m'était plus facile d'imaginer Ryan s'avançant pour recevoir la couronne en plastique. Quand je les rouvris, les couleurs étaient floues, tout tourbillonnait autour de moi. Est-ce que je pleurais ? J'en avais envie, mais je ne sentais aucune larme rouler sur mes joues.

– Et la reine est...

Il y eut l'inévitable pause théâtrale pendant laquelle il ouvrit gauchement l'enveloppe. La vision brouillée, je regardai la salle.

– Lauren Connors.

Sous les applaudissements, elle s'avança d'un pas nonchalant et se courba pour accepter la tiare en strass.

– Et maintenant le roi et la reine vont ouvrir le bal, annonça M. Bonura. Merci de leur faire de la place.

Je battis plusieurs fois des paupières, l'assistance, devant la scène, se transformant en un amas confus. Elle s'écarta soudain devant Ryan et Lauren, au milieu d'un espace vide. Je ne les avais pas vus descendre de la scène, n'avais pas entendu la musique démarrer.

La main de Meagan était lourde et froide sur mon bras. Quand elle recula d'un pas, je trébuchai et tombai.

Des cris et des jurons fusèrent autour de moi. Avec d'infinies précautions, Craig m'aida à me relever. Il y avait désormais deux espaces vides sur la piste de danse envahie par la foule : celui dans lequel Lauren Connors, coiffée de sa tiare, tournoyait, indifférente, et celui dans lequel je me trouvais, entourée d'élèves inquiets.

D'un geste, je fis signe à Meagan et à Craig de ne pas approcher.

– Ça va, tentai-je de les rassurer.

J'avais répété ces mots si souvent ce soir qu'ils avaient un goût de réchauffé. J'avais besoin d'espace, de silence.

– Restez, s'il vous plaît. J'ai juste besoin de prendre l'air.

Puis, plaquant la main sur ma bouche, je me mis à tousser, le bruit couvrant la musique.

– Mia ? C'est toi ?

– Ryan, la chanson n'est pas terminée ! Où vas-tu ? Reviens tout de suite !

Malgré sa voix suave, Lauren avait du mal à cacher son exaspération.

– Mia, chérie, attends !

Rassemblant toutes mes forces, je me concentrai pour me diriger vers les portes du gymnase. Je ne m'arrêtai pour reprendre mon souffle qu'une fois dans le hall.

– Quoi ? lançai-je à Ryan, qui m'avait suivie.

Il me paraissait moins grand soudain, comme si les évènements de la soirée l'avaient fait rapetisser. Il retira la couronne de sa tête et la posa sur un banc.

– Je voulais voir si tu allais bien. Te raccompagner chez toi, si tu veux. Je n'ai plus rien bu, je te le jure. Je n'avais pas la moindre idée que tu étais ici.

– Tout va bien, merci. J'ai juste besoin d'être seule pour le moment.

Le regard soucieux, Ryan fit un signe d'assentiment. Il tourna les talons pour partir, puis, se ravisant, fit volte-face.

– Sois prudente sur la route. Je t'appelle demain. Nous pourrons parler.

Après m'avoir longuement dévisagée, il rentra dans le gymnase.

La porte à double battant se referma sur lui, sur les potins, la musique, sur la normalité de l'adolescence. Je n'avais qu'une envie, m'affaler contre le mur et poser la tête sur mes genoux. J'avais mal. Depuis le petit-déjeuner jusqu'à la rupture avec Ryan, la journée avait été épuisante. Je voulais qu'elle se termine.

Tremblante, j'essayai de décrocher mon manteau du portemanteau. Il me fallut faire quatre tentatives de mes deux mains pour y parvenir. Je le pliai sur mon bras, sortis mon téléphone de ma poche, impatiente de le voir s'allumer pour chercher le numéro de Gyver. Les basses de la musique qui filtraient du gymnase résonnaient dans le hall comme des battements de cœur. Je me dirigeai vers la porte. L'air glacial du parking me frappa de plein fouet. Mon bras se contracta sous le poids de mon manteau. Incapable de calmer mon tremblement, je dus une nouvelle fois avoir recours à mes deux mains pour plaquer mon portable sur mon oreille.

La sonnerie semblait étouffée. Mais j'avais oublié comment augmenter le volume.

« Bonjour, vous êtes bien sur la messagerie de Gyver, je ne suis pas là. Vous savez... »

J'entendis le fracas de la chute sur le sol dallé avant de comprendre que j'avais lâché mon portable. Il m'était impossible de le ramasser. Il était trop loin. Je me penchai en avant, et le monde se mit à tanguer autour de moi : les murs, les portes. Je fermai les yeux.

– Pousse-toi de là, bordel ! Mia, ton crétin d'ex ne voulait pas me laisser passer. Mia ?

Je connaissais cette voix. C'était celle d'Hil. Elle résonnait dans le hall, me faisant mal aux oreilles.

– Mia, ça va ? Ryan ! Ryan ! hurla-t-elle.

Un contact glacial sur ma joue me fit rouvrir brusquement les yeux. Agenouillée à côté de moi dans sa robe de soirée, elle me dévisageait avec appréhension. Depuis quand était-elle ici ?

– Mia. Qu'est-ce qui s'est passé ?

Les pieds de Ryan apparurent dans mon champ de vision. Soudain, il était là aussi.

Je baissai les paupières pour ne plus voir l'anxiété sur leurs visages.

– Est-ce qu'il faut l'emmener à l'hôpital ?

– Mia ?

– Son visage est brûlant.

– Appelle une ambulance.

48

J'avais mal à la tête.

J'essayai d'ouvrir les yeux, mais tout était trop lumineux, trop blanc. J'entendais du bruit. Des conversations étouffées, des bips réguliers. Quand je clignai des paupières, les conversations se turent, mais les bips continuèrent. J'étais à l'hôpital de Lakeside. Je portai le pyjama de la valise « au cas où » que ma mère gardait dans le placard de l'entrée.

– Chaton ? Tu es réveillée ?

– Maman ?

Je toussai et, me forçant à ouvrir les yeux, balayai la pièce du regard jusqu'à ce que je l'aperçoive. Hil, Ryan,

Dr Inconnu, Gyver, ma mère, mon père. Mes yeux se fixèrent sur le visage qui comptait le plus : Gyver.

– Salut ! lui murmurai-je.

– Mia Moore ! Tu tombes dans les pommes parce que tu perds ta place de reine du bal d'automne ! plaisanta-t-il. Un peu mélo, tu ne trouves pas ?

Adossé contre un mur, il jouait avec un bout de bois. Il s'avança et posa les mains sur le cadre du lit.

Les idées embrumées, je souris.

– Salut ! répétai-je.

– Salut.

Sa voix était douce, presque timide.

– Comment te sens-tu ? intervint alors celle de mon père, me faisant sursauter.

– Je me sens... atrocement mal.

Le médecin toussota.

– Pas étonnant. Tu as une pneumonie. En fait, maintenant que vous avez tous pu constater qu'elle allait bien, le mieux pour Mia est que vous la laissiez se reposer. Pas plus de trois visiteurs à la fois.

– Je vais appeler le Dr Kevin, déclara ma mère en m'embrassant sur le front. Dis au revoir à tes amis, puis repose-toi. Nous reviendrons.

Mon père me pressa la main et la suivit.

– Vous avez cinq minutes, lança le docteur à mes amis. Je reviens vous voir.

Ryan, Hil et Gyver étaient hésitants. Chacun d'entre eux avait ses propres états d'âme à exprimer. Je leur devais à chacun une explication. Ryan fut le premier à s'avancer.

– Tu m'as fait peur, dit-il en touchant ma joue.

– Je suis désolée, répondis-je d'une voix enrouée.

Je toussotai pour m'éclaircir la gorge. La pâleur déjà impressionnante de son visage s'accentua encore.

– Ne t'excuse pas. Guéris, c'est tout.

Hil fit un pas en avant et écarta Ryan. Un instant, il sembla vouloir protester. Mais il se ravisa et se contenta de reprendre sa place contre le mur. Elle ouvrit et ferma trois fois la bouche avant de pouvoir parler.

– J'ai choisi d'être en colère après toi parce que je pensais que ce serait plus facile que d'avoir peur. Je me trompais.

Son regard angoissé alla de ma tête chauve à l'aiguille de la perfusion dans mon bras.

– Ne me *mens* plus jamais comme ça, s'étrangla-t-elle.

– Je ne le ferai plus. Je suis désolée, m'excusai-je d'une voix éraillée.

– Moi aussi, je suis désolée, renchérit-elle en prenant garde aux tuyaux pour me serrer dans ses bras. Je croyais que tu n'avais plus besoin de moi.

Nous pleurions maintenant toutes les deux.

– Ça, c'est juste impossible, Hil. J'ai été idiote.

Gyver avait atteint les limites de sa patience. S'interposant entre elle et moi, il s'assit sur le lit. Le moment était venu pour lui de revendiquer sa place et mon attention.

– Tu n'as pas été idiote, tu as eu peur.

Par-dessus son épaule, Hil me lança un sourire amusé.

– Je reviendrai te voir bientôt, annonça-t-elle. J'ai quelques questions et je veux des réponses.

Elle leva les yeux au ciel dans le dos de Gyver et sortit, entraînant Ryan.

Je me penchai vers lui, et, prenant une longue inspiration douloureuse, commençai :

– Tu avais raison. J'ai été égoïste. Et vraiment, vraiment blessante. Je m'en veux tellement. J'ai besoin que tu me pardonnes. J'ai besoin de toi.

Mes larmes se remirent à couler. Je hoquetai.

Gyver attendit la fin de ma quinte de toux pour répondre :

– J'ai beau être convaincu que tu es parfaite, les médecins persistent à me répéter que tu es juste humaine... Même si, quand il s'agit de toi, il n'y a rien de « juste ». Tu avais peur. Désolé de m'être montré si catégorique.

– Quand tu m'as donné le CD, je n'ai pas compris. Mais maintenant, oui.

– Vraiment ?

– Je crois, j'espère. J'ai presque tout écouté. *Fix You* par Coldplay, c'est une « chanson déclaration », c'est ça ?

– C'est pour ça que je l'ai choisie. Qu'en penses-tu ?

– Je pense...

J'avais tellement de choses à lui dire. Mais la fièvre, la fatigue m'empêchaient d'avoir les idées claires. Je lui pris la main.

– Je pense que tu m'as donné une nouvelle raison de prouver que la voyante se trompait.

– La visite est terminée, déclara le docteur sur le pas de la porte. Laisse-la se reposer maintenant. Tu pourras revenir demain.

Pourquoi le Dr Kevin n'était-il pas là ? Il savait, lui, que la présence de Gyver à mes côtés, maintenant, à tout moment, était indispensable.

– Je n'ai pas encore pu tout écouter. Et ma voiture est restée au lycée, dis-je, soudain alarmée.

Je resserrai mon emprise sur sa main.

Gyver sortit son iPod de la poche de sa veste et fit défiler l'écran.

– Je l'ai ici aussi. Je pourrais te suggérer de dormir et de l'écouter quand tu te réveilleras, mais tu as l'habitude de t'endormir en écoutant ma musique.

Avec délicatesse, il plaça les écouteurs dans mes oreilles.

Je clignai des yeux devant le petit écran de l'iPod et, surprise, lui fis remarquer :

– Tu as mal écrit mon nom.

– Non.

Je lui lançai un regard dubitatif.

– Je sais comment s'écrit mon nom.

– Non, je ne l'ai pas mal orthographié. Ce n'est pas l'allitération qui m'a fait trouver ton nom génial. Rappelle-toi, Mi, je suis italien.

– Qu'est-ce que ça veut dire ? demandai-je en étouffant un bâillement.

– Tu es une fille intelligente, tu comprendras.

Après une nouvelle pression, il relâcha ma main pour prendre mon visage par le menton. Lentement, son regard intense plongé dans le mien, il se pencha et effleura mon cou de ses lèvres.

– Dors. Je ne suis pas loin.

Le docteur lui tint la porte.

– Docteur ? appelai-je. Je peux vous parler ?

– Bien sûr, répondit le médecin.

Les cheveux courts impeccables, il avait l'air jeune, motivé. Quatre stylos s'alignaient dans la poche de sa blouse. Contrairement au Dr Kevin, qui affichait un sourire constant, il semblait ne jamais se départir de son expression déterminée.

– Est-ce que je suis très malade ? Vous avez dit que j'avais une pneumonie ?

– Tu es malade. Tu vas rester ici une semaine, peut-être plus, pour que nous puissions faire tomber la fièvre et nettoyer tes poumons.

– Non, je veux dire, à part ça : le cancer.

Avec un froncement de sourcils, il répliqua :

– Ça n'a pas changé. Tu réagis bien au traitement. J'ai regardé ton dossier et tes dernières formules sanguines étaient excellentes. Je sais que tu es censée démarrer ta dernière chimio de consolidation la semaine prochaine. Mais nous allons devoir la repousser à cause de la pneumonie. Ne t'inquiète pas, ce ne sera pas un problème.

– Mais j'ai ces douleurs. Mon cœur se met à battre comme un fou, et j'ai l'impression d'étouffer. Comme si j'étais en train de mourir.

Un instant, le médecin m'observa en silence.

– Le pouls rapide ? Le souffle court ? Cela ressemble aux symptômes de l'anxiété.

– Je ne suis pas malade ?

– Si, mais d'anxiété, manifestement, répondit-il, rassérénant.

Il posa une main sur la mienne. Je serrai si fort mon collier que j'avais des marques d'ongles dans mes doigts.

– Je ne suis pas en train de mourir ?

– Pas aujourd'hui. Mais tu dois faire plus attention à toi. Quand tu as senti ton état empirer, tu aurais dû en parler à tes proches. Tu dors ? Tu manges bien ?

– Non.

D'un geste nerveux, je pinçai le drap, puis repliai les jambes contre moi.

– Je ne peux pas. C'est devenu si... Ça me semble trop.

Mon cœur recommençait à battre la chamade. Une machine se mit à biper.

– Respire un bon coup.

Je fis ce qu'il me recommandait, provoquant une quinte de toux. Puis je recommençai, avec plus de succès. Le médecin m'adressa un signe de tête encourageant. Mon pouls s'apaisa, les bips se turent.

– Tu réponds bien au traitement. Mais un cancer a un impact mental autant que physique. Je vais t'adresser à un psychothérapeute.

Hier, je me serais moquée de lui et aurais rejeté son conseil. Mais, hier, j'avais été prête à renoncer, à accepter la mort. Ce n'était plus le cas.

– D'accord.

– Le cancer fait partie de ta vie, ce n'est pas toute ta vie. Tu as besoin de te projeter sur le long terme et nous avons besoin de soigner ton anxiété.

– Merci.

– Et maintenant, dors ! insista-t-il.

Comme si j'avais eu le choix. Mes paupières lourdes avaient déjà bloqué ses mots et le reste du monde. Anxiété, avait-il dit ? Les yeux fermés, je cherchai à tâtons le bouton *Play* sur l'iPod de Gyver.

– Mark, tu parles italien ? demandai-je d'une voix ensommeillée.

Somnolente, j'essayai de me concentrer sur les chansons que Gyver avait choisies. Je m'endormais sur l'une d'entre elles et me réveillais en toussant, pendant la suivante. M'assoupissais de nouveau puis me réveillais sur la même. Cela voulait-il dire que je n'avais dormi que quelques secondes seulement ? Ou que la playlist avait recommencé ? La fièvre ne m'aidait pas. Je n'y comprenais pas grand-chose.

Me croyant endormie, mes parents étaient sortis quand Mark était arrivé.

– Tu t'inquiètes pour le lycée ? Tu sais qu'il est 3 h 30 du matin. Je te garantis que ton professeur t'accordera un délai.

– J'essaie simplement de comprendre quelque chose, répondis-je, somnolente, en me frottant les paupières, tout en essayant de me concentrer. Gyver a fait cette playlist pour moi. Est-ce que ça veut dire ce que je pense ?

Je tapai sur le clavier pour l'illuminer.

– Pas bête, ce garçon ! approuva Mark dans un petit rire. Le jeu de mots est génial.

– Éclaire-moi. Je ne suis pas sûre de le croire.

J'étais tout à fait réveillée maintenant.

Avec un sourire, Mark répliqua :

– Mais si. *Mio Amore* veut dire « mon amour » en italien. M. A. pour *Mio Amore*. Comme je te dis, pas bête du tout.

– Oh ! C'était ce que je pensais. Alors, peut-être, j'espérais...

Mark se remit à rire devant mon cou qui s'empourprait.

– Tu veux que je te l'envoie ? Il est dans la salle d'attente. Vous pouvez avoir un petit moment. Tant que vous n'oubliez pas les règles concernant la contagion.

Il me regardait, dans l'expectative, mais je le dévisageai, interloquée.

– On ne s'embrasse pas, me rappela-t-il.

– Mark a dit que tu voulais voir Gyver, mais j'ai demandé à te voir d'abord.

Ryan avait les yeux rouges, son costume était froissé, sa cravate bleue, roulée en boule, dépassait de sa poche.

– Salut ! Tu n'es pas rentré chez toi ?

J'échouai dans ma tentative pour me redresser.

– Chris est passé. Il a raccompagné Hil et m'a emmené chercher ma voiture. Mais je suis revenu directement.

Ses paroles avaient un parfum d'aveu.

– Tu n'étais pas obligé. Tu devrais aller dormir.

– Gyver est resté, déclara-t-il, se raidissant soudain, avant de poursuivre d'un air résigné : Je voulais m'assurer que tout allait bien. Comment tu te sens ?

Il vint s'asseoir sur la chaise à côté de mon lit.

– Mieux. Fatiguée. Malade. Je crois bien que je vais être ici un moment.

– Ah !

Il toussota, l'air de plus en plus gêné. Puis, tripotant les poches de son manteau, il reprit :

– J'aimerais bien retirer toutes les conneries que j'ai dites hier soir, mais...

Je pris sa main, cette main qui avait été ma planche de salut et, une dernière fois, pressai ses doigts.

– Non, tu avais raison. C'est juste que je n'avais pas assez de courage pour le dire la première. Nous n'étions pas heureux.

– Qu'est-ce que c'est nul ! s'écria-t-il en se dégageant.

Puis, se tournant vers la fenêtre, il murmura :

– Qu'est-ce qu'on fait maintenant ?

– J'espère qu'on pourra être amis.

– Ouais ! fit-il dans un soupir. Je devrais te laisser dormir. Ou... avec Gyver.

Il parut avoir plus de mal à formuler les derniers mots.

J'hésitai à nier. Mais je ne voulais plus mentir.

– Merci pour tout. Tu peux me l'envoyer ?

D'un mouvement rapide, sec, il hocha la tête.

– Mia, je ne vais plus venir te voir pendant un moment. J'ai besoin de temps.

La gorge serrée, je chuchotai :

– Tu vas me manquer.

Il esquissa un sourire triste, sans fossettes.

– Pareil pour moi, répondit-il en sortant de la pièce à reculons.

49

– Je n'arrête pas de réclamer Gyver et je vois défiler tout le monde, sauf lui.

Je tendis les bras à mes parents, m'attendant à entendre ma mère me roucouler : « Chaton, comment vas-tu ? » et mon père me proposer d'aller me chercher un esquimau. Mais, tandis qu'il se perchait au bout du lit, elle s'assit sur une chaise et se contenta de déclarer :

– Tu savais que tu étais malade et tu ne nous as rien dit.

Ce n'était pas une question, c'était une accusation.

– Oui.

– Pourquoi ? Pourquoi mets-tu ta santé en péril ? Tu es plus intelligente que ça.

La voix tonitruante de mon père me fit trembler.

Il me tourna le dos. Ma mère prit un mouchoir. Je sentis ma gorge se nouer.

– Et tes notes ? J'ai passé une heure avec le proviseur Baker cet après-midi.

Il regardait le mur, mais sa colère n'était pas retombée.

Je n'aurais pas dû être surprise. J'avais accepté de rattraper tout mon retard avant le bal d'automne. Mais, après la mort de la Poisse, j'avais baissé les bras.

D'un pas lourd, il vint se placer à côté de moi.

– Bon sang, Mia ! Qu'est-ce que tu as fait ? C'est comme si tu avais renoncé.

– J'avais renoncé, chuchotai-je.

– Pardon ?

Son visage se vidant de toute émotion, il relâcha le cadre du lit et s'affala sur une chaise.

– J'avais renoncé, répétai-je, le cœur gros. J'étais si fatiguée que je ne pensais pas y arriver. Je ne voyais pas l'intérêt de continuer à me battre autant.

– Comment peux-tu nous faire ça ? Tu ne peux pas renoncer, sanglota ma mère en tendant les bras vers mon père.

Mais, comme figé de l'autre côté de mon lit, il ne réagit pas.

– Comment pouviez-vous vous attendre à ce que je gère tout ça ? Maman, tu me mettais une telle pression. J'avais déjà une vie difficile avant. Mais, quand je suis tombée malade, elle est devenue insupportable. Tellement insupportable que renoncer m'a paru être la seule option.

– Tu aurais dû nous le dire, protesta-t-elle. Comment sommes-nous censés t'aider si nous ne savons pas ce qui ne va pas ?

– Tu as toujours été si difficile à satisfaire, et si facile à décevoir, lui rétorquai-je. Je ne sais pas comment t'avouer mes échecs. Je voulais rester à la hauteur.

Les joues brillantes de larmes, elle me prit la main.

Mon père, bouche ouverte, semblait désemparé.

– C'est juste que j'avais tellement peur.

Tremblante à la pensée de ces longs mois de terreur, toussant convulsivement, je laissai mes larmes ruisseler, leur goût salé dans ma bouche.

Mon père fut le premier à réagir. Il se leva, vint me frotter le dos et me donner un verre d'eau. Ma mère ne bougea pas. Au-delà de sa confusion, son visage exprimait une émotion indéfinissable, un désarroi que je n'arrivais pas à cerner. Elle prit la boîte de mouchoirs et murmura :

– Tout va bien.

– Ça ne va pas bien du tout. Je ne peux pas tout faire.

Je continuai à alterner les sanglots et des quintes de toux si douloureuses que mes larmes redoublaient.

– Je ne peux pas m'inquiéter d'être ta fille parfaite qui a vingt sur vingt de moyenne tout le temps, les jolies amies et le petit ami populaire, et lutter contre le cancer en même temps.

J'essuyai mes joues d'un revers de manche et pris quelques profondes inspirations.

– Je ne *veux* pas tout faire.

Je fus prise d'une nouvelle quinte de toux.

– Et j'ai besoin de savoir que ce n'est pas grave si je ne fais pas toujours ce que tu veux.

Je m'interrompis une nouvelle fois pour reprendre mon souffle.

– Si je ne vis pas la vie que tu rêves pour moi.

Ma mère me tendait mouchoir après mouchoir. Elle ne disait rien, mais elle écoutait. C'était un début.

Entre deux hoquets, je parvins à exprimer la conclusion que j'avais atteinte :

– Je me trompais de priorité. Je me concentrais sur tout ce à quoi j'avais renoncé, tout ce que je ne pouvais plus avoir. J'avais arrêté de me rendre compte à quel point j'avais de la chance. Je veux dire, le traitement marche, papa ?

– Très bien. Tes plaquettes dans ta dernière formule sanguine...

D'une main levée, ma mère lui fit signe de se taire. Il acquiesça d'un geste et me laissa continuer.

– Si je ne peux pas aller à l'université loin d'ici, ni y aller à plein temps, ou même ne pas y aller du tout après le bac, ce n'est pas la fin du monde. Pas plus que de ne plus être pom-pom girl et d'avoir perdu mes cheveux.

– Je peux faire une liste d'universités à proximité d'hôpitaux qui ont de bons services d'oncologie, avança mon père.

Je fis un signe de tête affirmatif. Faire des listes était sa façon de se réconforter. C'était sa version de la superstition. Néanmoins, j'attendais plus de lui.

– Je veux avoir des conversations avec toi pendant lesquelles tu m'écoutes, au lieu de compiler des données et faire mentalement des tableaux. Tu comprends la différence ?

Ma mère lui jeta un regard qui signifiait : « Je te l'avais bien dit. » Après un dernier soupir tremblant, je repris :

– Ce que j'essaie de vous faire comprendre, c'est que je suis désolée de ne pas vous avoir avoué que j'étais malade. Je comprends maintenant que j'aurais dû.

Une nouvelle fois, je m'essuyai le visage.

– Tu te sens mieux ? s'enquit ma mère d'une voix pleine d'espoir.

Hier, j'aurais souri et opiné du menton. Aujourd'hui, je lui fis non de la tête.

– Non. Mais je peux voir Gyver ?

– Maintenant ? demanda mon père.

Je cédai à mon envie de bâiller.

– J'ai besoin de lui parler. J'ai attendu toute la matinée.

– Toute la matinée ? répéta ma mère. Il est 4 heures et demie. Tu as besoin de dormir, chaton.

– Après avoir vu Gyver, je promets.

Mon père déclara alors :

– Plus de promesses, ni de marchés. Je t'ai écoutée, j'ai compris le message. Mais tu dois regagner notre confiance. Pour le moment, notre priorité doit être ta santé. Tu as besoin de dormir, pas de voir des amis.

– Mais...

Ma voix se fit stridente, et mes yeux se remplirent de nouveau de larmes.

– Mais rien ! Dors et prends ton petit-déjeuner. Après, tu pourras le voir, répliqua-t-il d'un ton ferme.

Les yeux de ma mère allèrent de lui à moi. Elle approuva d'un signe de tête.

– Dors. Après il pourra venir te voir. C'est seulement Gyver. Il attendra.

– Je ne veux pas dormir, pleurnichai-je comme un bébé qui ne voulait pas se coucher.

Un nouveau bâillement me prit en traître.

– Dans ce cas, je suppose que tu ne veux pas voir tes amis, rétorqua mon père.

– D'accord ! m'exclamai-je d'un ton rageur.

Je fermai brusquement les paupières. Et, bien entendu, mes larmes jaillirent et se mirent à couler sur mes joues.

Ma mère les essuya.

– Il pourra venir après 10 heures, ce matin. Je vais le renvoyer chez lui. Lui aussi, il a besoin de dormir.

50

Comme j'avais dormi jusqu'à midi, mes parents firent une concession et permirent à Gyver de venir me rendre visite pendant mon petit-déjeuner. Ils m'autorisèrent même à le voir seul, non sans lui avoir recommandé au préalable, sévères : « Surveille qu'elle mange bien. » Ils avaient rendez-vous avec le psychothérapeute que je ne devais pas tarder à rencontrer. Une idée qui laissait toujours ma mère réticente.

– Que vas-tu lui dire sur moi ? me demanda-t-elle avec inquiétude.

Gyver leva les yeux au ciel et mon père la chassa de ma chambre. Quand la porte se referma, j'essayai de marchander :

– Si je mange une moitié de toast, est-ce que tu finiras l'autre pour qu'ils me lâchent ?

– Non.

Avec un sourire, il s'assit sur le bord de mon lit. La table du petit-déjeuner entre nous me gênait, mais, sachant que mes parents jetteraient de temps à autre des coups d'œil à l'intérieur de la chambre, je la gardai.

– Je te réclame depuis 3 heures et demie du matin, avouai-je.

– Je sais, répondit-il, son sourire s'élargissant.

En rougissant, je lui pris la main sous la table.

– J'ai fait un peu d'italien. Comment dis-tu « Embrasse-moi » en italien ?

Il plissa le front. Alors que les secondes s'égrenaient en silence, mon sourire s'évanouit. Des larmes me picotaient les paupières. Il me repoussait. Je luttai pour recouvrer mon sang-froid, mais mon cœur battait la chamade, et mon souffle irrégulier provoqua une quinte de toux. Quand il avait entendu ma question, ses doigts s'étaient resserrés sur les miens. Mais, relâchant ma main, il me passa un gobelet de jus de pomme.

Luttant contre les larmes qui me brouillaient la vue, j'essayai de retrouver un souffle régulier. Je bus une gorgée, le jus de fruit brûlant ma gorge irritée.

J'étais fascinée par la banane qui noircissait sur mon plateau, soudain. Je voulais tout effacer et enfouir la tête dans mes genoux repliés.

– Non, Mi...

– Oublie ce que je viens de dire.

La porte s'ouvrit sur mon père.

– Tu vas bien ? me demanda-t-il d'une voix inquiète. Je t'ai entendue tousser du couloir.

J'acquiesçai d'un signe de tête, espérant qu'il ne regarderait pas de trop près mon visage décomposé.

– Je m'occupe d'elle, monsieur Moore. Je viendrais vous chercher s'il se passait quoi que ce soit.

Mon père lui sourit.

– Je sais bien que tu viendrais. Je voulais juste vérifier. Mange ! m'intima-t-il en me montrant le plateau, avant de refermer la porte.

Machinalement, j'émiettai ma tranche de pain grillé. Le cœur battant dans ma poitrine, je regardai Gyver à la dérobée.

– J'ai supposé que... Laisse tomber.

– Je réfléchis. Je connais surtout les termes culinaires en italien. Si tu veux savoir comment dire quelque chose qui a un rapport avec la nourriture, je suis ton homme. « Embrasse-moi » ne se dit pas à table.

Il se mit à rire. Je levai les yeux vers lui.

– Alors tu... ?

Je m'interrompis avant de reprendre :

– La playlist n'était pas si subtile vers la fin.

– J'ai essayé d'être subtil, Mia. Mais tu n'as pas compris.

– Et la dernière chanson ? C'est toi qui chantes. Tu l'as écrite pour moi ?

– Je pourrais te faire toute une playlist de chansons que j'ai écrites pour toi, avoua-t-il.

– Oui, s'il te plaît.

Je posai mon jus de fruit et me penchai vers lui.

– Gyver, je crois que je vais guérir. Je le crois. Mais je vais encore passer beaucoup de temps comme ça. Tu es sûr que c'est ce que tu veux ?

– Te voir souvent au lit ? Ce sera un supplice, mais je pense que je peux gérer.

– Sois sérieux, le rabrouai-je en fronçant les sourcils.

– Mi, je t'attends déjà depuis longtemps. Je comprends ce que tu essaies de me dire, mais je suis amoureux de toi. Tu ne t'en étais vraiment pas aperçue ? Il faudra plus que le cancer pour me faire peur.

Je secouai la tête et murmurai avec une pointe de nostalgie :

– Tu m'appelles Mi depuis toujours. Comment ai-je pu ne rien comprendre ?

– J'ai commencé quand j'avais dix ans. Tu ne te rappelles pas ? Tu m'as surpris en train de répéter ton nom dans le jardin.

– Et tu m'as dit que tu aimais les allitérations. Tu mentais ?

N'importe qui d'autre aurait rougi. Gyver se contenta de sourire et me tendis un toast.

– Mange ou je vais me faire chasser.

Je mordis précipitamment dans mon pain.

– Dire que, durant toutes ces années, j'ai cherché des noms avec des allitérations pour toi, repris-je, songeuse.

– *Baciami*, m'interrompit Gyver, la satisfaction se peignant sur son visage.

– « Ba tcha mi » ? répétai-je lentement avec un sourire qui se transforma vite en moue. Ce n'est pas juste. Je veux t'embrasser et je ne peux pas.

– Tu es sûre ? La dernière fois que j'ai commencé à t'embrasser, tu as fait tomber ta glace sur mon short.

Je me mis à rire.

– Je ne l'ai pas fait exprès ! C'est ce que tu as cru ? J'avais mal choisi mon moment pour cette maladresse que j'ai interprétée comme un très mauvais présage.

– Toi et tes signes, maugréa-t-il.

– C'est fini. Je te le promets. Je vais annuler mes horoscopes et jeter ma balle magique.

– Garde la balle magique. C'est moi qui te l'ai offerte.

Il prit ma main et la caressa. Un geste qui aurait dû m'être familier, réconfortant. Mais il me semblait nouveau, électrisant.

– Gyver, il faut que tu saches, Ryan et moi n'avons pas...

Je rougis et continuai en bégayant :

– La fois, dans la cuisine, on aurait dit que... mais nous n'avons jamais...

Il prit mon visage au creux de ses paumes et caressa ma joue. D'une voix pleine de douceur, il murmura :

– Je n'ai pas pensé que... Du moins, pas ce jour-là.

– Comment as-tu pu rester aussi calme ? C'était flippant. Je n'arrive toujours pas à croire que tu as invité Ryan à manger des lasagnes alors que nous étions devant toi, à moitié nus.

– Tu peux me croire, je suis rentré chez moi et j'ai soulevé des poids jusqu'à en avoir la nausée. En fait, je ne pensais pas que tu... Je savais que tu interpréterais mon irruption comme « un très mauvais signe » et que tu annulerais tes projets, ajouta-t-il avec un sourire satisfait. Mais je te préviens, je ne veux plus entendre les mots « Ryan », « moi » et « nus » dans la même phrase.

La porte se rouvrit trop vite. Mes parents et la psychothérapeute entrèrent dans la pièce. Beaucoup trop tôt pour que je puisse dire à Gyver tout ce que je voulais.

– Tu reviens plus tard ?

– Demain, me corrigea mon père.

J'ouvris la bouche pour protester, mais il ne céda pas.

Sous le plateau, Gyver serra ma main.

– À demain, Mia Moore.

Je sentais les callosités dues aux cordes de guitare à l'extrémité de ses doigts. D'une voix impassible, un peu rauque, je répondis :

– Moi aussi, je t'aime, Gyver.

– Qu'est-ce qu'elle a dit... à Gyver ?

Le regard interloqué de ma mère alla de la porte qui venait de se refermer sur lui à mon père.

– Chérie, n'insiste pas, lui enjoignit-il.

– Mais, et Ryan ?

– Nous avons rompu.

– Ryan et toi avez rompu ? s'exclama-t-elle, de plus en plus perplexe.

– Maman ! lançai-je d'une voix sévère.

Cessant immédiatement de s'agiter, elle se tourna vers moi.

– Tu dois commencer à me faire confiance et à me laisser prendre les décisions qui me rendent heureuses.

– Bien sûr, chaton. Tu as raison.

Elle lissa ses cheveux déjà lisses et partit d'un petit rire nerveux.

– Gyver Russo, vraiment ?

Son ton n'exprimait aucune critique, juste de la curiosité.

– Vraiment.

– Eh bien, j'ai l'impression que j'ai du temps à rattraper. Je veux dire, si tu veux m'en parler.

Tripotant machinalement la bandoulière de son sac, elle semblait presque nerveuse.

– Oui, j'aimerais beaucoup.

Nous échangeâmes un sourire et, d'un geste tendre, mon père me tapota la main. Puis, la prenant par le bras, il l'entraîna dans le couloir.

Je restai en tête à tête avec la psy. L'air à la fois patient et plein de compassion, elle me regarda à travers ses lunettes. Je repensai à la phrase de Mme Russo et commençai :

– Vous allez me dire que parler m'aidera ? Parce que j'ai des tas de choses à dire...

51

Le jeudi après-midi, je fus tirée de mon sommeil par des petits coups légers mais persistants sur mon épaule.

– Je suis réveillée, je suis réveillée, grommelai-je, en repoussant la main inconnue.

– Enfin, répondit la voix d'Hil. Ça fait presque deux heures que je suis assise ici et je vais bientôt être obligée de partir.

Je me poussai pour lui faire un peu de place, et elle vint s'installer à côté de moi, sur le lit. Collées l'une à l'autre, des hanches aux épaules, les yeux rivés sur le mur blanc face à nous, nous étions songeuses.

– Ça ne devait pas se passer comme ça, dit-elle avec un petit rire ironique. Rappelle-toi nos projets de terminale parfaite !

– Tu comprends pourquoi je ne pouvais pas te le dire ?

– Non.

– Tu ne m'aurais pas laissée me morfondre. Tu aurais demandé à toutes les filles de l'équipe de... je ne sais pas... se raser la tête en signe de solidarité. Tu m'aurais soutenue. Non ?

– Je ne vois pas quel aurait été le problème.

– Je ne voulais pas avoir de comptes à rendre. Lauren m'a laissée me complaire dans mon malheur et cacher la vérité. Du moins, au début. Mais si elle avait mal réagi quand je lui ai dit et qu'elle m'avait repoussée ? Eh bien, venant de toi, je ne pense pas que j'aurais pu le supporter.

– Je suis là, maintenant, je ne te quitte plus.

– Je vais guérir.

À chaque fois que je le disais, je sentais ma conviction se renforcer.

– Tu me le promets ?

Elle se tourna vers moi, ses grands yeux pleins d'inquiétude.

– Je ne peux rien te promettre, mais tous mes résultats sont bons, et je crois que je vais guérir.

Elle me sourit.

– Ça me suffit. Je ne t'ai jamais vue ne pas atteindre un objectif. Imagine, tu as même réussi à amener Ryan Winters à te supplier d'être sa petite amie.

– Il va bien ?

Il avait tenu parole et n'était pas revenu à l'hôpital. J'effleurai le collier autour de mon cou. Porter le collier de Ryan maintenant que nous avions rompu ne semblait pas correct. Mais il agissait comme un antistress, aussi avais-je décidé de garder la chaîne. Le cœur avait été remplacé par un médiator de Gyver dans lequel j'avais percé un trou.

Hil leva les yeux au ciel.

– Nous parlons de Ryan Winters, là. On raconte qu'il sort déjà avec une autre. Même si je crois plutôt que certaines prennent leurs désirs pour la réalité. Je suis sûre qu'il s'en remettra. Chris et lui sont surtout restés enfermés chez eux à faire des « trucs de mecs ». Qu'est-ce que ça veut dire, à ton avis ?

– Nous, on regarde des comédies musicales et on se gave de chocolats. Peut-être qu'eux mangent des nuggets en regardant des films de guerre, suggérai-je en riant. Mais tu imagines comme ce serait génial s'ils regardaient *Annie* ou *Grease* chez Chris ?

Elle noua les bras autour de mon cou. Je lui rendis son étreinte avec la même avidité.

– Tu n'as plus le droit de me lâcher, la Fille de l'Été. D'accord ? Quoi qu'il arrive, tu me racontes !

– Ça marche ! acquiesçai-je.

Elle me relâcha.

– Heureuse de te retrouver. Alors, je compte sur toi pour revenir dans l'équipe cet hiver. Nous trouverons un moyen pour que tu rattrapes les entraînements que tu as ratés. Nous ne pouvons pas supporter ton absence.

Sans me laisser le temps de répondre ou de fondre en larmes, elle ajouta :

– Même si ça craint trop que tu ne puisses plus faire la pirouette, parce que les nouvelles recrues sont nulles.

Je me mis à rire et elle secoua la tête. Hil serait toujours Hil. Dans le couloir, j'entendis Mariah, Infirmière Mary Poppins, appeler :

– Bonjour, beau gosse !

Ma voix préférée répondit :

– Comment va-t-elle aujourd'hui ?

Je me tournai vers Hillary.

– Gyver arrive. Il faut que tu sois sympa. Gyver est mon...

Je m'interrompis. « Petit ami » ne me semblait pas approprié, pas assez fort.

– Gyver est à moi.

Hil se mit à rire de bon cœur, de son rire grave.

– Il a toujours été à toi. Pourquoi crois-tu que je le détestais autant ? Je savais bien qu'il ne craquerait jamais pour moi.

– Est-ce qu'un seul garçon trouve grâce à tes yeux ? la taquinai-je gentiment. Et Chris ?

– Tu me trouves super hypocrite de te l'avoir caché tout l'automne et de te tomber dessus parce que tu sortais avec Ryan ?

– Oui, mais ce n'était pas si discret que ça. Tout le monde savait. Sois gentille avec lui. Il est raide dingue de toi.

J'allais continuer quand Gyver frappa puis entra.

Je lui fis un sourire idiot. Je ne pouvais pas m'en empêcher.

– Salut, chuchotai-je d'une voix de petite fille, ridicule.

– Salut, Mi, me répondit-il en me rendant mon sourire.

Puis, se tournant vers celle qui s'impatientait à côté de moi, il ajouta :

– Salut, Hillary !

– Salut, *Mac'n'Cheese* !

Elle s'essuya les joues, lissa ses cheveux et se leva.

– Tu sais, en fait, je n'aime pas ce nom, fit-il remarquer.

Rassurée par la pointe amusée dans sa voix, je me détendis et me laissai aller contre mon oreiller.

– Je sais.

Elle m'adressa un clin d'œil malicieux, nous serra tour à tour dans ses bras, et se dirigea vers la porte. Avant de sortir, elle se retourna et sourit devant nos expressions abasourdies.

– Je t'appelle tout à l'heure, Mia.

Gyver s'installa alors à sa place habituelle et prit ma main.

– Salut.

– En parlant de coups de téléphone, je t'ai appelé du bal, l'autre soir, annonçai-je.

– Je sais, je t'ai rappelée, et Hillary a répondu de l'ambulance. Je me suis précipité à l'hôpital en conduisant comme un fou.

– Je pensais que tu n'avais pas répondu parce que tu m'en voulais à mort.

– Non. Ce n'est pas pour ça.

Il prit mes mains entre les siennes. Je remarquai le rouge qui colorait soudain ses joues.

– Pourquoi alors ?

– C'est gênant. Tu sais, j'ai toujours pensé que ta chambre d'hôpital devait ressembler à ça, continua-t-il avec un geste circulaire.

Tous les espaces libres étaient envahis par les cartes, les fleurs et les animaux en peluche, envoyés par mes copains de classe.

– Bien essayé, mais je ne me laisse pas distraire si facilement. Toi, gêné ? Je dois entendre pourquoi.

Je tirai sur sa main.

– Je n'ai pas répondu parce que j'étais dans mon jardin.

– Quoi ? Mais on se gelait.

Devant son silence, je me pelotonnai contre lui, avec une moue. Il m'embrassa sur le nez.

– Ton collier, dit-il enfin. Tu m'avais dit que tu l'avais perdu et les bijoutiers étaient fermés.

– Je suis presque sûre de ne pas avoir perdu mon collier dans ton jardin.

Un instant, il étudia nos mains liées.

– Je cherchai des trèfles à quatre feuilles.

– Quoi ? Tu plaisantes ? Dans le noir ?

– J'ai eu un flash.

J'essayai de me retenir de rire, sans succès.

– Quoi ? Que s'est-il passé ?

– J'ai pensé que, peut-être, si j'en trouvais un pour toi, tu reprendrais courage et te sentirais moins désespérée.

– Gyver Russo ! Je connais quelqu'un qui passe son temps à me répéter que j'accorde trop d'importance aux superstitions. Et...

Essayant d'imiter sa voix, je continuai sur un timbre grave :

– ... que je provoque ma propre chance.

Avec un sourire coquin, il répondit :

– Avec toi, j'ai hâte de voir la chance tourner en ma faveur.

– Gyver ! le rabrouai-je. Idiot !

Il commença à protester, mais, d'un doigt sur ses lèvres, je l'interrompis. D'une caresse légère comme une plume, j'effleurai les contours de sa bouche.

Quand je me penchai vers lui, son regard perplexe se fit inquiet. Il prit mon visage entre ses mains et hésita entre l'envie de m'attirer à lui ou de me repousser.

– Mi, nous ne pouvons pas.

Avec un sourire, je m'approchai encore, me blottis au creux de ses bras, comme dans un sanctuaire. Et je prononçai enfin les mots que je voulais lui dire depuis le début de la journée :

– J'ai demandé. Mes formules sanguines sont bonnes.

Cette fois, il n'y avait ni glace renversée, ni fièvre. Si j'avais été reliée à un monitoring, je suis sûre que nous aurions déclenché toutes les alarmes imaginables.

Ce n'était pas le cas. Il n'y avait rien pour nous interrompre, et rien séparant Gyver de mes lèvres, hormis quelques centimètres de vide.

Qui furent vite comblés.

Je sentis ses doigts glisser sur ma nuque, son pouce caresser mon menton, lever mon visage vers le sien. Sa bouche s'approcha de la mienne.

Nos nez, nos dents, ne se heurtèrent pas, nos lèvres ne s'écrasèrent pas. Il n'y eut pas ce moment de tâtonnement maladroit du début, car c'était Gyver et c'était moi, et que personne au monde ne me connaissait mieux et que jamais je ne connaîtrais quelqu'un aussi bien que lui.

Ce fut un baiser plein de douceur et de ferveur, plein de sensations indescriptibles, tant physiquement qu'émotionnellement. Le genre de baiser qui éclipsait tous les baisers d'avant, le genre de baiser que j'espérais répéter souvent, pendant très longtemps.

Quand, finalement, nos bouches se séparèrent, nous étions tous les deux haletants, et il avait le visage rouge. Je savais parfaitement ce qu'il ressentait, ce qu'il voulait : recommencer. D'instinct, nos lèvres se scellèrent en un nouveau baiser. Ce qui, décidai-je, était le meilleur des signes.

Une fille vraiment bien

Kerry Cohen Hoffmann

Traduit de l'anglais (États-Unis) par Francine Deroyan

Depuis la mort de son frère aîné, Lindsey, 15 ans, se met en quatre pour satisfaire son entourage. Élève modèle, fille serviable et amie compréhensive : tout le monde peut compter sur la gentille Lindsey.

Pourtant, la gentille Lindsey aimerait parfois envoyer tout balader : ses parents, qui font comme si son frère n'avait jamais existé ; sa meilleure amie et la jalousie dont celle-ci fait preuve quand le nouveau du lycée s'intéresse à elle ; ses obligations d'ambassadrice des classes de seconde...

Et bientôt, la gentille Lindsey commence à voler. Très vite, elle ne peut plus s'en empêcher...

Le jour où j'ai rencontré Cupidon

Suzanne Selfors

Traduit de l'anglais par Simon Baril

Dans un mois, la mère d'Alice, Belinda Amourous, la reine du roman sentimental, doit remettre son prochain manuscrit aux éditions Cœur-Sensible. Or, elle est internée dans une clinique psychiatrique. Pour protéger sa mère, Alice fait croire que celle-ci est à l'étranger, et elle décide d'écrire le roman à sa place. Sauf que la jeune fille de 16 ans ne sait rien de l'amour : elle n'ose même pas aborder le garçon en skate qu'elle regarde passer chaque matin sous sa fenêtre. Jusqu'au jour où elle rencontre un jeune homme étrange qui prétend être Cupidon...

Une histoire drôle et profonde, pleine de magie et de charme.

La minute de vérité

Bjorn Sortland

Traduit du norvégien par Françoise, Marina et Tom Heide

Frida, 17 ans, apprend qu'elle est atteinte d'une maladie des yeux, et risque de perdre la vue. Elle, qui rêvait de visiter l'Italie, décide d'aller à Florence avant qu'il ne soit trop tard. Là-bas, elle rencontre Jakob, 19 ans, norvégien comme elle. Le jeune homme doit écrire des articles sur l'histoire de l'art et parcourt l'Europe pour admirer quelques-uns des 34 tableaux dont il a choisi de parler. Pour Frida, c'est le coup de foudre ! Jakob lui raconte Giotto, Brunelleschi, Raphaël... et elle voudrait qu'il ne s'arrête jamais...

Un livre d'une grande richesse qui célèbre l'art, la vérité et l'amour...

Lucian

Isabel Abedi

Traduit de l'allemand par Laurence Bouvard

Dis-moi, Becky. Tu n'as jamais envisagé l'hypothèse que Lucian pouvait... ne pas être... humain ?

Je baissai la tête :

–Non, soufflai-je.

« Si ! » hurlai-je intérieurement.

Lucian, l'étrange garçon sans passé ni mémoire, ne cesse de croiser le chemin de Rebecca. Son seul point d'ancrage, c'est elle ; elle, dont il rêve toutes les nuits. Et d'emblée, Rebecca a ressenti pour lui une attirance fulgurante et inexplicable. Malgré leurs efforts, ils ne parviennent pas à s'éloigner l'un de l'autre.

Mais avant d'avoir pu comprendre quel était leur secret, ils sont séparés. Et les conséquences sont terribles, car ce qui les lie est bien plus fort que l'amour.

Talitha Running Horse

d'Antje Babendererde

Traduit de l'allemand par Vincent Haubtmann

Talitha Running Horse est différente des autres Indiens lakotas de la réserve : elle est métisse et vit avec son père dans une caravane. Sa mère, une Blanche, les a abandonnés quand elle était petite. Malgré tout, la jeune fille est heureuse : elle a une amie chère, elle aime dessiner et, surtout, elle est passionnée par les chevaux. Or, les nouveaux voisins de sa tante ont un petit élevage d'Apaloosas. Talitha se prend d'affection pour un poulain, qu'elle baptise Stormy. Et elle tombe sous le charme de Neil Thunderhawk, le fils du propriétaire... Mais, lorsque la caravane de son père est détruite, toute sa vie bascule...

À travers le portrait de Talitha, une jeune métisse courageuse, l'auteur de Lune indienne *nous parle de la vie des Indiens lakotas d'aujourd'hui, de leurs traditions, et du lien particulier qui les unit aux chevaux...*

Cet ouvrage a été mis en pages
par DV Arts Graphiques à La Rochelle

Imprimé par Grafica Veneta SpA

en mars 2016

pour le compte des Éditions Bayard

Imprimé en Italie